# 대적

大敵

나남
nanam

**권오단**

2005년 장르문학상 금상, 2006년 제1회 디지털작가상 대상을
2011년 한국·중앙아시아 창작시나리오 국제공모전에서 문화체육관광부 장관상을 받았다.
역사소설 《난》(亂), 《세종, 대마도를 정벌하다》, 《전우치》(전3권), 《안용복》,
창작동화 《우리땅 독도를 지킨 안용복》, 《책벌레가 된 명청이 김안국》,
오페라 〈아! 징비록〉과 창작뮤지컬 〈책벌레가 된 명청이〉의 극본을 썼으며
소설과 동화, 극작가로서 활발하게 창작활동을 하고 있다.

대적 大敵

2012년 8월 5일 발행
2012년 8월 5일  1쇄

지은이 • 권오단
발행자 • 趙相浩
발행처 • (주) 나남
주소 • 413-756 경기도 파주시 교하읍
         출판도시 518-4
전화 • (031) 955-4601(代)
FAX • (031) 955-4555
등록 • 제 1-71호(1979.5.12)
홈페이지 • http://www.nanam.net
전자우편 • post@nanam.net

ISBN  978-89-300-0608-8
ISBN  978-89-300-0572-2(세트)

책값은 뒤표지에 있습니다.

권오단 장편소설

# 대적

大敵

하늘이 낸 큰 도적은 천하를 훔치고,
그보다 작은 도적은 나라를 훔치네.
세상에 수많은 사람들의 마음에 도적의 그릇이 있으되
자네는 어떤 그릇을 가지고 있는가?

나남
nanam

이 세상에 두려워해야 할 대상은 오직 백성뿐이다. 홍수나 화재, 호랑이나 표범보다도 더 백성을 두려워해야 하는데도, 바야흐로 윗자리에 앉은 사람들은 백성들을 업신여기면서 가혹하게 부려먹는다. 도대체 무슨 까닭인가?

백성에는 세 부류가 있다.

첫째는 항민(恒民)이다. 항민은 기존질서에 만족하며, 늘 보아오던 것에 속박되어 순순히 법을 받들면서, 윗사람이 시키는 대로 따르는 사람들이다. 누구도 이러한 항민들을 두려워하지 않는다.

둘째는 원민(怨民)이다. 원민은 살가죽이 벗겨지고 뼛골이 부서지도록 모질게 착취당하면서도, 집안의 수입과 땅에서 생산되는 것을 다 바쳐 윗사람의 무한한 요구에 이바지하느라 혀를 내두르며 탄식하고, 윗사람을 증오하는 자들이다. 하지만 이러한 원민도 굳이 두려워

할 필요가 없다.

셋째, 호민(豪民)이다. 이들은 푸줏간 속에 자신의 자취를 숨겨 몰래 딴마음을 품고 세상 형편을 기웃거리다가, 혹시 시대적 변고라도 있으면 자신의 소원을 이루어 보려는 사람을 말한다. 이 호민은 몹시 두려워해야 할 존재이다.

호민이 나라가 허술해지는 틈을 엿보고, 일이 벌어지는 낌새를 보고 기회를 노리다가, 팔을 쳐들고 한번 소리를 외치기라도 하면, 저 원민들은 소리만 듣고도 모여들고 함께 모의하지 않아도 외쳐댄다. 이와 더불어 항민들도 제 살 길을 찾으려 호미, 고무래, 창, 창 자루 따위를 들고 쫓아가서 무도한 놈들을 죽인다.

저 하늘이 임금을 세운 것은 백성을 기르도록 함이었지, 한 사람으로 하여금 윗자리에서 방자하게 눈을 부라리며 구렁이 같은 욕심을 부리도록 함은 아니었다. 따라서 백성을 다스리는 사람은 두려워해야 할 형세를 명확히 깨닫고 잘못을 바로잡는다면 바른 다스림에 다다를 수가 있으리라.

허균, 《호민론》

《홍길동전》의 저자 허균(許筠, 1569~1618)이 꿈꾸었던 세상은 무엇이었을까? 나는 때때로 허균의 《호민론》(豪民論)에서 그 대답을 찾곤 한다. 위정자의 세상, 반상(班常)이 차별되던 조선시대에 허균은 대담하게 민주주의를 이야기한다. 허균의 선구자적 혜안은 결국 그를 형장의 이슬로 사라지게 했다. 하지만 그의 정신은 그가 남긴 글에서 면면히 살아 민초들의 오랜 사랑을 받아왔다.

허균은 《호민론》에서 호민이 세상을 바꿀 수 있다고 생각했다. 호민은 도적에 가까운 무리들이다. 도적은 사회가 어지러우면 생겨나는 집단이다.

흔히 작은 도적은 물건을 훔치지만 큰 도적은 나라를 차지한다고 한다. 작은 도적은 바늘 하나를 훔쳐도 벌을 받지만 큰 도적은 수백만, 수천만을 죽여도 벌은커녕 높은 자리에서 떵떵거리며 잘만 산다. 크든 작든 도적은 도적인데 어째서 이렇게 차별이 심한가?

작은 도적이 힘없는 백성이라면 큰 도적은 천하를 차지한 영웅을 말한다. 권력의 유무에 따라 도적과 영웅으로 명암이 갈린다.

천하가 어지러울 때엔 영웅들이 저마다 일어나 백성들을 위한 주인이 되겠다고 자처하지만, 그들이 권력을 잡은 후 과연 천하백성들의 삶이 행복해졌는지 나는 항상 궁금했다. 그들은 영웅이었을까? 도적이었을까?

《대적》은 허균이 쓴 고전소설 《홍길동전》을 당대를 배경으로 하여 새롭게 쓴 작품이다. 《조선왕조실록》에도 기록되어 있듯이 홍길동은 실제로 유명한 도적이었다. 하지만 나는 그를 도적이라 생각지 않는다. 책의 제목을 대적(大賊)이 아니라 대적(大敵)이라 한 것은 바로 그 때문이다.

내가 그리고 싶은 것은 세상을 바꾸는 큰 무엇이다. 그것은 내가 될 수도 있고, 당신이 될 수도 있으며, 모든 사람들이 될 수도 있다.

오랜 시간이 흘러 백성들이 세상을 바꾸고 권력이 백성을 두려워하는 세상이 되었지만 현실은 별반 나아진 것이 없어 보인다. 세 부류 백성(항민, 원민, 호민)이 여전히 존재하고, 재력가와 권력자가 백성 위

에 군림한다. 유전무죄(有錢無罪), 유권무죄(有權無罪), 개천에서 용
나기 어려운 사회, 88만 원 세대가 허리띠를 졸라매며 피 터지게 살아
가는 힘든 이 시대에, 허균이 그토록 꿈꾸던 '백성이 주인이 된 세상'
에서 세상을 바꿀 대적을 꿈꿔 본다.

2012년 7월

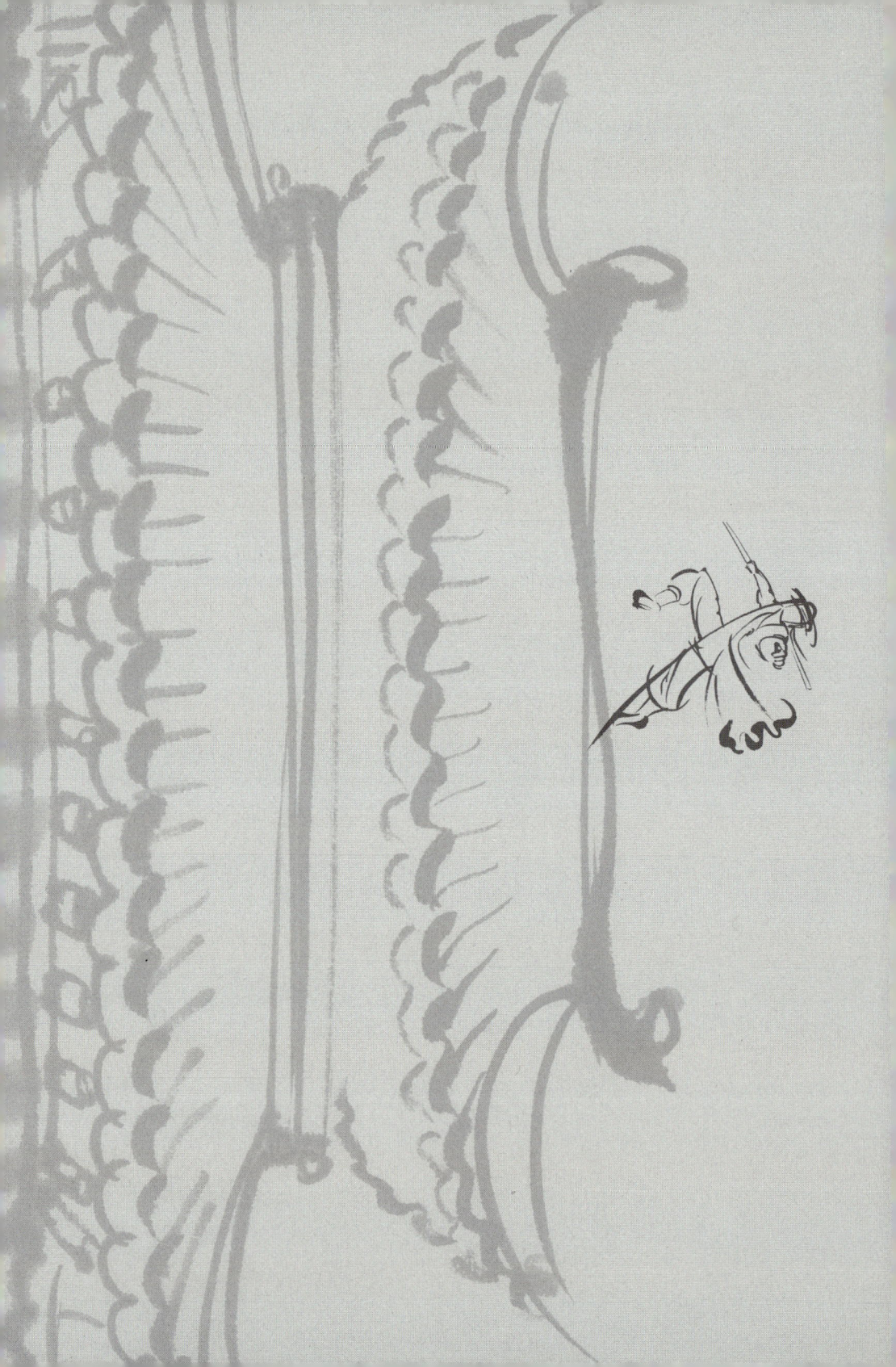

권오단 장편소설

# 대적 大敵

## 목 차

## 주요 등장인물

홍길동   태종 대 무신 홍상직의 서자. 서출이라는 한계로 번뇌한다.

춘섬   홍상직의 첩. 길동의 어머니.

초란   홍상직의 첩. 관기 출신이며, 영특한 길동을 못마땅하게 여김.

혜손   길동의 스승. 높은 능력을 감추고 은거하여 지내는 이인(異人).

은옥   혜손의 딸.

설잠스님   조선 초 학자 김시습. 계유정난 후 설잠이란 법명으로 불교에 귀의.

홍유손   혜손과 김시습의 친구.

위한조   떠돌이 도사. 도술을 부리는 능력이 있음.

정희량   혜손의 제자. 봉교(奉敎)로 임명되어 관직생활을 함.

허웅   요승. 요술로 혹세무민하여 득세를 함.

서팔봉   지리산 도적패 두목.

당래   계룡산 도적패 두목.

미륵   황해도 구월산 도적패 두목.

최판돌   서소문패 우두머리. 정보와 장사에 능함.

성희안   전(前) 이조참판. 시를 잘못 지어 좌천되었으며, 꾀가 많음.

박원종   평성부원군. 누이를 겁탈해 자살로 내몬 연산군에게 원한이 깊음.

연산주   조선의 제10대 임금. 성종의 장남.

장녹수   연산군의 애첩.

은은한 보름달이 동산 위에 소담스럽게 떠올라 어두운 세상을 밝히고 있었다. 밤늦은 삼경(三更)이라 작은 동네에는 나다니는 사람 하나 없이 이따금 개 짖는 소리가 간간히 들릴 따름인데 아차실 홍 판서댁에는 늦게까지 불빛이 환하였다.

이날이 홍 대감의 장자인 홍일동(洪逸童)의 기일(忌日)이기 때문이었다.

홍일동은 세종 임술년에 문과에 올라 조정에서 두루 벼슬을 거쳐서 제학(提學) 지중추(知中樞)까지 올랐다가 선위사(宣慰使)의 직함을 띠고 유람하던 중 홍주(洪州)에서 과음으로 요절하였다.

일동의 아버지 홍상직(洪尙直)은 태종 때의 무신으로 벼슬이 경성절제사(鏡城節制使)까지 지낸 바 있었는데, 한양 북촌에서 살다가 아들 홍일동을 먼저 저세상에 보내는 참척을 당한 후로는 세사의 욕심이 사라져서 가솔들을 이끌고 전라도 장성 아차실에 자리를 잡았다.

홍상직이 옛적에 절제사를 지낸 까닭에 아차실 주민들은 홍상직을 '홍 절제사'라 부르기도 하고 '홍 대감'이라고도 불렀는데 인근의 유림(儒林)들이 홍상직을 홍 대감이라고 높이 부른 까닭에 주민들은 그 집을 홍 대감댁이라고들 하였다.

홍일동이 조정에서 높은 벼슬까지 올랐으나 아버지보다 일찍 죽은 것이 큰 불효여서 홍일동의 기일에는 홍 대감이 제사를 지내지 아니하고 동생인 홍귀동(洪貴童)이 가솔들을 거느리고 성대하게 제사를 지내었다.

홍 대감이 요절한 아들이라 조촐하게 제사를 치르라 일렀지만 첨지중추원사(僉知中樞院事)까지 하던 조정대신의 제사가 초라하다면 삼한갑족 양반 체면이 서지 않는다고 위세 부리기 좋아하고 체면 차리길 즐기는 홍귀동이가 이를 따르지 않아서 아침부터 소 잡고 돼지 잡고, 전을 지지고 떡을 찌며 야단법석을 부리는 까닭에 사흘 굶은 거지는 고사하고라도 인근의 남녀노소를 불문하고 헐벗은 사람이라면 끼니나 때울 요량으로 홍 대감댁으로 몰려들어서 늦은 밤이지만 마당이고 뜨락이고 할 것 없이 사람들로 가득하였다.

3경이 되어서 제관인 귀동이가 제사를 시작하였다. 집안 어른이 축문을 읽고 헌작을 하고 절을 두어 차례 하는데 검은색 제비부리댕기를 묶은 어린 사내아이 하나가 사랑채 문밖에서 제관을 따라 납죽납죽 절을 하였다.

제관을 따라 절하는 것을 보면 이 집안의 식솔이 분명할 것인데 다른 이와 다르게 대청에 오르지 못하고 사랑문 바깥에서 제사를 지내는 것은 이 소년이 홍일동의 배다른 동생으로 홍 대감의 첩이 낳은 서자이기 때문이었다.

12

이 소년의 이름이 길동(吉童)이니 홍 대감이 늘그막에 시비인 춘섬에게 얻은 아들이다.

홍 대감이 일동을 잃고 낙심하여 고향인 전라도 장성 아차실에 돌아와 여든 칸 집을 짓고 안돈하였을 때에 하루는 아들 일동이가 사랑방 안으로 들어와 꾸벅 인사하더니 세상에 다시 나오게 되었다고 문안인사를 하는 꿈을 꾸었었다.

홍 대감이 꿈을 깨어 일어나니 방금 전에 있었던 일처럼 선명하여 한동안 멍하니 일동이 들어왔던 사랑문을 바라보고 있을 때에 마침 심부름 하는 계집종 하나가 그 문으로 놋요강 하나를 가지고 들어와서 꾸벅 인사하기에 바라보니 뽀얀 달덩이 같은 얼굴에 그린 듯한 눈과 오뚝한 코와 얌전한 태가 홍 대감의 음심을 자극하였다. 이 계집종의 이름이 춘섬(春蟾)이었다. 홍 대감이 일시 마음이 동하여 춘섬을 범하였는데 마침 태기가 있어 열 달 후에 아들을 낳았다.

오십 넘은 홍 대감이 시비를 건드려 아들 낳은 일이 부끄럽기도 하건만 이때는 양반이 아니라도 세력 있고 돈 많으면 삼처사첩을 거느리던 때라 초란(楚蘭)이라는 첩실이 하나 더 있지만 홍 대감 같은 명사가 첩 하나 더 둔 것이 흉도 아니었다.

홍 대감은 춘섬을 첩으로 삼고 그 아들 이름을 길동이라 하였다. 일동이를 보고 낳은 때문인지 길동이 자라면서 생긴 모습부터 총명한 것까지 일동이와 한가지라 그 총명한 머리와 소탈한 언행을 보고 홍 대감이 깜짝깜짝 놀랄 때가 많았다.

길동이 나이 다섯에 글을 읽고 사서삼경을 여덟 살에 뗀 것 하며 시(詩) 잘 짓는 것 이외에 산비탈에 홀로 앉아 풀피리를 불 때면 죽은 일동이가 살아 돌아온 것 같아서 홍 대감이 길동이를 아끼는 마음이 자심하였다. 그러나 신분이 서출이라 능력이 월등하여도 쓰일 곳이 없음을 아는 까닭에 차차 장성하면서 귀여운 마음보다는 안타까운 마음이 많아져서 춘섬이에게 집 한 칸을 따로 내주어 떨어져서 살게 하였다.

첩살이하던 춘섬이 홍 대감댁에서 떨어져 나와 살게 되자 끈 떨어진 조롱박 신세가 된 것과 같아서 하인들은 물론이거니와 집안의 구박이 자심하였다.

길동이 간간이 홍 대감을 뵈러 갈 때마다 식솔들에게 갖은 구박을 당하였는데 그중에 귀동이의 아들 인형이가 제일 심하였다.

귀동은 길동이에 대면 연치가 배나 높지만 시비의 아들에게 난 배다른 형제라 민망스럽게 생각하여 길동이를 보고도 못 본 척할 뿐이지만, 귀동의 아들 인형(人衡)은 길동과 같은 연배이건만 서출인 길동이를 삼촌으로 불러야 하는 것이 배알이 뒤틀리고 길동의 재주 좋음에 심사가 꼬여서 갖은 악행을 일삼았다.

이날도 길동은 형님 제사라 대청에 오르지는 못할망정, 봉당 한켠이라도 자리를 잡으려 하였다가 조카인 인형의 등쌀에 밀려나와 사랑문 밖에서 제사를 지내고 있는 것이다.

길동의 인물됨을 알고 있는 마을 사람 대부분은 길동이 구박받는 것을 불쌍하게 여겼지만 반상을 가르는 국법이 지엄하고 귀동과 인형의 위세가 무서워 남몰래 동정하는 이는 많을지언정 내색하는 자는 드물었다.

제사가 끝나자 비복들이 부지런히 움직여 음복 준비가 한창이었다. 하인들이 부리나케 제물들을 가져다가 부엌으로 가져가 제물을 나누어 돌리며 음복하는데 심부름하던 동자치 하나가 문밖에서 서 있는 소년을 보곤 두 눈을 황소처럼 뜨고 말했다.

"길동 도련님. 여기 이러고 계시지 말고 들어오셔서 음복이나 하세요."

"음복은 무슨?"

동자치 소년이 놀란 사람처럼 고개를 돌리니 홍인형이 갓신을 신고 내려오며 독살스러운 눈으로 동자치에게 말했다.

"예서 뭣 하는 게야? 어서 네 할 일 하거라."

"예, 도련님."

겁을 집어먹은 동자치가 꾸벅 인사를 하고 살 맞은 뱀처럼 마당으로 내뺐다.

홍인형이 길동의 모습을 아래에서 위로 위에서 아래로 한번 둘러보다가 코웃음 치며 말했다.

"제사가 끝났으면 음식물이나 싸가지고 어서 돌아가지 않고 예서 뭣 하는 거야? 네가 여기 있어봐야 우리 가문에 누가 될 뿐이니 어서 돌아가거라."

조카가 종들에게 명령을 내리는 것처럼 길동에게 하명하였다.

길동이 말없이 서글픈 웃음을 지으며 몸을 돌렸다.

"이놈아. 음복 아니 가져갈 테냐?"

등 뒤에서 인형의 목소리가 들려왔다. 조카에게 하대를 당하고 구박을 받고 나니 또 다시 마음속에 분노가 활화산처럼 타올랐지만 어찌할 것인가.

"저, 저놈 보게. 주둥이가 썩어 문드러졌나? 서출 주제에 자존심은 있어 가지고…. 음복이라도 가져가기 싫으면 말아라. 개나 주지."

인형의 목소리가 멀어져 갔다.

길동은 성큼성큼 걸음을 옮겨 행랑 마당을 나와 활짝 열린 솟을대문 앞에 우뚝 섰다.

눈물을 참으려 고개를 드니 솟을대문의 기와 위에 둥근 달이 슬픈 듯이 걸려 있었다. 이때가 절기는 입춘이 지나고 우수가 가까운 때라 낮에는 봄뜻이 다소 있으되 밤에는 겨울맛이 그대로 남아서 이따금 부는 바람에 몸이 오도독 떨리는데 분하고 억울하여 홑옷을 입었으되 추위가 느껴지지 않았다.

길동이 솟을대문을 나와서 어두운 밤길을 한참을 걷다가 문득 하늘에 뜬 달을 치어다보았다.

'옛말에 왕후장상(王侯將相)의 씨가 따로 없다더니 같은 사람으로 태어나서 양반은 무엇이고, 상놈은 무엇이란 말인가? 낳아 준 아버지를 아버지라 부르지 못하고, 형을 형이라 부르지 못하고, 태어날 때부터 양반과 상놈으로 갈려져서 짐승처럼 부림을 당하며 살아야 하는 세상이 올바른가? 양반과 상놈이 뭐가 다른가? 이목구비에 두 손 두 발이 온전히 같은데 어째서 신분에 따라 귀천이 나누어지는 것인가? 요순(堯舜) 시대에는 사농공상의 구별이 없었다는데 어찌하여 이 세상은 날 때부터 신분의 속박을 받으며 살아야 하는가. 아! 생각하니 내 사는 것이 사는 것이로되 숨만 쉬고 있을 뿐이지 희망이라고는 없으니 차라리 죽느니만 못하다.'

자연 걸음이 어머니가 있는 대나무골로 가지 않고 황룡강으로 향하였다.

## 하나

　황룡강에 달빛이 비쳐 흰 구렁이 한 마리가 구불거리는 것 같았다. 길동은 황룡강 용소(龍沼) 절벽 위에서 허공에 뜬 달을 바라보았다. 동그란 흰 달이 망망한 중천에 떠서 밝은 빛을 뿌리고 있었다.

　"너는 어둔 밤을 밝혀 주기라도 하지만 나는 사람으로 태어나서 사람 노릇을 못하니 살아도 사는 게 아니다."

　깊은 용소 절벽 위에서 혼자 신세 한탄을 하던 길동은 미련 없이 절벽 위에서 몸을 날렸다.

　죽기로 독한 마음을 품고 두 손을 꼭 잡고 몸 하나 까닥하지 않은 까닭에 물에 빠지기 무섭게 깊은 강물 아래로 내려가는데 한번 빠져 들어간 까닭에 몸이 자연히 올라와 물 위로 불끈 솟았다가 솟은 몸이 다시금 물속으로 들어갔다. 길동이 깊은 물속을 아래위로 오가며 적잖게 물을 마시게 되니 정신이 없는 가운데 갑자기 무언가가 등을 끌어당기는 것을 느꼈다.

팔다리를 움직이지도 않았는데 마치 등 뒤에서 무엇이 끌어당기는 것처럼 끌려가서 건너편 강가에 부딪혔다.

길동이가 어찌된 영문인지 모르고 무릎까지 오는 얕은 물에서 한바탕 물을 토한 다음에 정신을 차려보니 강가에 허연 형체 하나가 보였다.

"거기서 뭐 하는 거요?"

누군가가 묻는 소리에 길동이 정신을 차리고 바라보니 강가에 머리를 동인 노인 하나가 낚싯대 하나를 들고 두 눈을 껌뻑거리며 바라보고 있었다.

"밤늦게 자맥질하시오?"

노인의 물음에 길동이 말없이 고개를 내저었다.

노인이 다시 말했다.

"날이 차가우니 얼어 죽기 딱 좋소. 이리 나오시오."

"얼어 죽으라지요."

노인이 피식 웃으며 말했다.

"젊은 사람이 나를 놀리는 거요? 어서 이리 나오시오. 내 낚싯바늘은 돌려줘야 할 게 아니오."

길동이 옷섶을 바라보니 등덜미에 낚싯바늘 하나가 걸려 있었다. 등덜미에 걸린 낚싯바늘 때문에 죽지 못했던 것이다. 길동이 저고리를 벗어 덜미에 걸린 낚싯바늘을 떼 주었다.

노인이 웃으며 말했다.

"허허허. 죽을 사람이 고기 대신에 걸렸으니 젊은이가 오늘은 죽을 날이 아닌 모양이오. 다음번엔 기운을 차려서 나무에 목을 매어 보시오."

길동이는 노인의 그 말에 웃음이 나와서 독하게 품은 마음이 일시에 풀렸다.

"추우니 불이나 쬐시오. 고뿔들겠소."

길동은 노인이 이끄는 대로 몸을 일으켜 백사장에 막 피운 장작불 앞에 쪼그리고 앉았다. 따뜻한 온기 때문에 차갑게 언 몸이 금세 풀리는 것 같았다.

길동이 타는 불을 쬐며 붉은 불길을 바라보는데 맞은편에 말없이 장작불을 뒤집는 노인이 입을 열었다.

"개똥밭에 굴러도 이승이 좋다던데 젊은이는 무슨 이유로 이 좋은 세상을 하직하려 하시오?"

"사람이 사람답지 못하게 사느니 죽는 것이 나을 것 같아 그럽니다."

"사람이 사람답게 살지 못하다니, 나는 무슨 말인지 모르겠소."

"같은 사람으로 태어나서 누구는 양반으로, 누구는 상놈으로, 누구는 서얼로, 누구는 백정으로, 누구는 위세 좋게 부림을 하고, 누구는 짐승처럼 부림을 당하고 살아야 하니 이것이 사람이 사는 세상입니까? 인간으로 태어나 마소처럼 홀대받고 사느니 차라리 죽는 것이 낫지요."

노인이 코웃음을 쳤다.

"마소처럼 살지 않으면 될 것 아니오."

"마소처럼 살지 않는다니요?"

"젊은이의 모습을 보니 죽을 줄 알면서도 순순히 푸줏간에 끌려가는 소가 생각나는구려. 하긴, 죽을 줄 알면서 순순히 죽으러 가는 것은 이 세상 사람들도 마찬가질 거외다. 이래 죽으나 저래 죽으나 한가지이지만 푸줏간에 가는 소가 체념하지 않고 살 길을 찾아 힘을 쓴다면 살 길이 열릴지도 모르는 것 아니겠소? 요는 결국 자신의 마음에 달린 것이겠지요."

"마음만 가지고 세상을 바꿀 수 있겠습니까?"

"허허허. 대국에 있는 태형산과 만옥산이 옮겨진 사연을 아십니까?"

"모릅니다."

"그럼 이 늙은이가 이야기해 드리지요. 옛날 우공(愚公)이란 늙은이가 살았는데 태형산과 만옥산 때문에 외출하려면 항상 산을 돌아다녀야 하는 불편이 있었지요. 하루는 우공이 결심했습니다. 집안사람들을 불러 산을 옮기자고 하였지요. 그리고는 곧장 가족들을 데리고 산의 흙을 파내기 시작했지요. 이웃 사람들이 그 모습을 보니 얼마나 황당했을까요? 해서 한 사람이 쓸데없는 짓이라고 말했지요. 우공은 이렇게 대답했습니다. '자네는 이것이 할 수 없는 일이라고 하지만 내 생각은 다르네. 내가 죽으면 내 아들이 할 것이고, 내 아들이 죽으면 내 손자가 하면 되네. 대대손손 산을 파낸다면 언젠가는 산을 옮길 수 있을 것이네.' 우공의 일은 하루도 거르지 않게 계속되었지요. 산신령은 우공의 행동을 보고 산이 없어질까 전전긍긍하다가 마침내 옥황상제에게 우공에 대해 이야기하였습니다. 옥황상제는 느끼는 바가 있어 힘센 아들을 시켜 태행산과 왕옥산을 옮겨 주었답니다. 이것이 우공이 산을 옮긴 고사라오. 느끼는 것이 있으시오?"

길동이 가만히 노인을 바라보니 불빛에 반사되는 열기 있는 두 눈과 상서로운 기운이 누더기 위에 은연히 비치어서 보통 사람이 아닌 것 같았다.

"어르신은 어디 사십니까? 성함은 어찌 되시는지요?"

20

"난 그저 지나가던 사람인데 사는 곳은 금성(金城) 보리나루 근처이고 이름은 혜손(惠孫)이라 한다우."

혜손이라는 노인이 고개를 끄덕이며 빙그레 웃는데 먼 데서 닭울음 소리가 실낱처럼 들리면서 거뭇거뭇한 동편 하늘이 희끗희끗 밝아오기 시작하였다.

혜손이 팔다리의 먼지를 털며 천천히 일어서서 동녘을 바라보다가 길동에게 말했다.

"나는 이제 그만 가봐야겠소. 젊은이의 죽고 사는 일은 다시 천천히 잘 생각해 보시구려. 내가 보기에는 아무 생각 없이 죽어 봐야 부모님 가슴에 못을 박을 뿐이지 젊은이에게 아무런 득도 없을 것 같소. 살다 보면 좋은 날이 오는 것이 세상사외다. 인생 백 년도 못 사는데 어차피 죽을 것인데 우리는 왜 매일 밥을 먹는 것인지 생각해 본 적이 있소? 우물 안 개구리처럼 세상을 좁게 보지 말고 창공의 기러기처럼 넓게 넓게 보시오. 노력해 보지도 않고 지레 포기하는 것처럼 바보 같은 일은 없는 거요."

늙은이가 휘적거리며 낚싯대를 챙겨 백사장을 걸어나가더니 잠깐 사이에 방죽 너머로 사라져 버리고 말았다.

길동이 멍하게 노인이 사라지는 모습을 바라보다가 고개를 돌려보니 세차게 타던 불길도 명이 다하여 벌건 숯을 깜빡거리며 남은 온기를 전해 주고 있었다.

잠시 온기를 쬐다 보니 노릇노릇한 해가 동산에 떠올라 날이 훤하게 밝았다.

길동은 노인의 말을 되뇌었다.

'어차피 죽을 것인데 밥은 왜 먹는 것이지? 어차피 죽을 것인데 … .'

딱히 꼬집어 말할 수 없었지만 느끼는 바가 많았다.

'우공이산(愚公移山). 나 혼자의 힘으로 사람들이 반상의 구별 없이 살 수 있는 세상을 만들 수 있을까? 정말 그럴 수 있을까?'

그 사이에 해가 동산을 벗어나 세상을 환하게 비추고 있었다.

길동이 마침내 답을 찾지 못하고 자리에서 일어나 첫 배를 타고 황룡강을 건너 집으로 돌아왔다.


# 둘


길동의 집은 홍 대감의 집에서 1마장이나 떨어진 대나무골에 있었는데 삼 간 초가집이 푸른 대나무에 둘러싸여 아담한 가운데 운치도 풍겨 두 식구가 지내는 데는 안성맞춤이었다.

길동이 힘없는 발걸음으로 집 앞으로 들어섰을 때 어머니 춘섬이 울 앞에서 닭에게 모이를 주다가 손을 멈추고 길동에게 말했다.

"길동아. 늦었구나. 아침까지 먹고 왔느냐?"

"네."

"제사음식은 많이 먹었니?"

"네."

건성건성으로 대답하던 길동이는 꾸벅 인사 한 번을 하곤 방 안으로 들어가 네 활개를 펴고 드러누웠다.

춘섬은 형님 제사에 갔다가 빈손으로 들어온 길동의 모습을 보고, 길동이 사촌조카인 인형에게 천대받은 것을 짐작하였다. 그러나 근본이 다르니 알아도 할 수 없는 노릇이었다.

길동이 어릴 적에 인형이 하인들을 시켜 길동이를 괴롭히는 것이 한두 번이 아니어서 춘섬이 참고 참다가 홍 대감에게 이를 고한 적이 있었는데 엄한 불벼락이 도리어 춘섬에게 떨어져서 문 씨 부인에게 불려가서 매를 맞고 급기야 길동이와 함께 대나무골로 쫓겨나게 되었던 것이다.

길동이 인형에게는 삼촌이지만, 인형이로 말하자면 홍 대감댁의 엄연한 장손이니 서출인 길동이가 삼촌이라 하지만 근본부터 비교할 것이 못 되었다.

춘섬은 첩년이 버릇없이 교만하다고 욕을 들으며 무수한 매를 맞고 홍 대감의 집에서 쫓겨나면서도 한편으로는 따로 살면 길동이 인형이와 하인들에게 천대받지 않을 것이므로 다행으로 생각하였다. 춘섬은 대나무골에서 죽은 듯이 잠자코 살았는데 일 년에 열두 번 제사가 있는 날이면 길동이 풀죽은 모습으로 돌아오는 것이 흔한 일이라 춘섬은 길동의 마음을 알면서도 모르는 척 몸을 돌려 부엌에 와서 가슴을 쓸며 길게 한숨을 내쉴 따름이었다.

길동은 방 안에 드러누워 혜손이라는 노인을 생각하였다. 우연치고는 기이한 우연이 아닐 수 없었다.

명주 한 꾸러미가 다 들어간다는 깊은 용소에 빠져서 손발을 한 번 휘적이지도 않고 용을 쓰지도 않았는데 물살에 쓸려 떠내려간 것이 하필이면 그 노인의 낚싯줄에 걸린 것 하며, 유식한 언변과 빛나는 눈빛이 범상치 않은 사람 같았다.

'금성 보리나루에 산다고 했지? 금성에서 여기까지 낚시하러 올 일이 무어야? 푸줏간의 소라니 ⋯. 우공이산이라니 ⋯. 내 속을 들여다보는 것처럼 말을 하는 것이 혹시, 그 늙은이가 이인(異人)이 아닐까?'

누워 있던 길동이 벌떡 몸을 일으켰다.

"어머니. 아침밥 좀 차려 주세요."

춘섬이 미리 준비한 밥상을 가져와서 말없이 내어놓았다. 길동이 아귀처럼 밥과 찬을 말끔히 비우곤 춘섬에게 말했다.

"어머니, 내일 금성에 다녀올게요."

"금성에 다녀온다고? 갑자기 금성엔 왜?"

"급한 볼일이 생겼어요. 며칠 다녀올 것이니 차비 좀 해 주세요."

춘섬은 길동이 갑작스럽게 금성에 다녀온다는 말이 뜻밖이라 의아하였지만 심지 깊은 길동에게 뭔가 큰 뜻이 있으리라 짐작하였다.

다음 날, 길동이 땋은 머리를 칭칭 감아 이마에 동여매곤 쌀 한 말은 족히 되는 길양식을 등에 짊어지고 금성으로 출발하였다.

이날 아침부터 부지런히 걸어 70리 길 광산현(지금의 광주)에 도착하니 벌써 땅거미가 깔리는 저녁 무렵이 되었다. 가까운 객줏집에 들러서 하룻밤을 자고 다음 날 아침 일찍 쌀 반 되로 아침국밥까지 셈을 치른 후에 금성으로 출발하니 광산에서 금성까지 70리 길이라 길동의 걸음으로 정오가 훨씬 지날 무렵에 금성에 도착할 수 있었다.

금성(錦城)은 나주(羅州)의 옛 이름이니 나주의 진산인 금성산의 지명을 따서 불리어진 이름이다. 나주는 금성산을 뒤로 보고 영산강을 마주하였는데 영산강의 편리한 수로 때문에 나주, 순천, 강진, 해남 등 전라도 17개 고을을 세곡을 모아 저장하는 영산창(榮山倉)이 있어 문물의 번성함은 작은 고을에 비할 바가 아니었다.

길동이 나주에 들어와서 영산강가 선창 근처 주막에서 국밥 한 그릇을 시켜 먹고 혜손이란 사람을 수소문하였다.

사람들 말로 혜손은 보리나루 근처 작은 언덕 밑에 쓰러져 가는 작은 초막을 짓고 사는 어부였다. 강을 바라보고 서향하여 앉은 삼 간 초가집에 어린 딸 하나를 두고 논 한 마지기, 밭 한 마지기로 1년의 끼니를 연명하는데 사람이 종일 가야 한마디 말이 없을뿐더러 고기를 잡지도 못하는 낚싯대를 종일 드리우고 앉아 있다고 해서 '멍태공'이란 별명이 있다고 하였다.

길동이가 사람들의 말을 듣고 돌아갈까 어찌할까 이런 생각 저런 궁리를 하느라 보리나루 앞까지 와서는 걸음을 주저하였다.

'강태공 여상(呂尙)은 때를 만나기 위해 낚시질을 하며 기다렸다지만 혜손이란 사람은 양반도 아니고 다만 천한 어부일 따름이니 강태공의 흉내를 내는 것은 아닐 것이다. 내가 사람을 잘못 본 것일까?'

고개를 돌려 보니 영산강의 물이 석양빛에 수만 가지로 부서져 수만 마리의 은빛 물고기가 춤추는 듯 반짝거리고 있었다. 구름을 물들이는 붉은 석양빛은 점점 보랏빛으로 바뀌며 산천에 땅거미가 어둑어둑 깔리고 있었다.

"서산에 해가 떨어지면 마땅히 머무를 것도 없으니 생각하고 자시고 할 것도 없다. 이왕 여기까지 왔으니 살려줘서 고맙다는 인사나 하고 하룻밤 자고 가자."

길동이 마음을 정하고 사람들이 가르쳐 준 혜손의 집을 향하여 걸음을 옮겼다. 그렇게 얼마동안 작은 길을 따라오다가 왼손 편으로 산 밑에 외딴 집이 있는 것을 바라보고 걸음을 멈추었다.

# 셋

멍태공 혜손의 집은 작은 언덕을 뒤로 두고 서향하여 앉은 집이라 누렇게 빛바랜 초가지붕이 떨어지는 석양 붉은 빛을 가득히 받고 있었다. 주변에 집도 절도 없으니 사람들이 말하던 멍태공 혜손의 집이 분명한 것 같았다.

길동이 그 집을 바라보니 저녁밥을 짓고 있는지 저녁연기가 안개처럼 초가 위에 퍼져서 초가 옆에 우뚝우뚝 서 있는 물오른 버드나무들이 붉은 석양빛 안개에 잠기어 한 폭의 그림을 보는 것 같았다.

작은 오솔길을 따라 얼마쯤 가다 보니 솔가지 섶으로 울을 두르고 싸리바자로 삽짝을 단 깨끗한 초가 하나가 나타났다.

부엌에 누가 있는지 불빛이 반짝거렸다. 길동이 천천히 집 앞으로 다가가자 삽짝 안에서 별안간 개 짖는 소리가 났다. 삽짝 안에 재를 뒤집어쓴 것 같은 삽살개 한 마리가 번개처럼 쫓아 나와서 펄펄 뛰며 짖었다.

"업동아. 저리 가지 못해."

부엌에서 댕기머리 소녀 하나가 부지깽이를 들고 달려와 삽살개를 쫓았다.

삽살개가 부지깽이가 무서웠는지 앓는 소리를 지르며 얼른 도망하여 뒤안으로 사라져 버렸다.

"누구신가요?"

하얀 박 같은 이마에 얼굴이 복스럽게 생긴 소녀 하나가 부지깽이를 뒤로 감추며 말했다.

"여기가 혜손이란 분이 사시는 곳인가요?"

26

"맞아요. 제 아버님이세요."

"전 장성에서 온 홍길동이라 하는데 이틀 전에 목숨을 살려주셔서 인사차 들렀습니다."

소녀가 머리를 갸웃거리며,

"이틀 전에 볼일이 있다고 나가시더니 장성에 다녀오셨나?"

하곤 길동에게 말했다.

"어찌하나요? 아버님은 멀리서 온 친구분과 함께 바깥에 나가셨는데 아마 밤늦어서 돌아오실 겁니다."

"그럼 여기서 기다리지요."

소녀가 길동을 아래위로 훑어보다가,

"그럴 것 없이 집 안에서 기다리세요."

하곤 부끄러운 기색도 없이 삽작문을 열어 주었다.

길동이 천천히 삽작문 안으로 들어가 깨끗한 마당에 들어서니 소녀가 마당 가운데 있는 마루를 가리키며 말했다.

"저녁밥은 드셨나요?"

"아뇨."

"마침 저녁밥을 짓던 중인데 잠시 기다리세요."

소녀가 부지깽이를 들고 부엌으로 들어갔다. 잠시 후 해가 져서 어둡기 시작할 때 길동이 저녁 밥상을 받게 되었다. 한참 배고프던 참이라 저녁밥을 달게 먹고 상을 물리니 소녀가 상을 받아 부엌으로 가더니 광솔에 불을 붙여 가지고 나와서 마당 한가운데 화톳불을 놓았다. 이때에는 초저녁 달을 가리던 구름이 한 조각도 남지 않고 없어져서 달빛이 대낮같이 밝은데 소녀가 화톳불을 피워서 마당이 더욱 환하였다.

불을 피운 소녀가 아무 말 없이 부엌으로 들어가더니 밥을 먹는지 설거지를 하는지 잠시 달그락거리는 소리가 들리더니 잠시 후 바깥으로 나와서는 조심스럽게 방 안으로 들어갔다.

방 안에 희미하게 불이 켜졌다. 아무 소리도 들리지 않고 문 밖으로 보이는 모양새가 바느질을 하는 모양이었다.

향기로운 냄새가 코를 찌르는 듯하여 고개를 돌려 보니 울타리 앞에 하얀 옥매화 한 그루가 가지에 수만 송이 흰 꽃을 피우고 있었는데 밝은 달빛을 받아 마치 눈송이를 단 것 같아 봄밤의 그윽한 운치가 있었다. 한동안 기다려도 사람은 오지 않고 뒤안으로 도망갔던 기죽은 삽살개가 길동의 눈치를 살피며 슬그머니 기어와서 마루 밑에 기어들었다.

길동이 하릴없이 기다리는 것이 지루하였지만 늦은 밤에 방 안에 있는 소녀에게 말을 거는 것이 예의가 아니라 꾹 참고 기다렸다.

먼 산중에 소쩍새가 우는 모양이다. 멍하니 달을 치어다보다가 화톳불을 바라보는데 삽짝 밖에서 발자국 소리가 나더니 달빛에 두 사람의 모습이 희미하게 보였다.

길동이 놀란 사람처럼 화들짝 일어나 얼른 사립문을 열고 두 손을 모아 정중하게 인사하였다.

"안녕하십니까?"

봉두난발한 혜손이 물끄러미 길동을 바라보며 말했다.

"누구신데 우리 집 문을 열어 주는 거요?"

"예. 이틀 전에 황룡강에서 죽을 뻔한 사람을 살려 주신 적이 있지요? 나주에 온 길에 감사하다는 인사를 드리려고 찾아왔습니다."

"그럴 필요 없는데 괜한 걸음 하셨소."

혜손이 길동이를 본척만척 지나가는데 한 걸음 뒤에서 오던 민머리 스님이 걸음을 멈추어 길동이의 얼굴을 유심히 바라보다가 그 뒤를 따랐다.

스님의 말소리를 들었는지 방문이 열리며 소녀가 나와서 공손하게 인사하였다.

"아버님. 스님. 이제 오셨습니까?"

스님이 소녀를 바라보며 말했다.

"오냐. 은옥(恩玉)아. 집에 남은 술 있거든 좀 내오너라."

스님이 어슬렁어슬렁 혜손이 앉아 있는 마루에 가 앉았다.

은옥이 부엌에 가서 술 한상을 봐 가지고 나와 두 사람 사이에 차려 놓고는 조용히 방 안으로 들어갔다.

"은옥이가 올해 15살이지?"

"으응."

"은옥이가 좋은 배필을 만나겠구나."

"으응."

혜손이 말없이 고개를 끄덕끄덕하며 술병을 들어 스님의 잔에 술을 따라 주었다.

스님이 잔을 받으며 입을 열었다.

"동궁의 성정이 잔인하다더군. 임금께서 후원에 사향 한 마리를 키우시는데 동궁이 발로 차서 쫓아 버리더라는군. 자네 알고 있나?"

"으응."

"자네 보기에도 태평성세가 오래갈 것 같지 않지?"

"으응."

"하긴 동궁이 임금 자리에 오르면 어머니 일로 한바탕 피바람이 불겠지. 어려서부터 어미 정을 제대로 받지 못하고 자랐으니 그 원수를 갚아서 심화를 풀 작정일 테지."

"으응."

"그게 다 인과응보(因果應報)지. 아니 그런가?"

"으응."

"그러니 문제일세. 온 세상이 도적놈의 세상이 되어버리면 불쌍한 백성들은 누굴 의지해야 하나? 이 나라가 남아나겠나? 자네 어떻게 생각하나?"

"난 잘 모르겠네."

길동이 마당가에 꿰다 놓은 보릿자루마냥 우두커니 서서 두 사람의 이야기를 들으니 대개 말을 하는 쪽은 누더기 먹장삼을 입은 스님이고 말을 받는 쪽은 혜손이었다.

두 사람의 말이 다 아는 이야기를 한 번 더 확인하는 것 같아서 별 재미는 없는데 이야기를 들어보니 장차 이 나라의 앞날을 말하는 것 같았다.

술 한 잔을 마신 스님이 길동에게 손짓을 하였다. 길동이 천천히 다가가 시립하고 있으니 스님이 대뜸 말을 걸었다.

"네 이름이 무어냐?"

"홍길동입니다."

"홍길동? 이목구비가 뚜렷하고 두 눈에 열기가 이글거리는 것이 똘똘하게 생겼네 그려. 천상이라 약간 아쉬운 감은 있지만 말이다. 그건 그렇구 여긴 무엇 하러 왔느냐?"

"살려주셔서 감사하다는 말씀을 드리러 왔습니다."

스님이 혜손의 얼굴을 힐끔 보곤 길동에게 물었다.

"정말 살려줘서 감사하다는 말을 하러 온 거냐? 그렇게 아니 보이는데?"

스님이 속마음을 꿰뚫어 보는 것 같아서 길동은 가슴이 철렁하였다.

"네가 글은 배웠느냐?"

"예."

"시는 지을 줄 아느냐?"

"예?"

"너도 앞에 있는 이 사람처럼 입이 닫힌 모양이구나. 할 줄 아는 말이 '예' 하나밖에는 없는 모양이구나."

스님이 껄껄 웃더니 입을 열었다.

"네가 이 시의 대구를 한번 지어 볼 테냐?"

스님이 다짜고짜 손가락에 술을 축여 마루 위에 시 한 수를 지었다.

燈鏡淨土樹       등불은 정토의 보리수를 비춘다.

"네가 이 시의 대구를 지을 수 있겠느냐?"

다짜고짜 질문을 해대는 스님이 범상치 않은 사람임을 시를 통하여 알 수 있었다. 일견 평이해 보이는 문장이지만 가만히 살펴보니 화금수토목(火金水土木) 오행(五行)이 한 문장에 갖추어진 시였다.

길동이 어려서 신동이라고 이름이 높았지만 이런 보도 듣도 못한 시가 있으리라고 생각을 하지 못한 까닭에 멍하니 시와 스님을 바라보았다.

"대구가 생각나지 않는 모양이지?"

"예. 오행이 한 문장에 있어서 대구를 다는 것이 쉽지 않겠습니다."

"네가 그걸 안 것만도 대단한 일이다. 과연 홍일동의 동생답구나."

길동의 두 눈이 휘둥그레졌다.

"저를 아십니까?"

"네가 나를 모를 뿐이지 나는 너를 잘 안다. 네가 홍일동이의 이복동생이지?"

"예. 그걸 어떻게?"

"다 아는 수가 있다니까 그러네."

"그러는 스님은 뉘십니까?"

"나? 설잠이라는 돌중이지. 돌중이 되기 전엔 사람들이 나를 김시습(金時習)이라고 부르더라."

길동이가 깜짝 놀라 스님에게 넙죽 큰절을 하였다. 길동이가 시골에 나고 자랐지만 뚫린 귀가 있으니 어찌 당대 이인이라는 김시습을 모를 리가 있겠는가. 태어난 지 여덟 달에 글을 알았고 세 살 때 시를 지었으며, 다섯 살에 대학(大學)을 통하여 글을 지었으니 세종대왕께서 시험해 보시고 비단 50필을 주어 스스로 가지고 나가게 하였다는 5세 신동 김시습이 바로 눈앞에 있는 스님이라니, 길동은 눈으로 보고도 믿어지지 않았다.

"네가 영민한 것이 식견이 보통이 아니구나."

설잠 스님이 빙그레 웃다가 혜손에게 고개를 돌렸다.

"자네는 저 아이에게 할 말이 없는가?"

"없네."

설잠 스님이 무안한 듯 입맛을 쩝쩝 다시다가 물끄러미 길동을 내려다보았다.

"네가 제일 좋아하는 구절이 무어냐?"

"사기(史記)에 진승이 말했던 왕후장상(王侯將相)이 영유종호(寧有種乎)라는 구절입니다."

설잠 스님이 민대머리를 쓰다듬으며 얼굴을 찌푸렸다.

"네가 불민한 마음을 가지고 있구나."

"송구합니다. 그렇지만 한고조 같은 영웅들은 빈천한 곳에서 나서 천자까지 되었는데 어째서 재주가 있어도 신분이 천한 사람은 반상의 속박에 갇혀서 죽을 때까지 그 능력을 발휘할 수 없는 것입니까?"

"경국대전에 서얼금고법이 있어 서얼의 관리 진출을 금하고 있지만, 홍 대감처럼 문무 2품 이상을 했던 천인의 자식은 정 5품까지는 할 수 있지 않느냐? 너는 정승은 될 수 없지만 네가 마음먹는다면 얼마든지 벼슬을 해서 네 능력을 발휘할 수 있단다."

"제 이야기가 아닙니다."

"엉? 너는 나라의 법이 마음에 들지 않는다는 거냐?"

"송구하지만 그렇습니다."

"그래서 네가 어떻게 할 테냐?"

"……."

"네가 무엇 하러 여기에 왔느냐?"

"스, 스승님을 구하러 왔습니다."

"스승?"

"우공이 되고 싶어서 찾아왔습니다."

"우공? 난데없는 우공은 무슨 말이야?"

설잠 스님이 옆에 앉은 혜손에게 고개를 돌렸다.

"혜손이를 스승으로 삼을 생각이란 말이냐?"

"예."

"혜손이를 스승으로 삼으면 네가 반상의 구별을 어찌할 수 있을 것이라고 생각하느냐?"

"……."

설잠 스님이 멀뚱멀뚱하게 혜손과 길동을 번갈아 바라보았다.

길동은 혜손이 자신을 살려준 것이 반드시 이유가 있을 것이라 생각하였다. 더구나 김시습 같은 천하 이인과 친한 친구 사이라면 반드시 숨은 공부가 무궁할 것이라 짐작되어 마음을 굳게 먹었다.

"제자로 받아 주십시오."

길동이가 마당 가운데에 무릎을 꿇고 앉아 혜손을 올려다보았다.

"이보게. 혜손이. 자네보고 묻네그려."

"난 생각이 없네."

혜손이 툇마루에서 방 안으로 들어가 버렸다.

"허허. 그 사람 참."

설잠 스님이 길동을 물끄러미 내려다보다가 문을 열고 방 안으로 들어갔다.


# 넷


설잠 스님이 이부자리를 펴는 혜손에게 물었다.

"이보게. 혜손이. 자네가 살린 아이였다면서?"

"우연히 만났다네."

"자네가 그런 말을 하면 내가 믿을까? 내가 저 아이의 관상을 바라보니 미간에 산천의 정기가 영롱한 것이 보통 아이가 아닐세."

"밤이 깊었으니 잠이나 자게."

설잠 스님이 아랑곳하지 않고 말했다.

"나보다는 자네가 더 잘 알 것 아닌가. 저 아이를 왜 불러들였나? 혹시 내가 오리라 짐작하고 그 아이를 이곳으로 불러들인 것인가?"

"……."

혜손이 묵묵부답 대답이 없었다.

"이 사람 입이 붙었는가? 우리가 금강산에서 검단 선사님께 도를 배울 때에는 간혹 말이라도 하더니 요즘엔 아예 입이 붙었구먼."

"자네가 쓸데없는 말을 하니 그렇지."

"쓸데없는 일을 하지 않는 자네가 길동이를 구한 것을 보니 쓸 데 있는 일 같아서 물어보는 걸일세. 허허, 반상의 구별이 없는 세상이라니…. 어린 아이의 생각치고는 실로 상상키 어렵군. 보통 아이가 아니야. 자네, 나에게 말해 보게. 무슨 까닭으로 길동이를 살려주었나?"

"물은 가만히 놔두어도 제 길을 찾아가는 법이지."

"자네를 찾아온 것이 운명이란 말인가. 아니면 자네가 길동이를 살려준 것이 운명이란 말인가?"

"……."

설잠이 돌아누운 혜손을 바라보다가 한숨을 내쉬었다.

"저 아이를 보니 일동이가 생각이 나네. 일동이가 술을 참 잘 마셨지. 술만 잘 마셨나? 사람이 별난 데가 있었지. 일동이가 진관사(津寬寺)에서 놀 때 한 끼 밥으로 떡 한 그릇, 국수 세 사발, 밥 세 그릇, 두붓국 아홉 그릇을 먹었는데 그도 성이 안 차서 산 밑에서 찐 닭 두 마리, 생선국 세 그릇, 어회 한 쟁반, 술 마흔여 잔을 먹었지. 일동이 대식가인가 하면은 그것도 아니라서 평소에는 우리처럼 쌀가루만 조금

씩 먹고 벽곡(辟穀)을 하고 살았지. 그 아이는 공부가 착실했는데 홍주에서 술병으로 죽었네. 불쌍하신 단종을 폐하고 세조가 왕위를 잡은 것에 공신칭호 받은 것이 부끄러워 매양 술만 마시다가 그렇게 된 것 아닌가? 삼문이나 팽년이 같은 이들은 절개 지킨다구 죽구, 일동이는 절개는 고만두구서라도 한명회 같은 간신배들 세상이 될까 두려워서 조정에 남아 있다가 울화를 참지 못하고 술을 벗 삼아 죽었으니 인간사 불쌍하기는 마찬가지, 인생 백 년에 시름 잊구 웃는 날이 몇 날이나 되겠나. 일생 허망할 따름이지."

설잠 스님이 죽은 듯이 누워 있는 혜손을 바라보았다.

"일동이처럼 나는 허망하게 일생을 살다가 그냥 가네만 자네는 그리 가기에는 재주가 너무 아까우이. 자네는 노산군께서 나보다 1등으로 삼았던 인물 아닌가?"

"지난 얘기 해서 무엇하게?"

설잠이 길게 한숨을 내쉬자 혜손이 말했다.

"자네 일생도 마냥 허망한 것만은 아닐세."

"자네가 그리 말하면 안심이네. 그런데 밖에 있는 녀석을 어떡할 것인가? 쉽게 포기하진 않을 모양인데 자네가 거두지 않을 텐가?"

"내가 나설 일이 있겠는가? 자네가 어련히 알아서 할 텐데 ….."

"나보고 저 아이를 맡으라구? 난 이제 제자를 거둘 기력도 없네."

"자네에겐 책이 있지 않은가?"

"책?"

"검단 선사님께 받은 책 말일세."

"엉? 으허허허. 자네 알고 있었군. 그렇잖아도 이번에 한양 가서 윤군평이에게 맡겨 두었던 책하고, 홍유손이에게 맡겨 두었던 책을 찾아왔는데 자네 혹시?"

"이보게. 꽃 피고 새 우는 데 이유가 있는가? 때가 되니 그런 게지."

시습이 검단 선사에게 받은 책 3권이 있었는데 한 권은 《참동용호비지》(參同龍虎秘旨)라는 책으로 윤군평에게 빌려 주고, 한 권은 《천둔검법연마결》(天遁劍法鍊磨訣)이란 책으로 홍유손(洪裕孫)에게 맡겨 두었다. 또 한 권은 《옥함기내단법》(玉函記內丹法)이란 책으로 정희량(鄭希良)에게 주었는데 이번에 시습이 윤군평과 홍유손, 두 사람에게 맡겨 두었던 책을 회수하여 내려오다가 혜손을 찾아온 것이다. 그런데 혜손이 지금 그 일을 거론하는 것이 모두 이유가 있으리라 짐작되었다.

"알았네. 자네 뜻을 알아듣겠네."

설잠 스님이 힐끔 창문을 열고 바깥을 바라보았다.

바깥에 피워놓은 화톳불이 가물가물 꺼져가는데 길동이 홀로 무릎을 꿇은 채 앉아 있었다.

"저 녀석. 고집이 대단하군. 어디 한번 두고 보자."

설잠 스님의 입가에 미소가 걸렸다.


## 다섯

'분명히 날 시험하시는 것일 게다.'

길동이 마음을 굳게 먹고 무릎을 꿇은 채로 하명이 있기를 기다렸지만 아무리 하여도 부르는 소리가 들리지 않았다.

바깥에 피워 놓았던 불이 꺼지고 밤이슬이 내려앉아 머리와 어깨가

축축하게 젖었다. 멀리서 짝을 찾는 소쩍새가 울고 있을 뿐 사위는 고요하여 온 세상이 무거운 정적에 잠긴 것 같았다.

습기가 올라오는 마당에 무릎을 꿇고 앉아 있으니 다리가 저려왔다. 저린 다리를 주물러 가며 굳게 앉아 있으려니 초가지붕 위가 뿌옇게 밝아오며 쟁반처럼 둥근 달이 떠오르고 있었다.

둥근 달을 바라보며 입술을 굳게 다물었다.

'맹자는 하늘이 사람을 시험할 때에 반드시 고난을 주신다고 하셨다. 이 정도의 고통도 참아내지 못하고 무엇을 할 수 있단 말인가. 우공은 산을 옮길 정도의 끈기가 있었는데 이 정도로 무너져서 안 되지.'

마음을 다잡으며 무릎을 꿇고 있으니 어느덧 중천에 뜬 달이 기울어 서산머리에서 가물거리고 있었다.

벌써 새벽녘이 되었는지 동산이 뿌옇게 밝아오고 있었다. 새벽녘이라 강바람이 차서 몸이 오들오들 떨렸다.

'몇 날 며칠 동안이라도 이렇게 기다릴 테다.'

마음을 굳게 먹고 방문을 바라보았다. 그때, 방문이 슬며시 열리더니 설잠 스님의 얼굴이 나타났다.

"길동아. 춥지 않느냐?"

"괘, 괜찮습니다."

설잠 스님이 방문을 닫고 조심조심 마루를 내려와 섬돌에 놓인 짚신을 신었다.

"백날을 그렇게 앉아 있어도 소용없는 일이다. 나를 따라오너라."

스님이 어슬렁거리며 사립문 밖으로 나갔다.

길동이 한동안 몸을 일으키지 못하고 다리를 주무르다가 간신히 몸을 일으켜 사립문을 나왔다. 아침 이슬이 촉촉하게 내려앉은 오솔길을 따라 걷던 길동은 영산강 변에 우두커니 서 있는 스님을 발견할 수 있었다. 길동이 스님의 곁에 다가가 말없이 시립하였다. 물끄러미 강물을 바라보던 설잠 스님이 입을 열었다.

"길동아. 네가 하고 싶은 것이 무어냐?"

"…… ."

목구멍으로 세상을 바꾸고 싶다고 말하고 싶지만 차마 말이 나오지 않았다.

"길동아. 지금은 혜손이 널 제자로 받아줄 것 같지 않구나. 네가 고집스럽게 버티고 있지만 아직 시절 인연이 닿지 않았으니 나중에 찾아오거라."

"그렇지만 … ."

"내가 어젯밤 곰곰이 생각해 보았다. 앉아서 천리를 보는 혜손이 같은 천하 이인이 널 살린 것은 반드시 그러한 이유가 있을 것이다. 마침 내가 혜손을 찾아왔을 때 네가 이곳으로 온 것을 보면 너와 내가 만날 인연이었나 보다. 하여 혜손의 가르침 대신에 너에게 내가 소중하게 간직하고 있는 책 두 권을 주려 한다."

스님이 품속에서 책 두 권을 꺼내 주었다. 책장에 《참동용호비지》와 《천둔검법연마결》이라는 글이 쓰여 있었다.

"이게 뭡니까?"

"마침 내가 가진 것이 그 두 권이었는데, 아마 혜손 그 사람이 말을 하지 않아도 이렇게 될 것을 짐작하고 있었을 것이다. 책의 내용이야 네가 읽어 보면 알 것이고, 네 총명함은 아는 바이니 성심껏 연마한다면 후일에 큰 도움이 될 것이다."

"저에게 왜 이런 책을 주시는 겁니까?"

"혜손의 가르침 대신이라고 하지 않더냐? 내가 혜손에 비해서는 재주가 한참 떨어지지만 같은 사문 출신이니 내가 널 가르친다고 해도 부끄러울 것이 없다. 그러니 허튼 짓 하지 말고 이 길로 너희 집으로 돌아가거라."

"예?"

"나도 볼일을 마쳤으니 이 길로 홍산 무량사로 돌아갈 생각이다. 후일 네게 어려운 일이 생겼을 때 무량사로 한번 찾아오너라."

말을 마친 스님이 몸을 돌려 강변으로 난 길을 따라 걷기 시작하는데 번쩍번쩍거리는 것이 달리는 것보다 빨라서 순식간에 저만치 멀어지는 것이었다.

'스님이 축지를 하시는 모양이구나.'

길동이 놀라움을 감추지 못하고 바라보는 사이에 스님의 모습이 아침 안개 사이로 연기처럼 사라져 버리고 말았다. 길동이 스님이 사라진 방향을 향하여 큰절을 하였다.

벌써 날이 훤하게 밝아 동녘에 붉은 태양이 떠오르고 있었다. 길동은 손에 든 두 권의 책을 한동안 바라보다가 그 길로 나주를 떠나 장성 대나무골로 돌아왔다.

# 음모
## 陰謀

## 하나

길동이 그날부터 김시습에게 받은 책을 전심으로 공부하였다. 《참동용호비지》는 수단(修丹)의 묘리가 적힌 책으로 정(精), 기(氣), 신(神)을 수련하는 비결을 적어 놓은 책이었고, 《천둔검법연마결》이란 천둔검법을 연마하는 법을 기록한 책이었다.

길동이 밤낮으로 수단을 연마하는 사이에 몸이 점점 가벼워져서 밥을 먹지 않아도 배고프지 아니하고, 힘든 일을 해도 기운이 솟아났으며, 몸이 가벼워져서 하룻저녁에 이삼백 리 길을 왕복하여도 숨이 차지 않았다.

늦은 밤에는 나무 막대기를 가지고 천둔검법을 연마하였는데 용호비지의 덕으로 몸이 날래어져서 땅을 차면 허공으로 솟아오르고 나무 막대를 휘두르면 풍우가 일어나 마치 검은 구렁이가 길동의 몸으로 구불거리는 것 같았다.

길동이 숨어서 무예를 연마하건만 소문이 발이 달리지 않고도 소리 없어 퍼져서 홍 대감의 애첩인 초란의 귀에까지 들어갔다.

초란은 홍 대감이 경성(鏡城)에서 데려온 관기로 눈치가 빠르고 말 주변이 좋을뿐더러 다소간의 문리가 있어서 홍 대감의 총애를 받고 있었는데, 경성 있을 때부터 점을 보길 좋아하였다.

때마침, 장성 현감의 문객으로 최연(崔演)이란 사람이 찾아왔는데 사주를 귀신같이 본다고 소문이 자자하였다. 초란이 이 소문을 듣고 사주 몇 개를 챙겨서 최연을 찾아갔다. 초란이 먼저 홍일동의 사주를 꺼내 놓으니 최연이 유심히 사주를 보다가 입을 열었다.

"춘화만발 돌풍낙과(春花滿發 突風落果). 봄꽃이 향기로운데 돌개바람을 만나 열매 맺지 못하니, 요절할 수요. 초년에 크게 이름을 날리지만 오래가지 못하니 안타까운 일이오. 뉘신지는 모르지만 벌써 돌아가신 지가 한참 되었구려."

초란의 입이 쩌억 벌어졌다.

"정말 용하시군요."

"내 자랑 같지만 내 스승님으로 말하자면 당대 이인이라 불리는 매월당 김시습 선생님이십니다. 내가 그분에게 망단비결을 조금 배웠는데 사주는 좀 볼 줄 알지요. 지금 세상에 나보다 사주를 잘 보는 사람이라면 스승님 말고는 정허암(정희량의 자) 정도 될까? 내가 세 손가락 안에는 드는 사람이외다."

최연이 세 손가락을 펴며 어깨를 으쓱거렸다.

"그럼 이 사주를 한번 봐 주세요."

초란이 슬그머니 길동의 생년일시를 꺼내 놓았다.

최연이 사주를 받아보다가 머리를 갸웃거리며 말했다.

"이 사주는 임금의 사주 아니오?"

"뭐라고요?"

"종사지존(宗社至尊)에 만성지부(萬姓之父)라고 나와 있으니 우리 임금이 아니고 무어요. 이 사람이 염치도 없게 두 번이나 날 시험하는 거요? 당신 같은 사람은 천금을 주더라도 봐 주지 않을 것이니 썩 물러가시오."

최연이 화를 버럭 내곤 초란을 쫓아버렸다.

초란이 사주를 받아들고 집으로 돌아와 생각하니 가슴이 떨려서 잠도 오지 않았다. 길동이같이 천한 것이 임금이 된다면 필시 역적질을 할 것이 분명하였다. 더구나 밤낮없이 무예를 연마하는 것을 생각함에 최연이 본 사주가 틀림없다고 생각하는 초선이었다.

그날 밤, 홍 대감의 처소에서 초란이 말했다.

"대감. 길동이 밤마다 무술을 배운다는 사실을 아십니까?"

"길동이가 무술을 배워?"

"예. 늦은 밤에 대숲에 홀로 들어가 무술을 수련하는 것이 벌써 몇 년 되었다지요? 그 아이가 무엇 때문에 무술을 수련하는 것일까요? 저는 겁이 납니다."

"뭐가 겁이 난단 말이냐?"

"벼슬을 할 수도 없는 천출이 뭣 때문에 칼을 휘두른단 말이에요? 더구나 길동이 그 아이가 보통 비범한 아입니까? 그 아이가 음험한 생각을 하지 않고서는 뭣 때문에 무예를 수련하겠어요?"

"음험한 생각이 뭐야? 되지도 않는 소릴랑 말어라."

초란이 훌쩍훌쩍 소매로 눈물을 훔치며 말했다.

"걱정되어 하는 말입니다요. 아닌 말로 그 아이가 역적질이라도 하면 어쩝니까?"

"그만 두지 못해?"

초란이 울먹이며 사주쟁이 최연을 만나 보고들은 이야기를 숨김없이 해주었다.

"너는 이 일을 다른 사람에게 말하지 말아라."

대감이 초란을 단단히 단속한 후에 길동의 사주구절을 보니 마음이 심란하여 그 길로 하인 하나를 대동하고 길동이 살고 있는 대나무골로 찾아왔다.

## 둘

늦은 밤, 초가집 안에 은은한 불빛이 깜빡거리고 있었다. 누런 창호문 밖으로 춘섬의 모습이 그림자로 비치었다. 바느질 하고 있는지 웅크린 모습이었다.

초롱을 든 하인이 삽작문 밖에서 소리쳤다.

"대감마님 납시셨습니다."

문이 벌컥 열리며 버선발 차림으로 춘섬이 마당으로 뛰어나왔다. 삽작문을 열어주며 다소곳이 머리를 숙이고 있는 춘섬은 나이가 들었지만 달덩이같이 복스러운 얼굴은 그대로였다.

"나리, 오셨습니까?"

춘섬이 두 손을 가만두지 못하고 만지작거렸다.

"길동이는 어디 있느냐?"

"대숲에 바람 쐬러 간 모양입니다."

"바람 쐬러 갔다구?"

홍 대감이 하인과 함께 집 뒤편에 있는 대숲으로 들어갔다. 깜깜한 대숲 위로 둥근 달이 떠서 길이 환하게 비치었다.

대숲으로 난 길을 따라가다 보니 어두컴컴한 숲 안에서 딱딱거리며 대나무 부딪치는 소리와 천둥 같은 기합소리가 들려왔다.

소리가 나는 방향으로 다가가니 대숲 가운데 넓은 공터가 있고 그 가운데에 길동이 목검을 들고 우두커니 서 있다가 홍 대감을 확인한 듯 고개 숙여 목례를 하였다.

"네가 이런 야밤에 여기서 도대체 무엇하는 것이냐?"

"……."

홍 대감의 꾸중에 길동이 아무런 대답 없이 고개를 숙였다. 홍 대감이 주위를 둘러보니 커다란 대나무가 부러져서 여기저기 쓰러져 있었다.

"네가 무엇 때문에 검술을 연마하느냐고 물었다."

"사내대장부로 태어나서 사람답게 살지 못하니 울울한 마음을 풀 길 없어 밤마다 달빛을 받으며 목검을 휘두르고 있습니다."

"울울한 마음을 풀 길 없어 목검을 휘두른다고? 네가 장차 도적이 될 생각으로 검술을 배우는 것이 아니냐? 아니면 역적질을 하려고 그러는 것이냐? 그도 아니라면 이런 야심한 밤에 검술을 연습하는 이유가 도대체 뭐냐? 앞으로 내 귀에 검술을 연습한다는 소리가 들려오면 용서치 않을 것이니 그리 알라."

"대감!"

길동이 무릎을 꿇고 앉아 홍 대감의 얼굴을 올려다보았다. 길동의 각진 두 눈에서 두 줄기 눈물이 흘러나왔다.

"너는 내일 아침 일찍 백양사로 가서 한동안 근신하고 있거라."

홍 대감이 몸을 돌려 대숲을 빠져나가 그 길로 집으로 돌아왔다. 이 날 홍 대감은 뜬눈으로 밤을 지새웠다.

# 셋

다음 날, 뜬눈으로 밤을 새운 홍 대감이 길동이가 백양사로 떠났다는 소식을 듣고 때늦은 잠을 청하는데 최연이 주었다는 사주를 생각하니 가슴이 막막하고, 길동이 우는 얼굴을 떠올리니 마음이 답답하여 식음을 전폐하더니 마침내는 병이 나고 말았다.

갑작스런 홍 대감의 병환에 부인과 귀동이 근심하여 용한 의원을 부르고 좋은 약을 써 보았지만 효험이 없었다.

이날, 초란이 부인과 귀동에게 찾아가 사주쟁이 최연을 찾아가 들었던 일과 대감이 길동을 만나러 다녀왔던 일까지 낱낱이 고하였다.

이야기를 듣고 난 귀동이 놀란 얼굴로 초란을 바라보았다.

"어릴 적부터 재주가 비범해서 사람을 놀라게 하더니 그 천한 녀석이 왕이 될 사주라니? 그렇다면 조선왕조를 무너뜨리고 새 나라를 세운다는 거야? 말도 안 되는 소리. 그야말로 집안을 멸문시킬 이야기가 아니고 무어야?"

초란이 부인과 귀동을 번갈아 바라보며 입을 열었다.

"대감의 환후가 위중한 것이 모두 길동이 때문입니다. 제 천한 소견으로는 길동이 딴 마음을 먹기 전에 길동을 죽여 후환을 없앤다면 대감께서 쾌차하실 뿐 아니라 집안을 보전할 수 있을 것입니다."

부인이 얼굴을 찌푸렸다.

"아무리 그렇다 하더라도 천륜이 무거운데 어찌 그럴 수 있겠나?"

귀동이 손사래를 쳤다.

"어머니. 큰불은 작은 불씨에서 비롯되는 것입니다. 불씨가 커지기 전에 없애 버리는 것이 상책이외다. 길동이 배다른 동생이지만 후일에 만약 길동이가 사주에서처럼 흉악한 일을 저지르기라도 한다면 어찌하겠습니까? 제가 보기에도 홍 씨 집안의 근심을 뿌리째 뽑아내려면 그 방법밖에는 없습니다. 어머니, 역적의 집안이 어떻게 되는지 아십니까? 3족이 연좌되어 멸족당하고 여자들은 관비가 되어 노예처럼 살아야 합니다. 집은 파헤쳐져 못이 되고 천년만년 동안 사람들의 손가락질을 받고 살아야 합니다."

부인이 도리머리를 흔들며 말했다.

"난 모르겠으니 너희들이 알아서 하거라."

귀동이 초란에게 고개를 돌렸다.

"좋은 방법이 있는 거요?"

초란이 방긋 웃으며 말했다.

"그럼요. 제가 아는 사람 중에 특재(特才)라는 검객이 있는데 칼을 여사로 예사롭게 다루지 않는답니다. 마침 길동이 백암사 암자에 들어가 있으니 특재를 시켜 일을 도모한다면 어렵지 않게 근심이 제거될 것입니다. 부인께서는 재삼 생각하여 주십시오."

부인이 소매로 눈물을 닦으며 말이 없는데 귀동이 길게 한숨을 내쉬며 말했다.

"동생을 죽이는 일은 차마 인간으로서 할 짓이 아니지만 첫째는 나

라를 위함이고, 둘째는 아버님을 위함이고, 셋째는 홍 씨 가문을 보전
키 위해서이니 뜻한 바대로 행하시오."

"알겠습니다."

초란이 그 길로 물러나와 특재를 불러 이 말을 그대로 전하였다.

"알아서 모시겠습니다. 사람 하나 죽이는 것쯤이야 파리 잡는 것과
같은 일이니 나중에 상급이나 후하게 주십시오."

특재가 누런 이를 드러내곤 이죽거리며 웃었다.

## 하나

암자 바깥에 계곡을 지나가는 바람소리가 휘이- 하고 들려왔다. 늦은 밤이라 호롱불을 밝히고 책을 읽다말고 창문을 열어보니 시원한 바람이 방 안으로 들어왔다.

보던 책을 덮고 바깥으로 나가니 구름 속에 갇혔던 둥근 달이 뽀얗게 머리를 내밀고 있었다.

"벌써 달포가 되었나?"

길동이가 홍 대감의 명을 받고 백양사 고적암에서 생활한 지가 달포나 되었다. 그동안 길동이 무료하게 책만 읽다 보니 온몸이 찌뿌둥하여 견딜 수가 없었다. 마당으로 나가 기지개를 켜니 청량한 공기가 정신을 맑게 해주는 것 같았다.

사립문 옆에 지개와 작대기 하나가 보였다.

길동이 작대기를 들어 마당 가운데서 칼춤을 추었다. 몽둥이를 든 탓에 검은 구렁이가 구불구불 기어가는 것도 같고 검은 안개가 길동이의 몸을 감싸고 있는 것 같았다.

한동안 칼춤을 추던 길동이 돌연 멈추어 서서 고개를 갸웃거렸다.

"이상하다. 이 밤에 날 찾아올 사람이 누굴까?"

길동이 몽둥이를 들고 헛간 뒤편으로 숨었다. 잠시 후, 복면한 건장한 사내 하나가 삽작문 밖에 멈추어 서서 불 켜진 방 안을 노려보다가 가볍게 껑충 뛰어 마당으로 들어왔다.

고양이 걸음으로 방문 앞까지 다가간 복면인의 손에 커다란 박도(朴刀) 하나가 들려져 있었다.

'저놈이 나를 해칠 생각인가? 누가 저놈을 보내었단 말인가?'

길동이 헛간 뒤편에서 바라보니 복면인이 툇마루 위로 살금살금 올라오더니 별안간 방문을 차고 방 안으로 뛰어 들어갔다.

"이놈이 어딜 갔지?"

방 안으로 뛰어 들어간 복면인이 툇마루로 뛰어나왔다.

"나를 찾았느냐?"

길동이 지게 작대기를 가지고 마당 가운데로 걸어나갔다.

"오! 거기 있었구나. 이놈. 네가 홍길동이 맞느냐?"

"그렇다. 웬 놈인데 야밤에 복면을 쓰고 흉기를 들고 나를 찾아온 게냐?"

"그건 저승사자에게 물어보거라."

복면 사내가 다짜고짜 박도를 휘두르며 길동에게 달려들었다. 길동이 지게 작대기를 휘두르며 복면 사내와 어울렸다.

마당 한가운데에서 왔다갔다 두 사람이 10여 합을 교환하는데 시퍼렇게 날이 선 박도가 휘두르는 법도가 있지만 작대기 휘두르는 법이 기기하고 묘묘하여 칼일망정 작대기에게 쩔쩔매었다.

날렵한 지게 작대기가 산더미로 정수리를 누르는 듯 박도를 핍박하고, 풀 헤치는 뱀을 찾듯이 바닥에서 치솟아 복면인의 급소를 찔러 들어오니 복면인이 껑충 뛰어 피하며 수리검을 내던졌다.

딱!

날아오는 수리검이 작대기 가운데에 꽂혔다.

"네 재주가 이것밖에 안 되느냐?"

길동이 작대기를 휘두르며 맹호처럼 달려들었다. 갑자기 길동이의 몸이 서너 개가 된 것 같아서 복면인이 허둥거리며 작대기를 막느라고 위아래로 올지 갈지를 반복하다가,

"어이쿠, 안되겠다."

하고 소리치며 봉당 위로 훌쩍 뛰어올랐다.

"어딜?"

길동의 막대기가 허공으로 껑충 뛴 복면인의 정강이를 때렸다.

"억!"

단발의 비명을 지르며 뛰어오르던 복면인이 봉당에 엎어지며 죽는 소리를 내질렀다. 길동이 바닥에 떨어진 박도를 주워 들고 복면인의 가슴팍을 밟았다.

"어이구, 살려 주십시오."

복면인이 두 손을 모아 빌었다.

"네가 바로 말한다면 목숨만은 살려 주마."

"예. 예. 분부만 하십시오."

"네 이름이 무어냐?"

"특재라 합니다."

"무슨 일로 나를 해치려는 것이냐?"

"부탁을 받았습니다요."

특재가 초란에게 청부를 받았다는 이야기를 사실 그대로 이야기하였다.

"초란. 이 간교한 계집이 나와 무슨 원한이 있어 나를 죽이려 하는 것이냐?"

"자세히는 모르오나 홍 대감의 병환이 도련님 때문에 난 것이라 집 안사람들이 작당해서 저에게 청부한 것입니다."

화가 머리끝까지 치솟는데 한편으로 서글픔이 밀려와서 특재를 밟은 발을 풀고 소리쳤다.

"어서 꺼져라."

특재가 일어나 도망치려다가 상급에 미련이 남아 수리검을 은밀하게 손에 들고 몸을 돌렸다.

"고맙습니다요."

특재가 머리를 숙여 인사하는 척하며 손에 든 수리검을 벼락처럼 던졌다.

휙!

수리검이 날아가 암자 기둥에 꽂혀 꼬리를 부르르 떨었다.

방금 전까지 눈앞에 있던 길동이 보이지 않았다. 놀란 특재가 몸을 돌려 달아나려는데 사립문 앞에서 길동이 박도를 들고 서 있었다.

"눈빛이 마음에 들지 않더니 과연 무도한 놈이로구나. 무고한 사람을 죽이려는 벌이다."

말이 끝나기 무섭게 길동이 박도를 휘두르자 특재의 목이 마당 가운데로 뚜르르르 굴렀다.

길동이 특재의 시신을 숲 속에 버려두곤 그 길로 백양사를 내려와 홍 대감의 집으로 찾아갔다. 높은 담을 가볍게 넘어 길동이 찾아간 곳이 후원 뒤편에 있는 초란의 거처였다.

밤이 깊어 잠을 자고 있는 모양인지 쥐죽은 듯 고요한 방 안으로 성큼성큼 들어가니 초란이 이부자리에 죽은 듯 누워 있었다.

"초란. 이년!"

초란이 인적소리에 깨어 보니 길동이 시퍼렇게 날이 선 박도를 손에 들고 무서운 호랑이처럼 노려보았다. 초란이 놀라 혼이 빠지고 얼이 나간 사람처럼 온몸을 사시나무 떨듯 하였다.

"이년. 네가 나와 무슨 원한이 있어 날 죽이려 한단 말이냐?"

멍하게 있던 초란이 눈을 매섭게 뜨고 도리어 따지듯이 말했다.

"네가 죽어야 홍 씨 가문이 무사할 수 있는데 낸들 방법이 있느냐?"

초란이 사주쟁이 최연에게 사주를 보았던 것부터 홍 대감이 병이 든 사실과 부인과 귀동이의 허락으로 자객을 보낸 것까지 낱낱이 이야기하였다.

"너 때문에 대감께서 병에 드셨다. 너 때문에 집안이 멸문이 되어도 좋단 말이냐? 네가 자식된 도리라면 어떡해야 하겠느냐?"

길동이 초란의 말을 들으니 기가 막히고 어이가 없어서 머리를 망치로 맞은 것 같았다. 길동이 서글픈 웃음을 짓다가 힘없는 사람처럼 박도를 떨어뜨렸다.

"내가 떠나면 되겠소? 내가 떠날 것이오."

길동이 그 길로 초란의 방을 나오는데 초란이 날카로운 목소리로 물었다.

"특재는 어떻게 되었느냐?"

"저승사자에게 물어보시오."

"에구."

초란이 겁에 질려 이불을 뒤집어쓰고 벌벌 떨었다.

길동이 얼이 빠진 사람처럼 홍 대감의 처소를 찾았다. 이날도 홍 대감이 밤 깊을 때까지 잠을 이루지 못하고 있다가 마당에서 들리는 인기척 소리를 듣고 방문을 열어보니 길동이 무릎을 꿇고 앉아 있었다.

"네가 어찌하여 이 야심한 밤에 여기에 와 있단 말이냐?"

길동이 눈에서 눈물이 주르르 떨어졌다.

"소인이 일찍이 어버이의 은혜를 만 분의 일이나 갚으려 하였지만 제 운수가 기박하여 상공을 뫼실 길이 없기에 오늘 상공께 하직을 고하려고 합니다."

"그게 무슨 말이냐? 네가 집을 나가겠다는 말이냐?"

"날이 밝으면 자연 알게 되실 겁니다."

길동이 공손하게 일어나 큰절을 올렸다.

홍 대감이 그동안 마음고생이 심하였다가 오늘 길동이 뜬금없이 하직인사를 하는 것을 보곤 불쌍하고 갸륵한 마음에 눈물을 글썽이며 말했다.

"길동아. 내 너의 품은 한을 짐작하고 있느니라. 네가 내 자식으로 태어나 사람다운 대접을 받지 못했으니 어찌 원망하는 마음이 없을까? 오늘부터 호부호형함을 허락할 테니 집을 떠난다는 말을 하지 말아라."

길동이 멍하니 홍 대감을 바라보다가 다시 큰절을 올렸다.

"소자 아버님의 말씀을 들으니 죽어도 한이 없사옵니다. 하지만 소자는 아버님과 가문에 폐를 끼치는 존재. 저는 이 길로 멀리멀리 떠날 생각입니다."

홍 대감의 눈에서 눈물이 흘러내렸다.

"네 뜻이 그러하다면 나도 말리지는 않겠다. 부디 몸 건강하고 무사하거라."

"예. 홀로 남은 어머님을 부탁드리겠습니다. 아버님께서는 만수무강하십시오."

길동이 홍 대감께 하직인사를 하고 나와 곧장 대나무골 어머니에게 찾아갔다.

이때가 동이 틀 무렵이라 동녘 하늘이 뿌옇게 밝아오고 있었다. 이른 아침에 일어나 밥을 지으러 바깥으로 나오던 춘섬이 삽짝 울타리 안으로 들어서는 길동을 보곤 깜짝 놀라 말했다.

"길동아. 네가 여긴 어쩐 일이냐?"

길동이 바닥에 무릎을 꿇고 앉았다.

"어머니. 불효자 길동이가 하직인사 드리러 찾아왔습니다."

"갑자기 하직인사라니?"

춘섬이 길동이 눈물을 흘리는 것을 보고 가슴이 철렁하여 버선발로 마당에 달려가서 길동이를 껴안았다.

"길동아. 무슨 일이 있느냐?"

"예. 소자가 살인을 하였습니다."

"살인이라고? 그게 무슨 말이냐? 네가 살인을 저지르다니 그게 무슨 말이냐?"

춘섬의 얼굴이 새파랗게 질렸다.

길동이 담담한 얼굴로 입을 열었다.

"차차 아시게 될 것입니다. 소자가 지금 어머니의 슬하를 떠나지만 후일에 다시 뵈실 날이 반드시 있을 것입니다. 그때까지 귀체 보전하십시오."

춘섬이 길동을 부여잡고 눈물을 흘리며 말했다.

"뜬금없이 찾아와 떠나겠다니? 도대체 네가 어디로 가려는 것이냐? 이 세상에 내가 의지할 사람이 너뿐인데 이제 너를 보내고 내가 누굴 믿고 의지하겠느냐?"

"어머니."

길동이 닭똥 같은 눈물을 흘리며 춘섬에게 안기었다.

춘섬이 얼른 소매로 눈물을 훔치며 길동을 바라보았다. 살인을 했다는 말이 퍼뜩 떠올랐기 때문이었다. 국법에 살인자는 사형에 처해지거나 이마에 자자를 당하고 변방으로 귀양간다는 말이 생각났다.

"내가 너에게 약한 모습을 보였구나. 무슨 이유인지는 모르겠지만 네가 살인했다면 여기서 있어서는 아니 된다. 아무도 모르는 곳에 멀리멀리 피해 있다가 훗날 잠잠해지거든 다시 만나자꾸나."

춘섬이 곧장 부엌으로 들어가 길 떠날 양식을 담아주곤, 방 안으로 들어가 길동의 옷가지를 싸서 주었다. 길동이가 하직인사를 하곤 집을 나서는데 삽작문 앞에서 손을 흔드는 어머니를 볼 때에 눈물이 터져 나왔다.

"어머니. 만수무강하세요."

춘섬에게 소리쳐 인사하곤 몸을 돌려 들길을 쏜살같이 달렸다. 한동안 달려오다 걸음을 멈추고 보니 구불구불한 황룡강이 눈앞에 나타났다.

길동이 어디로 갈까 생각하다가 문득 품안에 있는 두 권의 책이 생각났다. 옛날 두 권의 책을 주었던 설잠 스님이 어려운 일이 생기면 홍산 무량사로 찾아오라던 말씀이 떠올랐다.

"책도 돌려드릴 겸 홍산으로 가자."

길동이 무작정 홍산을 향하여 발길을 재촉하였다.


# 둘


길동이 첫날 장성을 출발하여 정읍(井邑)과 태인(泰仁)을 지나 점심을 먹고 동으로 모악산(母岳山)을 바라보며 북으로 난 길을 걸어가서 금구(金溝)를 거쳐 저녁 무렵 전주(全州)에 도착하였으니 도합 120리 길을 걸었다.

다음 날 아침 일찍 전주에서 출발하여 익산, 논산을 지나 부여 읍내에서 하룻밤을 보내었다. 다음 날 아침에 길동이 홍산 무량사를 찾아가니 스님들이 절 옆의 언덕배기에 한데 모여서 작은 봉분을 파고 있는데 염불을 외고 향을 사르는 모습이 큰 불사라도 치르는 것 같았다.

길동이 궁금하여 다가가 물었다.

"무슨 일입니까?"

둘러서 있던 스님 하나가 고개를 돌려 길동을 힐끔 바라보다가 말했다.

"오늘이 무량사 생불스님이시던 설잠 스님께서 입적하신 지 3년째 되는 날이오."

"예?"

길동이 깜짝 놀라 두 눈을 휘둥그레 떴다. 길동이 나주에서 스님을 만난 것이 벌써 4년이 흘렀다.

'아! 내가 늦었구나.'

스님이 계속해서 말을 하였다.

"스님이 입적하시기 전에 화장하지 말라고 하시기에 절 옆에 임시 매장을 하였지 뭡니까? 오늘이 3년째 되는 날인데 좋은 자리를 찾아서 다시 묻으려고 무덤을 들어내는 겁니다. 그런데 혹 어디에서 오셨습니까?"

"장성에서 왔습니다."

스님이 길동의 아래위를 훑어보았다.

"혹, 홍 씨 성을 가진 분이 아니십니까?"

"그걸 어떻게 아십니까?"

"자, 잠시 기다리십시오."

이야기를 나누던 중이 허둥지둥 절간 안으로 들어갔다. 그때, 땅을 파던 스님들이 땅속에서 관 하나를 꺼내었다. 장도리를 가지고 관 뚜껑을 열던 스님들에게서 와 하는 탄성이 들려오더니 염불소리가 어지럽게 들려왔다.

길동이 스님들이 모인 곳으로 가 보니 3년 전에 숨진 설잠 스님의 시신이 마치 살아 있는 사람처럼 변함이 없었다. 길동이 놀랍고 기이하게 생각할 때에 이야기를 나누던 스님이 달려와서 길동에게 말했다.

"학조(學祖) 스님께서 기다리고 계십니다. 저와 함께 가시지요."

그 중이 앞장서서 길동을 인도하였다.

"설잠 스님이 살아서 부처님 소리를 들었는데 참말로 미래를 족집게처럼 들여다보시니 생불임은 틀림없는 모양입니다."

"그게 무슨 말이오?"

"설잠 스님이 입적하시기 전에 땅에 묻으라 하시곤 3년 후에 영폄을 할 때에 장성에서 홍 씨 성을 가진 손님이 찾아올 거라고 하셨습니다. 그런데 정말로 오늘 시주께서 찾아오셨으니 설잠 스님께서 생불이 아니고 무엇이겠습니까?"

길동이 놀랍고 기이하게 생각하면서 그 중을 따라 절간 안으로 들어갔다.

길동은 대웅보전 옆에 있는 객사로 안내되었다. 객사 안에 늙은 스님 하나가 근엄하게 앉아 있다가 자리에서 일어나 목례를 하였다. 길동이 답례하니 늙은 스님이 방석을 권하여 두 사람이 마주하여 앉았다.

"무량사의 주지인 학조라고 합니다. 장성에서 오셨다고요?"

"예. 홍길동이라고 합니다."

"설잠 스님이 입적하시기 전에 공의 이야기를 하셨습니다. 오늘 찾아올 것이라고 저에게 편지 하나를 전해 주라고 하시더군요."

학조 스님이 편지봉투를 내밀었다. 편지의 겉봉에 '홍씨개봉'(洪氏開封) 이라고 쓰여 있었다.

떨리는 손으로 편지를 받으니 학조 스님이 빙그레 웃으며 입을 열었다.

"설잠 스님께서 편지를 남기신 것을 보면 보통 분은 아니신 것 같군요."

"아닙니다."

"허허허허. 그럴 리가요? 설잠 스님이 생각나는 김에 제가 재미있는 이야기 하나 해 드릴까요? 제가 설잠 스님의 일가로서 소싯적에는 스님에게 굴복하지 않았습니다. 하루는 산중을 동행하는데 길옆에 산돼지가 파 놓은 웅덩이 하나가 있지 뭡니까? 비가 온 다음이라 웅덩이 안에 흙탕물이 가득이 고여 있는데 설잠 스님께서 갑자기 '내가 이 웅덩이 속에 들어가서 한번 둘러 나오려 하는데, 네가 나를 따를 테냐?'하고 물어보는 것이 아닙니까? 제가 질 수 없다 생각하여 '알았소' 하곤 둘이서 흙탕물 안에 들어가서 한동안 철벅거리다가 나왔습니다. 그런데 바깥으로 나와서 바라보니 설잠 스님은 의복에 한 군데도 젖은 곳이 없는데 나는 얼굴과 의복이 흙탕물 투성이였소. 기이한 일이라 설잠 스님과 내 옷을 번갈아 바라보고 있을 때에 설잠 스님이 웃으며 말하길 '네가 어떻게 나를 따를 수 있겠느냐?' 하시더군요. 제가 그때부터 설잠 스님의 말씀을 따르며 살았습니다."

"그렇군요. 전 4년 전에 나주에 갔다가 한 번 뵌 적이 있는데 그때 책 두 권을 저에게 주셨습니다. 제가 그때 받았던 책을 돌려드리려고 여길 찾아온 것입니다."

길동이 품속에서 책을 꺼냈다.

학조 스님이 《참동용호비지》는 받고, 《천둔검법연마결》은 돌려주며 말했다.

"이 책만 받겠습니다. 설잠 스님께서 《천둔검법연마결》은 제 것이 아니라고 하시며 원 주인에게 돌려주라 하시더군요."

"원주인이 누군가요?"

"그건 저도 모르지요. 혹 편지에 쓰여 있을지 모를 일이지요."

길동이 그 말을 듣고 편지봉투를 열어 종이를 펼쳐 보았다.

편지에는 다만 '惠孫'(혜손)이라는 짧은 문장이 적혀 있을 뿐이었다. 멍태공 혜손이 있는 나주로 가라는 말이었다.

"무어라 쓰여 있습니까?"

"금성으로 돌아가라 하시는군요. 혜손이라는 분에게 말입니다."

"아! 혜손이라면 설잠 스님에게 몇 번 들은 적이 있습니다. 설잠 스님이 지리산에서 검단선사라는 이인에게 도술을 배웠는데 함께 수학하던 혜손이라는 이가 통견원문(通見遠聞)하여 전후무상한 선비로 세상에 재주를 다툴 자가 없다고 말입니다. 설잠 스님도 혜손이라는 분에게는 발끝에도 미치지 못한다고 자주 말씀을 하셨습니다. 그런데 그 분이 금성에 계십니까?"

"예."

"어쩌면 《천둔검법연마결》의 임자가 혜손이라는 분인지도 모르겠군요. 시주께서 운이 닿아 천고의 이인들에게서 좋은 가르침을 받으셨으니 노승은 부러울 따름입니다."

이날 길동이 학조대사와 이런저런 이야기들을 나누며 하루를 보내다가 다음 날 아침에 무량사를 떠났다.

길동이 금성으로 되돌아갈 생각을 하다가 전주에 이르러서 마음이 약간 바뀌었다.

특재를 죽인 것이 마음에 걸렸기 때문이었다. 살인죄가 알려졌다면 장성은 물론이거니와 인근의 각 고을에 파발이 돌고 군관의 기찰이 심할 것이니 되돌아가는 일이 도리어 잡히러 가는 것이나 다름이 없었다.

길동이 어떻게 돌아가는지 알아볼 요량으로 전주에서 이틀간을 머물며 소식을 알아보니 장성에 살인이 났다는 이야기가 들리지 않았다. 길동이 그 길로 안심하고 전주를 출발하여 이틀 만에 걸어 금성에 도착하였다.

# 셋

길동이 혜손을 만나러 보리나루를 찾아가니 서향하여 서 있는 삼간 초가가 예전의 모습 그대로 서 있었다. 반가운 마음에 한달음에 달려가니 삽작문 앞에서 삽살개 한 마리가 요란하게 짖었다.

"누가 찾아왔나?"

부엌에서 행주치마를 입은 아가씨 하나가 밖으로 나왔다가 길동을 바라보며 말했다.

"뉘신가요?"

은옥이라는 혜손의 딸인 모양이었다. 4년 전에는 앳된 소녀였는데 지금은 키도 크고 후덕하게 생긴 얼굴이 달덩이처럼 아름다운 처녀의 모습이었다.

"장성에서 온 홍길동이라 합니다. 혜손 선생님을 찾아왔습니다."

처녀가 살짝 얼굴을 붉히며 다소곳이 고개를 숙였다.

"아버님은 강가에 낚시질하러 가셨어요. 저물 무렵이니 곧 돌아오실 거예요. 잠시만 기다리세요."

남녀칠세부동석(男女七歲不同席)이라, 길동이 과년한 처녀가 홀로 있는 집에 차마 들어가지 못하고 삽작문 앞에 서서 혜손을 기다렸다.

붉은 석양이 서산을 붉게 물들였다가 점점 붉은 빛을 잃고 땅거미가 내려 사방이 어둑어둑해질 무렵, 오솔길에서 삿갓을 쓰고 나무 낚싯대를 든 혜손이 걸어오고 있는 모습이 보였다.

길동이 얼른 달려가서 두 손을 공손히 모으고 시립하였다.

"누구요?"

혜손이 모르는 사람처럼 물었다.

"장성에서 온 홍길동입니다."

"그런데요?"

"설잠 스님께서 책을 주라 하시기에 ···."

길동이 품속에서 책을 꺼내어 보이자 혜손이 책을 받아선 무심히 길동을 스쳐 지나가더니 열린 삽작문으로 들어가 문을 닫아걸었다.

"아버님. 오셨어요?"

부엌에서 은옥이 나와서 인사하곤 삽짝 밖에 있는 길동을 힐끔 바라보다가 혜손과 몇 마디 나누었다.

"아버님을 찾아온 손님은 어떡할까요?"

"놔두거라. 제 풀에 돌아가겠지."

혜손이 길동에게 받은 책을 은옥에게 건네주며,

"옜다. 불 피우는 데 쓰거라."

하곤 방 안으로 들어가 버리고 말았다.

은옥이 받은 책을 들고 길동을 힐끔 바라보다가 몸을 돌쳐 부엌으로 들어가 버렸다. 길동이 그날 밤 삽작문 밖에서 뜬눈으로 밤을 새웠다.

다음 날, 아침에 혜손이 나와 낚싯대를 들고 삽작문 밖으로 나왔다. 길동이 허리를 굽히고 공손하게 인사하였다.

"어르신. 여쭐 말씀이 있습니다."

"무슨 말이오?"

"제자로 두시고 가르쳐 주시기를 소원합니다."

혜손이 말이 없이 바라보고 있는 것을 보고 길동이 얼른 바닥에 엎드려 말했다.

"제자가 싫으시다면 하인으로 두시고 부리어 주시기라도 하면 원이 없겠습니다."

"하인 필요 없소."

혜손이 낚싯대를 가지고 오솔길로 걸어가 버렸다.

'옛날 달마의 제자 혜가는 석자 눈이 쌓이도록 서 있다가 팔 한 짝을 내놓고 제자가 되었다는데 나도 그만한 정성은 보이리라.'

길동이 혜손의 뒷모습을 바라보며 굳게 마음을 먹고 그 자리에서 석상처럼 서 있었다. 참동용호비지를 연마한 덕분에 다소간의 곡기는 끊을 수 있었지만 전주에서 쉼 없이 300리 길을 달려와서 하루 밤낮을 잠도 자지 않고 아무것도 안 먹고 서 있었더니 눈앞이 가물가물하고 다리가 떨렸다.

해가 중천에 떠올라 서산으로 질 때까지 꼼짝하지 않고 그 자리에 서 있으니 눈앞이 어질어질하고 몸이 말을 듣지 않았다. 이따금 은옥이 마당가를 서성거리며 걱정스런 얼굴로 길동을 바라보았다.

서산에 해가 떨어지자 혜손이 낚싯대를 들고 오솔길을 따라 돌아왔다. 정신을 차리고 두 손길을 맞잡은 채 단정히 서 있으니 혜손이 없는 사람 대하듯 무심하게 지나쳐서 삽작문을 닫아걸고 집 안으로 들어가 버렸다. 하문을 듣길 기대하던 길동이 실망감에 갑자기 다리에 힘이 빠지고 몸이 말을 듣지 않아 썩은 나무같이 쓰러져 버렸다.

집 안에서 혜손과 은옥이 나누는 말소리가 들려왔다. 아직 정신은 잃지 않아 천천히 몸을 일으켜 앉아 있으니 삽작문이 열리며 은옥이라는 처녀가 나왔다.

"아버님이 들어오시라 하세요."

길동이 이제는 허락이 나는 모양이라고 짐작하며 간신히 일어나 삽작문을 잡고 마당에 들어서니 은옥이 길동을 마당 가운데 있는 마루에 앉힌 후에 곡물가루 한 봉지와 물 한 그릇을 주었다. 길동이 곡물가루와 물 한 그릇을 먹고 기운을 차렸지만 기대와는 다르게 혜손의 허락을 얻지는 못하였다.

길동이 그날 저녁에도 삽짝 바깥에 고집스럽게 서서 밤을 지새웠는데 하필이면 밤비가 내려서 길동의 온몸이 흠뻑 젖었다. 한기를 맞으며 밤을 꼬박 지새우고 다음 날 아침이 될 때까지 꼼짝 않고 서 있으니 혜손이 사립문을 열고 나왔다.

"아직도 반상의 차별이 없는 세상을 꿈꾸느냐?"

"예."

"그것이 가능하리라 생각하느냐?"

"우공이 산을 옮긴 이야기를 제게 하신 것은 선생님이십니다."

"허허허. 네 고집과 정성이 대단하구나."

혜손이 빙그레 웃으며 길동을 집 안으로 들어오게 하였다.

이인異人

하나

길동이 혜손의 제자 노릇을 하게 되었다. 학조 스님에게 약간은 들은 바가 있긴 했지만 혜손이 쓸데없는 말을 하는 일이 없어서 길동은 그에 관하여 잘 알 수가 없었다. 그렇지만 차차 지내는 동안에 아는 것이 생겨났으니, 혜손이 이른 아침에 강으로 나가는 것은 행기(行氣) 하러 가는 것이며, 곡물가루와 솔잎가루로 생식을 하다가 사나흘씩 식사를 끊고 물만 마시는데, 며칠 동안 죽은 듯이 정좌하여 있기도 하였다. 길동은 그것을 보고 혜손이 용호의 높은 경지에 이른 것이라 짐작하였다.

은옥은 혜손의 딸인데 올해 나이 열여덟 살 된 과년한 규수로 인물이 곱고 머리가 영특할 뿐 아니라 손재주가 좋아서 인근에서 혼담이 끊이지 않고 들어오건만 혜손이 매번 거절하여 마을 사람들이 '멍태공

66

네 노처녀'라고 놀려 부른다는 이야기를 들었다.

두 사람 사는 집에 한 분이 곡기를 하지 않아서 한 마지기에서 나오는 쌀이 도리어 남아도는 판인데 때때로 관에서 쌀섬과 무명 같은 물건들이 들어오곤 하였다. 한양에서 교리(校理) 벼슬 하는 정모라는 이가 사또에게 뒤를 봐 달라고 청을 놓았기 때문이라는 것이다. 혜손이 남은 음식과 옷은 근처에 헐벗은 사람들에게 나누어 주어서 가난한 사람들은 혜손을 공경해 마지않았으며, 관에서도 혜손에게 까탈스럽게 대하지 않고 더욱이 부역 같은 것을 면해 주어서 혜손은 낚시질이나 하면서 편하게 지낼 수 있는 것이었다.

길동이 혜손의 제자가 되었지만 하는 일이란 것이, 마당 쓸고 마루를 닦고 장작을 패는 허드렛일과 집 앞에 있는 작은 논과 밭에 농사짓는 일이라 머슴살이하는 종이나 다를 바 없었다.

혜손이 볼일로 잠시 집을 비운 날이었다.

집 안에서 장작을 패고 있을 때에 늙은 선비 하나가 집 안으로 들어섰다. 도포가 남루하여 보잘것없지만 흰 수염이 가슴까지 덮이고 키가 크며 어깨가 떡 벌어져서 안광이 쏘는 듯하고 손과 발이 큼직큼직하여 관운장처럼 생긴 것이 한눈에도 보통 사람은 아닌 것 같았다.

"어떻게 오셨습니까?"

"넌 누구냐?"

선비가 도리어 길동에게 물었다. 그 목소리가 뱃속에서 울리듯 우렁우렁하였다.

"전 혜손 선생님의 제자 되는 홍길동이라 합니다."

"홍길동?"

선비가 길동의 아래위를 훑어보다가 집 안을 향해 말했다.

"은옥이, 있느냐?"

부엌에서 설거지를 하던 은옥이 물 묻은 손으로 앞치마를 닦으며 뛰어나왔다.

"에구, 어르신. 오셨어요."

은옥이 마당으로 나와서 선비에게 꾸벅 인사를 하였다.

"그동안 잘 있었느냐?"

"예."

"혜손은 어딜 갔느냐?"

"어쩌지요? 볼일이 있다고 나가셨어요."

"가는 날이 장날이라구, 하필이면 혜손이 없을 때 왔구나."

노선비가 안타까운 듯 입맛을 쩝쩝 다시다가 길동을 보았다.

"혜손이 늘그막에 제자를 들였구나."

"예."

은옥이 길동에게 오라고 손짓을 하였다. 길동이 은옥에게 다가가자 은옥이 말했다.

"인사드려요. 이분은 홍(洪) 유(裕) 자, 손(孫) 자 되시는 어르신이에요. 설잠 스님과 둘도 없는 친구 분이셨는데 아버님과도 절친한 사이세요."

길동이 마당에서 큰절을 넙죽 하였다.

"인사드리겠습니다. 홍길동이라 합니다."

"네 얘기는 설잠에게 들은 적이 있다. 네게 책을 주었다면서?"

"예."

"후일에 혜손의 제자가 될 것이라 하더니 과연 그 말이 맞구나."

홍유손이 길동이의 몸을 다시금 훑어보는데 은옥이 치마에 물기를 닦으며 말했다.

"어르신, 점심은 드셨어요? 밥을 차려 올릴까요?"

"되었다. 너도 알다시피 내가 화식을 즐겨하지 않는다. 괜한 일에 신경 쓸 것 없다."

홍유손이 고개를 돌려 길동에게,

"너 잠깐 나를 따라오너라."

하곤 사립문 밖으로 성큼성큼 나갔다.

길동이 영문을 몰라 은옥을 바라보니 은옥이 고개를 끄덕거리며 따라가라는 시늉을 하였다. 길동이 선비를 따라 나가니 한동안 앞서가던 홍유손이 강변에 멈추어 섰다.

푸르른 영산강의 물결이 햇빛에 수만 개로 부서져 진주처럼 반짝거렸다. 은빛 강물 위로 푸른 산의 음영이 드리우고 짙은 강심 가운데 미곡을 실은 큰 배들이 황포 돛을 느리게 움직이고 있었다. 물가에 고기 잡는 어선 두어 척이 한가로이 떠 있는데 먹이를 찾는 백로들은 푸른 하늘 위를 유유히 선회하였다.

한동안 뒷짐을 지고 말없이 강물을 바라보던 홍유손이 입을 열었다.

"용호를 수련하고 있느냐?"

"예."

"얼마나 수련하였지?"

"4년째가 되어 갑니다."

"천둔검법도 수련하였더냐?"

"예. 하지만 실력은 보잘것없습니다."

말없이 고개를 끄덕이던 홍유손이 갓과 도포를 벗고 물가에 서 있는 버드나무 줄기를 부러뜨려 길동에게 건네었다.

"네 실력을 한번 시험해 볼까?"

길동이 버드나무 줄기를 받으면서도 걱정이 되었다. 길동은 이팔청춘이요, 홍유손은 스승님과 연배가 비슷해 보이는 육십 대의 노인인데 어찌 길동을 당해낼 수 있으랴. 자칫 잘못하여 노인의 몸이라도 상하게 할까 걱정된 것이다.

"나도 천둔검법은 배웠으니 내 걱정은 말고 네 실력을 발휘해 보거라. 네 실력을 보자는 것이니 염려말구."

홍유손이 길동의 마음을 들여다보는 것처럼 미소를 띠며 말했다.

"한번 해 보겠습니다."

"좋다. 덤벼 보거라."

홍유손과 길동이 버드나무 줄기를 가지고 어울렸다.

핫!

길동이 버드나무 줄기를 곧추세워 창룡이 구름 아래로 곤두박질하듯 힘차게 찔러 나가니 홍유손이 그림자처럼 물러나 피하였다. 길동이 잇달아 나아가며 오화전신(五花纏身)의 수법으로 사방을 찌르며 정신없이 공격하였지만 홍유손은 특별한 재간을 부리지 아니하고 꼭 한걸음씩 물러나서 버드나무 줄기를 피하였다. 걸음을 재게 하여 따라붙으면 꼭 그만큼 물러서서 한 치 차이로 길동의 검을 피하였다. 그 모습이 마치 길동의 그림자를 보는 것 같았다.

"아직 수련이 멀었구나."

홍유손이 버드나무 줄기를 휘두르며 다가섰다. 길동이 정신을 집중하여 선비의 공격을 서너 번 막아서니 홍유손이 나무를 크게 휘두르지 아니하고 신법을 빠르게 하여 사방을 휘몰아쳤다. 홍유손의 몸이 둘이 되고 둘이 넷이 되고 넷이 여덟이 되었다. 사방에서 똑같은 환영

(幻影)이 일어나며 나뭇가지 수십여 개가 동시에 찔러오니 어지럽게 나무줄기를 막던 길동은 정신이 어지러워,

"어이쿠!"

하는 외마디 비명을 지르며 그 자리에서 털썩 주저앉았다.

"허허허."

홍유손이 길동의 앞에 우두커니 서 있었다. 길동이 가쁜 숨을 내쉬며 머리를 흔들고 손등으로 눈을 비비더니 홍유손을 올려다보며 물었다.

"어떻게 그럴 수가 있지요?"

"내단을 오랫동안 연마하고 검법을 깊이 연구하면 자연히 경지에 오르게 되는 것이다."

홍유손이 가까운 자갈밭 위에 정좌하고 앉아서 손끝으로 길동을 불렀다. 길동이 다가가 홍유손의 앞에 무릎을 꿇고 앉았다.

"네가 책만 보고 스스로 연마하였으니 그 깊이가 얕은 것은 당연한 일이다. 내가 시습이 죽기 전에 네 이야기를 들었던바, 이렇게 만날 날을 기다리고 있었다."

홍유손이 천천히 이야기를 시작하였다.

"조선의 도교는 먼 옛적 고구려 시대 이전부터 있어왔으나 그 기록이 없고 구전으로 내려오는 까닭에 나 역시 그 연원에 밝지는 않아서 내가 아는 것만 이야기해 주려 한다.

당나라 문종 개성년 간에 신라 최승우(崔承祐)와 김가기(金可紀)와 중(僧) 자혜(慈惠)가 당나라에 들어가 유학하였는데, 세 사람이 함께 종남산(終南山)에서 신원지(申元之)와 사귀었다. 신원지는 종남산에서 수도하는 도사로 세 분의 사람됨을 보고 종리(鐘離)를 소개하였다. 종리는 종남산의 이름 있는 도사로 정양진인(正陽眞人)이라 불리었는

데 세 사람에게 도법을 전수해 주었다. 당시에 최고운 역시 당나라에 들어가 공부할 때에 이 도를 최승우에게 배우고 본국으로 돌아와 세상에 전하게 되었는데 최고운은 이청(李淸)에게, 이청은 중(僧)인 명법(明法)에게, 명법은 제자인 자혜(慈惠)와 도요(道要)에게 전수하였다. 이에 자혜는 권청(權淸)에게, 권청은 원설현(元偰賢)에게, 원설현은 시습에게 전수하였다. 시습은 또한 나와 너에게 《천둔검법연마결》을 주었으니 대략 내가 아는 연원은 이러한 것이다."

홍유손은 길동의 스승인 혜손과 김시습에 대해서도 이야기를 해주었다.

"김시습과 혜손의 스승인 원설현은 선초에 두문동(杜門洞)에 살던 선비인데 두문동에 화가 일어나 집안이 적몰되고 홀로된 몸이 태조대왕의 부하들에게 쫓기다가 권청을 만나서 법을 전수받았다. 원설현은 낡은 법의에 송갓을 쓰고 금강산 마하암에 살았는데 도가 높아 인근의 스님과 사람들이 검단선사(黔端禪師)라 불렀지.

김시습이 검단선사를 만난 것은 세조가 어린 노산군을 폐하여 죽이고 왕이 된 다음 해였다. 그때 검단선사는 시습과 연배가 비슷한 제자 하나를 데리고 있었는데 바로 길동의 스승 혜손이었다. 혜손은 어디에서 태어나 자랐는지는 알 길이 없으나 검단선사가 지극히 아끼는 제자였고 도호를 백우자(百愚子)라고 하였다. 시습은 검단선사의 제자가 되어 청한자(淸寒子)라는 도호를 받았으며 검단선사에게 법을 배웠지만 혜손이처럼 깊은 법은 배우지 못하였다. 천둔검법과 용호비지는 혜손이 배운 것에 비하며 그야말로 얕은 술법이니 시습은 종종 혜손이 바다라면 자신은 작은 못이라고 하곤 했었다. 높은 도를 지닌 이가 저잣거리에 숨어 있으니 용이 개천에 있는 것이나 다름이 없지만,

생각하면 검단선사께서 백 가지 어리석음이라고 지어준 이유를 짐작할 수 있을 것 같기도 하다.”

길동이 홍유손의 이야기를 들으며 고개를 끄덕끄덕하다가 물었다.

“어르신께서도 도호가 있으십니까?”

“나? 난 광진자(狂眞子)라는 도호가 있지. 시습이 지어준 도호인데 사리를 벗어난 곳에 진리가 있다는구나. 네 스승 혜손처럼 말이다.”

홍유손이 미소를 짓다가 다시 말했다.

“천둔검법(天遁劍法)은 당(唐)대 진인(眞人)인 여동빈(呂洞賓)이 쓰던 검술로 천둔·지둔·인둔의 경지로 나뉘어 있단다. 천둔의 경지까지 이르면 풍우와 천지조화를 마음대로 부릴 수 있다 하니 가히 신선의 경지이지만 천둔까지 이르는 것은 극락에 오르는 것이나 다름이 없지. 나는 늦게 인연이 닿아서 반평생을 연마하여 겨우 지둔의 끝자락에 닿아 있는 형편이지만 넌 젊고 수련의 기틀이 튼실하여 인둔의 중턱까진 와 있는 듯하구나.”

“부끄럽습니다.”

길동이 고개를 푹 숙였다.

“너 말고도 혜손에게 제자가 하나 더 있는데 네가 알고 있느냐?”

“모릅니다.”

“하긴 말이 없는 사람이니 모를 만도 하지. 정희량이라 하는데 조정에서 벼슬살이를 하고 있지.”

“그분도 저처럼 천둔검법을 배웠나요?”

홍유손이 말없이 고개를 내젓다가 영산강을 바라보다가 길게 한숨을 내쉬었다.

“옥좌에 그늘이 드리웠으니 세상에 한바탕 큰 비가 내릴 것인데 ….”

홍유손은 이틀 동안 혜손의 집에 머물며 기다리다가 크게 실망하며 어디론가 떠나 버리고 말았다.

다음 날 혜손이 태연하게 나타나서 홍유손의 이야기를 전해 듣곤,

"백수까지 평안무사하게 살 사람이 괜한 걱정으로 날 찾아왔구먼."

하고 혀를 찼다.

## 둘

며칠 후, 혜손의 집에 손님 하나가 찾아왔다. 남루한 승복 차림의 이 사내는 긴 머리를 늘어뜨리고 손에는 용두장(龍頭杖)을 들었는데 커다란 삿갓을 쓰고 사립 앞에서 염불을 외고 있었다.

"잠시만 기다리세요."

은옥이 부엌의 항아리에서 쌀을 퍼들고 바깥으로 나가니 사내가 공손히 말했다.

"공양을 바라고 찾아온 것이 아닙니다. 여기가 혜손 선생의 집인가요?"

은옥이 사내를 힐끔 바라보곤 말했다.

"그런데요? 무슨 일로 찾아오셨나요?"

"전 갑산(甲山) 사람으로 위한조(魏漢祚)라 합니다. 천하를 떠돌아 다니다가 우연히 학조대사로부터 선생의 이야기를 듣고 혜손 선생을 만나러 왔습니다. 선생님이 집에 계신가요?"

"낚시하러 가셨는데 곧 오실 거예요."

"그럼 선생이 오실 동안 기다리지요."

위한조라는 사내가 성큼성큼 마당으로 들어와 마당 한 곁에 있는 평상에 앉았다. 이 사내는 삿갓을 벗어 평상 위에 올려놓았다. 까무잡잡한 얼굴에 이마가 넓고 눈썹과 눈은 팔(八) 자로 처졌는데 콧날이 낮고 입술은 크고 두터워 기이한 얼굴이었다.

위한조가 마당에서 장작을 패고 있는 길동이를 힐끔 보다가 물었다.

"혜손 선생의 제자 되시오?"

"예."

"선생께서 뭘 가르쳐 주십디까?"

처음 보는 사내가 다짜고짜 물어대는 모양새가 몹시도 거만하였다. 길동은 기분이 상해 도끼질을 멈추고 사내를 째려보았다.

위한조가 슬그머니 고개를 돌려 딴청을 부렸다.

"먼 길을 왔더니 목이 마르네. 여보. 나 물 한 잔 주시우. 어찌 손님 맞는 모양이 까무룩하우."

길동이 가슴으로 올라오는 화를 눌러 참고 있을 때에 부엌에서 은옥이 바가지에 물을 가지고 나왔다.

"집 안에 변변히 대접할 것이 없어서 죄송합니다."

"갈증에 물 만한 대접이 없지요. 이 물이야말로 천하제일의 공양이올시다."

위한조가 물바가지를 들어 꿀꺽꿀꺽 물을 마시다가 별안간 은옥이를 향해 물을 내뿜었다.

"어맛!"

은옥이 놀라 주춤하는 데에 허공에서 뿜어진 물이 갑자기 꽃잎으로 변하여 눈처럼 나풀거리며 떨어져 내렸다.

길동이 위한조의 무례한 처사에 주먹을 불끈 쥐다가 놀라 멍하니 바

라보고 있으니 위한조가,

"꽃이 있는데 나비가 없을 수 있을쏘냐?"

하며 바가지의 물을 마시다가 다시금 허공을 향해 뿌렸다.

입에서 뿜겨져 나온 물방울들이 갑자기 수많은 나비들로 변해서 허공을 펄렁거리며 날아다니는데 길동은 보고도 믿을 수가 없어서 두 눈을 비벼댔다. 이것이 말로만 듣던 요술이라는 것으로 길동은 처음으로 보았던 것이다.

"이보오, 서 있는 모습이 얼빠진 송아지 같구려. 선생께서 이런 것도 안 가르쳐 주십디까?"

길동이 혜손의 집에서 하는 일이 종살이였으니 시키는 일이라면 논 매고 밭 갈고 나무하는 것일까? 길동은 위한조의 재주에 기가 꺾여서 꿀 먹은 벙어리마냥 아무 말도 못하였다.

"참, 신기하기도 하여라."

은옥은 하늘을 날아다니는 나비를 보고 탄성을 질렀다. 과년한 처자에게도 이런 도술은 연희자의 재주놀음처럼 신기한 모양이었다.

위한조가 만족스런 얼굴로 은옥을 바라보다가 말했다.

"이보우, 처녀. 물값으로 내가 천도복숭아 하나 구해 줄까?"

"아직 복숭아에 꽃도 안 떨어졌는데 복숭아를 어떻게 구한단 말이에요?"

"땅의 복숭아는 구하기 어렵지만 하늘의 복숭아는 언제라도 구할 수가 있지요."

은옥이 창창한 하늘을 올려다보다가 물었다.

"하늘의 복숭아를 어떻게 구할 수 있답니까?"

위한조가 씽긋 웃으며 말했다.

"내 지금 당장이라도 보여주지요. 집 안에 실패가 있소? 있으면 가져오시구려."

은옥이 머리를 갸웃거리다가 방 안으로 들어가서 하얀 실패를 가지고 나와서 위한조에게 건네주었다.

위한조가 실패에서 실을 뽑아서 무어라 알 수 없는 주문을 외웠다.

"나무보보 제리가리다리 단타아다야."

그가 손가락 끝으로 하늘을 가리키자 실 끝이 생명이 있는 것처럼 허공으로 곧장 솟구쳐 올라갔다. 가느다란 실이 철삿줄처럼 끝없이 올라가다가 허공에 뜬 구름 사이에서 멈추었는데 남은 실이 간당간당하였다.

위한조가 품속에서 무언가를 꺼내 놓았는데 다름 아닌 흰 생쥐였다. 그는 생쥐에게 무어라 이르고 손을 놓으니 생쥐가 실을 타고 뽀르르 허공으로 올라가는 것이 아닌가. 하도 기가 차고 어이가 없어서 길동이 멍하니 흰쥐를 올려다보니 끝없는 하늘 위로 생쥐 한 마리가 콩알 같은 점이 되더니 마침내 구름 속으로 사라져서 보이지 않았다.

"생쥐란 놈은 원래 도적질을 잘하니 천과원(天果園)에서 천도복숭아 하나쯤 슬쩍 하기란 어려운 일이 아닐게요."

위한조가 팔짱을 끼며 하늘을 바라보고 웃었다. 그때였다. 하늘 위에서 사람 얼굴만 한 복숭아 하나가 뚝 떨어졌다. 길동은 너무 놀라 허공을 올려다보았다. 구름 위에서 잇달아 복숭아 서너 개가 땅으로 떨어졌다. 한참 후에 생쥐 한 마리가 실을 타고 내려와서 위한조의 손에 올라탔다. 그와 동시에 실이 힘없이 하늘하늘 거리며 떨어져서 지붕에 걸리었다.

"어떻소. 물값으로 이만하면 괜찮겠지요?"

위한조가 득의양양하게 말했다. 그동안 은옥이 땅에 떨어진 천도복숭아를 대나무 채반에 모아 놓았다. 모두 다섯 개나 되었는데 아기 뺨처럼 불그스레하고 매끈하여 보고만 있어도 군침이 돌 정도였다.

"드셔 보시오."

은옥이 고개를 저으며 말했다.

"이렇게 귀한 것을 주셨는데 아버님 오시면 같이 먹죠."

"허허허. 그럭하시오. 혜손 선생님께는 내 작은 성의로 생각하면 되겠소."

은옥이 천도복숭아를 밥상보로 덮어 놓고 평상 위에 놔두었다. 아무것도 없는 하늘 위에서 천도복숭아가 나오니 너무 신기하였다. 길동이 위한조에게 다가가 물었다.

"정말 저 하늘에 옥황상제의 궁이 있는 건가요?"

"있다마다? 옥황상제뿐 아니라 이십팔수 주천의 성군들도 모두 자기 궁이 있지요. 당장 소격서(昭格署)를 보더라도 태조대왕께서 하늘에 제사지내기 위해 지은 것이 아니겠소. 복원궁(福源宮)·구요당(九曜堂)·대청관(大淸觀)·태일전·신격관·청계배성소 등 무수하게 많은 도관들이 있으니 모두 저 하늘에 있는 궁궐 이름을 따온 것이지요."

위한조가 껄껄거리며 웃었다.

"선생의 도술은 어디서 배우셨습니까?"

"왜? 내게 배울 마음이 있소?"

"그, 그것이 아니라⋯."

길동이 말끝을 흐렸다. 사실 저렇듯 신기한 요술을 배울 수만 있다면 무엇이든 할 수 있을 것 같았다.

위한조가 길동의 마음을 짐작한 듯 야릇한 미소를 띠며 말했다.

"내 선조는 원래 중국 사람인데 고려 적에 망명해서 살다가 조선 초에 화를 입어 갑산으로 귀양 와서 선조 이래로 내내 수자리 마을에서 터를 닦고 살았소. 갑산이 산이 험하고 물이 깊은 곳이라 야인들의 침입이 빈번하여 내 나이 15살 때부터는 허구한 날 변방에 수자리 사느라 허리가 꺾이는 줄 알았소. 갑산이 험지라서 곡식의 소출이 없으니 남의 수자리를 대신 서 주고 곡식과 미곡을 바꾸는 것이 우리들의 유일한 생계수단이었던 것이오. 내가 남의 수자리를 대신 서면서 혜산령 너머 혜산진은 기본이구, 멀리 압록강 이북까지도 가본 적이 있소.

변방 수자리를 살다 보니 강 건너의 야인들을 하나씩 알게 되었는데 야인들은 사냥으로 먹고 사는 사람들이라 짐승의 가죽이 많아서 이를 공물로 조정에 바치는 터였지요.

야인들은 번호와 심처호로 나뉘는데, 조선의 변방 가까이에 사는 야인으로서 조선과 무역을 하며 공물을 바치는 야인을 번호(藩胡)라 하고, 조선과 무역을 하지도 않고 공물을 바치지도 않는 오랑캐를 심처호(深處胡)라 하지요. 번호들은 심처호가 변방으로 들어오려 할 때 일차적으로 막아주는 역할을 하기에 조선 군사와도 가까워 자주 접촉하곤 하는데 대개 변방에 부임하는 자들은 하는 일 없이 놀다가 번호들의 공물을 받아서 제 사리사욕으로 챙기는 자들이 많아서 문제가 되곤 하지요. 때문에 번호들 가운데에서 우리나라 상인들과 몰래 밀매하는 자들도 있었는데 나도 그 상인들 중에 하나였지요. 수달피나 범피 같은 것들은 시중에서 고가에 나가기에 야인들이 따로 빼 두었다가 우리와 무역을 하였는데 수달피는 대체로 면포 한 필이면 거래가 되지만 시중에 나오면 면포 열 필은 줘야 하고 꽃범의 가죽 같으면 열 필로 면포 한 동(同)의 이득이 남으니 가죽만 취급하여도 우리에게 큰 이문이 되었지요.

　그러나 꼬리가 길면 잡히는 법이라 갑산부사가 그 사실을 알게 되어 하릴없이 쫓기는 신세가 되고 만 것이오. 밀매하다가 걸렸으니 번호는 갑산부사에게 뇌물을 떠넘기면 탈이 없지만 나 같은 경우에는 사거리에서 목이 잘릴 판이니 별 수가 없었지요. 압록강을 건너서 가다보니 중국이 나옵디다. 참말 대국은 대국이었소. 땅의 크기는 말할 것도 없지만 성곽이나 성의 크기도 비교가 안 됩디다. 들판은 끝이 없고, 강이나 호수도 바다처럼 길고 넓어서 사람들이 왜 대국이라 하는지 알 것 같습디다. 중국에서 부표처럼 떠돌이 생활을 하던 나는 그림 같은 산을 만나게 되었소. 화산(華山)이라고 하는데 기암괴석이 우뚝우뚝 솟아 있고 절벽에 구름과 안개가 걸려서 선경이 따로 없습디다. 그 산 꼭대기에 도관이 하나 있었는데 딱히 갈 곳도 없는 나는 무작정 그 도관으로 찾아가 하룻밤 쉬어 가길 청하였지요. 때마침 도사의 어린 제자가 산 밑으로 내려가서 홀로 있던 도사가 몇 가지 술법을 보여주는데 정말 대단합디다. 하여 제자가 되게 해달라고 몇 날 며칠을 졸랐더니 도사가 몇 번 거절하다가 마침내 나를 제자로 받아줍디다. 그 도사의 이름이 양운(楊雲)이라 하는데 신통하기가 이를 데 없어서 산 아래 사람들은 옥황진인(玉皇眞人)이라 하기도 하고 양신선(楊神仙)이라 공경하는 분이었소. 내가 그분의 제자로 10년 동안 술법을 배우고 하산해서 천하를 떠돌다가 고향산천이 그리워 다시 돌아와 팔도를 떠돌다가 무량사에서 학조대사에게 혜손 선생의 이야기를 듣고 찾아온 것이오.”

　위한조가 자신의 전력을 이야기하였다. 그 동안 해가 서산에 기울어 하늘이 점점 붉은 기운으로 변해 갈 무렵이었다.

"어머, 저기 아버님께서 오시네요."

은옥이 가리키는 곳을 바라보니 혜손이 대나무 낚싯대를 가지고 오솔길을 따라 들어오고 있었다. 맨발에 바지는 논매다 온 사람처럼 걷었고, 상투만 질끈 감아서 흔히들 볼 수 있는 촌로의 모습 그대로였다.

위한조의 얼굴에 실망한 기색이 역력하였으나 얼굴을 고쳐서 문 앞에 다가가 공손히 인사하였다.

"뉘시오?"

혜손은 은옥과 길동에게 낚싯대와 빈 망태기를 건네며 위한조에게 물었다.

"갑산서 선생의 위명을 듣고 찾아온 위한조라 합니다."

"나를 무엇 때문에 찾았소?"

"선생의 도력이 높다하기에 실례를 무릅쓰고 찾아왔습니다."

"도력인지 소력인지 나는 그런 것 모르오."

선생이 툇마루에 걸터앉아 발을 털고 있으니 은옥이 평상 위에 있는 대나무 채반을 가지고 다가왔다.

"아버님. 도사님이 하늘에서 따 온 천도복숭아를 가져왔어요."

"천도복숭아?"

"예."

은옥이 얼른 밥상보를 들춰 보니 천도복숭아는 간곳없고 소똥 다섯 무더기가 동그마니 놓여 있었다.

"이게 천도복숭아냐? 내 눈에는 소똥으로 보인다만 … ."

은옥이 깜짝 놀라 채반을 떨어뜨리니 소똥 다섯 개가 바닥에 떨어졌다. 혜손이 혀를 차며 말했다.

"이보시우. 사람에게 소똥을 먹으라 한 것은 너무한 처사 같소."

위한조의 얼굴이 흑색이 되었다.

"이럴 리가 없는데 … ."

위한조가 혜손을 물끄러미 바라보다가,

"제가 이 자리에서 용을 보여드리겠습니다."

하곤 손에 든 용두장에 주문을 외우기 시작하였다.

"나무보보 제리가리다리 단타아다야."

그러나 용두잠이 변하기는커녕 아무런 변화가 없었다.

"쯧쯧쯧. 은옥아. 공양미 있거든 줘서 보내거라."

혜손이 미친 사람 바라보듯 혀를 차다가 방 안으로 들어가 버렸다. 위한조가 몇 번이나 용두장에 주문을 외다가 이번에는 바가지의 물을 입에 넣고 허공에 뿌렸다. 나비가 꽃으로 변하기는커녕 허망한 물보라가 덧없이 일었다가 사라져 버렸다.

"허!"

마당 가운데 꾸어 놓은 보릿자루마냥 멍하니 서서 탄식하던 위한조가 혜손의 방문 앞에 무릎을 꿇고 앉았다.

"선생님. 제가 하늘 높은 줄을 몰랐습니다."

방 안에서 가타부타 말이 없었다. 위한조가 머리를 숙인 채로 마당 가운데서 석고대죄하고 앉았는데 그날 밤이 지나고 다음 날 아침이 올 때까지 석상처럼 움직임이 없었다.

은옥이 아침밥을 짓고 길동이 마당을 쓸고 있는데 위한조는 무릎을 꿇고 한마디도 없이 앉아 있었다.

방문이 덜컥 열리며 혜손의 얼굴이 나타났다.

"선생님."

위한조가 고개를 들어 혜손을 바라보았다. 혜손이 혀를 차다가 입을 열었다.

"네가 10년 동안 배운 것은 강을 걸어갈 수 있는 술법이로되, 사공이 여러 사람을 태워 강을 건너는 것만 못하니 가히 쓸모없는 짓을 배웠다. 위로는 하늘을 속이고 아래로 사람을 속이는 일을 자랑스럽게 생각하는 자가 도를 배워 무엇에 쓸 것인가? 양운이 화산에 틀어박혀 도사를 자처하지만 장각(張角)과도 같은 부류일 뿐이라 깊이가 없어서 아침에 일어났다 스러지는 안개와 같도다. 그같이 황탄한 요술을 배워 혹세무민하다가 벼락 맞아 지옥 갈 생각이 없다면 이 길로 백두산으로 들어가 마음공부에 힘쓸 것이다. 내 말 뜻을 알겠느냐?"

위한조는 혜손의 말을 듣고 가슴이 벌벌 떨렸다. 혜손이 어찌 양운을 알며 그가 화산에 사는 것을 알고 있단 말인가? 말 그대로 앉은자리에서 천지사물의 이치를 꿰고 있는 이인이 틀림없었다.

"선생님의 가르침을 명심하겠습니다."

위한조가 아무런 대꾸도 없이 자리에서 일어나 혜손에게 큰절을 하곤 비 맞은 중처럼 고개를 숙인 채 사립문 바깥을 나가버렸다.


## 셋


해가 바뀌어 정사년(1497년) 입추 무렵이었다. 이날은 혜손이 낚시를 가지 아니하고 손님이 찾아오리라 하며 이른 아침부터 집안을 깨끗하게 쓸고 닦으라 명하였다.

길동이 하릴없이 방과 마루를 닦고 마당 구석구석을 깨끗이 쓸면서 손님 맞을 준비를 하였는데, 과연 정오가 되지 않아 의관을 단정하게 차려입은 선비 하나가 찾아왔다.

푸른 도포 차림에 높은 갓을 쓰고 눈에 열기가 가득한 사람인데 망건에 옥관자(玉貫子)가 달린 것을 보니 조정 대신이거나 지체 높은 양반인 듯하였다. 눈썹은 버들잎을 매단 것처럼 매끈하고 서글서글한 두 눈에 형형한 빛이 감돌았으며 코는 높고 입은 굳게 다물어 이목구비가 뚜렷한 것이 보통 사람 같지 않아 보였다.

선비는 곧장 들어오지 않고 사립문 밖에 시립한 채 두 손을 가지런히 잡고 물었다.

"선생님, 계십니까?"

길동이 의아하여 물었다.

"뉘십니까?"

"정희량이라 합니다. 혜손 선생을 찾아왔는데 계십니까?"

양반이 아랫사람에게 이렇게 공손한 것은 나고 처음 보는 일인데 게다가 '혜손 선생'이라 깍듯하게 말하는 것이 보통 사람은 아닌 것 같았다. 그리고 보니 이름이 낯설지 않았다. 작년 이맘때에 홍유손이 찾아와 혜손 선생님의 제자가 하나 더 있으며 그 이름이 정희량이라고 했던 기억이 났다.

길동이 정신이 번쩍 들어서 두 손을 공손히 맞잡고 읍하며 대답하였다.

"그렇잖아도 아침부터 선생님이 기다리고 계십니다."

그리고 사립문을 열어 정희량이라는 선비를 안내하여 집 안으로 들어갔다.

길동이 방문을 여니 혜손 선생이 정좌하여 있었다. 정희량은 마당 가운데에서 걸음을 멈추고 공손하게 큰절을 하였다.

"희량이가 선생님을 뵈러 왔습니다."

"들어오너라."

정희량이 마당에서 일어나 의관을 정제한 후에 안으로 들어갔다.

방으로 들어간 정희량은 혜손에게 다시 한 번 절을 하고는 공손하게 무릎을 꿇고 앉았다.

"선생님, 그간 평안하셨습니까?"

혜손이 말없이 고개를 끄덕거렸다.

정희량이 다시 말하였다.

"얼마 전에 주부(主簿) 오순형(吳順亨)이 집으로 찾아와 제게 말하길 조정 신하들의 사주가 추풍에 낙엽 떨어지듯 한 것을 보니 큰 화가 박두한 것 같다고 하는 것이 아니겠습니까? 제가 오순형이 가져온 사주를 보니 조정의 중신들 치고 액화를 면할 길이 없는데 저 역시 한가지라 선생님을 이번에 뵈오면 다시 뵐 날이 없을 것 같아 마지막 인사를 드리러 왔습니다."

"알고 있다."

"저도 선생님처럼 초야에 묻혀 살 것을 이제 와 생각하니 후회막급입니다."

"모두 다 제 길을 갈 따름이지."

혜손이 묵묵하게 대답하곤 말이 없었다.

이해가 성종이 승하하고 연산군이 임금이 된 지 3년째 되던 해였다. 연산군은 이름이 융이니 성종의 원자요, 폐비 윤 씨의 하나뿐인 아들이었다.

윤 씨가 기해년(1479년)에 궁에서 폐출될 때에 연산군이 아직 강보(襁褓) 속에 있었으며, 임인년(1482년)에 사약을 받을 때에 나이 6살이었다. 아직 분별이 없는 어린 나이에 어머니 여읜 것을 불쌍히 여긴 성종은 적장(嫡長)이라는 이유로 연산군을 왕세자(王世子)로 세웠는데 시기와 모짐이 그 어미와 같고 성질이 또한 지혜롭지 못하므로 성종은 당시의 단정한 선비들을 골라 뽑아 동궁(東宮)의 관원으로 두어 훈회(訓誨)하고 보도(輔導)함을 특별히 지극하게 하였다.

연산주가 필선 허침과 보덕 조지서에게 오랫동안 학문을 배워 장성했는데도 문리(文理)를 통하지 못하여 성종이 크게 꾸짖어 세자가 이 때문에 부왕(父王) 뵙기를 꺼려 불러도 아프다고 핑계하고 가지 않은 적이 많았다.

하루는 성종이 소혜왕후에게 술을 올리면서 세자를 불렀으나, 또한 병을 칭탁하고, 누차 재촉해도 끝내 오지 않으므로, 성종이 나인(內人)을 보내어 살피게 하였더니, 나인에게 이르기를 '만약 병이 없다고 아뢰면 뒷날 너를 찢어 죽이겠다' 하니, 나인은 두려워서 돌아와 병이 있어 오지 못한다고 아뢰었으며 성종은 속으로 알면서도 마음에 언짢게 여길 뿐이었다.

또 어느 날은 성종이 인정전에 술자리를 마련하여 술이 반쯤 취했을 때 우찬성 손순효가 성종의 어탑으로 올라오더니 임금의 평상을 만지며 "이 자리가 아깝습니다"하고 직언한 적이 있었으니, 성종이 세자를 폐하고 싶은 마음이 많았으나 세자가 아직 어리고, 다른 적자(嫡子)가 없으며, 또한 어미 없는 연산군이 어리고 약하여 의지할 곳이 없음을 불쌍히 여겼기 때문이었다.

성종이 승하하자 연산주는 상중에 있으면서도 서러워하는 빛이 없으며, 후원의 순록(馴鹿)을 쏘아 죽여 그 고기를 먹으며 놀이 즐기기를 평일과 같이 하였고, 심지어 군신(群臣)들을 접견(接見)하고 교명

(敎命)을 내리면서도 숨기고 가리며 거짓 꾸미기를 힘썼는데, 외부 사람들은 알지 못했었다. 그러나 하늘을 손으로 가릴 수가 없듯이 박영(朴英)이라는 이는 연산주가 성종이 기르던 사슴 새끼를 쏘아 그 사슴이 화살을 꽂은 채 피를 흘리면서 다니는 것을 좋아하는 것을 보고 그날로 병을 핑계하여 사직하고 시골로 내려갔으며, 점필재 김종직 역시 늙음을 이유로 사직하고 물러났으니 문리가 있고 세사를 볼 줄 아는 이들은 영명하지 못한 인군이 폐비 윤 씨의 일로 반드시 큰 화를 일으킬 것이라 대개 짐작을 하고 있었던 것이다.

정희량은 경술년(1490년)에 해주 갈공암에서 혜손을 만났으니, 나이 18살 무렵 과거공부가 한창인 때였다.

정희량이 암자에서 글공부를 하다가 차 생각이 나서 암자의 스님과 객을 불러 늦은 밤에 차를 끓였다. 그때, 정희량이 시 한 수를 읊었는데 이러하였다.

상머리에 이끼 낀 병을 손수 들어다가
푸른 바다처럼 맑고 찬 샘물을 쏟아 붓고
문무의 화력을 고르게 다스리면
벽 위에 달 떠오르고 연기 맑게 생기네
솔바람이 우수수 빈 골짜기에 울리듯
날아서 흐르는 물이 부딪쳐 긴 내를 울리듯
천둥이 진동하고 번개가 달리는 기세는 아직 그치지 않더니
잠깐 구름이 일고 바람이 멈추니
파도는 일지 않아 맑고 잔잔하네
큰 표주박을 한번 기울이니 얼음 눈처럼 빛나니

간담이 뚫리어 신선과도 통한다네
천천히 뚫고 꿰어 혼돈 구멍을 뚫어
홀로 신마를 타고 신선 세계에서 노니네
돌아보니 예전 마음속의 자갈밭
요마와 속념이 모두 망연해지고
다만 마음의 근원을 깨달아 넓게 옮기어
내 들으니 상제의 진인이 깨끗함을 좋아하여
안개를 들이켜며 더러운 것을 씻네
노을 먹고 옥을 먹어 나이 늘일 수 있고
골수를 씻고 털을 베어 동안처럼 곱네
나도 세상에 묻는 것이 이와 같은데
어찌 마른 나무와 오래살기를 다투리
그대는 못 보았는가, 노동의 굶주림에 삼백 조각으로 즐긴 것을
오천 마디 부질없이 아득한 숫자일세.


혜손이 때마침 갈공암에 있었는데 늦은 밤, 스님의 권유로 차를 마시러 나왔다가 희량의 시를 들었다. 시의 내용인즉, 용호의 이치를 꿰고 있는 사람이 지을 수 있는 시였으므로, 차를 마시며 정희량과 몇 마디 나누는 가운데에 그가 나이 어리지만 공부가 착실하며 사람됨이 근실하고 깊어서 전인(傳人)의 자질이 있다 생각하였다.

정희량이 어려서부터 천문과 술수에 관해 관심이 많아서 일찍이 앞일을 헤아리는 데에 약간은 자질이 있던 터였다. 그는 갈공암을 찾아온 혜손이 범상찮은 사람임을 알았던 것이다.

두 사람이 이야기를 나누는 동안 정희량은 혜손의 깊이가 끝이 없는

것을 깨닫고 제자가 되길 청하였으니 살을 맞대고 사는 부부의 인연이 그렇듯이 도를 전하는 스승과 제자는 하늘이 정하는 인연이 있기 마련이었다.

정희량이 다음 해 임자년에 생원과에 장원하고, 을묘년에 문과에 올라 봉교(奉敎)로 임명되어 관직생활을 하였는데 전라도로 외직으로 가는 사람에게 항상 혜손을 부탁하곤 하다가, 임금이 바뀌고 큰 환란이 닥쳐올 것 같아서 혜손에게 마지막 인사를 드리러 온 것이었다.

"바깥에 있는 젊은이가 선생님의 새 제자입니까?"

혜손이 고개를 끄덕이며 말했다.

"홍길동이라 한다."

"눈에서 열기가 이글거리는 것이 한눈에 보기에도 보통 젊은이가 아닌 듯싶었습니다. 그런데 저 젊은이의 얼굴에 왕후의 기상이 엿보이던데 제가 잘못 본 것일까요?"

"왕후의 기상이라…. 네가 너무 멀리 나갔구나."

"멀리 나갔다면?"

"저 아이는 모든 사람이 평등하게 살아가는 것을 꿈꾸는 아이다."

"모든 사람이 평등하게 살 수 있다니요? 그렇다면 세상을 뒤집겠다는 말인가요?"

"그거야 생각하기 나름이지."

"선생님께서는 저 아이에게 도를 전하실 생각이 아니십니까? 만약 젊은이가 제 짐작대로 역모를 범하기라도 한다면 이 나라는 또 한 번 큰 난리를 입을 것이 아닙니까?"

"그것도 생각하기 나름이지."

잠시 생각하던 정희량이 말없이 고개를 끄덕였다.

"그렇군요. 생각하기 나름이지요."

정희량이 짐작하는 바가 있었지만 조심스러워 입을 열지 않았다. 혜손이 정희량을 그윽하게 바라보다가 미소를 띠며 말했다.

"아는 자는 아는 것을 아는 체하지 않는 처신이 가장 하기 어려운 일이다. 뻔히 눈앞에 보이는 것을 말하지 않는 것처럼 괴로운 일도 없지만 또한 아는 것도 모른 체하는 것이 도를 배우는 자의 본의가 아니더냐."

"절려망연(絕慮忘緣)• 이 어려운 것과 같은 이치이지요."

"네가 잘 알고 있으니 다행이구나. 그렇잖아도 네가 찾아오면 주려던 것이 있었다."

혜손이 미소를 띠며 벽장 안에서 작은 책 두 권을 꺼내어 정희량의 무릎 앞에 놓았다. 정희량이 두 손으로 받잡고 바라보니 한 권은 《부주비전》(符呪秘傳) 이고, 또 한 권은 《망단기결》(望斷奇訣) 이라는 책이었다.

"이것이 무업니까?"

"내가 스승님으로부터 받은 책이다. 네가 모르는 것은 이 두 권의 책에 다 들어 있을 것이니, 전수해 줄 만한 재목이 되는 이를 만나면 전해 줄 것이나 만약 아니라면 불태워 세상에 없게 하여라. 허허허. 내 스승께서 하신 말씀을 네게 똑같이 하게 되는구나. 이래서 인생은 유전이라 하는 것인 모양이다. 네가 화를 만나 초야를 떠돌아다닐 때 공부가 될 것이다."

"선생님, 저에게 귀한 책을 다 주시면 밖에 있는 젊은이는 무엇을

---

• 온갖 생각을 끊고 인연까지 잊어버린다.

배웁니까?"

"사람마다 그릇이 있으니 그릇에 맞게 가르칠 따름이다. 너와 나 사이의 볼일은 이것으로 끝났으니 이만 돌아가거라."

혜손이 끝맺음에는 엄절한 구석이 있어서 근엄하게 맺음을 하니 정희량은 가슴이 메어지는 것 같았다.

"이제는 정말로 선생님과 작별입니다."

정희량은 두 권의 책을 귀중한 보물처럼 품에 품고 다시 일어나 큰절을 한 후에 눈물을 글썽이며 밖으로 나갔다.

길동이 마당에 있다가 정희량이 나오는 것을 보고 다가가니 그는 소매 끝으로 눈물을 닦고는 길동의 손을 잡으며 말하였다.

"자네와 내가 후일 만날 일이 있을 것이네. 부디 선생님을 잘 부탁하네."

그리고는 슬픈 얼굴로 집을 나가 버리고 말았다.

유람遊覽

하나

정희량이 돌아간 다음 해는 연산주(燕山主)가 임금 노릇을 한 지 4년째 되는 무오년(1498년)이었다. 이해에 한양에서 큰 사화가 일어나 흉흉한 소문들이 동리를 휩쓸었다.

연산주 즉위 초기에 사림들은 3사(사헌부·사간원·홍문관)와 언로를 틀어쥐고 수륙제의 금지와 왕실 외척 신수근(愼守勤), 임사홍(任士洪) 등을 중용하는 것을 반대하였다.

수륙재(水陸齋)란 불가(佛家)에서 물·뭍의 여러 귀신에게 음식을 차려 주고 경을 읽는 모임이니 중국의 양 무제(梁 武帝)가 금산사(金山寺)에서 한 것에서 비롯하였다.

갑인년(1494년) 성종이 승하함에 군신들이 성종대왕을 위해 수륙제를 열려고 하였으나 삼사의 대간들에 성균관 유생들까지 가세하여 그

부당함을 주장하였다.

왕실에서 물력이 많이 드는 불사를 일으키는 것은 유학의 기틀을 무너트리고 국가재정을 악화시키며, 여항에 불사를 유행하게 하여 고려 때처럼 나라를 구렁에 빠뜨린다는 것이었다. 뿐만 아니라 외척을 등용하는 문제에 대해서도 3사의 대간들이 들고 일어나 극력 저지하였다.

연산주와 훈구세력들의 입장에서는 바른말 하는 사람과 언관들은 사사건건 방해를 하는 훼방꾼들이었다. 왕의 입장에서는 국왕의 앞길을 가로막는 존재였으며, 훈구세력의 입장에서는 이권을 방해하는 눈에 거슬리는 존재들이었다.

연산주와 훈구세력이 사림에 원한을 품고 이를 갈고 있을 때에 유자광이 조의제문을 들고 나왔다.

조의제문이란 김종직이 의제를 만난 꿈을 꾸고 항우가 의제(義帝)를 시해한 일을 제문의 형식으로 써 놓은 글이었다.

유자광은 김종직이 조의제문에서 항우가 의제를 시해한 일을 가탁(假託)하여 문자로서 세조를 헐뜯었으며, 그 제자인 김일손과 권오복 등은 이것을 사초로써 기록하여 만세에 유전토록 하였으니 대역(大逆)으로 다스려야 한다고 주장하였으며, 훈구들은 이에 동조하여 조정이 들썩거렸다.

세조는 명신들을 숙청하고 어린 단종을 폐하며 왕이 되었던 탓에 어린 노산군의 죽음을 불쌍하게 생각하는 순박하고 동정어린 백성들의 민심을 잃어버려 즉위 때부터 잡음이 많았다. 더구나 지병인 피부병과 왕세자들이 단명한 것들도 단종의 원한과 단종의 어머니 현덕왕후의 저주 때문이라는 말들이 항간에 소리 없이 퍼져서 세조 스스로도 꺼림칙하게 여겨왔던 터였다. 그도 그럴 것이 세조의 첫째 아들인 의경세자는 나이 스물에 요절하였고, 둘째 아들인 예종 역시 왕위에 오른 지 1년이 채 되지 않아 단명하였으니 항간의 소문이 꼬리를 물고 일어날 만도 하였다. 그런 때에 김종직은 조의제문에서 왕실의 가장 아프고 민감한 곳을 건드린 것이었다.

　성종은 세조의 장남인 의경세자 둘째 왕자였으니, 세조가 연산주에게는 고조부가 되는 셈이다. 양민도 조상을 욕되게 하는 자를 용서치 않는데 임금을 욕되게 하는 것이 가당할 리기 없었다.

　연산주는 눈엣가시 같은 3사의 사림들을 일거에 단죄하였으니, 조의제문을 지은 김종직은 대역으로써 논단하여 부관참시(剖棺斬屍)하였고, 그 도당 김일손, 권오복, 권경유(權景裕)는 간악한 붕당을 지어 동성상제(同聲相濟)하여 그 글을 칭찬하고 사초에 써서 불후(不朽)의 문자로 남기려고 하였던 죄로 능지처사(凌遲處死)하게 하였으며, 이목과 허반은 참형(斬刑)에 처하고, 강겸(姜謙)은 곤장 100대를 때리고 가산(家産)을 적몰(籍沒)하여 극변(極邊)으로 내쳐 노비(奴)로 삼았다. 표연말(表沿沫), 홍한(洪瀚), 정여창(鄭汝昌), 무풍정 총(茂豊正 摠) 등은 죄가 난언(亂言)에 범했고, 강경서(姜景叙), 이수공(李守恭), 정승조(鄭承祖) 등은 난언임을 알면서도 고하지 않았으므로 곤장 100대를 때려 3천 리 밖으로 내치고, 김종직의 문도(門徒)로서 붕당을 맺고 국정(國政)을 기의(譏議)하고 시사(時事)를 비방한 죄를 물어, 임희재는 곤장 100대를 때려 3천 리 밖으로 내치고, 이주는 곤장 100대를 때려 극변으로 부처(付處)하고, 종준, 최부, 이원, 굉필, 한주, 백진, 계맹, 강혼 등은 곤장 80대를 때려 먼 지방으로 부처함과 동시에, 내친 사람들은 모두 봉수군(烽燧軍)이나 정로한(庭爐干)의

역(役)에 배정하였고, 수사관(修史官) 등이 사초를 보고도 즉시 아뢰지 않았으므로 어세겸(魚世謙), 이극돈, 유순(柳洵), 윤효손(尹孝孫) 등은 파직하고, 홍귀달(洪貴達), 조익정(趙益貞), 허침(許琛), 안침(安琛) 등은 좌천(左遷)시켰다. 그리고 벼슬하지 않은 이 중에 죄질이 나쁜 이들은 죄의 경중에 따라 모두 이미 처결되었으니 거론되지 않은 이들만 해도 그 수가 수천에 이르렀다.

김종직이 살던 함양과 경상도 일대에는 그 제자들이 많았는데 이때에 화가 미쳐서 경상도 일대의 사람들이 일대 벼락을 맞아서 풍비박산된 집안이 헤아릴 수 없이 많았다. 작년에 혜손을 찾아왔던 정희량 역시 장 100대를 맞고 의주로 유배되었으니 일거에 바른말 하는 신하들이 조정에서 자취를 감추고 말았다.

문자의 옥으로 조정이 물 끓듯 시끄러웠건만 농사짓는 백성들에게는 다른 세상의 일이어서 이날도 혜손은 언제나처럼 아침 일찍 영산강으로 나가 낚싯줄을 드리우고 앉아 있었다.

길동이 혜손을 따라가서 그 옆에 앉아 있다가 생각해 보니 제자가 된 지 2년이 지나도록 아무것도 배운 것 없이 허송세월을 한 것만 같았다. 그러나 대놓고 말하려니 그동안의 기다림이 물거품이 될 듯싶어서, 태평하게 낚싯줄을 드리우고 앉아 있는 혜손을 벙어리 냉가슴 앓듯 바라보기만 하였다.

"길동아."

평소 말이 없던 혜손이 문득 입을 열었다.

"예, 선생님."

길동이 두 손을 맞잡고 공손히 대답하였다.

"네 나이가 몇이냐?"

"올해로 스물 한 살입니다."

"장가갈 나이가 되었구나."

"저 같은 것이 장가라니요?"

길동이 머리를 긁적이며 수줍게 말했다. 혜손이 강을 바라보며 무심하게 물었다.

"네가 은옥이에게 마음이 있느냐?"

길동은 갑자기 숨이 턱 하고 막히는 것 같았다.

은옥이 나이 스무 살이 된 노처녀이지만 얼굴이 둥근달처럼 뽀얗고 복스럽게 생겼고, 언문도 알뿐더러 태도가 의젓하여 재상가의 여식과 비교해 보아도 처지지 않을 정도였다.

길동이 오기 전까지는 인근에서 혼담이 끊이지 않고 들어왔지만 길동이 혜손의 제자가 된 후부터는 멍태공이 데릴사위 들였다는 소문이 돌아서 일시에 끈 떨어진 조롱박처럼 혼담이 끊어지고 말았다.

길동이 이런 소문을 모르는 바가 아니었지만 혜손의 제자로 한집에서 2년이 넘게 함께 살다 보니 은옥을 알게 모르게 마음에 담아 두었기에 알면서도 모른 체하고, 더욱이 스승의 여식이라 마음만 앓았을 뿐인데 혜손이 정곡을 찔러 들어오자 얼굴이 절로 붉어졌다.

"은옥이 나이가 올해 스물이고 네 나이 스물 하나이니, 두 사람 다 맞춤한 나이다. 네가 은옥이에게 장가갈 마음이 있느냐?"

"저같이 천한 것에게 귀한 따님을 정말로 주신단 말씀이십니까?"

혜손이 고개를 끄덕였다.

길동이 생각하니 하늘 아래에 부모도 모르는 업동이가 어디에 가서 은옥과 같은 아녀자를 얻을 것인가. 더 말할 것도 없었다.

"귀한 따님을 주신다니 저로서는 두말할 나위 없습니다만 은옥 아가

씨의 의향이 어떨지 모르겠습니다."

"그럼 되었다."

혜손이 무뚝뚝하게 대답하였다. 그날 저녁 집으로 돌아온 혜손이 은옥에게 길동이와 혼인을 이야기하니 은옥이 말없이 고개를 끄덕끄덕하였다.

은옥 역시 2년을 넘게 지내는 동안 길동이의 인물 됨됨이가 마음에 들었기 때문이었다.

혜손이 칠석으로 날을 잡아 혼례를 올렸다. 없는 집안이라 혼례준비를 따로 할 것도 없었으며 혜손이 격식이나 절차를 번거롭게 생각하여 마당 한가운데에 멍석을 깔아 놓고 사발에 깨끗한 정화수를 가득 떠서 소반에 올려놓은 것이 전부였다.

길동은 길게 땋은 머리를 묶어 상투를 틀고 그 위에 초립을 쓰고 흰 도포에 검은 술띠를 둘렀을 따름이고, 은옥은 긴 머리를 둥글게 말아 구리 비녀로 쪽머리를 한 것이 전부였다.

차린 음식이 없어서 이웃 사람 하나 청하지 않아 구경꾼 하나 없는 마당에서 두 사람이 마주하여 교배(交拜)를 마치고, 은옥의 방에 신방을 차리게 되었다.

해가 지고 난 후라 방 안이 어두컴컴한데 혼인날이라 구해 온 온전한 황초 한 쌍이 하늘거리는 불빛을 살랑거리고 있었다.

길동이 이부자리 앞에서 은옥과 마주하여 앉았다. 수줍게 고개를 숙이고 앉아 있는 은옥의 모습은 소담스러운 호박꽃 같았다. 갑자기 은옥의 입가에 웃음이 피었다.

"신부가 부끄러움도 없이 웃기는 왜 웃는 거요?"

은옥이 눈을 흘기며 말하였다.

"옛날에 우리 집에 처음 찾아왔을 때 모습을 생각하니 웃음이 나와서 그랬어요."

"생각하니 참으로 우리 만난 것이 인연이 아닐 수 없소. 그때 용소에서 장인이 날 구해 주지 않았다면 어찌 당신과 백년가약을 맺을 수 있으며, 지금의 내가 있을 수 있겠소."

길동이 옛일을 회상하며 그동안의 전력을 이야기하였다. 홍 대감댁의 서자로 태어나서 친동기 같던 홍인형에게 괴롭힘을 당하여 죽자고 용소로 빠졌던 일, 혜손에게 구해진 다음 날 혜손을 찾아왔던 이야기를 해주었다. 혜손의 친구인 김시습으로부터 기서를 받아 밤낮으로 연마한 이야기하며 아버지의 첩 초란의 흉계에 빠져 자신을 죽이러 온 자객을 죽이고 도망하여 오게 된 사연을 이야기하였다.

첫날밤도 치르지 아니하고 소곤거리며 이야기를 하는 사이에 벌써 밤은 깊어 새로 산 초가 반밖에 남지 아니하였다. 길동이 촛대 위에 살랑거리는 촛불을 멍하니 바라보고 있으려니 첫날밤이 무색하였다.

"오늘이 우리가 혼인한 첫날밤인데 이야기로 날을 지새울 거요? 새털같이 많은 날이 남았으니 남은 이야기는 두고두고 하십시다."

길동이 구렁이 담 넘어가듯 슬금슬금 다가가니 은옥이 부끄러운 듯이 살짝 돌아앉았다. 그 돌아앉은 태가 예뻐서 길동이 은옥의 등 뒤로 다가가 조용히 입을 열었다.

"어디, 신부의 손이나 잡아 볼까?"

길동이 은옥의 거친 손을 잡으려고 손을 내밀자, 은옥의 손이 부끄러운 모양으로 허리께로 숨었다.

"그럼 발을 만져 볼까?"

이번에는 신부의 발을 잡아 버선을 벗기려 하니 수줍은 신부가 치마

밑으로 발을 오그렸다.

길동이 짐짓 한탄하듯 입을 열었다.

"나이 든 노처녀가 수줍음이 많아서 손을 잡을 수도 없고, 발을 잡을 수도 없으니 새 서방이 첫날밤부터 소박을 맞았구나. 허허. 이 일을 어찌한다?"

은옥이 모기 소리로 말하였다.

"부끄러우니 불부터 끄세요."

길동이 빙그레 웃다가 촛불을 끄고 은옥의 옷을 벗기고 이부자리 안으로 끌어들였다.

# 둘

두 사람이 한집에서 보낸 지가 오래된 터라 혼인한 후에도 머리만 올렸다 뿐이지 별다른 것이 없었다.

굳이 달라진 것을 찾자면 혜손에게 '선생님'이라고 부르던 호칭이 '장인'이라고 바뀌었고, 길동과 은옥의 서먹서먹하던 사이가 일시에 풀어져서 혜손이 낚시하러 나가고 없을 때면 단둘이 정답게 속살거리느라고 시간 가는 줄 몰랐고, 늦은 밤 베갯머리에서 이야기할 때에는 재미가 참깨처럼 쏟아져서 날이 새는 줄을 몰랐다.

길동이 혼인한 지 반년이 지날 무렵이었다. 차갑던 겨울이 지나가고 따스한 봄이 느닷없이 찾아와서 집 밖이 온통 푸른빛을 머금었다. 이날 밤에도 늦게까지 잠을 들지 못하고 은옥과 이야기하던 길동이 길게 한숨을 내쉬었다.

"무슨 걱정이 있나요?"

"어머님이 계신 곳이 지척인데 혼사를 올리고도 말씀을 올리지 못하였으니 이만한 불효가 또 어디 있겠소."

"시어머님께서 아시고 계실 겁니다."

"그게 무슨 말이오?"

"혼인하기 사흘 전쯤에 아버님과 함께 장성으로 시어머님을 찾아갔었습니다. 시어머니께서 저를 보시고 두 손을 잡으시며 당신을 잘 부탁한다고 말씀하셨는걸요? 아버님께서도 머잖아 모자상봉하여 함께 살날이 있을 것이라 하셨으니 기다려 보세요."

길동의 마음에 기쁨이 솟아올랐지만 짐짓 눈을 흘기며 물었다.

"그럼 나만 모르고 있었던 건가?"

"당신이 아버님을 모르세요? 쓸데없는 말씀을 하시지 않는 거 말이에요."

"아무리 그렇더라도 서방에게 모르쇠를 하면 쓰나?"

길동이 은옥의 허리를 살짝 꼬집었다.

"아야! 점잖으신 줄 알았더니 밉상이시오."

은옥이 눈을 흘기나 싫어하는 기색은 아니다.

"하하하. 멍태공의 사위라고 멍사위가 되란 법 있나? 나는 멍처녀에게 장가온 밉사위일세."

이번에는 은옥이 한숨을 내쉬었다.

"왜 그러시오?"

은옥이 또다시 길게 한숨을 내쉬다가 이부자리에서 몸을 일으켜 저고리를 주섬주섬 입었다.

"왜 그러는 거요?"

"말씀드릴 게 있어요. 전 사실 아버님의 친딸이 아니에요."

길동이 천천히 몸을 일으켰다.

"그게 무슨 소리요?"

"말씀드린 그대로예요. 전 아버님의 친딸이 아니랍니다."

은옥이 눈가에 이슬처럼 괸 눈물을 소매로 닦으며 입을 열었다.

"임인년(1482년)과 기해년(1483년)에 황해도와 평안도 일대에 큰 전염병이 돌았지요. 그때 저는 황해도 은율에서 살았다는데 마을에 역병이 돌아서 부모님과 가족들이 모두 돌아가시고 지금의 아버님의 손에 구해졌어요. 그때 제 나이가 세 살이라서 아버님과 어머님의 함자조차 기억하지 못한답니다."

길동이 침울하게 말했다.

"내가 당신의 아픈 곳을 물어보았구려."

"아니에요."

은옥이 소매로 눈가를 닦으며 씨익 웃어 보였다. 길동이 은옥의 처지를 생각하니 동병상련이라 더욱 다정한 마음이 생겨나는 것이었다. 슬그머니 손을 뻗어 은옥의 작은 손을 꼬옥 잡았다.

"당신이 나와 마찬가지로 하늘 아래에 의지할 곳이 없는 사람이구려."

은옥이 고개를 저었다.

"서방님이 있고 아버님도 계신데 어찌 의지할 곳이 없겠어요? 저는 당신과 아버님이 있어 정말 든든하답니다."

길동이 은옥의 웃는 모습을 바라보니 가슴이 따뜻해지고 기운이 솟는 것 같아서 은옥을 살며시 안았다. 부부는 인연이라 하더니 은옥이 자신과 비슷한 처지라는 것이 새삼 신기하며 감사하게 생각되어 다정한 마음이 더욱 불끈불끈 솟아났다.

길동과 은옥은 밤늦게까지 이부자리에서 속살거리다가 새벽녘이 되어서야 잠이 들었다.

길동은 은옥이 잠든 것을 보고 바깥으로 나아가 행기를 하였다. 해 뜨기 전 행기를 하는 것은 길동이 설잠 스님에게 용호비결을 받은 후부터라 벌써 7년이나 되었다. 그동안 새벽녘에 용호를 단련하는 것이 익숙해져 하루라도 행기를 하지 않으면 온몸에 가시가 돋칠 정도였다. 이른 아침 텅 빈 뱃속에 행기를 하여 온몸에 천지의 기운을 축적시키면 온몸이 날아갈 듯하여 먹지 않아도 배고프지 아니하고 자지 않아도 피곤하지 않으며 더위와 추위를 타지 아니하였다.

행기가 끝이 나면 지게 작대기를 들고 강가에서 칼춤을 추었으니 한바탕 칼춤을 추고 나면 온몸이 날아갈 듯 상쾌해지는 것이다.

행기와 무예 수련을 마칠 때면 동산에 해가 떠오르니 이때에 집으로 들어가 마당을 청소하고 집안일을 하는 것이다.

이날도 검술을 마치고 집안일을 끝낸 길동이 혜손의 기침 소리를 듣고 강에 갈 차비를 꾸리고 있는데 방에서 부르는 소리가 났다. 길동이 안으로 들어가서 무릎을 꿇고 앉았다.

"장인어른, 부르셨습니까?"

"나와 함께 바람이나 쐬러 가자꾸나."

"어딜 가시려고요?"

"내가 소싯적에 금강산에 놀러갔다가 스승님을 만나 백두산과 두만강을 구경하고 묘향산과 구월산, 태백산을 마지막으로 이곳에 뿌리를 내리고 살았다. 이 땅에 산이 많기로 내가 가보지 못한 명산이 지리산과 한라산 두 곳뿐이니 죽기 전에 구경이나 할 생각이다. 두어 달 걸릴 것 같은데 너도 함께 가자꾸나."

그렇지 않아도 갑갑하던 터라 혜손의 말이 귀에 번쩍 들어왔지만 혼자 남아 있을 아내를 생각하니 마음에 걸렸다.

"아내 혼자 남겨 두고 가려니 마음에 걸리느냐?"

"아, 아니 그런 것은 아니옵고…."

길동이 머리를 긁적이는 것을 보고 혜손이 말없이 웃었다. 그날 아침, 길동이 은옥에게 장인의 말을 전했더니 은옥이 길동의 아녀자 같은 소견을 나무라며 군말 없이 짐을 챙겨 주었다.

다음 날 길동은 혜손과 함께 세상 구경을 나섰다. 두 사람이 용호를 수련하여 벽곡을 할 수 있기 때문에 따로 양식을 준비할 것도 없었다. 하여 은옥이 싸 준 짐이란 것이 갈아입을 옷가지 몇 벌이 든 괴나리봇짐에 미투리 열 짝과 곡식가루 몇 홉을 넣은 주머니가 전부였다.

혜손은 누런 베 도포를 입고 삿갓 하나를 손에 들었고, 길동은 패랭이를 쓰고 날렵하게 도포 입고 행전을 찼다.

길동은 여전히 은옥을 혼자 두고 가는 것이 걱정이 되어서 시무룩한 얼굴인데 은옥이 길동과 혜손을 힐끔 보더니 소매를 걷어 팔을 보이며 웃었다.

"저 하나쯤은 지킬 재주가 있으니 염려 마시고 다녀들 오세요."

어젯밤에 은옥이 길동에게 그렇게 다짐을 주었던 터이고, 앞일을 헤아리는 혜손을 믿는 까닭에 길동이 은옥에게 미소를 지어 보이니, 혜손이 두 사람을 보고 말없이 고개만 몇 번 끄덕였다.

길동은 그렇게 은옥을 남겨 두고 혜손과 함께 길을 떠났다.

한라산을 다녀와서 지리산을 구경하기로 결정이 되어서 두 사람은 이른 아침에 보리나루를 건너 칠십 리 길을 걸어서 이날 해가 서산에 기울 무렵에 영암읍에 도착하였다.

혜손이 읍내 주막에서 머물지 아니하고 월출산(月出山) 도갑사(道岬寺)에서 하룻밤을 지내기로 하였다.

월출산은 원래 삼국시대에는 월라산(月奈山)이라 하고, 고려시대에는 월생산(月生山)이라 부르다가 조선시대부터 월출산이라 불렀는데, 천황봉(天皇峯), 구정봉(九井峯), 사자봉(獅子峯), 도갑봉(道岬峯), 주지봉(朱芝峯) 등이 동에서 서로 연이어 솟아나 깎아지른 듯한 기암절벽이 많아 예로부터 영산(靈山)이라 여겨져 왔으며 그런 까닭에 영암(靈岩)이라는 지명이 생긴 것이다.

두 사람이 읍내를 벗어나 구림촌(鳩林村)에서 왼편으로 조금 더 들어가니 벚꽃이 화사하게 피어난 아름다운 꽃길이 나타났다. 따스한 봄바람을 맞아 눈처럼 떨어지는 꽃잎을 보노라니 겨울 속의 봄이요 봄 속의 겨울이라, 산의 좌우에 기암괴석이 우뚝우뚝 솟아 있고 하늘에 울긋불긋한 노을이 깔렸는데 계곡에서 흐르는 맑은 물에 꽃잎이 떨어져 흐르는 것이 아름다워 무릉도원이 따로 없었다.

땅거미가 깔리는 벚꽃 길을 따라 한참을 걸어가 깊은 숲을 향하여 들어가노라니 마침내 장엄한 절간 하나가 나타났다.

도갑사는 신라 때 도선 국사가 조그마하게 창건하였는데 세조 때 왕사였던 수미대사가 중창하여 지금은 절간의 숫자만 966칸에 달하는 큰 사찰이었다.

두 사람이 도갑사 일주문(一柱門)을 들어가서 해탈문(解脫門)을 지나자 계단 좌우로 건물들이 빼곡하고 그 위편에 석탑과 대웅전 넓은 마당이 있었다.

마침 이날이 초파일이라 절간 곳곳에 연등이 걸려 있고 불공을 드리러 온 사람들이 구름처럼 몰렸는데 넓은 마당 가운데 쌓은 단 위에

화려한 금란 가사를 입은 스님 하나가 거룩하게 앉아서 설법을 하고
있었다.

"… 생각해 보면 사람 사는 일이 인연이 아닌 것이 없습니다. 꽃피
고 새 우는 것도 인연, 비 오고 눈 내리는 것도 인연. 사람이 만나는
것도 인연, 여러 시주님들이 도갑사에서 제 이야기를 듣는 것도 인
연. 이 세상 모든 일들이 인연이 아닌 것이 없습니다. 이렇듯 좋은 인
연으로 부처님의 전당에서 함께 모여 불심을 쌓을 수 있으니 그것은
여러분들이 전생에 덕을 쌓아 삼악도(三惡道)에 빠지지 않았기 때문
입니다. 삼악도에 빠지지 않고 서방정토로 가기 위해서 여러분들은
어떻게 해야 할까요? 덕을 쌓으십시오. 자비를 베푸십시오. 여러 시
주님들께서 평소에 베푼 덕이나 선행은 보이지 않는 작은 씨앗과 같
아서 인간의 눈으로는 보이지 않지만 언젠가 시절 인연이 되어 꽃 피
우게 되면 스스로를 밝히고 나아가 세상을 밝히는 꽃비가 될 것입니
다. 오늘 한 작은 선행이 내일 시주님들의 마음에 자비의 꽃을 피우고
사람들의 마음에도 자비의 꽃을 피울 것입니다. 서방정토에 내리는
꽃비는 그런 자비심의 발현이지요. 여기 우리가 사월 초파일에 모여
서 부처님의 자비로운 덕을 이야기하는 것도 바로 그러한 이유 때문
입니다. …"

주장승이 전생이 어떻고 후생이 어떻고 극락과 지옥 이야기를 장
황하게 늘어놓고 있는데 언변이 거침없어서 듣던 길동이까지 솔깃하
였다.

"허허! 참으로 중들이 한세상을 만났구나."

주장승의 이야기를 듣던 혜손이 혀를 차며 어딘가로 손가락질을 하
였다.

커다란 사찰에서 초파일 법석(法席)이 열리는 까닭에 부자들과 양반들이 포목과 쌀섬을 이고 지고 와서 시주하는데 그 거둔 것을 수많은 중들이 절 뒤편 광에 쌓아 놓느라고 정신이 없었다.

"길동아, 저 재물들을 잘 봐 두어라. 부처를 팔아서 호미 한번 잡아 보지 않은 손으로 얻은 재물들이다. 저들이 입으로 윤회를 이야기하고 서방정토를 그럴듯하게 말하지만 떳떳하지 못한 재물을 먹은 자는 도를 닦아도 끝내 성불하지 못할 것이니 저들이 억겁의 윤회를 어떻게 벗어날 것이며 서방정토를 언제 구경해 볼 것인가."

혜손이 탄식하며 혀를 찼다. 무오사화 이후에 깊은 골짜기로 숨어들었던 불교가 고개를 쳐들었다. 조선 초기에 불교를 배척하고 유교를 받아들여 조선의 기본 틀로 삼았으나 그 뿌리는 뽑지 못하여 왕실에서도 공공연히 불사를 허락하곤 하였다. 그러나 그 세가 성하지는 못하였으니 성균관 유생들과 강직한 언관들 때문이었다.

그러나 세조 때에 정희왕후가 잇따른 자식의 요절로 불교를 깊이 믿어 불사를 자주 열었고, 성종도 이를 묵인해 주었던 터였지만 대간들과 유생들의 견제로 기를 펴지 못하였다가 무오사화를 계기로 하여 봄볕에 꽃이 피듯 불사가 성행하였으니 이른바 호랑이 없는 곳에 여우가 왕이 된 형국이었다.

도둑이 제 발 저리다고 죄 지은 자들이 재물로 극락을 살 생각에 너도 나도 불사를 열기 시작하니 양반들뿐 아니라 밥술깨나 뜨는 양민과 상인들까지 거름 지고 장에 가는 격으로 하나 둘 늘어나서 마침내 봇물이 터진 듯이 팔도의 사찰에 중들이 가득하고 염불소리가 골짜기를 울리게 된 것이다.

이날 혜손과 길동이 도갑사에서 하룻밤을 보내고 다음 날 월출산을 돌아본 후에 해남으로 내려왔다.

그날 두 사람이 밤재를 넘어 석제원에서 중화하고 저녁 무렵 해남 관두량(館頭梁)에 왔는데 마침 정의현감이 부임하느라 제주로 가는 배가 있었다. 그 덕을 입어 수월히 배를 얻어 타고 수로로 970리 제주(濟州)에 무사히 도착하였으니, 제주의 객사에서 하루를 머문 다음 날 신임 사또 부임길을 따라 육로로 230리 정의에 도달하였다.

대체로 변방에 부임 오는 현감들은 품계가 낮은 무부(武夫)들이 많아서 반은 무뢰배에 가까웠는데 이번에 정의현감으로 부임된 이는 사나흘 동안 배를 타고 오는 동안에 아랫사람에게 위세를 떨거나 행패 부리는 일이 없어서 시중드는 관비들이 오랜만에 명관이 왔다고 저희들끼리 좋아들 하였다.

이날 두 사람은 정의읍에서 하루를 묵고 다음 날 서쪽으로 20리 길에 있는 한라산을 구경하였다.

한라산 백록담까지 올라가서 달콤한 물맛을 보고 내려와 이삼일 영주산을 둘러보고 다시 성산포로 찾아가 용바위를 구경하다가 정의로 돌아오는데 신임 정의현감 조희백이 말을 타고 무기를 든 한 떼의 군졸들과 황급히 달려가는 것이 보였다.

길동이 궁금하여 제일 뒤편에서 따라가는 군졸을 잡고 물었다.

"어딜 그리 가십니까?"

"말도 마시오. 대정(大靜)에 왜구가 침입하였다고 파발이 와서 구원하러 가는 길이오."

말을 다한 군졸은 숨을 헐떡이며 부리나케 뒤를 쫓아 달려갔다.

길동이 혜손에게 물었다.

"장인어른, 대정에 왜구가 침입하였다는데 어쩌지요?"

혜손이 빙그레 웃으며 말하였다.

"내가 가지 말라면 네가 안 갈 테냐? 내 걱정 말고 가서 도와주어라."

그렇잖아도 그동안 배운 천둔검법을 시험해 보고 싶던 차에 길동이 혜손의 허락을 받고는 군졸들이 사라진 곳을 향해 바람처럼 달려갔다.


# 셋


왜구의 침탈은 이미 고려 때부터 빈번하여 해안가에 사는 백성들이 크게 고통을 겪었다. 조선이 개국되면서 왜구들의 침탈을 뿌리 뽑기 위하여 태조가 김사형(金士衡)을 오도병마도통처치사로 삼아 대마도의 왜구들을 토벌하였고, 또 세종께서 이종무로 하여금 대마도를 정벌케 한 후 왜구와의 무역을 허락하면서 일시에 끊어졌지만, 성종조 이후 연산주 즉위 초부터 정치가 문란하고 군비가 약화되면서 다시 꼬리에 꼬리를 물고 일어났다.

해안가의 각 진보(鎭堡)마다 군사가 있고 수군영이 있었지만 왜구들의 숫자가 적을뿐더러 좀도둑에 가까워 노략질하다가도 군관들이 달려가면 도망가기 일쑤여서 뿌리를 뽑기는커녕 가만히 앉아서 당하는 입장이었다.

뭍이 그 지경이니 왜국과 가까이에 위치한 제주는 그 폐해가 더욱 심하여 봄, 여름, 가을 할 것 없이 왜구들이 침입해 들어와서 노략질을 일삼았다. 더욱이 겨울 식량이 떨어질 이 시기에는 그 정도가 극에 달하여 사흘에 한 번꼴로 인가에 침입하여 노략질과 방화를 저질렀다.

길동이 들판을 지나 20여 리를 달려가니 다닥다닥 붙은 초가와 커다란 읍성이 보이는데 검은 연기가 치솟아 오르고 함성이 가득하였다.

읍성 가까이 다가가니 과연 싸움이 한창이었다. 성 앞에서 신임 정의사또가 왜구들과 싸우고 있는데 왜구들의 숫자가 예상보다 많았다.

길동이 물끄러미 바라보니 대정읍성의 군사들은 성 위에서 "와! 와!" 소리만 지를 뿐 문을 열지 않아서 구원하러 간 정의의 군사들이 왜구들에게 둘러싸여 성문 앞에서 몰살당할 판이었다. 길동은 아랫배에 숨을 깊게 들이마신 후에 풍우처럼 왜구를 향하여 내달았다.

"이놈들!"

우선 달려드는 왜구의 머리통을 때려 쓰러뜨린 후에 떨어진 칼을 들어 왜구들 사이로 뛰어들었다.

길동이 설잠 스님에게 《천둔검법연마결》을 받아서 공부한 7년 동안 몽둥이만 들고 휘두르다가 진검을 쓰게 되니 호랑이가 날개를 단 격이어서 왜도를 들고 전후좌우로 놀릴 때마다 서리 같은 칼 빛이 종횡으로 번쩍거리고 그 흰빛이 사람을 휩싸서 마치 눈부신 빛 덩어리 하나가 이리저리 굴러다니는 것 같았다.

길동의 앞을 막아서는 왜구들이 안개 같은 피를 흘리며 낙엽처럼 꺼꾸러졌다. 뒤편에서 말을 타고 있던 왜구 우두머리가 놀란 눈을 황망하게 뜨고는 시퍼런 왜도를 휘두르며 길동에게 달려들었다.

길동이 몸을 낮추어 왜구의 칼을 피하며 달려드는 말의 앞다리에 칼을 휘둘렀다. 달리던 말이 바닥에 곤두박질하는데 왜장이 허공으로 훌쩍 솟아 가볍게 땅바닥으로 내려섰다.

"제법이구나."

길동이 왜장을 바라보며 코웃음을 치니, 머리를 반들반들하게 민 왜장이 이를 악물고는 독살스러운 눈빛으로 노려보며 두 손으로 칼을 고쳐 잡고 벼락같은 기합을 지르며 다시 달려들었다.

"죽고 싶으면 오너라."

이윽고 두 칼이 어울리기 시작하였다. 치는 칼에 막는 칼이 어우러져 날에서 불꽃이 튀기고 들어가는 칼에 쫓아오는 칼이 가슴께에서 요란한 소리를 냈다. 얼마 동안 두 칼이 왔다 갔다 하며 또 어울렸다 풀렸다 하는데 20여 합을 채 겨루지 못하고 왜장이 기력이 달리는지 숨을 헐떡거리기 시작하였다.

"왜구가 검술이 대단하다더니 이 정도밖에 안 되는 것이냐? 이번에는 네가 내 칼을 막아 보아라."

길동이 기합을 내지르며 왜장을 향하여 칼을 휘둘렀다. 왜장이 길동의 칼을 막기 시작하는데 한 사람이던 길동이 두 사람이 된 것 같고, 두 사람이 세 사람으로 나뉘어 나중에는 수많은 길동의 환영들이 흰 칼을 곧추세우고 핍박하는 것 같았다. 왜장이 휘적거리며 근근이 칼을 막다가 마침내 견뎌내지 못하고 도망을 치려고 몸을 돌렸다.

"어딜!"

길동이 번개처럼 등 뒤를 쫓아가며 칼을 휘두르니 왜장의 목이 자른 무처럼 똑 떨어져서 바닥을 데구르르 굴렀다. 길동은 떨어진 왜구의 머리를 집어 들고 우레처럼 소리쳤다.

"여기 너희 우두머리의 목을 보아라."

잘린 목에서 검은 피가 뚝뚝 떨어지는 것을 보고 놀란 왜구들이 소리를 지르며 허둥지둥 도망치는데 얕은 물에 송사리 흩어지는 것 같았다.

"올 때는 너희 맘대로 왔지만 갈 때는 맘대로 안 되리라."

길동이 칼끝에 사정을 두지 않아서 도망가는 걸음이 느린 자는 반드시 머리 없는 시신이 되고 말았다. 잠시 만에 왜구들이 대정성 아래에 수많은 시신을 남기고 썰물처럼 사라져 버렸다.

대정성 남문 앞에 넋이 빠진 사람처럼 물끄러미 서 있던 신임 사또는 보고도 믿을 수 없어서 꿈을 깬 사람처럼 머리를 좌우로 휘둘러 정신을 차리고 길동에게 다가왔다.

"뉘신지 모르겠지만 은인이 아니었다면 큰일 날 뻔하였습니다. 성명이 어떻게 되시는지요?"

"홍길동이라고 합니다."

성명은 이야기하였지만 마땅히 해야 할 일로 사례를 받는 것이 무안하여 길동은 곧바로 몸을 돌려 장인이 있는 곳을 향하여 도망치듯 달려가 버렸다.

"이보시오! 이보시오!"

신임 사또가 길동을 따라가려 하였지만 순식간에 길동의 신형이 멀어져서 닭 쫓던 개 모양으로 성문 앞에서 쓰디쓴 입맛을 다실 뿐이었다. 길동이 돌아오니 혜손은 길옆의 바위 위에 단정하게 앉아 있다가 천천히 몸을 일으켰다.

"칼춤을 원 없이 추었느냐?"

"예, 마음껏 추어 보았습니다."

혜손이 빙그레 웃으며 자리에서 일어났다. 두 사람이 그 길로 정의현으로 돌아왔는데 저녁 무렵 숙소로 신임 정의현감이 찾아왔다. 이날 정의현감은 길동의 덕분에 위험에서 벗어나 큰 공을 세웠기로 길동을 수소문하여 머무는 곳으로 찾아왔던 것이다.

"대정현감 장근배가 용맹을 너무 믿고 왜구들을 상대하다가 목숨을 잃고 우두머리를 잃은 까닭으로 대정성의 지휘체계가 없어져서 하마

터먼 구원하러 갔던 나와 부하들까지 목숨을 잃을 뻔하였소. 만일 공이 그때 도와주지 않았다면 나는 이 세상 사람이 아니었을 것이오. 내 목숨을 살려 주고 공까지 세워 주었으니 사례하고 싶소."

옆에 잠자코 있던 혜손이 입을 열었다.

"뭍으로 가는 배를 구해 주십시오."

"그것이라면 염려 마시오. 왜구의 머리와 장계를 올려 보내는 배가 내일 떠나오."

"고맙습니다. 또 청이 하나 있는데 정의현의 관비 중에 홍유손이 있습니까?"

정의현감의 두 눈이 휘둥그레졌다.

"홍유손을 아십니까?"

"예. 절친하던 사이였지요. 제가 그 사람의 친구이온데 잠깐 뵐 수 있겠습니까?"

"어쩐지 보통분이 아니다 싶었습니다. 어려울 것이 없으니 곧 불러 드리겠습니다."

조 사또가 혜손과 잠시 이야기를 나누다가 객사를 나가면서 심부름하는 아이를 시켜 홍유손을 불러 주었다. 길동은 정의현감이 나가자 혜손에게 물었다.

"장인어른. 홍유손 어르신이 이곳에 계십니까?"

혜손이 말없이 고개를 끄덕거렸다. 홍유손은 무오년 8월에 김종직의 도당으로 죽림칠현(竹林七賢)을 빙자하여 놀았다는 이유로 의금부에 국청을 당하고 9월에 제주로 유배와 있었던 것이다.

"혜손 있는가?"

방문 밖에 들리는 소리가 귀에 익었다. 얼른 방문을 열어 보니 키가 흰칠한 홍유손이 우두커니 서 있었다. 백발이 성성한 선풍도골의 선비가 무명 수건으로 이마를 질끈 동여매고 저고리에 바지 입고 서 있는 모습이 실로 측은해 보였다.

길동이 맨발로 달려 나가 홍유손을 맞이하였다.

"어르신. 도대체 이게 어떻게 된 겁니까?"

"그동안 잘 있었는가?"

홍유손이 길동의 어깨를 토닥거리다가 혜손이 있는 방 안으로 들어갔다.

"자네가 여길 찾아온 줄은 몰랐네."

"자네가 고생이 많구먼."

홍유손과 혜손이 방 안에서 맞절하고 자리에 앉았다. 호롱불빛 밑에서 바라보니 늠름하던 홍유손의 모습이 많이 초췌해 보였다.

"찾아가도 만날 수 없더니 이렇게 찾아올 줄은 생각도 못했네그려."

혜손이 입을 열었다.

"그날 자네가 찾아온 줄은 알고 있었네. 이번에 자네를 찾은 것은 이승에서 마지막이 될 것 같아서일세."

홍유손이 침울하게 호롱불을 바라보다가 입을 열었다.

"자네 조위(曹偉)를 아는가?"

"점필재의 처남 말이지?"

"무오년 화가 나기 전까지 호조판서를 하고 있었지. 그 해에 내가 의금부에 끌려갔다가 의금부의 옥에서 조위를 만났는데 재미있는 이야기를 하나 하더군. 조위가 연경(燕京)에 갔다가 요동에 들러서 추원결(鄒源潔)이라는 점쟁이에게 길흉을 물었더니 두 글귀의 시를 주더라더군. 시에 이르길 '천 층 물결 속에 몸을 뛰쳐나오나 응당 바위 아래에서 세 밤을 유숙한다'고 쓰여 있더라네. 그것이 무슨 뜻인지 알 길이 없어서 근심하다가 압록강을 건널 때에 강가에 금부관원이 기다리는 것을 보고 첫 번째 글귀의 뜻을 해석했다 하더군. 조위가 감옥 안에서 두 번째 글귀가 무슨 뜻인지 궁리하는 것을 보니 자네 생각이 나더군. 자네가 추보를 잘 하니 물어보네만, 두 번째 글귀가 도대체 무슨 뜻인가?"

"조위가 두 번 죽을 것이네. 그 구절은 두 번째 죽을 때 당할 화를 말하는 것이네."

혜손의 말마따나 조위는 금부에서 추국을 받은 후 죽지는 않고 순천에 귀양을 갔다가 장독이 도져서 죽었으니, 고향인 금산에서 장사를 지내었다. 이후 갑자년에 화가 일어나자 그 전의 죄를 추록하여 관을 쪼개고 송장의 목을 베고 시체는 끌어내어 묘 앞 바위 밑에 두고 3일 동안이나 드러나 있었다.

홍유손이 혜손의 말을 듣고 길게 한숨을 내쉬었다.

"내 나이가 칠순이 넘었으니 이제 죽는 것은 두렵지 않으나 덧없이 한세상을 보냈다 생각하니 후회만 남는구먼."

혜손이 홍유손의 속내를 짐작하였다. 사람이 앞일을 궁금해 하는 것은 인지상정이니 세상에 명성이 드높은 홍유손이건만 불안한 자신의 미래를 어찌 궁금해 하지 않을 것인가? 그러나 미래를 알게 되면 폐단이 더불어 생겨나는 까닭에 혜손이 일부러 홍유손이 찾아왔을 때 자리를 피해 있었던 것이다. 혜손은 관노로 전락해 버린 칠순노인의 불안한 마음을 헤아리고 희미한 미소를 지으며 말했다.

"자네는 걱정 말게. 백수(白壽)까지 장수하고 후사도 문제없으니 말일세."

"이사람. 농이 심하이."

홍유손이 말은 그렇게 하였지만 혜손의 말에 안심이 되었던지 기색이 되살아났다.

"내가 언제쯤 풀려날 수 있겠는가?"

"때가 되면 풀려나겠지."

혜손이 말을 분명히 하지 않았다. 홍유손이 어찌 혜손의 의도를 모를 것인가.

"희량이도 연루가 된 것을 알 테지."

"으응."

홍유손이 고개를 돌려 길동이를 힐끔 보곤 말했다.

"듣자니 길동이가 대정에 침입한 왜구들을 단신으로 무찔렀다 하던데…."

"자네 길동이와 할 말이 있는 모양이군."

"허허허. 자네가 나갈 것 없으니 내가 잠시 길동이를 데리고 나갔다 옴세."

홍유손이 길동이와 함께 객사를 나왔다.

하늘에 달빛이 어둡건만 크고 작은 별들이 쏟아질듯 반짝거리고 있었다. 객사 옆으로 부는 바람은 갯내를 머금고 바지와 저고리를 쓰다듬듯이 지나쳐 갔다.

"길동아. 오랜만에 네 실력을 시험해 볼까?"

홍유손이 객사 옆에 있는 장작더미에서 나뭇가지 두 개를 꺾어 길동에게 건네곤 앞장을 서서 객사 뒤편에 너른 평지로 안내하였다. 평평한 평지 위에 두 사람이 마주 보고 서서 공손하게 읍을 하였다.

"자! 그럼."

말이 끝나기도 전에 홍유손이 나뭇가지를 휘두르며 달려들었다. 길동이 뒤로 물러서며 날카로운 공격을 막았다.

갑자기 흰 운무가 두 사람 사이에 일어나며 나무 부딪치는 요란한 소리가 어지럽게 들렸다. 이내 운무가 걷히며 길동이 뒷걸음질 치다가 몸을 돌쳐 앞으로 나아갔다. 순간 홍유손의 몸이 둘로 넷으로 여덟 개의 환영으로 나뉘어져 길동을 압박하였다.

홍유손의 나무줄기를 막던 길동의 몸이 흔들리며 둘로 넷으로 여덟 개로 나뉘어져 어지럽게 찔러 들어오는 홍유손의 검을 막았다. 일시에 수십 명이 한 데 어울려 싸우는 것 같았다. 한동안 어지럽게 싸우던 신형이 하나로 변하며 홍유손이 뒷걸음질 쳐서 물러났다.

"혼자서 왜구들을 무찔렀다더니 네가 그동안 많이 성장하였구나."

홍유손이 이마에 송글송글 맺힌 땀방울을 닦으며 말했다.

"어르신의 공격을 겨우 막았는걸요."

일 장 정도 물러난 길동이 소매로 이마를 닦았다.

"알지 못하는 사이에 70년이 화살처럼 흘러갔으니 나이는 속일 수 없는 모양이구나."

홍유손이 들고 있던 나뭇가지를 던지곤 뒷짐을 진 채 구름에 걸려 빛이 바랜 희미한 달을 바라보았다.

부는 바람이 갈대와 억새를 스쳐 지나가는 소리가 고요히 들리고 멀리 파도치는 소리가 소곤거리는 것 같은데 허공에 기러기 떼 우는 소리가 서글프게 들렸다.

길동도 홍유손을 따라 허공을 바라보았다. 은하수가 찬란하게 펼쳐진 밤하늘에 유성 하나가 길게 꼬리를 끌며 떨어졌다.

"길동아. 사람의 운명이 정해진 것이라면 사람은 무엇 때문에 살아가는 것이냐?"

홍유손이 뜻 모를 말을 하였다.

"어르신께서 무슨 말씀을 하시는지 모르겠어요."

"차차 알게 되겠지. 너는 부디 네 스승이나 나처럼 살지 말고 부디 사람을 이롭게 하는 사람이 되어다오."

홍유손이 뜻 모를 말을 남기곤 길동이와 함께 혜손의 방으로 들어가서 밤이 늦도록 세상 돌아가는 이야기를 하였다.

다음 날, 두 사람은 홍유손과 작별하고 조천관 포구에서 육지로 가는 배를 타고 제주를 떠났다. 비취빛을 가득 담은 바닷물에 햇살이 부딪혀 눈이 부실 지경이다. 멀리서 해녀들이 물질을 하는지 물 위로 얼굴을 내밀었다가는 깊은 바다 속으로 바삐 들어가는데 해안가 바위에는 해수(海獸)들이 햇볕을 쬐며 한가하게 단잠을 자고 있었다.

커다란 황포 돛이 퍼지며 바람을 맞은 배가 살같이 해면을 차고 북쪽으로 나아갔다. 하늘은 청명하고 물결조차 잔잔하여 사공들이 노래를 부르며 선창을 바삐 움직였다. 배가 바다로 나올수록 큰 섬이 점점 작아져서 엄지손가락만 하게 보였다. 난간에 손을 짚고 바닷물 속을 들여다보면 무수히 노는 물고기까지 내비치었다.

길동이 맑은 바다를 굽어보다가 허리를 펴서 푸른 하늘에 나는 갈매기들을 올려다보다가 다시 망망한 대해를 바라보니 마음까지 상쾌해지는 것 같았다. 그러던 길동의 눈에 바닷물을 차고 오르는 시커멓고 거대한 물고기가 들어왔다. 물고기의 크기는 큰 배만 한데 물을 차고 오르면 뿌연 물보라가 일어나고 떡잎 같은 두 꼬리가 불쑥 튀어나왔다가 수면 아래로 사라지곤 하였다. 물고기는 사람을 의식하지 않는지 길동이 타고 있는 배 근처에까지 와서 유유히 헤엄을 쳤다.

"장인어른, 저 물고기가 무언가요?"

"고래라는 것이다."

"고래? 저렇게 큰 물고기가 있을 줄은 정말 몰랐습니다."

혜손이 망망한 바다를 가리켰다.

"길동아, 저 넓은 바다를 보아라. 까마득하게 넓은 바다에 비하면 인간은 얼마나 작은 존재인가. 저렇게 큰 고래도 이 바다에 비하면 피라미처럼 작은 물고기일 따름이다. 이 바다 저편에 중국이 있고, 왜국이 있으며, 조선도 있다. 그 너머에는 우리가 알지 못하는 얼마나 많은 나라들이 있겠느냐? 길동아, 큰물에 큰 물고기가 존재하듯 사람이란 무릇 넓은 시선을 가져야 할 것이다. 조선이라는 나라도 바다 저편에 있는 작은 육지일 뿐이니 더 먼 곳을 바라보지 못하고 우물 안 개구리처럼 눈앞의 일에 집착하여 아옹다옹하면서 살아가는 것이, 생각하면 얼마나 부끄러운 일이냐."

길동이 혜손의 말을 듣고 느끼는 바가 있어 물끄러미 고래가 춤추는 광활한 바다를 바라보았다.

'끝없는 바다 저편에는 무엇이 있을까? 먼 바다를 끝없이 나아가다 보면 거기엔 또 다른 세상이 존재할 테지? 광활한 바다 저편에 무엇이 있는지 고래는 알고 있겠지? 부럽구나. 넓은 바다를 마음껏 헤엄치는 고래가 부럽구나.'

떡잎 같은 꼬리로 바다를 차고 오르던 고래가 시야에서 점점 멀어져 갔다. 그때였다.

"왜구다! 왜구다!"

조용하던 배 안이 갑자기 시끄러워지며 사공들이 분주하게 움직였다. 배에 탄 군졸 열 사람과 예방 비장이 길동에게 다가왔다. 예방 비

118

장은 수군영에 왜구의 머리와 장계를 가져가는 길이었다.

"무슨 일이오?"

길동이 묻자 비장이 상기된 얼굴로 대답하였다.

"뒤편에 왜구들의 배 세 척이 따라오고 있습니다. 이놈들이 우리 배가 저희 동료들의 목을 싣고 가는 것을 아는 듯합니다."

군졸들과 함께 배 뒤편으로 가 보니 과연 큰 배 세 척이 돛을 올리고 빠르게 다가오는 중이었다.

위에는 웃통을 훌렁 벗은 대머리 왜구들이 번쩍거리는 칼을 들고 알아들을 수 없는 말로 떠들고 있었다. 그중 어떤 자들은 몸에 먹을 칠한 것처럼 온통 문신을 하였다.

예방 비장이 활을 꺼내 들고 한숨을 내쉬었다.

"왜구들이 사납고 흉악하기가 이를 데 없어서 어린아이를 기둥에 묶어 놓고 끓는 물을 끼얹어 그 우는 모습을 보고 즐기고 임부의 배를 산 채로 갈라 태아를 꺼낼 정도라 합니다. 저놈들이 우릴 잡아 동료들의 복수를 하려는 모양이니 죽기로 싸우는 수밖엔 도리가 없겠습니다."

말은 이렇게 하면서도 눈치를 살피는 것이 길동에게 도움을 요청하는 것 같았다.

"걱정 마시오. 환도 하나 주시면 내가 처리하겠소."

비장의 얼굴에 화색이 돌았다.

"그럴 것 없다."

두 사람이 고개를 돌리니 뒤편에 혜손이 서 있었다. 물끄러미 왜구의 배를 바라보던 그가 길게 한숨을 쉬었다.

"무고한 인명을 살상하고 재물을 노략질하는 죄를 짓고도 뉘우칠 줄 모르는 무지한 자들이로다. 저희 명을 저희가 재촉하였으니 누굴 탓할까? 모두 업보로다. 업보야."

혜손이 길동의 옆에 서서 입으로 무언가 중얼거리다가 손가락을 번쩍 쳐들었다. 그러자 갑자기 바다 가운데서 큰 바람이 일어나더니 왜구들이 탄 배 위로 검은 구름이 몰려들었다.

먹장 같은 구름 사이로 벼락이 연방 떨어지더니 바다 한가운데에서 거대한 물 소용돌이가 일어났다. 거대한 물기둥 같은 회오리가 왜구들의 배를 집어삼키더니 산산조각으로 부서져 버리고 말았다.

혜손이 무언가 중얼중얼 주문을 외우자 먹장구름이 흩어지며 하늘 높이 치솟던 소용돌이는 사라지고 언제 그랬냐는 듯이 청명한 푸른 하늘이 나타났다.

길동은 둘째 치고라도 예방 비장과 사공들이 놀라서 서로의 얼굴을 마주 보았다. 그때부터 사람들이 혜손을 공경하기를 마치 살아있는 부처님 모시듯 하였다.

## 넷

사흘 후에 배가 해남 북평진(北平鎭)에 닿았다. 길동과 혜손은 그곳에서 북쪽으로 길을 떠나서 첫날은 강진에서 자고, 둘째 날은 보성을 지나 벌교에서, 셋째 날은 북으로 60리 길을 올라가서 조계산 송광사(松廣寺)에서 유숙하였다.

송광사는 신라 말엽 혜린(慧璘) 선사가 작은 암자를 짓고 길상사라 부르던 것을 시작으로 보조국사(普照國師) 지눌 스님이 정혜결사(定慧結社)를 이곳으로 옮겨와 수도, 참선의 도량으로 삼은 뒤부터 승보 사찰(僧寶寺利)이 되었다. 지눌 스님을 비롯한 16국사(國師)를 배출한 까닭에, 고려 때부터 조선에 이르기까지 그 규모가 방대하여 좁은 골짜기가 건물로 가득 차고 300여 명이 넘는 승려들이 이곳에서 불도를 닦았다.

혜손이 길동과 함께 송광사에 도착한 때가 마침 저녁 예불시간이었던지 염불 외는 소리가 골짜기를 울릴 지경이었다. 대웅보전에 들어가니 법당에 사람들이 가득하였다.

마침 화려한 금란가사를 입은 주장승이 기름이 번들거리는 얼굴로 높은 자리에 앉아 설법을 하다가 물 한 모금을 마시고는 입으로 내뿜었다. 허공에 퍼진 물이 갑자기 수많은 나비로 변하여 너울너울 날아다니기 시작하였다.

길동은 이런 술법을 이미 한번 본 적이 있었기에 요술을 부리는 중이라 생각하며 무심히 바라보고 있는데 법당에 모인 사람들은 입이 쩌억 벌어지며 놀란 눈으로 허공에 가득한 나비들을 바라보고 불경을 외고 염주를 세며 주장승의 이적을 놀랍게 생각하였다.

"요망한 중놈이로고."

혜손이 무어라 중얼거리자 수많은 나비들이 종적 없이 사라져 버렸다. 주장승의 얼굴에 당황한 기색이 역력하였다. 주장승이 다시 정신을 가다듬어 촉지인을 하고 중얼거리자 그의 머리 뒤편에서 황금빛 광배(光背)가 찬란하게 나타났다.

혜손이 빙그레 웃으며 중얼거리자 황금빛 광배가 일시에 흔적 없이 사라지더니 주장승 뒤편의 불상에 광배가 나타났다. 광배를 두른 불상이 번쩍 눈을 뜨고 벼락처럼 소리를 쳤다.

"허웅(虛雄)아! 네가 언제까지 혹세무민(惑世誣民)할 테냐? 무간지옥(無間地獄)이 두렵지 않으냐?"

반질반질한 주장승이 놀라 바닥에 이마를 대고 불상을 향하여 넙죽 엎드려 염불을 하는데 설법을 듣던 신도들과 젊은 중들도 따라 놀라서 법당 안이 한바탕 아수라장이 되고 말았다. 그날 송광사의 중들은 뜻밖의 이적(異蹟)에 놀라서 깊은 밤에도 잠을 자지 못하고 법당에 모여 경을 읽느라 난리 법석을 떨었다.

길동과 혜손은 그곳에서 하룻밤을 보내고 다음 날 구례로 발걸음을 옮겼다. 길동이 길을 가다가 문득 혜손에게 물었다.

"장인어른, 허웅이라는 요승을 왜 그냥 두셨습니까?"

"허웅이 아직 죽을 운수가 아니다."

"사람의 운명이라는 것이 있습니까?"

"길가의 작은 풀이나 돌멩이 하나에도 운명이 있는데 사람에게 없을라고?"

"운명은 정해진 것인가요?"

"운명이 정해졌다고 생각하느냐?"

"예."

"운명이 정해진 것이라면 사람은 무엇 때문에 사는 것이냐? 운명의 길을 따라가기 위해서 사는 것이라면 지각이 있는 인간으로 태어난 이유가 무엇이겠느냐? 네가 태어나면서 천출인 것은 하늘이 정해 주었지만 일생의 운명은 너 자신이 이루어가는 것이니, 운명을 바꾸고자 하는 마음이 없는 자는 스스로 그렇게 살아갈 것이로되, 스스로 마음먹고 행한다면 어찌 운명을 바꿀 수 없겠느냐."

잠시 말이 없던 혜손이 다시 말을 이었다.

"무신년(1428년)에 고봉국사(高峰國師) 법장(法藏)이 입적하고 송광사가 법력 높은 스님 명맥이 끊겨 있더니, 일개 요승 허웅이 찾아들어 청정한 도량을 어지럽히고 있으니 쫓아낼밖에. 그자가 어리석은 백성들의 눈을 속여 생불 소리를 듣지만 혹세무민한 요승일 뿐이라 그 끝이 좋지 못할 것이다. 지금이라도 마음을 바꾸어 덕행을 쌓는다면 천수를 누리겠지만, 저대로 망령된 짓을 일삼다가는 훗날 도적의 칼날에 머리가 떨어짐을 면치 못하리라. 제가 제 미래를 안다면 저런 요망을 부리지는 않을 터인데 … ."

혜손이 눈살을 찌푸리며 혀를 차다가,

"그러나 사물은 저마다 쓰일 데가 있나니 허웅이 모은 재물이 훗날 크게 쓰일 날이 있을 것이다."

하곤 길동을 바라보며 미소를 지었다.

두 사람은 구례 화엄사를 구경한 후에 지리산으로 들어갔다.

지리산은 영남과 호남을 걸치는 큰 산으로 삐죽삐죽한 봉우리가 동서로 100여 리요, 하늘을 찌르는 산세가 남북으로 60리나 이어지는 까닭에 산이 넓고 골이 깊어 곳곳에 사찰들과 암자들이 즐비하고 그 밑자락에는 이루 셀 수 없는 인가들이 산을 의지하며 살았다.

두 사람이 화엄사에서 노고단으로 올라가 연하천을 지날 무렵 벌써 서산에 해가 너울너울 넘어가고 있었다.

깊은 산에 날이 지면 맹수들이 우글거리고 이슬을 피할 곳도 마땅치 않아서 길동은 왔던 길을 되돌리고 싶은데 어찌 된 일인지 혜손이 아무런 내색조차 않았다.

"장인어른, 깊은 산중이라 밤이 찾아오면 이슬 피할 곳도 없을 텐데 그만 돌아가시지요."

"조금만 더 가다 보면 쉴 곳이 있을 게다."

길동이 혜손의 말을 어찌 거역하랴. 그 말을 믿고 열심히 벽소령을 향하여 올라갔다.

벽소령 고갯길을 따라가는데 혜손이 나이가 많은 탓에 걸음이 처져서 보이지 않게 되었다. 길동이 되돌아가려는데 작은 외길에서 건장한 사내 대여섯 명이 고갯길을 달음질하여 내려왔다.

"이놈, 게 섰거라!"

길동이 멈추어 바라보니 손에 박두와 도끼를 들고 있는 것이 도적들 같았다. 장한들은 길동을 둘러싸고 멈추어 서서 숨을 헐떡거리며 그의 아래위를 훑어보았다.

"어디 가는 길이냐?"

"지리산 구경하러 왔소."

"혼자 왔느냐?"

"그건 왜 물어보시오?"

도적 하나가 고갯길 아래를 내려다보다가 성난 얼굴로 말하였다.

"가진 것 있으면 다 내놓아라. 그러지 않으면 내일 해를 보지 못할 줄 알아라."

길동이 코웃음을 치며 웃었다.

"재주 있으면 어디 한번 가져가 보시지."

"이놈이 죽으려고 환장했구나. 오냐, 네놈의 대가리를 반으로 쪼개주마."

도적의 낯짝이 곤장 맞은 놈 엉덩이처럼 붉으락푸르락 하더니 들고 있던 도끼를 높이 쳐들었다.

길동은 몸을 날려 도적의 가슴팍을 발로 찼다.

"에고 에고."

도끼 든 도적이 땅바닥에 나동그라지며 죽는다고 소리를 질렀다. 다른 도적들은 어리둥절한 얼굴로 서로를 바라보았다.

"이 도적놈들! 너희가 오늘 임자를 만났다."

길동이 새처럼 몸을 솟구쳐 도적의 무리 속으로 뛰어 들어가 발길질 한 번, 주먹질 한 번으로 다섯 도적을 순식간에 바닥에 눕혔다. 도적들이 칼 한번 휘둘러보지 못하고 바닥으로 쓰러져 비명을 지르는데 제일 먼저 나동그라졌던 도적이 쏜살처럼 달아나 고갯길 위로 올라가 버렸다.

길동은 바닥에 쓰러진 도적들의 허리띠를 풀어서 굴비 엮듯이 묶어 놓았다.

"살려 주십시오. 저희가 사람을 몰라보았습니다."

도적들이 뒤늦게 엎드려 빌었다.

"너희 같은 놈들은 관아에서 따끔한 맛을 봐야 한다."

"어이구, 살려 주십시오. 저희는 관아로 잡혀가면 끝입니다요."

그러나 도적 하나가 눈을 부라리며 말하였다.

"흥. 우리 두목님께서 오시면 네놈은 끝인 줄 알아라."

"네놈들의 두목이 누구냐?"

"쌍도끼를 귀신처럼 다루시는 서팔봉(徐八峰) 님이시다. 서팔봉 님의 선성(先聲)을 들어보지도 못했느냐?"

"팔봉인지 구봉인지 들어본 적 없다."

길동이 코웃음을 치고 있을 때에 저편 산 위에서 도적들 수십 명이 뛰어 내려왔다.

"누가 내 부하를 잡았느냐?"

천둥 같은 고함이 계곡을 쩌렁쩌렁 울리었다.

길동이 바닥에 떨어진 박도를 집어 들고 기다리고 있으려니 한 사내가 곤두박질하듯 달려와서 그 앞에 멈추어 섰다. 사내는 덩치가 크고 얼굴이 넓적하며 우락부락하게 생겼는데 바닥에 묶여 있는 사람들을 보고 쇠 눈깔 같은 눈을 부라리며 소리쳤다.

"웬 놈인데 내 부하들을 잡아가려는 게냐?"

"네가 서팔봉이냐?"

"그렇다. 네가 내 부하들을 이렇게 만들었다면 나한테 죽을 각오도 되었겠지?"

"네놈이야말로 관아로 갈 준비가 되었느냐?"

"이놈. 허튼소리 말고 겨루어 보자."

서팔봉이 허리에서 도끼 두 자루를 꺼내어 종횡으로 휘두르며 길동에게 달려들었다.

길동은 박도를 휘두르며 서팔봉을 상대하였다. 한 도끼는 피하며 다른 도끼는 박도를 들어 막는데 바람 소리가 크게 일어나며 불꽃이 어지럽게 튀었다.

비탈진 산길에서 싸우는 터라 박도를 든 길동이 처음에는 밀리는 듯하더니 박도가 조화를 부리듯이 종횡으로 검영을 일으키자 서팔봉의 기세가 꺾여서 점점 길을 따라 올라가기 시작하였다.

길동이 도적들을 모조리 사로잡아 가려 작정하고 박도를 좌우로 흔들어 도끼 든 서팔봉의 손가락을 노리며 찔렀다. 서팔봉은 마침내 견뎌내지 못하고 두 자루 도끼를 바닥에 떨어뜨렸다. 그러고는 콧김을 식식거리다가 고갯길 옆에 있는 바위 하나를 잡아 끙 소리를 내며 머리 위로 들어올렸다.

어른 다섯이 들까 말까 한 어른만 한 큰 바위를 혼자서 번쩍 들어 올리는 것이 역사 중의 역사라 깊은 지리산에 웅거하는 도적의 우두머리다웠다.

콧김을 일으키던 서팔봉이 눈을 부릅뜨고 소리를 질렀다.

"예끼 놈. 뒈져 봐라."

들고 있던 바위를 길동을 향해 휙 하고 던지니 큰 바위가 길동이 있던 자리에 떨어졌는데 방금 전까지 그곳에 있던 길동이 어느 틈엔가 사라져 보이지 않았다.

"이 놈이 바위에 깔려 포가 되었나?"

서팔봉이 쪼그려 앉아서 바위 아래를 살피는데 머리 위에서 웃음소리가 들려왔다.

"미련한 놈. 힘센 곰이 범을 당하랴?"

길동이 가까운 소나무 가지 위에 올라서서 웃고 있었다.

서팔봉이 식식거리며 다가가 굵기가 한 아름이나 되는 소나무를 두 손으로 잡고 두 발을 땅에 굳게 디디며 힘을 썼다.

서팔봉의 얼굴이 울긋불긋하게 변하며 이마에 핏줄이 꿈틀꿈틀 거렸다. 한참을 끙끙거리던 서팔봉이 뒷간 힘주듯 끄응 하며 힘을 쓰는데 소나무의 생 뿌리가 뚜뚝뚝 끊어지며 시뻘건 흙과 함께 소나무가 뿌리째 뽑혔다.

"그놈. 힘은 장사다만 소용없는 일이래두."

어느새 길동이 서팔봉이 던진 바위 위에 올라가 있었다.

"이런 제기."

화가 머리끝까지 난 서팔봉이 뽑은 소나무를 골짜기로 내던지며 버럭 소리를 질렀다.

"이 자식. 미꾸리처럼 도망치지 말고 이리 와서 우리 맨손으로 싸워 보자."

"네 힘이 천하장사인데 내가 맨손으로 겨루면 질 것이 뻔하지 않느냐? 난 박도로 싸울 테다."

길동이 서팔봉의 화를 올려놓으니 서팔봉이 울화를 참지 못하고 가슴을 두드렸다.

"우아! 미치겠구나."

길동이 코웃음을 치며 박도를 길옆에 던졌다.

"좋다, 맨손으로 한번 겨루어 보지. 누가 더 센지 두고 보자."

길동과 서팔봉이 두 손을 맞잡았다. 서팔봉은 실로 대단한 악력을 가진 자가 틀림없었다. 길동은 마치 쇠뭉치를 잡은 것 같은 상대방의 묵직한 악력에 맞서기 위해 진기를 끌어올려 손아귀에 힘을 주었다.

힘센 황소 두 마리가 뿔을 맞대고 서 있는 것처럼 길동과 서팔봉이 두 손을 마주잡고 팽팽하게 대치하였다.

"으그그그그."

화등잔처럼 눈을 크게 뜬 서팔봉이 누런 이를 드러내고 혼신의 힘을 다해 길동을 내리누르려 하였다.

길동은 서팔봉보다 주먹 하나가 작은 터라 힘써 버티었지만 더 견딜 수가 없을 것 같아서 엄지손가락으로 서팔봉의 합곡을 눌렀다.

"에게게게게."

서팔봉은 두 손아귀에 힘이 빠져나가는 것을 느끼는 순간 엄청난 힘이 눌러 와서 도리어 몸이 활처럼 굽혀지면서 천천히 무릎을 꿇게 되었다.

"이놈. 이래도 반항할 테냐?"

서팔봉이 눈을 부라리며 다시 힘을 써서 무릎을 펴서 일어나더니,

"끼놈!"

하며 이마로 길동의 얼굴을 박으려 하였다.

길동이 얼른 잡은 손을 놓고 뒤로 물러서자 서팔봉의 이마가 허공을 쳤다.

"날다람쥐 같은 놈."

서팔봉이 그 자리에서 땅을 차고 허공으로 솟구쳐 마치 통나무가 된 것처럼 길동의 머리를 향해 박치기를 하였다. 큰 몸이 날아드니 기세가 대단하였다. 길동이 깜짝 놀라 몸을 숙여 피하니 서팔봉이 몸을 굴려 바닥으로 내려서기 무섭게 몸을 튕기듯이 길동의 가슴을 향해 발길질을 하였다.

길동이 왼팔로 서팔봉의 발목을 잡고 힘껏 밀어내었다.

"어이쿠."

서팔봉이 길가에 나동그라졌다가 자리에서 벌떡 일어나더니 침을 뱉어 두 손을 쓱쓱 문질렀다.

"제법이구나. 이놈. 또 해 보자. 내 별명이 석두여. 석두 맛 좀 보라구."

하곤 손뼉을 한 번 치더니 성난 황소처럼 달려들었다. 몸을 한껏 숙인 서팔봉이 길동의 가슴팍을 향하여 박치기를 연발하였다.

"이젠 자신 있는 것이 박치기밖에 없느냐?"

길동이 재빨리 서팔봉의 상투를 잡아 길옆의 소나무 쪽으로 돌려놓았다.

뻑!

서팔봉이 달려가던 속도를 늦추지 못하고 소나무를 들이받았다. 큰 소나무가 휘청거리며 솔가지가 후드득 떨어지는데 서팔봉이 휘청휘청 물러나다가 제 이마를 만져 보았다. 이마가 깨어졌는지 붉은 피가 범벅이 되어 있었다.

"어 … 눈앞이 빙글빙글 돈다. 거 참말 장사요."

서팔봉이 엄지손가락을 치켜들더니 눈알이 뒤집히며 그 자리에 대(大) 자로 꼬꾸라지고 말았다.

길동이 그 모습을 보고 큰소리로 웃었다.

"푸하하하하. 이놈, 정말 웃기는 놈이구나."

주변에 둘러서 있던 도적들은 서팔봉이 힘도 써 보지 못하고 기절한 모습을 보고 일제히 무릎을 꿇고 머리를 조아리며 살려 달라고 애원하였다.

길동이 서팔봉이라는 자의 허리띠를 풀어서 두 팔을 꽁꽁 묶었다. 잠시 후, 정신을 차린 서팔봉이 떨떠름한 표정으로 무릎을 꿇은 부하들을 보곤 고개를 돌려 길동을 올려다보았다.

"제기, 내가 졌수. 관가에 끌고 가든 이 자리에서 죽이든 하자는 대로 할 테니 부하들은 돌려보내 주시우. 나는 집도 절도 없는 외톨이지만 내 부하들은 처자식이 있는 몸이우."

화적일망정 부하들을 위하는 마음이 가상하여 물끄러미 서팔봉을 바라보고 있으니 그때, 혜손이 산길로 천천히 올라왔다.

"장인어른, 이 산에 도적들이 있습니다."

"세월이 하 수상하니 그럴 수밖에 … ."

"장인어른, 어찌할까요?"

"허허허. 네가 잡았으니 네가 판단하거라."

길동이 저물어 가는 하늘을 올려다보고 물끄러미 화적들을 내려다보다가 서팔봉의 포박을 풀어 주었다. 어쩐지 서팔봉이 밉지가 않았던 것이다.

서팔봉이 천천히 자리에서 일어나 바지춤을 끌어올려 허리끈을 묶은 후에 길동에게 꾸벅 인사하였다.

"고맙수."

서팔봉은 한 번의 싸움으로 힘과 기량에서 상대가 되지 않는 줄을 알아서 호랑이 같은 기세가 순한 양처럼 꺾여 있었다.

혜손이 어둑해지는 하늘을 바라보며 말했다.

"벌써 날이 저무는구나."

길동의 눈치를 살피던 서팔봉이 얼른 말했다.

"이럴 것이 아니라 같이 가시죠. 산중에 쉴 곳도 없는데 우리 산채가 쉬어가기 편하실 겁니다."

길동이 서팔봉의 능글능글한 웃음을 보고 혜손의 의향을 물으러 고개를 돌리니, 혜손이 말없이 웃으며 고개를 끄덕거렸다.


# 다섯


서산에 울긋불긋한 노을을 등지고 길동은 혜손과 함께 도적들을 따라 그들의 소굴을 찾았다. 도적들의 소굴은 벽소령 골짜기 아래 구름장골이라는 곳이었는데 제법 널찍한 골짜기 사이에서 20여 가구가 다닥다닥 모여 살고 있었다.

마을 가운데에는 제법 큰 초가가 다섯 채 정도 서 있고 그 주변으로 움막이 들어서 있는데 골짜기 입구는 목책으로 막았으며 골짜기 좌우에 졸개들이 파수를 보는 파수대까지 있었다.

산채의 아녀자와 아이들이 뛰어나와 도적들을 반겼다. 가만 보니 도적 대부분 가정이 있는 사람들이었다. 곧 도적의 아낙들이 저녁을 가져왔다. 조 섞은 이밥이 미역국이 함께 나오고 싱싱한 산채와 송이무침, 메밀묵과 돼지고기 수육에 청주를 걸러 한상이 푸짐하게 나왔다.

큰 산에서 남의 물건을 빼앗는 도적들의 식사라 그런지 양반댁의 호사스런 밥상과 비교해도 손색이 없을 정도였다. 그동안 생식을 주로 하던 터라 길동과 혜손은 오랜만에 저녁밥을 달게 먹었다.

식사가 끝난 후에 머리를 광목으로 칭칭 동여맨 서팔봉이 도적 몇 명을 데리고 길동을 찾아왔다. 서팔봉은 방 안으로 들어와 혜손과 길동에게 큰절을 넙죽 하고는 입을 열었다.

"서팔봉이 인사드립니다. 요즘엔 통 벌이가 안 되어서 몇 날을 공을 쑤다가 장사님인 줄 모르고 죽을죄를 지었습니다. 그런데 장사님의 성함은 어찌 되십니까?"

"난 홍길동이라 하오."

"홍길동? 우헤헤헤. 제 이름이 팔봉이니 힘이나 재주에선 제가 미치지 못해도 이름으론 다섯 끗 앞섭니다요."

서팔봉이 웃기지도 않는 말로 너스레를 떨었다.

"이렇게 깊은 산중에서 벌이가 되오?"

"장사치들이 하동에서 함양이나 운봉으로 가려면 벽소령의 험준한 길을 지나야 합지요. 지리산을 빙 돌아가면 닷새는 걸리는 길이 이곳으로 질러가면 이틀 만에 갈 수 있으니 소금장수뿐 아니라 등짐 장사치들이 제법 오가곤 합니다. 산이 험하다 보니 관원들의 기찰도 미치지 않으니 이 자리가 제법 괜찮은 목입지요."

"도적이 된 사연이라도 있소?"

"세상에 도적이 되고 싶은 사람이 있겠습니까? 다 사연이 있지요."

서팔봉이 길게 한숨을 내쉬며 말을 이었다.

"저는 하동사람으로 홀어머니를 모시고 살았는데 소금장수로 입에 풀칠을 하였습지요. 하동포구까지는 소금배가 들어오기 때문에 소금을 떼어 와서 함양이나 운봉 같은 곳에 팔면 제법 이윤이 남기 때문입니다. 제가 어릴 때부터 힘이 장사라서 하동바닥에선 소문이 자자했습니다. 지게에 소금을 다섯 섬은 족히 너끈하게 들어서 소금장사를 하면서 제법 밥도 먹었고 참한 처자에게 장가를 들어서 그럭저럭 살았더랬습니다. 제 처는 포구의 술집에서 잡부를 하던 여자인데 대개 가난한 집안의 여식이 그렇듯이 흉년에 쌀 두 섬에 팔려 온 불쌍한 여자였습지요. 얼굴이 반반한 탓에 거친 뱃놈들이 드나드는 주막에서 적잖게 남자를 치렀지만 마음만은 어느 누구보다도 예쁜 여자였습지요."

서팔봉의 눈가에 눈물이 어려 있었다. 그는 졸개들을 시켜 막걸리 한 동을 시켜서 탁배기에다 따라 한 모금 훌쩍 마시더니 자신의 이야기를 풀어놓았다.

서팔봉의 아내의 이름은 버들이었다. 구례 싸리골에 살던 가난한 소작농의 딸이었는데 흉년으로 팔려 와서 주막에서 창기로 술시중을 들며 살았다. 서팔봉은 하동포구를 드나들며 주막집에서 술시중을 드는 버들이와 하룻밤을 보내곤 그녀의 불쌍한 운명과 착한 마음에 반해서 무명 스무 필을 주고 집에 데려다가 머리를 올리고 앉혀 놓았다.

버들이가 비천한 창기 출신이었지만 남자를 밝히는 여자가 아니었으며 인정이 있고 사근사근하여 얼마 되지 않아 동네 여인들에게 인심을 샀고 또한 팔봉의 홀어머니를 극진히 모셔서 팔봉이가 장가 잘 들었다는 말을 곧잘 들었다.

홀어머니를 모시고 사는 남자의 집이 대개 그렇듯이 을씨년스럽고 삭막하던 집안이 버들이 때문에 갑자기 포실해져서 서팔봉이 모처럼 사는 것처럼 살았는데 서팔봉의 운이 기박한 탓인지 행복했던 시간은 그리 오래가지 않았다.

하루는 서팔봉이 소금배가 들어왔다는 소식을 듣고 하동포구에 갔더니 마침 소금배를 하역하는데 양이 전년에 비해 반이나 줄어들었다. 그해 비가 많이 와서 염전의 소금 생산이 저조했던 것이다. 소금의 양은 적은데 장사치는 많다 보니 자연히 분란이 일어날 수밖에 없었다.

팔봉이 그날 소금의 물량을 다투다가 다른 소금장수와 시비가 붙었는데, 상대방이 서팔봉의 힘을 당하지 못하니 홧김에 술을 먹곤 사람들이 보는 앞에서 아내의 흉을 하였다.

"서 서방. 구멍동서끼리 이러는 거 아니우. 아랫구녕도 함께 나눈 사인데 윗구녕도 같이 나눕시다."

서팔봉이 그 말에 두 눈이 뒤집혀서 한주먹에 그자를 반죽음을 내어놓았다. 잘못은 상대방이 하였지만 사람을 반죽음에 이르게 하였으니 관아에서 서팔봉을 잡아들인 것은 당연했다. 서팔봉이 하동 관아에 갇히는 몸이 되자 버들이가 옥바라지를 하게 되었는데 이때에 형방이 버들의 미색을 보고 흑심을 품게 되었다.

형방 변가는 하동 사또의 사처에서 데려온 사람으로 소싯적 기생집을 전전하며 오입질에 이력이 있던 한량이라 발정 난 수캐처럼 여자를 밝혔다. 일찍이 사또가 변가의 오입질을 경계시켰지만 타고난 천성이 여자를 밝히는 까닭에 관가 사거리에 집을 하나 내주고 관기 하나를 붙여주어 살림을 살게 해주었는데 관기 하나에 만족을 못하고 추근거려서 관아의 기생들이 변가라면 치를 떨었다.

타고난 호색한 변가가 형방직을 보고 있으니 고양이 앞에 물고기라 변가는 버들이 하동포구 주막의 창기였던 과거를 알고 수작하기에 맞춤하게 보았다. 그러나 버들이는 비록 과거에 몸을 파는 창기였으나, 시집온 후로 일부종사하리라 마음을 먹은 터라 변가의 수작이 소용이 없었다.

별일 아닌 것도 말리면 더 하고 싶은 것처럼 변가가 버들이를 쉽게 꾈 것 같이 생각하다가 뜻을 이루지 못하자 더욱 애가 달았다. 어떻게든 욕심을 풀 생각에 변가가 꾀를 써서 버들이를 속이기로 작정하였다. 변가가 며칠 동안 버들이를 감옥에 들여주지 못하게 하였다. 갑자기 감옥에 들어갈 수 없게 되자 무슨 일이 생긴 것이 아닌가 하는 걱정이 들어서 하는 수 없이 버들이가 형방인 변가를 찾게 되었다.

변가가 침울하게 앉아서 이야기하기를 전주감영에서 보장이 날아왔는데 서팔봉이 때린 자가 반병신이 된 까닭에 서팔봉이 극변으로 귀양 가게 될 것이라 하였다.

청천벽력 같은 말에 버들이가 울고 있으니 변가가 슬그머니 다가와서 서팔봉을 살리고 싶다면 자신의 부탁을 들어달라고 마각을 드러내었다.

버들이가 서팔봉과 혼인할 때 일부종사하겠노라 천지신명에게 다짐을 하였다가 뜻밖에 일을 당하게 되자 그 뜻을 지키지 못하고 변가에게 몸을 주고 서팔봉의 구명을 부탁하였다. 그 이후로 변가가 서팔봉 구명하는 일로 대낮에도 거침없이 집으로 찾아와 버들이를 희롱하고 가니 병든 홀어머니일망정 어찌 눈치가 없었겠는가. 홀어머니가 버들이의 부정을 보고 화병이 나서 시름시름 앓다가 돌아가시고, 서팔봉은 그날로 풀려나왔다. 어머니가 죽었으니 장례라도 치를 동안 인정을 두자는 변가의 청이 받아들여졌던 것이다.

서팔봉이 감옥에서 나와 부랴부랴 집으로 들어서니 소복을 입은 아내가 시신 앞에서 울고 있는데 팔봉이도 청천벽력을 맞은 것 같아서 한동안 정신없이 울다가 시신을 염습하여 양지바른 땅에 묻어 놓았다. 어머니의 초종을 치르고 나니 옆집 아낙이 슬그머니 다가와서 형방인 변가와 버들이의 부정을 이야기해 주었다. 팔봉이 화가 머리끝까지 치솟았지만 화를 눌러 참으며 늦은 밤 방 안에서 버들이에게 그 사실을 물었다.

버들이는 대답하지 아니하고 고개를 숙인 채 눈물만 뚝뚝 흘리는 것이었다. 팔봉은 버들이 무슨 변명이라도 하였으면 하는 바람이었지만 아무 말도 하지 않고 슬프게 우는 모습을 보니 도리어 마음이 차분하게 가라앉았다. 한낮에는 당장에 요절을 내고 싶은 마음이 굴뚝같았지만 어찌된 일인지 가슴이 땅 밑바닥까지 꺼져 버린 기분이었다. 팔봉은 버들이의 착한 심성에 그런 짓을 저지를 리 없다 믿었다. 모든 것이 근거 없는 헛소문이라 생각하였다. 하지만 모든 것이 사실이라는 듯 말없이 울고 있는 버들의 모습을 볼 때에 팔봉은 가슴이 산산이 찢기는 기분이 들었다.

"제기, 울긴 왜 울어? 잠깐 나갔다 올 테니 그만 울어."

답답한 마음에 집을 나가 주막에서 술을 먹고 섬진강변을 쏘다니다 보니 마음이 가라앉았다. 어차피 우리 같은 천한 것들이 사는 것이 그렇지 아니한가. 토호에게 침탈당하고 관원에게 빼앗기면서 꾸역꾸역 잡초처럼 살아가는 것. 그렇게 일생을 살다가 흙 속에 묻혀서 흙 속으로 흔적 없이 스러져 가는 것이 힘없는 자들의 삶이 아니었던가.

서팔봉은 그렇게 스스로를 위로하였다. 버들이와 함께 이 고장을 떠나 멀리 가 살기로 작정하니 가슴에 맺힌 분이 풀리는 기분이었다. 동산에 뜨는 해를 바라보며 아침 일찍 집으로 돌아왔을 때 팔봉은 집 앞 감나무에 목을 맨 버들이를 발견하였다.

지아비의 구명을 위해 몸을 팔 수밖에 없었던 버들이는 부끄럽고 치욕스런 마음에 팔봉을 볼 수 없어서 스스로의 목숨을 거두었던 것이다. 팔봉은 식어 버린 아내의 시신 위로 하늘이 무너져 내리는 것을 보았다. 먼 곳으로 떠나 서로를 의지하며 오순도순 살아가는 모습들이 산산이 부서진 환영이 되어 버리고 말았다. 한동안 서팔봉은 얼빠진 사람처럼 멍하니 아내의 시신을 올려다보았다. 바람이 불 때마다 가녀린 버들의 시신은 강변의 버드나무처럼 흔들리고 있었다.

버들이의 시신을 거두어 어머니의 무덤 곁에 묻은 서팔봉은 착하기만 한 아내를 주검으로 만들어 버린 세상이 미웠고 착한 아내를 죽음으로 몰아간 간악한 간부를 용서할 수 없었다.

서팔봉은 그날 밤 변가 놈이 퇴청하기를 기다려 집 앞에 숨어 있다가 변가를 사로잡아서 아내의 무덤 앞으로 끌고 와서 잘못을 빌게 하였다. 그런데 변가의 말이 가관이었다.

"이보게. 내가 그런 것이 아니야? 자네도 아다시피 버들이가 창기 출신이 아닌가? 그년이 자꾸만 나를 유혹하는데 돌장승도 아닌 내가 어떻게 배겨날 수 있겠는가? 버들이가 말하기를 자네는 곰 같아서 사는 게 재미가 없다더군. 그년이 뒤가 구려서 자처한 것인데 어째서 나에게 잘못을 묻는 것인가? 이것이 모두 그년 탓이지, 내 탓이 아닐세."

변가의 반질반질하게 치켜 뜬 얼굴 위로 고개를 떨구며 말없이 울고 있던 버들이의 모습이 겹쳐졌다.

"이놈. 손바닥으로 하늘을 가려라. 네 죄는 지옥의 염라대왕이 아실터. 직접 가서 물어보거라."

서팔봉은 끝까지 뉘우칠 줄 모르는 변가의 모습에 화가 머리끝까지 치밀어서 그자의 머리통을 도끼로 찍어 버리고 그 길로 지리산으로 도망 와서 숨어 살게 되었다는 것이었다.

서팔봉이 자신의 전력을 이야기하곤 길게 한숨을 내쉬었다.

"원래 지리산에는 장영기(張永奇)라는 대적이 웅거하고 있었는데 기축년(1469)에 관군에게 토벌이 된 후로 살아남은 화적 부스러기 몇이 무리를 모아 구름장골에서 살고 있었습죠. 다섯 채 있는 초가는 화적들의 것이구요, 저는 이곳 사람들을 소금장수를 할 때 알았는데 변가 놈을 쳐 죽이고 갈 곳이 없어서 이곳에서 살게 되었지요. 움막에 사는 사람들은 지리산 인근 고을에 살다가 관리들의 수탈이 심해서 세금을 견디지 못하고 도망쳐 온 사람들입지요. 제가 나중에 들어와서 무리의 우두머리가 된 후로 사람들이 차차 늘어나서 어느새 20여 가구나 되었습니다. 잡초가 뽑아도 새로 나듯이 장영기가 죽었지만 지리산 산채가 제법 오래되었고 부하들이 늘어서 사방에 부하들이 운영하는 주막도 있고 고개마다 벌이가 괜찮아서 그럭저럭 살아오고 있습니다."

길동이 서팔봉의 말을 듣고 보니 한숨이 절로 나오는데 혜손은 아무 말 없이 고개만 끄덕끄덕하였다.

"지리산 말고 도적이 또 있나요?"

"요즘 같은 세상에 도적이 없을라구요? 저 같은 것은 피라미 같은 도적이구요, 들리는 말로 평안도의 운봉산과 병풍산에는 김평득이 하구 장돌쇠라는 자가 제법 알려진 도적이구요, 황해도 구월산 어름에는 미륵(彌勒)이라는 도둑이 행세깨나 하고 있지요. 새 임금이 들어선 후로는 산의 안팎으로 도둑놈의 세상이 되어 버렸다니까요."

서팔봉이 툴툴거리면서 탁주를 연신 마셨다. 새 임금이 바뀌고 무오년에 화가 일어나자 탐관오리들의 부정이 기승을 부렸는데, 잉어 살던 물에 가물치가 들어서면 잉어가 사라지는 것처럼, 바른말 하는 대간들이 사라지니 간신배들이 득세하는 세상이 되었던 것이다. 유자광과 노사신 같은 공신들의 집에는 청탁을 바라는 뇌물들이 각지에서 쏟아져서 문지방이 닳아 없어질 정도로 대갓집의 마당이 시장바닥이나 진배없었다.

조정의 관리들이 그럴진대 외지에 나가 있는 수령들이 깨끗할 리 만무하여서, 백성들의 고혈을 뽑아서 사욕을 채우다 보니 백성들의 원성소리가 천하에 자자하였다. 탐관오리의 착취에 시달리던 백성들은 칼 물고 뜀뛰기 하듯이 고향을 등지고 유랑민이 되거나 도적이 되었던 것이다.

혜손과 길동이 건넛방으로 들어와서 마주 앉았다.

길동이 물끄러미 혜손을 바라보다가 고개를 숙이며 말했다.

"장인어른, 장인어른의 술법을 가르쳐 주시면 안 되겠습니까?"

"술법은 배워 무엇하게?"

혜손이 느릿하게 길동을 바라보았다. 혜손의 인상은 웃는 듯 마는 듯 표정을 드러내지 않은 불상 같아서 길동의 속내 깊은 곳까지 꿰뚫어 보는 것 같이 느껴졌다. 그러니 길동은 자연 말문이 탁 막혀서 아무 소리도 못하고 우물쭈물하였다.

"무엇을 할 것인지 목적도 없이 술법을 배우겠다고? 허허, 대양에 작은 배 한 척이 물결에 따라 휩쓸리는 것과 무엇이 다를까?"

"사람들을 이롭게 하기 위해섭니다."

"술법을 배워 사람들을 이롭게 한다구? 누가 그러더냐?"

길동이 얼굴을 들지 못하고 고개를 떨구었다. 혜손이 말없이 새끼 한 줄을 다 꼬고 나서 길동을 물끄러미 바라보다가 부드럽게 물었다.

"네가 정말로 요술을 배우고 싶으냐?"

"예."

"길동아. 요술을 배우려면 먼저 마음을 다스리는 법을 배워라. 뜻도 없이 마음만 급하게 앞서가면 위한조나 허웅이같이 혹세무민할 따름이니 그 뒤가 반드시 좋지 않을 것이다. 하찮은 술법보다 더욱 큰 법은 마음을 다스리는 법이니, 네가 바른 가르침을 받으려면 먼저 마음을 다스릴 줄 알아야 할 것이다."

"장인어른, 어떻게 하면 마음 다스리는 공부를 잘할 수 있겠습니까? 전 잘 모르겠습니다."

"먼저 네 그릇의 크기를 키워라. 사람의 그릇은 정해져 있다 하지만 그것은 헛된 말이다. 깨어 있는 사람은 자기의 그릇을 더 크게 만들기 위하여 노력하는 법이다. 마음이라는 것은 크기가 정해져 있지 않느니. 오르고 또 오르면 반드시 오를 수 있는 것처럼, 바다보다 더 큰 그릇을 만들기 위해 스스로 노력한다면 어찌 바다보다 넓은 마음을 가질 수 없겠느냐? 공부하고 정진하여라. 그리하여 네 마음의 그릇을 크게 한다면 자연히 마음을 다스릴 수 있을 것이요, 마음을 다스린 이후에는 천지의 사물들이 다른 모습으로 다가올 것이다. 이른바 사물의 진면목을 알게 되고 진리에 가까이 다가서게 되면 복잡하게 얽힌 것 같은 세상의 모든 이치가 평범하다는 것을 자연히 알게 될 것이다."

"장인어른의 말씀을 명심하겠습니다."

다음 날 두 사람이 구름장골을 나와서 천왕봉에 올랐다. 천왕봉은 지리산의 제일 높은 봉우리라 메아리가 돌아오지 않았다. 기상이 천

변만화하여 좀처럼 맑은 날을 찾아보기 어려운데 이날은 운이 좋게도 하늘이 맑게 개어 구름 한 점 없었다. 끝없이 펼쳐진 산하를 바라보던 길동이 문득 혜손에게 물었다.

"장인어른께서 일신의 높은 재주를 묻어 두고 이렇게 사시는 이유가 뭡니까?"

혜손은 빙그레 웃다가 시 한 수를 읊었다.

閑望浮雲知世事　한가로이 뜬구름 바라보며 세상일을 알고
靜觀潮水悟天機　고요히 조수를 살피며 천기를 깨달을 뿐이다

길동이 그 시를 곰곰이 생각하고 있을 때에 혜손이 말하였다.

"길동아, 고금을 통틀어 나보다 뛰어난 사람들이 수없이 많았다. 그 중엔 천도를 얻어서 세상에 이름을 날린 이도 있지만 대부분은 그러지 못하였다. 제갈량을 보아라. 천기를 읽는 재주를 지니고도 끝내 뜻을 이루지 못하였다. 시습은 또 어떠한가? 일신의 재주를 한번 써 보지도 못하고 공산의 새처럼 떠나가고 말았으니…. 네가 서출로 태어난 것처럼 극복하려 해도 할 수 없는 천도의 사슬이 또한 이 세상에는 존재하는 것이란다."

잠시 말을 멈추고 발아래 펼쳐진 산하를 내려다보던 혜손이 고개를 돌려 길동에게 물었다.

"길동아, 네가 여민동락(如民同樂)을 아느냐?"

"예, 《맹자》 양혜왕 편에 나오는 구절입니다."

"어떤 뜻이냐?"

"여민동락이란 양나라 혜왕이 맹자를 불러 놓고 나라를 다스리는 법

을 물어보는데 맹자가 대답한 구절입니다. 한마디로 임금이 백성들과
함께 즐거움을 누리면 작은 나라도 크게 부강할 수 있다는 뜻입니다."

"네가 잘 아는구나. 아주 먼 옛날, 요순(堯舜)이 치세하던 시절에는
사·농·공·상의 차별이 없었다. 해서 농부도 임금이 되는 것을 치
욕스럽게 생각하고, 어부도 임금이 되는 것을 부끄럽게 여겼다. 세상
이 너무도 태평해서 정치에 대해 관심이 없었단 말이지. 그 시절은 임
금이란 백성들을 대신하여 하늘에 제사 지내는 사람이었을 뿐이다.
나라의 주인은 따로 있었지."

"나라의 주인이 대체 누구였는데요?"

"백성들이었다."

"백성들이오?"

길동이 두 눈을 크게 뜨고 혜손을 바라보았다.

"맹자의 여민동락에는 임금과 백성이 둘이 아니라는 의미가 담겨 있
단다. 그런 이유로 백성이 하늘을 대신하여 임금을 바꿀 수 있다고 한
것이지. 임금과 마찬가지로 나라의 주인은 백성이라는 뜻이다."

길동은 혜손이 자신을 제자로 받아준 이유를 그제야 알 것 같았다.
혜손 역시 반상의 차별이 불공평하다고 생각하고 있었던 것이다.

"장인어른. 백성이 이 나라의 주인이 되는 때가 올까요?"

"글쎄다."

혜손은 빙그레 웃으며 더는 말하지 않았다. 말없는 그의 시선은 먼
남쪽을 응시하고 있을 뿐이었다.

'장인의 모습에서 우공이 생각나는 이유는 무엇일까? 장인은 우공
처럼 반상의 차별이 없는 세상을 향해 벌써 걸음을 옮기신 것은 아닐
까? 우리는 벌써 그 길을 향해 가고 있는 것은 아닐까?'

길동은 왠지 모르게 가슴이 벅차오르는 것 같았다.

두 사람이 천왕봉에서 내려와 화엄사에서 하루를 더 묵은 다음에 남원, 순창을 지나 담양에서 하루를 묵고 다음 날 나주의 집으로 돌아왔다.

# 화적 火賊

## 하나

길동은 집으로 돌아온 날부터 몸을 쉬지 않고 글공부에 매진하였다. 혜손이 창고의 궤짝 안에 있는 책을 내주었으니 옛날 그와 친하게 지냈던 김시습과 홍유손 같은 유현들이 공부하였던 책들이었다. 어려서 《사서자집》(史書子集)을 통달한 길동이라 천문과 지리, 의학, 복서 등을 가리지 않고 읽고 그 근원을 추구하다 보니 자연히 길동이 사물을 보는 눈도 많이 변화되어서 혜손과 마주하여 천지 사물에 대하여 이야기할 때가 많아졌다.

"장인어른. 《대학》(大學)에서는 수신제가치국평천하라 하여 수신의 범위를 차차 넓혀서 치국의 수단으로 삼습니다. 수신은 곧 격물치지로 이어지는데 격물치지는 도대체 무슨 뜻입니까?"

"주자(朱子)는 격(格)을 이른다(至)는 뜻으로 해석하여 모든 사물의 이치(理致)를 끝까지 파고 들어가면 앎에 이른다고 하였다. 그렇다면 앎이란 무엇이냐? 앎이란 진리이니, 불가에서는 사람의 마음에서 진리를 찾으려 하였다. 유가와 불가의 차이가 이렇듯 극명하니 무엇이 옳고 그른 것인가? 이른바 산속의 물이 흘러가다 보면 바다를 만나는 것처럼 모든 사물의 진리는 하나로 통하게 마련인 것이다. 마음에서 찾든 바깥에서 구하든 성심으로 한길을 가다보면 진리를 발견하는 것이니 격물치지란 이른바 인생과 천지만물의 도를 알아가는 과정이다. 그 도를 알면 자연히 수신이 이루어지고 제가를 할 수 있으며 치국하여 세상을 평안히 할 수 있다. 그러나 고금을 통틀어 그 도를 얻은 자가 몇이나 되더냐? 천하를 얻은 자는 실로 욕심이 큰 자이지만 욕심이 크게 때문에 만족함을 몰라 스스로 패망에 이르게 되나니 천자의 왕조가 단명하는 것도 대개 그런 이유 때문이다. 무릇 도를 닦아 격물치지에 이르려는 자는 만족을 먼저 알아야 할 것이니, 모든 사물이 덧없이 스러지는 구름 같다는 것을 알게 되면 천하가 도리어 하찮게 생각될 것이다. 그리하여 뜻한 바를 이루고도 세상에 뜻을 두지 아니하고 혼탁한 세상에서 몸을 빼칠 수 있다니, 만족을 아는 것이야말로 격물치지하였다 할 수 있느니라. 명심할 것이다.”

“예.”

그해 만산의 푸른 잎들이 붉은 옷을 갈아입을 무렵이었다. 병 한 번 없던 혜손이 한동안 감기 기운으로 앓다가 일어나서 길동과 은옥을 불렀다.

길동 내외가 방으로 들어가니 혜손이 단정하게 앉아 있다가 두 사람을 다정스러운 눈빛으로 바라보며 입을 열었다.

“내가 너희를 부른 이유는 오늘이 내가 이 세상을 떠나는 날이기 때문이다."

길동과 은옥은 어안이 벙벙하여 서로의 얼굴을 보았다. 은옥이 먼저 고개를 돌려 떨리는 목소리로 혜손에게 물었다.

"아버님, 그게 무슨 소린가요? 지금 농담하시는 거죠? 그죠, 절 놀리려고 그러시는 거죠?"

말을 끝내기도 전에 그녀의 커다란 두 눈에서 눈물이 좌르르 흘러내렸다.

혜손이 빙그레 웃으며 우옥에게 말하였다.

"사람이 한번 나면 가는 것은 당연지사. 누구나 피할 수 없는 일 아니냐. 나는 한세상을 평온하게 잘 지내었으니 후회될 것은 없다. 내가 없더라도 길동이 있으니 안심이 되는구나. 은옥이는 길동이와 함께 행복하게 살아가거라."

그리고 가만히 딸의 손을 잡고 머리를 쓰다듬다가는 길동에게 말했다.

"길동아. 술법이란 사람을 교만하게 만들어 배운 자들이 십중팔구는 잘못된 길로 들어서 스스로를 망치게 되고, 혹세무민하기 쉬워 너에게 가르치지 아니하였다. 그렇다고 네가 배운 것이 없다면 그것도 아니니, 네 스스로 느끼지 못할 뿐이지, 일신에 네가 습득한 재주가 적지는 않을 것이다. 술법을 배우지 못해 서운하느냐?"

"아닙니다."

길동의 눈에서 닭똥 같은 눈물이 비 오듯 흘렀다.

"산을 옮기는 것은 큰일이다. 너무 서두르지 말고 순리대로 하거라. 항상 넓게 생각하고 깊이 사고하며 사려 깊게 행동해야 하느니라. 알겠느냐?"

"예. 명심하겠습니다."

혜손이 흐뭇한 미소를 지으며 길동과 은옥을 번갈아 바라보다가 말했다.

"인생이란 구름이 흩어지는 것에 불과한 것이니 슬퍼할 것 없다. 빈손으로 왔다가 빈손으로 가는 몸이니 관 쓸 것도 없이 집 앞 밭 가운데 쌓아 놓은 나무로 화장(火葬)하여 강물에 뿌려다오."

여름이 시작될 무렵부터 혜손이 집 앞의 평지에 나무를 차곡차곡 쌓기 시작하였는데 은옥과 길동은 겨울 채비를 하는 줄 알았을 뿐 죽음을 준비하는 것이라고 꿈에도 생각지 못하였다가 그제야 이유를 알았다. 혜손이 울고 있는 두 사람을 물끄러미 바라보다가 천천히 시 한 수를 읊었다.

衆鳥同枝宿   여러 새들이 가지를 함께하여 자지만,
天明各自飛   날이 새면 제각기 날아가 버린다.
人生亦如此   인생도 또한 이와 같은 것인데
何必淚沾衣   어찌 이별에 옷깃을 적셔야 하랴.

이윽고 길게 한숨을 내쉰 혜손이 길동의 손을 잡았다.

"길동아. 네 도호(道號)는 활인자(活人子)로 한다. 부디 사람을 이롭게 하는 사람이 되거라. 또한 우공처럼 돌아보지 않고 뚜벅뚜벅 네 길을 걸어가거라. 그럼 하늘도 네게 길을 열어 주실 것이다. 내가 너에게 가르치지 못한 것들도 훗날 자연히 얻게 될 것이다."

길동에게 한마디 말을 이르고는 혜손이 눈을 감고 자는 사람처럼 운명하였다. 길동과 은옥은 혜손의 말을 좇아 시신을 화장하여 그 유해를 강에 뿌리고 평소처럼 생활하였다.

## 둘

길동과 은옥 사이에는 네 살 된 아들이 하나 있었으니 이름을 경동
(鯨童)이라 하였다. 아이의 이름을 경동이라 지은 것은 옛날 혜손과
함께 제주 앞바다에서 보았던 고래를 딴 것이었다.

기미년(1499년) 가을, 은옥이 길동에게 아이를 맡겨 두고 동리의
우물가에서 아이와 길동의 옷가지를 빨고 있을 때에 멀끔하게 생긴
양반댁 사내 하나와 중인 복색의 쥐새끼처럼 생긴 자가 유심히 은옥
의 얼굴을 아래위로 살펴보다가,

"물 한 바가지 주시구려."

하고 말을 걸었다.

은옥이 빨래를 하다 말고 우물물을 길어 바가지에 떠서 건네니 아전
이 시원하게 물을 들이켜더니 소매로 입가를 닦으며 말했다.

"어디 사시오?"

"그건 왜 물으시나요?"

"인심이 좋아서 그러오. 인물이 아주 절색이시우."

은옥이 바라보니 양반 복색의 사내가 아래위로 훑어보는 모습이 꿀
을 본 곰 같고, 중인의 얼굴이 곡식을 곁눈질하는 쥐상이라 대꾸하지
않고 옹배기에 빨래를 담아 집으로 돌아와 버렸다.

"별 이상한 자를 다 봤네."

은옥이 집으로 돌아와 마당에 옷가지들을 널면서 중얼거렸다. 마당

에서 아이를 어르고 있던 길동이 물었다.

"무슨 일이야?"

은옥이 아전이 우물가에서 수작하더라는 이야기를 하였다.

"사람두, 우물가에 당신 혼자 있지 않을 터에 설마 수작을 걸었겠소? 고마운 마음에 집을 물어본 것일 테지."

"그자의 얼굴을 봤으면 그런 맘이 안 들었을 거예요. 하나는 음흉한 곰상이구 하나는 족제비 같은 면상에 쪽 찢어진 눈으로 힐끔힐끔 보는 것이 얼마나 기분 나빴다구요."

"사람은 겉과 속이 다른 것이니 생긴 것으로 너무 타박하지 마시구려."

길동이 별일 아닌 것으로 치부하여 엄한 은옥을 면박 주었다.

그날 밤이었다. 길동이 어두컴컴한 방 안에서 홀로 앉아 행기를 하고 있을 때 울타리 밖에서 인기척이 들렸다.

길동의 집은 외딴 곳에 있어서 늦은 밤에 사람이 찾아오는 적이 가뭄에 콩 나듯 하였다.

"누가 왔나?"

아랫목에서 바느질을 하던 은옥이 문을 열고 바깥을 보다가 놀란 사람처럼 말했다.

"에그, 저게 누구야? 도적놈들 아니야?"

길동이 눈을 떠서 살며시 문을 열어보니 어두컴컴한 마당에 사내 하나가 울타리를 넘어 들어와서 삽작문을 따고 있었다.

삽작문이 열리자 대여섯 명의 건장한 사내들이 몽둥이를 들고 우르르 마당으로 쏟아져 들어왔다.

길동이 문을 열고 소리쳤다.

"늦은 밤에 주인 허락도 없이 삽작문을 열고 들어오는 것이 누구냐?"

사내들이 마당에 멈추어 섰다. 뒤편에서 중갓을 쓴 사내와 양반 복색의 사내가 마당으로 들어왔다.

"계집을 데려가자."

중인의 말이 떨어지기 무섭게 덩치 좋은 사내들이 우르르 방 안으로 달려 들어왔다.

길동이 제일 먼저 방문으로 들어오는 자의 가슴팍을 내지르며 비호처럼 마당으로 뛰어나갔다. 가슴팍을 맞은 사내가 에구지구 비명을 지르며 쓰러지기도 전에 뒤따라오던 사내들이 길동의 주먹과 발에 맞아 곤죽이 되었다.

양반 복색의 사내와 중인 복색의 사내가 때아닌 광경에 놀라 도망을 치려다가 사립문 앞에서 길동에게 덜미를 잡혔다. 길동이 중갓을 쓴 자의 팔을 꺾어 무릎을 꿇리고, 양반의 종아리를 발로 차서 바닥에 무릎을 꿇렸다.

"에구, 목숨만 살려 주십시오."

중인과 양반이 한목소리로 빌었다.

길동이 가만히 보니 오늘 낮에 은옥에게 수작한 사내들이 틀림없었다.

"이놈들, 이제 보니 네놈들이 도적놈들이로구나. 남편이 있는 여자를 넘보다니 간이 부은 놈들이구나."

"에구, 그저 살려만 주시오."

중갓 쓴 사내가 죽는 소리를 하였다.

"죄를 지었으니 벌을 받아야지."

길동이 바닥에 떨어진 몽둥이 하나를 잡고 양반 복색을 한 사내의 등을 밟아 엎드리게 한 후에 몽둥이찜질을 호되게 하였다.

양반 복색의 선비가 비명을 지르며 발광을 했지만 길동의 완력을 당

150

해내지 못하여 때리는 대로 매를 맞았다.

"네놈이 두목이니 50대는 맞아야겠다."

길동이 양반 복색의 젊은 사내의 엉덩이를 두드리는데 장 40대에 기절하였는지 비명소리가 뚝 그치었다.

"이놈. 네놈이 지금 무슨 짓을 하는지 아느냐?"

중갓 쓴 사내가 소리를 버럭 질렀다.

"도적놈에게 매질하는 것이 보이지 않느냐?"

길동이 소리를 치자 중갓 쓴 사내가 말했다.

"이제 네놈은 큰일 났다. 네가 몰매를 때린 분이 누군지 아느냐? 나 주목사님의 아드님이시다. 네가 저 모양을 만들어 놓았으니 죄가 없다하더라도 무사하지는 못할 것이다."

길동은 사내의 말에 눈앞이 깜깜하였지만 마음을 다잡고 말했다.

"무사하고 말고는 내가 결정할 것이니 네놈은 잔말 말고 죗값이나 받아라."

길동이 중갓 쓴 사내의 등을 밟고 호되게 매질을 하였다. 사내가 죽는다고 비명을 지르며 허우적거리지만 길동의 힘을 견딜 수가 없어서 장 20대에,

"에구에구, 사람 살려라"

하고 비명을 지르고, 장 30대에,

"그저 살려만 주십시오. 제가 눈이 뒤집혀서 장사님의 아내인지 모르고 죽을죄를 지었습니다요"

하고 하소연을 하다가 장 50대에 비명소리도 아니 나오는 초주검이 되었다.

"네놈들도 예외 없다."

길동이 차례로 바닥에 쓰러져 있는 건장한 장정들에게 매질을 한 후에 재갈을 물리고 굴비 엮듯이 엮어 헛간 안에 몰아넣은 후에 터덜터덜 마당으로 나왔다.

부엌에서 아이를 안고 숨어 있던 은옥이 놀란 얼굴로 물었다.

"서방님, 이제 어쩌면 좋아요?"

"뭘 어떡해? 죄를 지었으니 죗값을 받은 것이지."

"그렇지만 안전의 아들을 초주검으로 만들었으니 당신도 무사하지는 못할 거예요. 가재는 게 편이라구 당신이 큰 봉변을 당할 것이 틀림없어요. 이렇게 아니라 우리 도망가요."

"이 밤에 당장 어디로 간단 말이오?"

은옥이 품속에서 주머니 하나를 꺼내어 그 안에서 돌돌 만 종이를 꺼냈다.

"아버님께서 돌아가시기 며칠 전에 화급한 일이 생기면 펼쳐보라고 주신 거예요."

은옥이 종이를 펼치니 글자가 나왔다.


三十六計走爲上策 (삼십육계주위상책)


"아버님께서 뭐라고 쓰신 건가요?"

은옥이 길동을 올려다보며 물었다.

"도망가라고 쓰셨군요."

"어디로 가라고 쓰시진 않으셨나요?"

"내가 알아서 하라고 그런 것 같소."

"어디라도 가요. 조선 천지에 우리 식구가 안심하고 숨어 살 수 있

152

는 곳이 없겠어요? 아버님도 도망가라고 하셨잖아요."

은옥이 허둥지둥 안으로 들어가 짐을 쌌다. 길동이 은옥을 도와 짐을 꾸렸는데 짐이라고 해봐야 길양식 할 쌀과 옷가지 몇 개였다.

길동은 지리산을 안신할 곳으로 생각하였다. 하여 길동이 양식과 짐을 어깨에 지고 은옥은 경동을 등에 업고 살던 집을 나와서 북쪽으로 길을 잡았다. 그러나 은옥의 걸음이 느려서 나중에는 길동이 아들을 받아 업었는데도 새벽이 될 때까지 40리 길을 겨우 걸었다.


# 셋


다음 날 오후에 곤죽이 된 목사의 아들이 책방과 함께 길동의 집에서 발견되었다.

중갓을 쓴 자는 나주 관아의 책방으로 있는 자로 목사 아들의 엽색 행각을 돕다가 덩달아 화를 입었던 것이다. 책방이라는 자가 머리가 좋아서 목사 아들과 입을 맞추어 자초지종을 다르게 이야기하여서 죄 없는 길동이 하루아침에 흉악한 도적이 되고 말았다.

나주 관아가 한바탕 난리가 났다. 나주목사가 사방으로 군사를 풀어 길동 내외를 찾는 한편 각 군현에 파발을 보내어 뒤를 쫓게 하였다.

이 무렵, 길동 일가는 무등산 아래에 있는 작은 주막의 봉놋방에서 피곤한 몸을 쉬고 있었다.

용호를 연마한 길동이 50리를 걸었다고 피곤할 리는 없으나 평생 집을 벗어난 적 없는 은옥이 50리 길을 쉬지 않고 걸은 탓에 발바닥이 부르터 물집이 잡혔기 때문이었다.

길동은 아들을 방 안에 눕혀 놓고 은옥의 종아리를 주무르다가 길게 한숨을 내쉬었다. 은옥이 걱정스러운 얼굴로 물었다.

"서방님, 이제 어떻게 살아가죠?"

"하늘이 무너져도 솟아날 구멍이 있다고 하였소. 살아갈 방도가 나타나겠지요."

길동이 은옥을 물끄러미 바라보다가 속내를 털어놓았다.

"사실은 내가 예전에 장인어른과 지리산에 갔다가 서팔봉이란 지리산 화적패 두목을 만난 적이 있소. 그땐 좀도둑이었는데 지금은 대적이 되어서 세력을 떨치며 살고 있다 합디다. 그자에게 잠시 몸을 의탁할 생각이었소."

"에구, 그럼 화적이 되신단 말입니까?"

"잠시 산속으로 몸을 피해 있다가 세상이 나아지면 밝은 세상으로 나옵시다."

말은 그리 하였지만 언제 밝은 세상이 도래할지는 길동이도 알 수 없는 노릇이라 속이 시커멓게 타 들어가는 것 같았다. 화적이 되려는 마음이 없지만 눈앞의 일을 누가 알 수 있겠는가? 먹을 가까이 하면 검은 먹물을 묻히게 마련이고, 생선을 만지게 되면 비린내가 배듯이 화적이 되고 싶지 않지만 화적들과 섞여 살다 보면 화적이 될 수밖에 없는 것이 또한 이치가 아니던가. 깊은 산에 들어가서 화전민으로 사는 것도 구차한 목숨을 연명하는 방법일 수 있지만 불시에 쫓기는 몸이 되어 버려 아무것도 가진 것 없는 적수공권의 처지에 아이까지 딸린 식구가 맹수가 우글거리는 산중에서 화전을 일구는 것도 쉬운 일이 아니었다.

"지금은 잠시 쉬면서 좋은 방법을 생각해 봅시다."

은옥은 곤히 자는 아들의 이마를 쓰다듬다가 길동의 손을 살며시 잡았다.

"전 괜찮아요. 산속에서 너와로 만든 움막을 짓고 백이숙제처럼 나물 먹고 살아가도 좋아요. 고사리·참나물·곰취·꿩다리·나물취·나비나물·다래순·어수리·떡취·미역취·밀나물은 지천에 널려 있으니 나물 뜯어 무쳐 먹고 살지요. 또 화적이 되면 어때요? 저는 당신이 가는 길이라면 지옥이라도 웃으며 함께 갈 수 있어요."

내외는 서로를 마주 보며 말없이 미소를 지었다. 사는 것이 마냥 행복할 수만은 없는 것이니 불가에서는 10계의 가운데에 인간계를 놓아둔 것이 끊임없이 인간을 시험하기 위함이라 하였다.

10계란 지옥계·아귀계·축생계·아수라계·인간계·천상계와 오계(悟界)의 성문계·연각계·보살계·불계이니 인간계는 이른바 정토와 지옥의 한가운데 있는 것이었다.

일찍이 불가에서 인생을 비유하여 한 이야기를 하였으니, 어떤 이가 길을 가다가 사나운 코끼리에 쫓겨 우물 속으로 피하게 되었는데 우물 안으로 드리운 칡덩굴에 매달려 밑을 보니 4마리의 독사가 입을 벌리고 혀를 날름거리고 있었고, 위에는 흰 쥐 검은 쥐 번갈아가며 그 남자가 매달린 칡덩굴을 갉아먹고 있었다. 갈 곳 없는 진퇴양난의 위기에서 문득 그 입에 무언가가 떨어져서 올려다보니 덩굴의 벌집에서 꿀이 똑똑 떨어지고 있었다. 그자는 떨어지는 꿀맛에 취하여 생명이 위험한 상황을 잊고 있었으니 이른바 인간계에 인간이 처한 상황이 이와 같다는 것을 비유적으로 말한 것이다.

인생이 이처럼 끝없는 환난의 등성이를 오르는 길임을 알기에 길동은 자신이 당면한 어려움을 시험이라고 생각하였으며 도산검수와 같은 길을 기꺼이 함께 가려 하는 은옥이 있음에 마음이 든든하고 온몸에 힘이 솟는 것을 느꼈다.

그런데 일이 꼬이려 하였는지 길동 내외가 거처하는 옆방에 주막집 주인이 누워 있다가 우연하게 흙벽 너머로 두 사람이 나누는 이야기를 들었다.

상급에 눈이 먼 주인이 조용조용 방을 나가 부리나케 관아로 뛰어가서 제가 들은 이야기를 토설하였다.

광산현감 조원명이 주막 주인의 이야기를 듣고 보니 나주에서 도망쳤다는 부부 같아서 장교 두 사람과 사수 10여 명, 군졸 20여 명을 보내어 관아로 잡아들이도록 하였다.

희미한 달빛을 밟으며 관아를 나온 장교 두 사람이 군사들을 데리고 주막 주인을 따라 주막으로 찾아갔다.

달이 밝아 교교한 밤인데 손님들이 모두 잠이 들었는지 주막 안은 쥐 죽은 듯 고요하였다.

장교와 군졸들이 눈짓을 주고받으며 주막집을 둥글게 포위한 후에 일시에 들이닥쳐 방문을 열어젖히고 사람들을 끌어내었다. 그런데 있어야 할 길동 내외는 보이지 아니하고 온몸이 꽁꽁 묶인 주막집 아낙이 재갈을 물고 있는 것이 아닌가.

장교가 포박을 풀어 주니 주막집 아낙이 입에 침을 물고 수다를 떨었다.

"좀 전에 무등산 화적패들이 풍우처럼 들이쳐 방 안에 있던 부부를 데리고 갔지 뭐예요. 아이와 여자는 승교바탕에 태우고 사내는 견마잡이 있는 말에 태워 공손하게 모시고 가는데 누군지는 몰라도 큰 화적패의 괴수가 틀림없어 보입디다."

장교가 아무런 소득 없이 광산 관아로 돌아가 보고 들은 것을 이야기하니 광산현감 조원명은 길동 내외를 놓친 것을 아쉽게 생각하였으나 소문이 새어나가면 채홍사에게 문책을 당할까 저어하여 바깥으로 내색하지는 않았다.

이때, 무등산 화적패의 괴수는 조갑이(趙甲伊)라는 자였는데 동네 이정들과 관가에까지 끄나풀을 두어 광산에서 일어나는 일을 손바닥처럼 들여다보았다.

주막집 주인이 길동을 고변할 때에 호방이 그것을 듣고 일 보는 아이를 시켜 밤을 낮처럼 달려서 조갑이에게 알렸다.

가재는 게 편이라고 조갑이는 가까운 무등산에 웅거하며 지리산의 서팔봉과 연통하고 지내던 사이였다. 연전에 지리산 구름장골에 찾아갔다가 술자리에서 길동의 이야기를 들은 적이 있던 그는 얼른 부하들을 시켜 관군들이 오기 전에 길동 내외를 무등산 산채로 모셔오게 한 것이다.

무등산 화적들의 호위를 받으며 산채로 올라가니 조갑이가 귀한 손님처럼 길동 일가를 맞이하였다.

조갑이는 얼굴이 가무잡잡하며 오른쪽 눈썹 위에는 털이 삐져나온 검은 사마귀가 하나 있었는데 반짝거리는 두 눈은 퉁방울 같고 쭉 뻗은 콧대 좌우로 콧망울이 힘 있게 매달려 있으며 광대뼈가 우뚝 솟고 살집 좋은 턱이 각이 져서 한눈에 우악스러워 보였다. 소매를 걷은 팔뚝에 근육이 울퉁불퉁하며 솥뚜껑같이 두툼한 손이 힘깨나 쓰는 자임을 짐작케 해주었다.

"그렇지 않아도 홍 장사님의 이야기는 서 두목에게 들은 바가 있습니다. 무예가 절륜하여 서 두목 같은 천하장사가 당해 내지 못하였다고 말입니다. 그런데 무슨 일로 관군에게 쫓기는 몸이 되셨습니까?"

길동은 어떤 무뢰한들이 아내를 겁간하려고 장정들과 집 안으로 쳐들어온 것을 혼내주었는데 알고 보니 나주목사의 아들이라 후환을 염려하여 집을 버리고 도망치게 되었노라고 이야기하였다.

조갑이가 이를 갈면서 주먹을 불끈 쥐었다.

"잘하셨습니다. 대체 권세 있는 양반들이란 세상 무서운 것도 없이 가난하고 약한 자들의 것을 등칠 생각만 하는 못된 것들이지요. 그렇지 않은 자들도 많긴 하지만 대부분은 상것들을 개새끼만도 생각지 않는 무도한 자들입니다요."

그러고는 신세 한탄을 시작하였다.

조갑이는 김해 수군영에서 선군의 오장(伍長)을 하던 자였다. 김해 방포(防浦)에서 태어나서 어부를 하며 살았는데 물길을 잘 알고 배를 잘 몬다는 소문이 나서 수군으로 들어가게 되었다. 그는 나이 스물에 장가를 들었는데 처복이 좋은 덕분인지 눈이 부시게 예쁜 아내를 데리고 살게 되었다.

조갑이의 아내 이름은 연홍이었는데 어엿한 양반댁의 여식으로 시집온 지 한 달 만에 과부가 된 불쌍한 여자였다. 연홍의 시부모 배 진사는 연홍이 청상으로 늙어갈 것을 염려하여 남몰래 연홍이 살아갈 길을 열어 주려 하였는데 이는 연홍이와 자신에게 이득이 되는 것이었다. 집안에 열녀가 나게 되면 공납과 역(役)의 부담이 없어지고 가문의 자식들이 음서로 나갈 수 있는 길이 열리므로 청상이 난 집안에서는 며느리의 자결을 은근히 독려하기도 하였다. 배 진사는 그처럼 악독하지는 않아서 노총각인 조갑이를 시켜 보쌈하여 멀리 떠나도록 하였으니 이른바 조갑이가 횡재를 만난 격이었다.

조갑이가 연홍이를 김해로 데려와서 살림을 차렸는데 두 사람이 깨가 쏟아지건만 남의 잘되는 꼴을 좋아하지 않는 자들은 조갑이와 연홍이를 오리와 봉황이 사는 겪이라 흉하면서 좋아하지 아니하였다.

그러던 어느 날이었다. 조갑이가 상관의 명으로 동래의 좌수영으로 심부름을 다녀온 사이에 연홍이가 사라져 버리고 말았으니 관찰사가 연홍이에게 반하여 첩으로 삼기 위해 아내를 데려갔다는 것이었다. 이유인즉슨 양반의 자식을 상놈이 데리고 사는 것이 말이 되지 않는다는 것이었다.

양반의 자식을 보쌈한 조갑이의 죄를 묻지 않을 것이니 그리 알라는 김해부사의 말을 들었을 때 조갑이는 하늘이 무너지고 억장이 내려앉았었다.

김해부사가 아내 빼앗긴 대가로 십장으로 진급을 시켜주었는데 꽃 같은 아내를 빼앗긴 것도 억울하여 죽을 맛인데 그 대가로 되지도 않은 벼슬이 오른 것이 더욱 기가 막히고 분해서, 나라를 원망하고 반상을 갈라놓은 국법을 저주하다가 그 길로 수영을 떠나 이리저리 떠돌아다니다가 무등산에서 화적이 되었다고 하였다.

"홍 장사께서 잘하신 겁니다. 참말 잘하셨습니다."

조갑이가 길게 한숨을 내쉬는데 눈가에 이슬 같은 눈물이 그렁그렁 맺혀 있었다.

다음 날 아침에 조갑이는 걸음 빠른 부하를 시켜 지리산으로 기별을 보내었다. 지리산의 서팔봉이 이튿날 저녁 무렵에 찾아와 길동에게 인사하고 다음 날 아침에 무등산을 출발하였는데, 길동은 의관을 정제하고 견마잡이가 끄는 백마를 탔고 은옥과 경동은 비단옷 입고 가마에 올라 위세도 당당하게 지리산으로 향하였다.

길동의 풍신이 워낙 좋아서 도적을 잡으러 다니는 기찰포교들도 대갓집 자제 행차인 줄로 알았으니 느긋하게 길을 가게 되었다.

이날 무등산을 내려온 행렬이 창평에서 중화하고 옥과(玉果)에서 숙소하였다. 다음 날 아침에 출발한 행렬이 곡성(谷城)을 지나 압록원 (鴨綠院)에서 중화하고 저녁이 되기 전에 구례(求禮)에 도착하여 땅 거미가 내려앉을 무렵에 화엄사(華嚴寺)에 도착하였다.

지리산 화적들이 일찍이 화엄사를 장악한 까닭에 중들은 서팔봉 보기를 금강역사처럼 두려워하고, 공경하여 대접하는 것은 부처 대하듯 하였다. 그러니 서팔봉이 깍듯하게 모시는 사람에게는 간이라도 빼 줄듯이 정성을 다하였다.

길동 내외는 저녁밥을 먹은 후에 화엄사에서 하룻밤을 지내고 다음 날 아침에 산채가 있는 구름장골로 들어갔다.

험하디 험한 산과 내를 지나서 빽빽한 수림에 은밀하게 나 있는 오솔길을 따라가다 보니 산길 곳곳에 초소가 나타났다. 초소들의 숫자와 화적들의 인원이 예전에 비할 바가 아닌데 군호로써 신호하여 일일이 통과를 시켰다.

폭포수 떨어지는 소리가 은은하게 들려오는 것을 보니 가까운 곳에 폭포가 있는 모양이었다. 울퉁불퉁한 바위 사이를 지나고 빽빽한 산림이 그늘을 만들어 어두침침한 산길을 따라 얼마쯤 가다 보니 벽소령 아래쪽에 큰 산채가 나타났다.

6년 전에 찾아왔을 때에는 나무껍질로 만든 움막 스무 채가 덩그러니 있을 뿐이더니 지금은 상황이 바뀌어 고래 등 같은 기와가 즐비하고 초가가 골짜기를 가득 메워 다른 세상에 온 것 같았다.

서팔봉은 길동을 제집으로 모셨다. 그가 지리산 화적패 두목인지라 집이 대궐처럼 으리으리하였다. 산채를 내려다보는 거대한 저택 입구에 양반댁같이 솟을대문이 위세 좋게 자리 잡았고 안으로 들어가니 넓은 마당에 광과 마구간과 행랑이 즐비하게 보이고 그 앞에 육간대청이 버티고 있었다.

대청 앞에 산적들이 무리지어 섰다가 서팔봉에게 인사하였다.

서팔봉은 무리의 인사를 받는 둥 마는 둥 길동을 집 안으로 들인 후에 넙죽 큰절을 하였다.

"서팔봉이 인사드립니다. 어제는 조갑이가 있어서 체면 차리느라 못하고 이제야 제대로 인사를 드립니다."

"사람이 실없구면."

"허허허, 그렇습니까. 하지만 그때 은인께서 저를 살려 주시지 않았다면 이런 호강도 못해 볼 뻔하였습니다. 고마워서 인사드리는 겁니다요."

서팔봉은 술상을 들이라 일렀다.

방문이 열리며 음식이 들어오는데 기름이 잘잘 흐르는 이밥에 산에서 잡은 돼지고기와 노루고기는 기본이고, 멀리 해안가에서 가져온 어물이며 마른안주가 상다리 부러지도록 차려졌는데 따끈따끈하게 김이 오르는 청주와 막걸리 한 독도 따로 올라왔다.

서팔봉은 공손하게 무릎 꿇고 앉아서 길동에게 청주를 따라 주고, 자기는 놋대접에 막걸리를 가득 부었다.

두 사람이 주거니 받거니 술을 마시던 중에 서팔봉이 갑자기 길게 한숨을 내쉬었다.

"자네, 왜 그러는가?"

"제가 말 못할 괴로움이 있습니다요."

길동이 선뜻 도와주겠다는 말을 하지 못하고 앉아 있으니 서팔봉은

무언가를 말하려다 말고 막걸리 한 사발을 들이켜더니 결심한 듯 입을
열었다.

"성님, 저 좀 도와주십시오."

"갑자기 성님이라니? 듣기 거북하네."

"왈짜들에게는 왈짜의 도리가 있고, 화적들에게도 화적들의 도리가
있는데 상수에게 어찌 말을 놓겠습니까? 진작에 성님이라 불렀어야
했는데 늦었습니다."

서팔봉이 스스로 몸을 낮추면서 도와달라고 청을 하는데서야 길동
이도 잠자코 있을 도리가 없어서 되물었다.

"어떤 도움이 필요한지 말을 해 보게."

"얼마 전에 계룡산에 적굴 하나가 생겼는데 계룡산패라고 합니다.
두목인 당래(唐來)라는 자가 검술실력이 참말로 대단한데 욕심까지
커서, 대둔산 화적패를 깨트리고 얼마 전에 덕유산 화적패까지 흡수
하더니 난데없이 지리산을 내놓으라는 것이 아니겠습니까? 제가 타고
난 기운이 세고 도끼를 잘 휘두르지만 훌륭한 스승 밑에서 법식을 제
대로 배운 것도 아니고 … 싸워 이기면 좋지만 설혹 지기라도 하면 10
여 년 동안 일궈 온 이곳을 그자에게 빼앗길 것이고 또 제 부하들은 갖
은 고초를 당하게 될 것이라 걱정하던 차에 성님을 만나게 된 것입지
요. 성님께서 검술과 용력이 저보다 훨씬 뛰어나시니 제 대신 한 번만
그자를 상대해 주실 수 없겠습니까?"

"내가 도움이 된다면 그럭하겠네."

길동은 선선히 서팔봉의 청을 수락하였다.

# 넷

며칠 후, 서팔봉은 길동과 화적 부하들을 데리고 화엄사로 내려갔
다. 보초를 서는 부하들의 인편으로 당래가 부하들과 함께 화엄사에
서 기다리고 있다는 보고를 받았기 때문이었다.

서팔봉이 부랴부랴 무리를 이끌고 화엄사 경내로 들어서니 화엄사
너른 마당에서 당래라는 자가 부하 수십 명을 대동한 채 기다리고 있
었다.

당래라는 자는 큰 키에 어깨가 떡 벌어져서 한눈에도 힘깨나 쓰는
장사 같았다. 상투를 틀지 않은 긴 머리를 붉은 비단으로 이마를 질끈
동여매고 어깨에 칼 두 자루를 맸는데 각진 눈매가 매를 닮았고 뺨에
긴 칼자국이 있으며 시커먼 콧수염과 턱수염을 그럴듯하게 다듬어 참
으로 사내답게 생긴 자였다.

당래가 서팔봉을 보고 코웃음을 치며 말했다.

"네가 지리산 대적인 서팔봉이냐? 힘만 세다 하더니 얼굴이 깎다 만
장승처럼 못났구나."

서팔봉이 팔짱을 끼며 빈정거렸다.

"며칠 굶은 개새끼처럼 생겨가지구 어디서 얼굴 타령이냐?"

당래가 눈초리를 매섭게 하고 서팔봉을 쏘아보았다.

"서설은 생략하구 같은 대적끼리 실력으로 겨루어 상하를 구분해 보
는 것이 어떠냐?"

서팔봉이 콧방귀를 뀌며 말했다.

"너 같은 조무래기는 내 상대가 아니야. 나를 상대하려면 여기 있는
이 사람과 먼저 상대해 보아라."

서팔봉의 옆에 있던 길동이 한 걸음 앞으로 나섰다.

당래가 이를 갈면서 말했다.

"좋다, 저놈의 목을 날리면 다음에는 네 차례다. 기다려라."

당래가 쌍검을 뽑아 휘두르며 길동에게 달려들었다. 길동은 칼을 뽑지도 아니하고 종횡으로 휘두르는 칼날을 요리조리 피하였다.

당래는 입술을 깨물며 몸을 팽이처럼 돌려 쌍검을 휘둘렀다. 칼이 소용돌이치듯 상하 좌우로 지나가는데 길동은 한 걸음씩 뒷걸음질을 쳐서 피하다가 석탑 뒤로 돌아들었다.

화엄사 마당은 그리 넓지 아니하여 석탑을 가운데 두고 두 사람이 마주 보고 섰다.

당래가 상기된 얼굴로 숨을 몰아쉬었다.

"네 검술실력이 법식은 갖추었지만 내공의 기틀이 없으니 사상누각에 불과하구나. 이번에는 내 차례이니, 네가 한번 피해 보아라."

길동이 빙그레 웃다가 칼을 뽑아 들고 달려들었다. 무지개 같은 검영(劍影)이 안개처럼 흩날리며 한 무리의 빛 덩어리가 당래를 덮쳤다.

당래는 놀라면서도 재빨리 손을 놀려 쌍검으로 날아드는 칼을 막았지만 한 번 막아 내면 두 개의 칼끝이 찔러 오고, 두 개를 막아 내면 네 개의 칼끝이 찔러 오는 듯하고, 네 개를 막아 내면 여덟 개의 칼끝이 온몸으로 파고들어 오는 것 같아서 진땀을 뻘뻘 흘리며 뒷걸음질 치다가 담장에 등이 닿아 멈추어 섰다.

"네가 나를 당해 낼 수 있겠느냐?"

칼끝을 겨누던 길동의 신형이 갑자기 여러 개로 나뉘는 것 같더니 여러 방향에서 날 선 칼날이 당래를 향하여 찔러 들어왔다. 당래가 놀라서 어디로 칼을 막아야 할지 모르고 중구난방으로 쌍검을 휘두르니 엉성하기가 처음 검술을 배우는 사람 같았다.

"하하하하하."

한동안 귀신에 홀린 듯이 검을 휘두르던 당래가 웃음소리에 정신을 차리고 돌아보니 상대방이 마당 가운데에 서 있었다.

"그런 실력으로 나를 상대하려 하였느냐? 항복할 것인지 목을 내놓을 것인지 둘 중의 하나를 선택하거라. 한 번은 봐 주었다만 두 번째는 내 칼이 인정을 봐 주지 아니할 것이다."

당래는 이를 악물고 길동을 노려보다가 머리를 절레절레 내저으며 쌍검을 바닥에 떨어뜨렸다.

"제기, 혹 떼러 왔다가 혹 붙였네. 목을 내놓기 싫으니 항복이오."

당래가 화통하게 무릎을 꿇자 함께 따라온 화적들은 어쩔 줄을 몰라 허둥대다가 그의 뒤편에 줄지어 무릎을 꿇었다.

당래와 대적하는 길동의 무술을 보고 얼이 빠져 있던 서팔봉이 그제야 정신을 차리곤 당래의 옆에 털썩 무릎을 꿇었다. 서팔봉의 부하들도 뒤따라서 그의 뒤편에 꿇었다.

"왜 이러시오?"

돌연한 서팔봉의 행동을 이상하게 생각한 길동이 물어보니 서팔봉이 머리를 쳐들고 말하였다.

"성님, 제발 저희 산채의 대장님이 되어 주십시오."

"뜬금없이 산채의 대장이 되어 달라니 그게 무슨 말이오?"

서팔봉이 부끄러운 듯 머리를 긁적이며 말했다.

"저 같은 것이 명색이 지리산 화적의 두목 소리를 듣지만, 아시다시피 제가 힘만 세다 뿐이지 글자 하나 모르는 까막눈이 아닙니까. 지리산 같은 큰 산에는 저 같은 무식쟁이보다 성님처럼 지혜와 무술실력을 겸비하신 분이 대장으로 들어서야 합지요. 지리산에 유랑민들이 하나 둘씩 늘어나는데 제가 감당할 수가 없어서 진작에 성님을 모실까 생각하고는 있었습니다."

당래가 우물쭈물 말을 하고 있는 서팔봉을 보며 물었다.

"너, 누구냐?"

서팔봉은 고개를 돌려 짧게 대답하였다.

"지리산 두목 서팔봉이다."

당래가 이번에는 길동을 올려다보았다.

"그럼 당신은 누구요?"

서팔봉이 다시 당래를 향해 말하였다.

"홍길동님이시다."

"나는 서팔봉에게 도전했었는데 홍길동이 웬 말이여?"

"제기, 홍길동님이 원래 지리산의 두목님이여. 졌으면 잔말 말어."

서팔봉이 당래에게 핀잔을 주곤 길동을 올려다보았다.

"성님, 저희 패의 대장이 되어주십시오."

길동이 하문을 기다리는 서팔봉을 내려다보았다. 길동은 얼마동안 서팔봉의 도움을 받아 깊은 산에서 화전이나 일구며 살다가 세상이 잠잠해지면 내려가 새로운 삶을 도모할 작정이었다.

무등산 아래의 주막에서 은옥과 이야기를 나눌 때에 최악의 상황이 닥치면 화적이 되어 살지도 모른다는 막연한 예감은 하고 있었지만 이렇게 급작스럽게 자신에게 닥치게 될 줄은 짐작도 하지 못했다. 더구나 화적패의 두목이 되어 달라는 것이니 주저하지 않을 수 없었다.

"참, 성님께 드릴 것이 있는데 … ."

서팔봉이 제 머리를 두드리다가 품속에서 빛바랜 봉투 하나를 꺼내어 길동에게 내밀었다.

"이게 뭐요?"

"옛날에 성님과 함께 오셨던 어르신께서 말씀하시기를, 성님께서 제 목숨을 한 번 더 살려 줄 것이니 그때에 이것을 전해 주라고 하셨습니다."

"장인어른께서?"

길동이 봉투를 받아 보니 겉봉에 '己未年初秋華嚴寺開封'(기미년 초가을 화엄사에서 열어 보라)고 쓰여 있었다.

길동은 서둘러 봉투를 열었다. 거기에는 시 한 수가 적힌 작은 쪽지가 들어 있었다.


不知人生事    인생이란 알 길 없어서
行路無盡時    가는 길은 끝을 알 수 없어라
大海小船漂    큰 바다에 작은 배 외로이 떠다니는데
問君何所之    묻노니 그대는 어디로 가는가


길동이 탄식하며 종이에 적힌 짧은 시구를 되뇌었다. 생각하면 사람이란 인생이라는 바다 한가운데에서 목적지 없이 표류하고 있는 작은 배를 탄 사공에 불과하였다. 어찌할 수 없는 운명의 파도를 만나 순응할 것인가, 목표를 찾아 노를 저어 갈 것인가를 혜손은 물어보는 것이다.

길동이 침착하게 생각하니 자신의 앞에 두 가지 길이 놓여 있었다. 하나는 도적이 되지 않고 심산에 숨어서 조용히 사는 길이고, 다른 하나는 도적이 되어 사는 길이었다. 이 두 가지 인생의 갈림길 앞에서 길동은 하나를 선택해야만 했다.

서팔봉이 길동의 하문을 기다리듯이 무릎을 꿇고 앉아 길동의 얼굴을 올려다보고 있었다. 그 뒤에 있는 졸개들도 길동의 얼굴을 뚫어지게 보았다. 모두들 길동의 판단을 기다리는 것이었다.

죄 없이 쫓겨 세상 밖으로 도망쳐 온 사람들이었다. 모두 자신과 비슷한 이유로 세상에서 쫓겨나서 도적이 된 불쌍한 사람들이었다.

연이은 흉년과 기근, 과중한 세금과 탐관오리들의 학정에 집을 버리고 산으로 숨어들 수밖에 없었던 백성들의 처지를 생각하고 이제는 세상에 나갈 수 없게 되어 버린 자신의 처지를 떠올렸다.

길동은 한숨을 내쉬며 고개를 돌리다가 화엄사 각황전(覺皇殿) 안에서 자애로운 미소를 짓고 있는 부처님의 얼굴을 보았다. 눈을 감을 듯 말듯 뜨고 중생들을 내려다보는 부처의 얼굴에서 혜손의 얼굴이 겹쳐 지나갔다. 어쩌면 스승인 혜손이 앞일을 내다보고 안배한 일인지도 몰랐다.

언젠가 제주에서 홍유손이 뜻 없이 남긴 물음이 차차 가슴에 와 닿았다.

'어떻게 사는 것이 사람답게 살아가는 것인가?'

머릿속에서 또 다른 물음이 꼬리를 물고 생겨났다. 사람답게 살아가는 것이야말로 사람으로 태어난 이유일 것이다. 그러나 무엇이 사람답게 사는 것인지 길동은 명확한 답을 낼 수 없었다. 어둠 속에 손을 뻗으면 잡힐 것 같지만 막상 손을 뻗으면 잡을 수 없는 허깨비처럼 막연한 무엇임을 감지할 뿐이었다.

'사람을 이롭게 하는 사람이 되거라.'

입적하기 전 길동의 손을 잡고 당부하던 혜손의 말이 귓가에 어지러이 맴돌았다. 임종게(臨終偈)라 하여 도가 높은 선승이나 고승들이 열반에 들어가기 전에 마지막 남기는 말이 있으니 열반송(涅槃頌)이라고도 하며 그들의 전 인생에 걸친 깊은 깨달음을 한마디로 함축하여 나타내는 것이다.

혜손이 보리나루의 멍태공으로 이름 없이 살았지만 고승에 못지않게 도가 높은 사람이라 그가 길동에게 남긴 말이 반드시 큰 의미를 담고 있으리라 생각하였다. 어쩌면 그것이 길동의 물음에 대한 열쇠인지도 몰랐다.

길동은 천하에 둘도 없는 도를 체득하고도 공산에 새처럼 흔적 없이 사라진 스승 혜손을 생각하고, 천하를 진동하는 재주를 가지고 이름 없는 중이 되어 덧없이 스러져 간 설잠 스님을 떠올렸다. 그리고 그들의 재주를 발끝에도 따라가지 못하는 자신의 처지를 생각하였다. 그리고 임종의 순간에 널리 사람을 이롭게 하라는 뜻으로 붙여준 활인자라는 도호를 떠올렸다.

활인자. 그것은 스승인 혜손이 제자로 인정한다는 의미 이외에 앞으로 사람을 이롭게 하라는 염원이 담긴 도호였다.

관아에 쫓기는 몸이 된 자신이 다시 양민이 될 수도 없었다. 길동의 눈앞에 길은 수 갈래로 나눠 있지만 혜손과 설잠처럼 살 수는 없을 것 같았다. 그것은 혜손의 말마따나 홀로 안신(安身)할 수는 있지만 사람을 이롭게 하는 길은 아니었다.

이제 길동에게는 단 한 가지 길밖에 남지 않은 듯하였다. 그것은 도적이 되는 길이었다. 길이 한 가지가 아니듯, 도적의 길도 한 가지가 아님을 길동은 또한 혜손에게 배웠다. 도적이되 도적이 아닌 도적이 있을 수 있으며, 사람을 이롭게 하기 위한 도적이 반드시 나쁜 도적이 아닐 수도 있었다. 모든 일이란 손바닥의 양면처럼 장단이 있어 어떤 관점에서 보느냐에 따라 인생은 달라지기 마련이었다. 부자가 호의호식하지만 재산을 지키기 위해 걱정을 안고 살며, 빈자가 호구를 간신히 하지만 도둑을 걱정할 것 없는 것처럼 그 장단점을 어떻게 바라보느냐에 따라 인생도 달라지는 것이다. 스승의 뜻은 그곳에 있는 것 같았다.

활인(活人)의 길을 가기 위해, 탐관오리의 수탈에서 도탄에 빠진 백성들을 구하기 위해서 길동은 큰 도적이 되리라 마음먹었다. 마음의 결정이 되자 머릿속을 어지럽게 헝클던 잡념들이 말끔하게 사라지고 한 가지 생각만이 맑고 고요하게 남았다. 길동이 천천히 고개를 숙여 침착한 그러나 엄정한 목소리로 말하였다.

"좋다, 내가 너희들의 대장이 되겠다."

"서, 성님. 정말입니까?"

서팔봉의 얼굴에 화색이 돌았다. 당장이라도 펄쩍 뛸 듯한 분위기를 누르듯 길동이 엄하게 말했다.

"그 전에 한 가지 다짐을 두어야 되겠다."

"무엇입니까?"

"내가 지금부터 너희들의 대장이 되겠으나 무고한 백성의 재산은 빼앗지 않을 것이며 오직 활인을 목적으로 할 것이니 내 말을 따르겠다면 너희들의 대장이 될 것이요, 따르지 못하겠다면 나는 아내와 함께 산을 떠날 것이다."

"여부가 있겠습니까? 대장님의 말씀에 따르겠습니다."

서팔봉이 넙죽 큰절을 하곤 뒤편에 있던 졸개들에게 소리쳤다.

"뭣들 하는 게냐? 대장님께 인사드리지 않구."

"홍길동 대장님."

지리산패 화적들이 일제히 머리를 조아려 큰절을 하였다. 멀뚱하게 보고 있던 충청도의 대적 당래가 길동에게 말했다.

"나도 부하로 삼아 주시오. 못난 서팔봉이 밑으로는 못 들어가겠으나 잘난 홍길동 밑으로는 들어갈 마음이 나오. 대장으로 모실 테니 수하로 삼아 주시오."

길동이 당래를 내려보다가 고개를 끄덕거렸다.

"대장. 당래가 홍길동 대장께 인사드립니다."

당래가 그 자리에서 일어나 활개를 펼쳐 큰절을 넙죽 하였다.

"자식, 사람 볼 줄은 아는구나."

서팔봉이 당래를 핀잔주더니 몸을 돌려 부하들을 바라보며 큰소리로 부르짖었다.

"홍길동 대장 만세!"

당래도 벌떡 일어나 만세를 불렀다.

화엄사 마당에 모인 도적들이 일제히 만세를 불렀다.

"홍길동 대장 만세! 홍길동 대장 만만세!"

길동은 널따란 화엄사 마당에 가득한 도적들을 바라보며 이제는 돌이킬 수 없는 자신의 미래를 사람들을 이롭게 하는 데에 바치리라 굳게 다짐하였다.

# 다섯

서팔봉과 당래가 길동의 부하가 된 까닭에 오갈 데 없던 길동이 하루 아침에 전라도와 충청도 일대에서 제일가는 화적패의 괴수가 되었다.

이날 밤, 세 사람이 도회청에서 술을 마시며 서로의 전력을 이야기하였는데 마지막으로 충청도의 대적 당래가 도적이 된 사연을 이야기하였다. 그는 본래 김포에서 고리백정을 하던 자로, 소 잡고 돼지 잡는 푸줏간에서 어려서부터 칼질에 능한 스승을 만나서 검법을 익혔다 하였다.

당래의 스승이라는 이는 훈련원에서 장교를 하던 이정웅(李貞熊) 이란 사람이었다. 그는 세조가 정란을 일으킬 때 상관인 유응부(兪應孚) 가 절개를 지켜 죽는 것을 보고 의분강개하여 세조를 암살하려다가 쫓기는 몸이 되었는데, 세조의 추적을 피하기 위하여 얼굴에 옻을 칠하여 망가뜨리고는 스스로 백정이 되었다는 것이었다.

황해도 구월산에서 대적 노릇을 하는 미륵(彌勒) 역시 백정 출신으로 당래와 함께 한 스승 밑에서 검술을 배웠는데 당래와는 의형제 사이였다. 미륵은 좋아하는 여자가 있었는데 신분의 차이 때문에 이루어지지 못하게 된 것을 분하게 생각하여 신부의 혼삿날 신랑신부를 몰살하고 황해도 구월산으로 도망가서 도둑의 우두머리가 되었다는 것이다. 당래가 무술이나 인물이 미륵 못지않은데 미륵이 홀로 도적의 우두머리가 되어 정승 못지않게 사는 것을 보고 그만 못한 자신이 손가락질 받고 사는 것이 배알이 꼬여서 그 길로 충청도로 내려와서 계룡산의 화적 두목이 되었다 하였다.

세 사람의 전력 이야기가 끝이 나자 서팔봉이 조심스레 말을 꺼내었다.

"대장, 대장께서 불의한 도적질을 금하도록 한 것은 문제가 있는 것 같습니다. 도적이 재물을 불리는 수단이 농사를 짓는 것이 아니라 등 짐 장사치의 재물을 터는 것인데 이를 금하면 자연히 수입이 끊어질 것이니 대장에게 불만을 품는 자들이 생겨날 겁니다."

"하긴 당장 우리 입에 풀칠도 하지 못하면서 빈민을 구제한다는 것 은 주제넘은 짓이지."

당래가 물었다.

"대장께서 생각하신 곳이라도 있습니까?"

서팔봉이 끼어들었다.

"신방치레 다음 날 애 낳을까? 화적이 된 것이 하루도 안 되었는데 대장이 언제 그런 것까지 생각하시겠어?"

서팔봉이 당래에게 핀잔을 주곤 길동에게 말했다.

"절간을 터는 것은 어떻겠습니까? 도갑사나 경상도의 해인사 같은 큰 절에는 재물이 산처럼 쌓여 있다는데 그것을 털어서 산채의 식구들 을 먹여 살리고 빈민들에게도 나눠 주면 좋을 것 같습니다."

"그거 좋겠네. 도적질하기에는 절간이 제일 만만하지."

당래가 맞장구를 쳤다.

잠시 생각하던 길동이 머리를 저었다.

"좋은 방법이긴 하지만 시간이 많이 걸릴 것이다. 중들의 곳간을 턴 다 해도 재물을 운반하는 것이 문제이다. 만에 하나 병장기를 가진 관 군과 부딪힌다면 우리는 승산이 없어. 운송의 수단을 마련하지 않고 서는 부담이 크지."

당래가 조용히 말했다.

"운송의 수단이오?"

"곡식이나 재물을 운송할 수단을 마련하지 않고서는 좀도둑질을 벗어나지 못할게야."

"대장, 세곡미를 터는 것이 어떻습니까?"

"세곡미?"

"예. 가을 수확이 끝나는 이 시기에는 전라도 스물여덟 개 고을의 세미가 영산창과 법성창으로 모여듭니다. 나주에 영산창(榮山倉)이 하나요, 목포에 법성창(法聖倉)이 또 하나지요. 두 곳의 곡식을 실은 배가 이맘때가 되면 목포에서 만나서 해로를 따라 서울로 올라가는데 그때 그 세미를 빼앗아 버리는 겁니다."

서팔봉이 소리쳤다.

"그거 좋은 생각이구나."

길동도 고개를 끄덕였다.

"좋은 생각이지만 몇 가지 문제가 있다. 아까도 말했지만 첫째는 운송수단의 문제야. 우리에게 배가 없다는 거지. 배가 없이 세미를 탈취하긴 어렵지 않겠나? 둘째는 세미를 빼앗기 위해서는 수군과의 접전이 불가할 것이다. 산에서 활동하던 우리가 물질에 능한 수군을 상대할 수 있을까?"

"그도 그렇네요."

서팔봉이 코를 킁킁거리며 술잔을 들어 마셨다.

길동이 말했다.

"우리가 나라의 세미를 빼앗으려면 배가 필요하고 물을 잘 아는 자가 있어야 해. 그렇지 않고서는 세미를 빼앗는 것은 생각할 수도 없어. 차라리 절간을 터는 것이 낫겠지."

"그것이라면 염려 마십시오. 제가 잘 아는 자들이 있습니다. 우리가 대적질을 하려면 운송수단이 필요할 것이고 어차피 대장이 만나보셔야 할 사람이니 잘됐습니다."

당래는 자신 있다는 듯이 주먹을 불끈 쥐고 히쭉거리며 웃었다.

다음 날 두 사람이 길동과 함께 변장하여 지리산을 내려와서 나주 금강진의 영산창을 둘러보고, 영광으로 내려와서 법성진의 법성창을 살펴보았다.

나주 영산창은 내륙에 위치하여 방비가 허술한 반면에 영광읍성과 법성포는 왜구의 침입이 빈번하여 단단한 돌성을 구축하였다. 더구나 법성창은 세미의 방비를 위해서 진양진(陣良鎭) 수군 만 호를 배치하고 조선(漕船) 38척, 조군(漕軍) 1천여 명을 두어 지키게 하여 그야말로 금성탕지의 요새와 같은 곳이었다.

세 사람은 법성포에서 하루를 머물고 다음 날 아침에 목포로 내려갔다. 영암에서 목포까지는 70리 길이라 중간에 영산강 나루를 건널 때 시간을 지체했을 뿐 저녁 땅거미가 깔리기 전에 목포읍성에 도착할 수 있었다.

목포는 과거부터 왜적의 침입이 빈번한 까닭에 6척 돌성이 마을을 둘러싸고 있었으니 남쪽으로는 그리 높지는 않지만 빼어나게 솟아난 유달산(儒達山)이 돌성 너머에 머리를 내밀고 있었다.

읍성을 벗어나자 보리를 심은 넓은 들판과 봉긋봉긋 솟아난 작은 언덕이 푸른 소나무와 더불어 싱그러운데 눈앞에 광활하게 펼쳐진 바다와 커다란 포구가 한눈에 들어왔다.

이곳이 목포이니, 영산강의 수리(水利)를 통해 전라도의 물산(物産)이 모여들고, 이곳에서 해로(海路)를 따라 조선 팔도로 물산이 이

동하는 까닭에 포구에는 포도송이처럼 붙은 초가들과 커다란 객주들
이 빼곡하였다.

포구 좌우에 돌성이 길게 늘어섰는데 이곳에 수군영(水軍營)의 깃
발이 펄럭이는 전선 예닐곱 척이 정박하여 있었다.

"당래야, 여긴 뭣 하러 온 게냐?"

서팔봉의 물음에 당래가 대답하였다.

"우릴 도와줄 사람들을 찾아가는 길이다. 잔말 말고 나만 따라와라."

당래를 따라 포구로 내려가자 상단들의 짐을 나르는 일꾼들과 시장
에서 물건을 팔고 있는 장사치들이 인산인해를 이루고 있었다.

포구 안의 큰 시장에는 유기전, 포목전, 어물전 등의 가게들과 처마
아래에 말린 해산물을 팔러 나온 아낙부터 떡을 파는 아낙, 신명나는
가위춤을 추며 사람들을 불러 모으는 엿장수까지 어우러져 사람들로
부산하였다.

재물이 돌고 도는 까닭에 사람도 많고 기생이 있는 여각들도 많아서
전라도 대부분의 고을에서 느껴졌던 황량하고 쓸쓸한 정취를 이곳에
서는 찾아볼 수가 없었다.

사람들의 물결 속에서 시장을 구경하던 길동 일행이 어느 객주 앞에
이르렀다.

"저기에 제가 아는 사람이 있지요. 제가 충청도에서 도적질할 때 장
물을 처리하던 자인데 본래 해적질을 했었지요. 지금은 번듯이 객점
을 차리고 들어앉았지만 본색이 어디 가겠습니까?"

당래는 객주 앞에 있는 젊은 중인에게 다가가 몇 마디 이야기를 나
누다가 안으로 들어가더니 잠시 후 그 중인과 함께 나와서 길동 일행
을 데리고 들어갔다.

대문을 들어서니 커다란 마당에 창고로 들이기 위해 쌓아 놓은 물건들이 눈길을 끌었다. 허드렛일을 하는 일꾼은 물론이거니와 거간꾼이며 차인이며, 전주고 사환이고 할 것 없이 마당이 시끌벅적한데 젊은 사내 하나가 객주의 마당을 지나 일행을 뒤편으로 안내하였다.

마당을 돌아가니 인적 없이 한산한 편인데 객주 뒤편에 토담을 두른 집 하나가 있었다. 한 키가 약간 넘는 듯한 토담 가운데 있는 나무문으로 들어가니 제법 마당이 넓고 이엉을 얹은 지 얼마 되지 않은 초가가 나타났다. 왼편에 못을 판 정원이 있는데 ㄱ자 초가에 누마루가 못 있는 정원으로 길게 뻗어 있어서 제법 풍류는 아는 자가 주인인 것 같았다.

안내한 사내가 마당 앞에서 두 손을 잡고 공손히 말했다.

"행수어른. 모시고 왔습니다."

방 안에서 기침소리가 들리며 오십 줄은 되어 보이는 작달막한 사내가 모습을 드러내었다. 그는 머리에 갓도 쓰지 않은 맨상투 차림이었는데 누덕누덕 기운 바지와 저고리만 입고 버선도 없는 맨발 차림이었다. 당래가 마당에서 히쭉거리며 말했다.

"강 행수. 무고하셨소?"

"웬일로 여기까지 납시셨소."

행수라는 사내가 당래를 반겨 맞으며 길동과 서팔봉을 누마루로 올라오게 하였다. 길동과 서팔봉, 당래가 누마루로 올라가 그 사내와 인사를 나누었다. 인사가 끝나고 자리에 앉기도 전에 당래가 냉큼 길동을 소개하였다.

"강 행수, 내가 충청도 도적들의 꼭지란 것 잘 알고 있겠지만 여기 있는 이 분은 나보다 더 높은 전라도와 충청도 도적들의 꼭지이신 홍길동 성님이시우."

행수가 놀란 얼굴로 길동을 바라보다가 마당에 서 있는 사내에게 말했다.

"얘야. 문 닫아 걸고 이 집안에 사람의 출입을 금하게 하거라."

"예."

젊은 사내가 꾸벅 인사를 하곤 중문을 닫고 사라졌다.

마당에 문이 닫히는 것을 보곤 주인 되는 사내가 공손하게 머리를 숙이며 인사를 하였다.

"법성포에서 조그마한 객주를 운영하는 강금산(姜今山)올시다."

강금산이라는 사내는 얼굴이 작고 왜소하였다. 이마는 좁고 반들거리는 작은 두 눈은 동글동글한 쥐눈 같으며 동그랗게 솟은 딸기코에 하관이 뾰족하고 턱에 볼품없는 쥐수염이 몇 가닥 붙어 있었다. 그는 반들거리는 눈을 반짝이며 입을 열었다.

"전라도와 충청도 도적들의 꼭지께서 여긴 무슨 용무로 찾아오셨습니까?"

당래가 얼른 대답하였다.

"그보다 요즘 장사가 어떻수?"

강금산이 능글거리며 웃고 있는 당래에게 대꾸하지 않고 길동을 바라보았다. 길동이 근엄하게 입을 열었다.

"듣자니 해적으로 부를 일궜다고 들었소. 내가 찾아온 것은 그대의 도움이 필요해서요."

"장물을 처분하시는 일이라면 얼마든지 도와드릴 수 있습니다."

"장물은 나중 일이고 그대의 도움이 필요하오."

"제 도움이 필요하시다면?"

"단도직입적으로 말하겠소. 이번에 한양으로 운반하는 세곡미를 빼앗을 작정이오."

"예? 세곡미를 빼앗으신다고요?"

강금산의 얼굴빛이 창백하게 변하였다.

"제가 그런 무모한 일을 도우리라 믿습니까?"

"잘 알다시피 올해가 흉년이라 전라도 백성들은 기근을 벗어날 길이 없게 되었소. 환곡과 공납의 폐단은 이미 잘 알고 있을 것이니 더 말할 것도 없겠지만 내년 봄 춘궁기를 나기 위해선 무엇보다 곡식이 필요하오. 듣자니 배가 꽤 있다고 하던데 나를 좀 도와주시오."

강금산이 물끄러미 길동의 얼굴을 바라보다가 말했다.

"도적질 할 관상은 아니오만 … ."

"도적질 할 관상이 따로 있겠소? 세상이 온통 도적으로 가득하니 백성들도 따라서 도적이 되는 거지요."

"허허. 그것은 그렇지요."

당래가 강금산에게 빈정대듯 말했다.

"이거 왜 이러나? 똥 먹던 개가 집 밥을 먹으면 달라지는 줄 아나? 가재는 게 편이라구, 그동안 해적질에 장물로 벌어들인 재산인 줄 모를 줄 아나?"

서팔봉이 한마디 거들었다.

"전라도에서 감히 대장님의 말을 거역해? 수틀리면 객주고 나발이고 할 것 없이 몽땅 불 싸질러 버릴 테니 알아서 하슈."

당래와 서팔봉이 강금산을 노려보는데 두 눈에 살기가 충천하였다.

"너희들은 잠자코 있거라."

길동의 한마디에 당래와 서팔봉이 좌우로 고개를 돌렸지만 시근거리는 모습이 분이 풀리지 않아 한바탕 할 것 같았다.

"허허, 제가 대장님을 돕는 방법밖엔 없는 듯합니다."

강금산이 빙그레 웃다가 설렁줄을 잡아당겼다. 뎅그렁 종소리가 나더니 중문이 열리며 젊은 사내가 들어왔다.

"너 지금 가서 여기로 한 상 차려오라 이르고 대산이를 불러오너라."

"예."

젊은 사내가 꾸벅 인사하고 바깥으로 나갔다.

서팔봉이 도포를 들춰 허리춤에 있는 도끼를 보이며 화등잔 같은 눈을 부라렸다.

"허튼짓 했다간 어육을 만들어 버릴 텨."

강금산이 빙그레 웃었다.

"걱정 마시오. 나도 근본은 같은 사람이외다. 대산이는 내 동생인데 당래 두목도 잘 아는 아이요."

당래가 안심하라는 듯 서팔봉에게 두어 차례 눈을 끔벅거렸다.

잠시 후 중문에서 아낙 두 명이 상을 가지고 들어왔다. 술과 안주가 푸짐한 상이 누마루에 차려지고 아낙들이 물러나자 덩치가 장대한 사내가 요란하게 중문을 열고 들어왔다.

"당래 성님이 왔다면서?"

마당이 쩌렁쩌렁 울리는 목청을 가진 사내가 누마루에 앉아 있는 당래를 보고 반갑게 소리쳤다.

"당래 성님. 그동안 무고하셨소?"

"오냐."

당래가 그 사내에게 손을 들어 보였다.

대산이라는 사내는 곰보인데 무성하게 자란 바늘 수염과 부리부리한 눈 위로 이마에 깊게 주름이 파여 있고 덩치가 엄장 크며 팔다리가 굵어서 완력깨나 쓰는 뱃놈 같아 보였다. 그는 당래의 옆에 앉아 있는 길동과 서팔봉을 힐끔 보곤 미투리를 벗고 누마루로 올라와 금산이 옆에 섰다.

"대산아. 손님께 인사드리거라."

강금산의 말이 끝나자마자 당래가 말했다.

"동생. 어서 인사드리게. 내가 성님으로 모시는 분이시네. 충청도와 전라도 화적들의 꼭지시네."

당래가 엄지손가락을 들어 보였다.

"인사드립니다. 강대산이올습니다."

강대산이 길동에게 큰절을 하고 강금산의 옆에 앉았다.

"대산이는 제 동생인데 저희 객주의 배를 모는 도사공이올시다. 어릴 적부터 배 타고 놀기 좋아하더니 나이 열여덟부터 바다에서 뼈가 굵어서 지금은 저희 배를 몰고 있습지요."

술잔이 오고가고 각자의 소개를 한 뒤에 얼굴이 불그스름해진 강금산이 자신의 전력을 이야기하였다.

강금산은 진주 출신으로 남강나루에서 배를 모는 사공이었다. 위로 홀어머니를 모시고 아래로 강대산이와 함께 작은 나룻배 한 척으로 생계를 이어나갔는데 나이 스물다섯에 아내를 맞이하였다.

배를 모는 상놈에게 현숙한 아낙이 시집올 리 없어서 양가집에서 종살이 하던 닳고 닳은 계집을 데려와 앉혀 놓았으니 이름이 눌지(訥之)였다.

눌지는 양반댁의 시비로 얼굴이 반반하여 그 집 자제와 일찍이 그렇고 그런 사이였다. 대개 시비가 양반의 노리갯감으로 전락하는 경우가 많으니 당시의 종들과 주인 사이에서는 비일비재하게 일어나는 일이었다. 규중에서 가도를 익힌 양반의 부인들이지만 그도 사람이라 서방의 사랑을 빼앗기는 것을 좋아할 리 없어서 먼 곳으로 시집을 보내곤 하였으니 눌지가 일면식도 없는 강금산에게 시집을 온 것이 그 때문이었다.

호사스러운 양반댁의 시비로 살다가 똥구멍이 찢어지게 가난한 사공의 처가 되니 눌지의 시집살이가 처음부터 삐걱거렸다. 양반가에서 삼시 세 때를 걱정하지 않고 놀고먹던 계집이라 하루에 두 끼를 겨우 챙기기도 어려운 살림에 홀어머니와 시동생까지 맡게 되니 까탈이 자심하였다.

강대산이 눌지의 눈치를 견디지 못하고 따로 나가 살게 된 것도 그 때문이었다. 천하장사 시동생이 집을 나가자 강금산이 혼자 나루에서 사공으로 근근이 먹고 살았는데 집 안에서 홀로 시어머니를 모시는 눌지는 날로 불만이 늘어나서 시어머니 구박이 자심하였다.

눌지가 강금산이 볼 때에는 효성이 지극한 며느리가 되지만, 금산이 없어지면 얼굴이 달라져서 병환으로 앓고 있는 시어머니에게 끼니를 챙겨주지 않는 것은 기본이요, 물까지 마시지 않게 하였으니 거추장스러운 시어머니가 빨리 죽기만을 바랐기 때문이었다.

강금산이 이런 일을 모르고 어머니가 하루가 다르게 말라가는 것을 걱정하여 성안의 의원에게 약을 한 첩 지어 집으로 갔다가 며느리가 시어머니를 학대하는 것을 알게 되었다.

강금산이 분김에 눌지를 때렸는데 눌지가 죽을 운이었던지 가슴을 맞고 뒤로 쓰러지면서 댓돌에 머리를 박아 그 자리에서 즉사하고 말았다.

형률(刑律) 조문(條文)에 남편이 죄가 있는 처·첩(妻妾)을 구타해 죽일 경우에 장(杖) 1백 대를 때린다고 하였다. 장 1백 대를 맞고 변방으로 귀양을 가게 되면 대개 귀양 가는 도중에 장독으로 죽게 마련이어서 강금산이 죽을 날만을 기다리고 있었는데 다행히 선지(宣旨)가 내려서 장 10대에 풀려나게 되었다. 그러나 집으로 돌아왔을 때 강금산을 기다리는 것은 병약한 홀어머니의 차가운 시신이었으니 강금산이 감옥에 갇힌 동안 보살핌을 받지 못하여 굶어 죽었던 것이다.

강금산이 어머니의 시신을 매장한 후에 미련 없이 집을 떠나 동생인 강대산에게 찾아갔으니 대산은 그때 세미를 운반하는 경강의 사공으로 일을 하고 있었다.

두 사람이 경강의 사공으로 몇 년 동안을 일했지만 노임이 박하여 겨우 입에 풀칠하는 정도였다. 강금산이 사공을 그만두고 장사를 시작한 것이 그 무렵이었다. 경강은 전국의 물목이 들어오는 곳이라 그 동안 번 돈으로 주막을 열면서 물건을 맡아 매매하였는데 제법 이윤이 많았다.

강금산이 그 이윤을 가지고 배를 두 척 사서 강대산에게 장사를 맡겼는데 첫 장사를 나가는 날 풍랑을 만나 배가 난파되어 큰 위기를 맞게 되었다. 배를 사느라 마련한 비용과 물건을 사들인 비용이 고스란히 날아가 버려서 일거에 길바닥에 나앉게 된 것이다. 산더미 같은 빚을 탕감하기 위해 강금산이 선택한 것이 장물을 처분하는 것이었다. 시정 무뢰배들이나 도적들이 가져온 장물을 처분하면 이득이 커서 한 해 만에 빚을 모두 갚을 수 있게 되었다. 두 해 동안 재산을 일군 강금산은 장물의 매력에 빠져서 내친 김에 배로 해적질을 하기 시작하였는데 강대산을 우두머리로 삼아 공물배를 털어 재미를 톡톡히 보아 지금에 이른 것이었다.

경강에서 재산을 일군 강금산은 그 후에 법성포로 내려와서 안돈하였는데, 앞으로는 작지만 객주를 운영하는 상단의 행수요, 뒤로는 해적질과 장물을 취급하는 와주로 살아오고 있었다.

당래와는 10여 년 전에 제물포에서 알게 되었는데, 당래가 충청도의 대적이 되자 장물을 취급하는 와주로서 혀와 잇몸처럼 친밀하게 알고 지내왔던 것이다.

"배가 몇 척이나 있소?"

길동의 물음에 강금산이 대답했다.

"법성포에 있는 배가 두 척입니다만 모두 장사에 쓰는 큰 배라 해적질엔 사용할 수가 없고, 따로 쓰는 배가 다섯 척 있는데 은밀한 곳에 숨겨 놓았지요. 중선이지만 속도가 빠르고 일을 신속하게 처리할 수 있습니다. 허지만 문제가 있습니다. 각 포구마다 수군이 있고, 세곡미를 운반할 때면 수군이 따를 것이니 반드시 싸움이 일어날 것입니다. 우리가 요행히 이겨서 세곡미를 빼앗는다 하더라도 각지의 수군에게 쫓기게 된다면 앞으로 해야 할 일을 기대할 수가 없지요. 나라에서 눈치 채지 못할 만한 좋은 방법이 없으니 제가 도와드리고 싶어도 어렵겠습니다."

당래가 술잔을 들어 한입에 털어 넣은 후에 강금산을 노려보았다. 강금산이 겉으로는 도와주고 싶은 척하지만 속으로 빼는 것이 밉살스러웠기 때문이었다. 강금산이 입을 열었다.

"내가 옛적에 들었던 이야기 하나가 있는데 들어 볼라우? 강진(康津) 만덕사(萬德寺)에 혜휴(惠休)라는 중이 있었는데 이자가 부처를 팔아서 재산을 엄청나게 일구었답디다. 나라에서 사원전을 폐지했는데 그자가 불사로 얻은 재물로 논과 밭을 사서 만덕사 일대에 전장이 제법 포실하였지요. 그 중놈이 소작인에게 논밭을 부치게 하였는데 지세를 얼마나 흉악하게 거둬들이는지 강진 일대에 모르는 사람이 없을 정도였지요. 강진현감이 그 사실을 알면서도 뒷구멍으로 받아먹는 것이 많아서 쉬쉬하는 터라 그 중놈이 관의 비호 아래 엄청난 재물을 모아들었지요. 그 중놈이 그렇게 모은 재물을 가지고 순천에 땅을 사러 갔는데 순천(順天) 내량포(內梁浦)에 도달했을 때 갑자기 왜구 10여 명이 배를 타고 칼을 뽑아 배 안에 뛰어 들어와 혜휴와 그 종자들을 죽이고, 재물을 전부 약탈하여 사라졌지요. 뒤에 수사를 맡은 사령 가운데 하나가 왜구들의 배가 경상도 배와 비슷하다고 말한 바 있다는데 혜휴의 악행이 워낙 알려진 탓에 수사가 흐지부지하게 종결되고 말았다지요."

당래가 히쭉히쭉 웃으며 강금산을 노려보았다. 이야기를 유심히 듣던 서팔봉이 두 눈을 동그랗게 뜨고 물었다.

"당래야? 그 왜구들이 경상도 사람이냐?"

"그건 나두 모르지. 저기 있는 강 행수한테 물어보게. 들리는 소문에 그 왜구들이 전라도 어느 포구에서 장사치가 되어 있다지."

당래가 너스레를 떨면서 안주를 집어먹었다.

강금산이 바늘방석에 앉은 사람처럼 힐끔힐끔 강대산의 얼굴을 바라보았다. 옆에 있던 강대산이 탁배기 한 사발을 마시더니 우렁우렁한 목소리로 말했다.

"내 말 좀 들어 보시우. 전라도와 충청도는 왜구들의 노략질이 자주 일어나서 왜구로 변장하면 감쪽같지요. 수군들은 왜구를 두려워해서 되도록 접전을 피하려 하고 조정에서도 왜구라면 고개를 설레설레 저으며 모르쇠 하니 일에 성공하면 저희가 피해를 볼 일은 없지요. 허나 금산 형님께서 발을 빼려는 것은 이유가 있수. 아무리 해적이라지만 병선을 상대하는 것이 말처럼 쉬운 것이 아니외다."

당래가 물었다.

"말처럼 쉽지 않다니?"

강대산이 탁배기를 한 잔 마시곤 입을 열었다.

"세곡선을 호위하는 병선에는 군사들이 80명이 타게 되어 있습니다. 대맹선이 앞뒤로 한 척씩이라두 160명이우. 게다가 세곡선 한 척에 사공이 10명은 붙는데 다섯 척이라 하면 사공이 못해도 50명이 넘으니 도합 210명과 싸워야 하는 것입니다. 우리가 해적질로 써먹을 수 있는 배가 다섯 척인데 한 척에 10명이 들어갈 수 있으니 고작해야 50명이구 기껏해야 70명인데, 병장기로 무장한 병사들을 상대로 용빼는 재주가 있더라도 그 숫자론 처음부터 무리란 말이우. 잘못하다간 세곡미는커녕 몰사죽음 하기가 좋단 말이우."

묵묵히 이야기를 듣던 길동이 입을 열었다.

"이야기를 듣고 보니 틀린 말은 없지만 하나는 알고 둘은 모르는 것 같소. 첫째로 군사들의 숫자에선 우리가 밀릴지 모르지만 병선의 숫자로 말하면 관군은 둘이요, 우리는 다섯이니 우리가 유리하오. 포구에서 병선을 본 적이 있는데 한 배에 80명이 탄다면 그만큼 기동에 불리하다는 말이 되오. 또 바닥이 평평한 배라 속도를 내기 어려운 반면 작은 배는 속도가 빨라 병선보다 빨리 나갈 수 있을 것 같은데 내 말이 틀리오?"

"그, 그건 맞습니다."

"듣자니 왜구들이 칼을 잘 쓴다고 들었소. 그래서 병선들이 왜구를 만나면 맥을 못 춘다 하던데 그 말이 맞소?"

"그, 그렇습니다. 우리 군사들은 활밖에는 믿을 것이 없지요. 멀리 있을 땐 유리하지만 단병접전에서는 왜놈들만 봐도 똥을 싸지요."

길동이 미소를 지으며 말했다.

"병서에 지피지기면 백전백승이라 하였소. 상대의 허점을 이미 알았고, 우리의 장점을 알았으니 무엇이 문제요? 싸움은 숫자로 하는 것이 아니니 그런 문제라면 염려 마시오."

"단병접전에 자신이 있으십니까?"

당래가 가슴을 치며 자신 있게 소리쳤다.

"우리 대장님은 나 같은 사람 몇이 덤벼도 상대가 안 되는 검객이유. 믿어 보시오."

길동이 강금산과 강대산의 얼굴을 보며 말했다.

"이것은 사사롭게 재산을 치부하자는 것이 아니라 전라도와 충청도의 불쌍한 유민들을 위한 일이니 두 분이 어렵더라도 도와주셨으면 좋겠소."

강금산과 강대산이 서로의 얼굴을 마주 보다가 고개를 끄덕였다.

"알겠습니다. 대장님의 말씀을 들으니 믿음이 갑니다. 저희가 도와드리겠습니다."

"그런데 듣자니 세곡미를 경상(京商)에서 운반한다 하던데 만약 우리가 세곡미를 빼앗으면 경상에 손해가 나지 않겠소?"

"그건 걱정 마십시오. 경상이 약간 손해를 입을 정도일 테니까요."

조선 팔도의 세곡을 나르는 곡물운반선은 대부분 경상이 소유하고 있었다. 나라에서는 관선을 이용하기도 하지만 대부분 경상이 대행하여 세곡을 운반하였다.

한양의 남쪽을 흐르는 강줄기를 경강(京江)이라 하였는데, 서해안과 한강의 하류를 통하여 전라도·충청도 지역과 황해도·평안도 지역, 한강의 상류인 남한강·북한강을 통하여 충청도 내륙과 강원도 지역 및 경상도 지역의 물자가 운반되었다.

선상들은 그들의 배를 이용하여 큰 이득을 얻었으니 바닷가에 생산되는 해물을 내륙지방으로 운송하여 면포나 쌀로 바꾸고, 그 바꾼 물품을 다시 바닷가 지방으로 가져와 몇 배의 이득을 얻었다. 그뿐 아니라 조세의 운반과 개인의 재화를 운송하여 선가를 받았는데, 경상의 경우에는 세곡선을 독점하여 1년에 받는 선가(船價)가 대략 1만여 석이나 되니 여느 상단과는 비교가 될 수 없었다. 경상이 세곡선을 독점하는 데에는 한양의 세도가와 깊이 연관이 없을 수가 없으니 경상이 세곡선으로 부를 축적할 때에 권력을 쥔 관리 역시 그들과 더불어 부를 구가하였다. 호조판서 이계남은 최근에 경기(京畿) 안의 비옥한 전장을 점유하였는데 그 배경에 경상과 같은 큰 상단이 있기 때문이었다.

당래가 혀를 내두르며 중얼거렸다.

"그동안 경상이 관과 결탁해서 부정한 이윤을 많이 남겼으니 이번에 세곡을 우리에게 빼앗기더라도 큰 손해는 없겠네."

강금산이 고개를 끄덕이며 말하였다.

"경상이 세곡선을 빼앗긴다면 그동안 관리의 묵인하에 세곡선을 독점한 대가를 톡톡히 치를 터이지."

길동이 물었다.

"세곡선을 빼앗으면 곡식을 저장하고 배를 숨길 곳이 필요할 텐데….."

"염려 마십시오. 변산반도의 남쪽 섬에 저희들의 은신처가 있습니다. 그곳에서 훔쳐 온 배를 해체해서 완전히 다른 배를 만들지요. 훔친 쌀은 당래 두령이 거느리는 선운산 화적패들에게 옮겨 놓게 하면 만사 염려가 없을 테지요."

서팔봉이 껄껄 웃으며 말했다.

"사람두. 이제 보니 능구렁이가 따로 없구먼."

"교활한 토끼는 굴을 여러 개 판답니다. 여우나 호랑이를 피하려고 나름 마련한 술책이지요. 힘없는 짐승도 그렇게 위험에 대비하는데 지각 있는 사람이 그 정도 대비도 않고 해적질을 해서 이만한 형세를 불릴 수 있겠습니까?"

홍길동이 고개를 끄덕이며 말했다.

"그렇소. 강 행수의 말이 옳소. 힘만 믿는 자는 힘으로써 망하기 쉽거니와 우리 같은 사람들은 마땅히 강 행수처럼 깊고 멀리 생각하는 지각을 길러야 할 것이오. 오늘 내가 뜻밖에 좋은 동지를 만난 것 같구려."

강금산이 머리를 조아리며 말했다.

"아니올시다. 제가 처음에는 홍 대장께서 나이 연소한 것을 보고 얕잡아 보는 마음이 있었지만 이야기를 나누다 보니 충청도와 전라도 화적의 우두머리가 된 이유를 알 것 같습니다. 제가 해적으로 잔뼈가 굵어서 제법 밥술깨나 굶지 않고 살아왔지만 이제껏 옳은 일은 하지 못해서 항상 부끄럽게 생각하던 참이었습니다. 그런데 이제 대장님을 뵙고 나니 제가 무엇을 해야 할지 알겠습니다. 수하로 받아주시면 견마지로(犬馬之勞)를 다하겠습니다."

옆에 있던 강대산이 무릎을 꿇고 우렁우렁한 목소리로 말했다.

"대장. 저두 받아주십시오."

"고맙소."

길동이 두 사람의 손을 잡고 빙그레 미소를 지었다.

"자, 자, 이렇게 좋은 자리에 술이 빠질쏘냐? 내 술을 받으시오."

당래가 기쁜 낯으로 술잔을 건네었다. 이날 다섯 사람이 강금산의 내실에서 밤이 샐 때까지 술을 마시며 세곡선 털 계책을 논의하였다.


## 여섯

며칠 후, 경상의 세곡선단이 포구를 떠나 영산강을 거슬러 올라가서 영산창의 쌀을 싣고 법성창으로 돌아왔다.

세곡선은 선두가 넓적하고 선미가 오리꽁지 같은 대맹선으로 본판의 길이가 57척이요, 선두 부분의 넓이가 10척, 선미가 7척 5촌이며, 선두의 높이가 11척, 선미가 10척이라 한 배에 세곡 1천 5백 석을 싣고 다닐 수가 있었다.

집채 같은 세곡선이 법성창 앞에서 바다로 떠날 날을 기다리는데 강금산이 알아보니 세곡선 5척에 6천 석이 실렸다 하였다.

법성창에서 하루를 머무른 배가 바다가 잠잠해지기를 기다려 해안선을 타고 거슬러 올라가기 시작하였다.

예상한 대로 배의 좌우에 병선이 한 척씩 따랐으며 이때, 수군의 배를 지휘한 사람은 법성포 수군만호인 장승순(張承舜)이었다.

배는 아침 햇살을 돛에 가득 받으며 순풍을 타고 바다를 미끄러지듯 나아가서 아련한 배따라기 소리를 뒤로 한 채 해안선에서 멀어져 갔다.

이틀 후, 세곡선이 태안(泰安) 앞바다에 이르렀을 때다. 바다 위로 솟아난 작은 섬들을 좌우로 지나치며 유유히 북쪽으로 올라가고 있을 때 가의도(賈誼島) 뒤편에서 배 3척이 불쑥 나타났다.

돛대 위에 걸린 깃발에 종(宗)이라는 글자가 쓰여 있었으며 갑판 위에서는 시커멓게 문신을 한 벌거벗은 사람들이 사타구니를 가린 채 시퍼런 칼을 들고 소리를 지르고 있었다.

종이라는 글자는 대마도의 왜인 우두머리의 표식이니 의심할 바 없는 왜구들이라 망을 보는 선군이 고래고래 소리를 질렀다.

"왜, 왜구다! 왜구가 나타났다!"

일시에 선군들이 술렁거렸다. 왜구들의 노략질이 어제 오늘 일이 아니었으니 놀랄 일도 아니나 단병전에 강한 왜구들과 부딪히면 대개 조선의 군사들이 낭패를 당하게 되는 까닭에 선군들이 미리부터 겁을 집어먹었다.

만호 장승순 역시 긴장하긴 마찬가지이지만 멀쩡하게 두 눈 뜨고 세곡선을 빼앗길 수는 없는 노릇이어서 북을 쳐서 전투를 독려하였다.

"사수들은 활을 쏠 준비를 하고 나머지는 접전을 준비하라."

그 사이에 왜구들의 배가 쏜살같이 세곡선을 향해 다가왔다. 웃통을 벗은 왜구들을 보고 놀란 경강의 사공들이 허둥거리며 지도 방면으로 배를 몰기 시작하였다.

군선에 있던 장승순이 허리에 찬 칼을 뽑아 들며 소리쳤다.

"놀라지 마라, 놀라지 마! 왜구의 배는 세 척뿐이다."

배는 많지만 싸움에 쓸 만한 병선은 두 척뿐이며, 왜구들의 광폭함은 익히 아는 바여서 수군들이 왜구들의 배가 가까워질수록 놀란 빛이 역력하였다. 그때 선두를 가던 배에서 큰 소리가 들려왔다.

"앞에도 왜구의 배가 있다."

장승순이 어찌할 바를 몰라 허둥거리며 판단을 내리지 못하였다.

앞과 뒤로 왜구들의 배가 있다면 왜구들이 세곡선이 온 것을 알고 기다렸다는 뜻이었다.

"화살을 쏘아라."

"어느 쪽으로 쏠까요?"

갑판위에서 발을 동동 구르던 장승순이 후미에서 가장 앞서 다가오는 배의 선두에 웃통을 벗은 왜구 하나가 서 있는 것을 보았다. 장승순이 그 왜구를 가리키며 소리쳤다.

"저놈을 본보기로 고슴도치를 만들어 버려라."

갑판위에서 시위를 걸고 있던 사수들이 일제히 후미에서 따라오는 배 위에 서 있는 사내를 향해 화살을 쏘았다.

시커먼 화살이 소낙비처럼 배를 향해 날아들었다. 그런데 갑판 위에 서 있던 왜구가 화살을 피할 생각도 하지 않고 칼을 번득번득 휘두르는데 메뚜기처럼 날아가던 화살이 번개처럼 휘두르는 칼날에 종적 없이 떨어져 버렸다. 가히 신기에 가까운 칼 솜씨에 사수들과 수군들이 얼이 빠지고 혼이 나가서 전의가 일시에 꺾여 버리고 말았다.

왜구들의 칼 솜씨가 좋다는 말은 들었지만 날아오는 화살을 쳐내는 솜씨에 장승순이 기가 죽어서 왜구들의 배가 가까워지자 발을 동동 구르며 군사들에게 소리쳤다.

"포를 쏴라. 포를."

그러나 상대의 배가 병선의 도는 궤적을 따라 움직이니 화포를 쏘고 싶어도 쏠 수가 없었다. 안달이 난 장승순이 발을 구르며 사수들에게 소리를 쳤다.

"이놈들아 활을 쏴라! 활을 쏴!"

군선 안에 있던 사수들이 활을 쏘았지만 매번 왜인이 칼날로 쳐내

버리자 기가 죽고 사기가 꺾여서 쏜살이 빗나가거나 허망하게 바다로 떨어지는 것이 많았다. 왜선이 1장 앞까지 다가오자 겁에 질린 사수들이 화살을 시위에 꿰지도 못하고 허둥거렸다.

가까이 다가든 왜구들의 배에서 날카로운 갈고리가 날아들었다. 곧이어 왜선에서 두 사람이 허공으로 솟구치듯이 날아와 갑판에 내려섰다. 칼날을 귀신처럼 놀려 화살을 쳐 버린 왜인과 쌍칼을 든 사내였다. 두 사람 모두 머리를 산발하고 검은 먹으로 온몸에 문신을 해서 보기만 해도 소름이 끼칠 지경이었다. 그 뒤로 덩치가 산더미 같고 험상궂게 생긴 사내가 커다란 도끼 두 자루를 양손에 들고 갑판에 올라서자 수군들이 주춤하여 물러났다.

"창수들은 뭣 하는 게냐? 저놈들을 맞창을 내 줘라."

긴 장창을 든 창수들이 왜구들의 가슴을 꿸 듯이 일제히 창을 찔렀다. 왜구의 활을 막아내던 자가 창을 피할 생각도 하지 않고 한바탕 칼을 휘둘렀다. 칼 빛이 번쩍거리더니 창끝이 뚝 떨어져서 갑판 아래에 맥없이 떨어졌다.

가히 귀신같은 솜씨가 아닐 수 없었다. 잇달아 쌍칼을 든 왜구가 기괴한 소리를 지르며 칼춤을 추자 병사들이 창대를 버리고 여우에 놀란 오리들처럼 선미로 도망하였다.

"이놈들."

혼자가 된 장승순은 일이 그른 것을 알았지만 명색이 수군의 만호라 죽음을 각오하고 환도를 뽑아 달려들었다. 그러나 일합을 겨루지도 못하고 번개같이 날아온 칼등에 머리를 맞아 정신을 잃고 쓰러졌다.

"장 만호가 죽었다."

그가 죽은 것으로 착각한 선군들이 너도나도 비명을 지르며 바다에 뛰어들었다.


　잠시 후, 장승순이 정신을 차려 보니 경강의 사공들과 군졸들이 옹기종기 모여서 자신을 바라보고 있었다.

"나리, 정신이 드십니까요?"

사령 하나가 얼굴을 잔뜩 찌푸리며 물었다.

"도대체 어떻게 된 일이냐?"

"왜구들에게 세곡선을 몽땅 빼앗기고 목숨만 겨우 부지하였습니다. 그놈들이 영악하게 효자도와 원산도 사이로 몰아서 앞과 뒤를 막으니 어디 도망갈 곳이 있어야지요? 지레 겁을 먹고 물에 빠져 죽은 사람이 서른 명이 넘습니다. 그런데 그 흉악한 놈들이 투항하는 사람은 한 사람도 죽이지 않고 원산도에 내려 주어서 구사일생으로 목숨만 부지하였습니다요."

"뭐라고?"

장승순이 어이가 없어서 멍하니 출렁거리는 바다를 바라보았다.

세곡선 5척과 병선 2척, 6천 석의 세곡을 맥없이 빼앗겨 버렸으니 장승순이 살아도 산 것이 아니었다.

"내가 살아서 무슨 낯으로 안전을 본단 말이냐. 모두 내 탓이다. 안전에게 가거든 내가 왜놈들과 싸우다가 죽었다고 전하여라."

장승순이 칼을 뽑아 들었다.

사령이 얼른 장승순의 팔을 잡아 말리며 말하였다.

"그러지 마십시오. 하늘이 무너져도 솟아날 구멍이 있답디다. 경강의 도사공 놈이 좋은 수가 있다 합니다."

그야말로 무너진 하늘에 구멍 같은 말이라 장승순이 고개를 쳐들고 물었다.

"무슨 수가 있단 말이냐?"

"직접 들어 보십시오."

사령이 옆에 있는 경상의 도사공을 데려왔다.

"네놈에게 좋은 수가 있다니 그게 무엇이냐?

장승순의 물음에 도사공이 좌우의 눈치를 살피면서 조용히 입을 열었다.

"나리, 나리뿐만 아니라 저희도 배와 세곡을 잃은 책임을 모면할 길이 없으니 같이 살려면 방법은 하나밖에 없습니다요. 나리께서 조정에 풍랑을 만나 배가 난파되었다고 보고하시고, 우리도 입을 맞춰 경상 대행수에게 변명하면, 우리뿐 아니라 이 만호님께서도 큰 벌은 면할 수 있을 것입니다."

예전부터 태안 앞바다는 물길이 거세서 풍랑을 만나기라도 하면 상선들이 간간이 좌초되곤 하였으니 근거 없는 말은 아니었다.

장승순의 입장에서 보면 왜구들에게 세곡을 빼앗겼다면 목이 잘리는 형벌을 면할 수 없지만 천재지변으로 인한 손실은 그와는 다른 문제였다. 모두 하늘의 탓이니 누구에게 책임을 돌릴 것인가.

장승순이 곰곰이 생각하니 도사공의 말이 그럴듯하였다. 장승순은 부하들의 입을 단속하고 경상의 사공들과 입을 맞춘 후에 법성포로 돌아가 풍랑으로 배가 좌초되어 간신히 목숨만 건져왔노라 장계를 올렸다. 과연 도사공의 묘책이 적중하여서 장승순이 큰 벌을 받지 않고 풍랑 속에서 사졸들과 사공들을 구한 공을 인정받아서 장 10대를 맞는 것으로 책임을 모면할 수 있었다.

# 일곱

길동은 세곡선 갑판 위에서 산발한 머리를 바로잡아 상투를 틀어 올리며 서팔봉과 당래를 돌아보았다. 서팔봉과 당래는 얼굴에 울긋불긋하게 칠한 그림을 지우고 바지저고리로 갈아입고 있었다.

"우하하하. 역시 우리 대장님의 무예실력은 대단하단 말이야. 날아오는 화살들을 칼로 베어 버리시니 기가 꺾일밖에. 그놈들이 왜구의 짓이라고 속이 넘어갈 것을 생각하니 기분이 날아갈 것 같네."

서팔봉이 큰소리로 웃는데 당래가 엄지손가락을 치켜세우며 말하였다.

"정말, 대장님의 무예실력은 명불허전이우. 내가 탄복하였습니다."

길동이 그 말을 듣고 미소를 지으며 말하였다.

"모두 두 사람 덕이다. 너희들 덕분에 춘궁기에 전라도 사람들이 기아에서 벗어나게 되었다."

길동은 강금산의 지원하에 왜구로 변장하여 세곡선을 탈취할 계획을 꾸몄다.

서해안과 남해안 일대에서 빈번하게 왜구들이 출몰하고 있는 것이 사실인 데다가 서해안은 섬이 많아서 배가 다니는 길목이 정해져 있었으니 바다에서 잔뼈가 굵은 도사공 강대산의 손바닥 안이었던 것이다.

강금산이 때때로 해적질을 할 때면 왜구처럼 꾸며서 해왔으니 상투를 뒤로 틀어 머리를 깎은 것처럼 하고 광목으로 사타구니만 가린 채 웃통에 검은 먹으로 그림을 그려 문신처럼 보이게 하였다.

배 역시 날렵한 왜구들의 배로 안팎으로 빈틈이 없어서 누구라도 왜인으로 알 수밖에 없었다.

왜구들의 흉악함은 해안가에 이미 소문이 높아서 병선들도 왜구의 배를 만나면 접전을 두려워하는 터에 배를 화포의 포신이 미치지 않는 후미로 따라가며 다른 배로 앞을 막아서 지휘자들을 혼란케 한 것이다. 더구나 길동이 관군의 화살을 칼로 막아내는 신기를 보여주니 관군의 두려움이 배가 되어 생각보다 손쉽게 세곡선을 손아귀에 넣을 수 있었던 것이다.

　남쪽으로 내려간 세곡선과 병선은 다음 날 아침 변산반도의 남쪽에 있는 상포 부근에 정박하였다. 미리 기다리던 선운산 화적패들이 세곡 5,500석을 실어 나른 후에 길동이 도사공 강대산에게 말하였다.

　"500석과 빼앗은 배들은 자네들 몫일세. 앞으로도 종종 일을 부탁할 것이니 수고를 부탁하네. 자네 형님께는 감사하다는 말을 꼭 전해 주게."

　"대장님. 대의를 위해 한 일이니 쌀은 필요 없습니다. 되려 기찰에 걸려들 수 있으니 받아주십시오."

　강대산이 고집하여 남은 500석도 실어 낸 후에 말했다.

　"대장님. 빼앗은 배는 저희들의 은신처에서 개조해서 따로 사용토록 하겠습니다. 그리고 또 일이 생기면 저희들에게 소식 주십시오. 언제라도 득달같이 달려가겠습니다."

　"그리하지. 자네 형님께 감사하다는 말을 전해 주게."

　"예. 그럼."

　강대산이 꾸벅 인사하곤 배를 몰아 바다로 나아가 버렸다. 멀어져 가는 배를 바라보며 길동이 말했다.

　"이번에 큰 일꾼을 하나 얻었다."

　"어떻습니까? 대장. 제가 사람 보는 재주가 있지요?"

"그렇구나. 모두 네 공이다. "

"봤느냐? 팔봉아. 앞으로는 날 본받도록 하거라. 음하하하하하. "

당래가 엄지손가락을 쳐들며 으스대자,

"그래. 너 잘났다. 잘나서 허벌나게 좋것다. "

서팔봉이 연신 콧방귀를 뀌며 구시렁거렸다.

그날 저녁, 길동 일행이 선운산 화적패의 소굴에서 하룻밤을 보내면서 이런 저런 생각을 하다가 갑자기 집에 두고 온 어머님이 생각나서 30리 길 장성을 한달음에 찾아왔다.

늦은 밤인데 어머니의 방에는 아직도 희미한 등잔불이 켜져 있었다. 길동이 부하들과 함께 삽작문 밖에 서 있었다가 조심스럽게 문을 열고 들어가 마당 가운데에 섰다.

춘섬이 해진 옷을 꿰매다가 불현듯 문을 열고 바깥을 내다보니 휘영청 밝은 달빛 아래 마당에 웬 사람들이 우뚝우뚝 서 있는 것을 보고 놀라서 문을 닫으려다가 마당 가운데에 서 있는 갓 쓴 선비가 길동이와 비슷한 것 같아서 다시 문을 열고 바라보니 과연 오매불망하던 길동이었다.

춘섬이 반짇고리와 옷을 내어던지고 버선발로 뛰어나와 길동이의 손을 잡았다.

"네가 길동이 아니냐?"

춘섬이 눈물을 주룩주룩 흘리었다.

"어머니. "

길동이 수척해진 어머니의 손을 잡고 그윽하게 바라보는데 각진 눈망울에 눈물이 가득하였다.

"그동안 평안하셨습니까?"

길동이가 그 자리에서 큰절을 하니 춘섬이 얼른 길동의 손을 잡고 방 안으로 들어갔다.

춘섬은 길동이 장성을 떠난 이후에 일어난 이야기들을 늘어놓았다.

길동이 떠난 후에 초란이 특재의 소식을 알아보았는데 과연 고적암 근처에 특재의 시신 한 구가 있었다. 초란이 혼비백산하여 이 사실을 부인에게 고하니 부인이 아연실색하여 귀동을 불러 이 일을 말했다.

홍귀동이 이 사실을 상공께 고하니 홍 대감이 귀동에게 사연을 전해 듣고 길동이 집을 떠난 이유를 알게 되었다.

"사특한 계집의 요망한 감언이설에 속아 길동이를 떠나보냈구나."

홍 대감이 대노하여 초란을 내치고, 특재의 시신을 은밀하게 수습한 후에 노복들의 입을 단단히 단속하게 하여 길동이 살인한 사실이 세상에 알려지지 않게 된 것이다.

"얘야. 그동안 어떻게 지냈었느냐? 연전에 네 장인과 아내가 한 번 다녀간 것이 있었는데 잘 지내느냐?"

길동이 은옥이와 혼인하고 아들 하나를 낳아 살다가 아내가 홍녀(紅女)로 채홍사에게 빼앗길 처지에 놓여서 아전들과 관졸들을 때려눕히고 지금은 지리산에 들어가 화적질을 하고 있다는 말을 하였다.

"대감께서 오매불망 네 걱정을 하시더니 네가 정말로 화적이 되고 말았구나."

춘섬이 눈물을 글썽거리다가 치마 밑단으로 눈물을 닦았다.

"어머니. 이번에 제가 어머님을 찾아온 것은 장차 큰일을 하기 전에 어머니를 모실 생각으로 찾아왔습니다."

"장차 큰일을 한다니 그게 무슨 말이냐?"

"제가 화적패의 두목이 되어서 이 나라 가난한 백성들을 구휼할 생각을 하고 있습니다. 장차 제 이름이 세상에 알려지면 어머님이 반드시 고초를 당할 것이니 제가 어찌 가만있을 수 있겠습니까? 오늘 밤에 저와 함께 지리산으로 가시지요."

"아니 될 말이다. 내가 죽으면 죽었지 도적의 밥을 먹지는 않을 것이다. 더구나 대감을 두고 어딜 간단 말이냐?"

"어머님. 길동이를 위해서 다시 한 번 생각해 주십시오. 자나 깨나 어머님 생각에 잠을 이루지 못하고 기다려 온 세월을 생각해 주십시오. 천대받는 설움은 이제 그만 겪으시고 저와 함께 가셔서 어린 손자의 재롱도 보시고 행복하게 사십시다."

춘섬이 오랫동안 길동과 헤어져 아들이 그리운 터에 며느리와 어린 손자가 보고 싶은 마음이 없지 않지만 화적이 된 아들을 두고 볼 수 없어서 가지 않겠노라고 도리머리를 흔들었다.

길동이 어머니를 설득할 수 없어서 집을 나와 홀로 아차실의 홍 대감댁을 찾았다.

10년이면 강산이 변한다고 길동이 특재를 죽이고 장성을 떠난 것이 어느덧 9년이 흘렀으나 홍 대감의 집은 그때와 별로 달라진 것이 없었다.

길동이 몸을 솟쳐 담장을 넘어가서 홍 대감이 거처하는 사랑채를 찾아왔다. 이때, 홍 대감의 나이가 일흔이 넘어서 기력이 쇠하고 밤잠이 없어져서 늦은 밤에도 촛불을 켜고 우두커니 앉아 있을 때가 많았다.

이날도 홍 대감이 잠이 오지 않아서 방 안에 촛불을 켜고 앉아 있다가 가슴이 답답하여 방문을 열었는데 마당에 웬 선비 하나가 무릎을 꿇고 앉아 있는 것이 아닌가.

홍 대감이 노안이지만 선비의 앉아 있는 모습이 길동이와 흡사하여 무심하게 입을 열었다.

"길동이 왔느냐? 밤이슬 맞지 말고 어서 들어오너라."

길동이가 자리에서 일어나 큰절을 하곤 두 손을 맞잡고 시립하였다.

"게서 뭣 하는 게냐? 어서 들어오지 않구?"

길동이 하는 수 없이 대청마루를 지나 홍 대감의 방 안으로 들어갔다.

"그간 별고 없으셨습니까?"

홍 대감이 물끄러미 길동이의 얼굴을 바라보다가 입을 열었다.

"네가 장성에서 참한 규수와 혼인하여 살고 있다는 말을 들었다. 네가 나주목사의 아들을 때려눕히고 어디론가 도망쳤다 하더니 잘 있는 게구나. 내가 걱정을 많이 하였다. 손자 녀석도 잘 있지? 그 아이 이름이 뭐더라? 경동이라 하였지? 너를 닮아서 영리할 테지?"

홍 대감이 전에 없이 말이 많은데 말없이 듣고 있던 길동이의 눈에서 눈물이 주르르 흘러나왔다. 홍 대감이 알게 모르게 길동을 지켜보고 있었던 것이다.

홍 대감이 길동이의 손을 잡았다.

"아들아. 내가 둥근달이 뜨는 밤이면 네 생각이 났다. 네게 아무것도 해준 것이 없는 쓸모없는 아비지만 한시도 너를 잊은 적이 없다. 속절없이 나이만 먹어서 죽기 전에 너를 볼 수 있을까 걱정하였더니 네가 오늘 내 소원을 풀어 주는구나."

뼈마디가 잡힐 듯 앙상한 홍 대감의 손이 길동의 손을 꼬옥 쥐었다. 길동이는 마음속의 응어리가 모두 풀어지는 것을 느끼었다. 나이가 들어 기력이 쇠한 탓일 수도 있었다. 어찌되었건 홍 대감은 길동이에게 진정으로 마음속에 있는 말을 하는 것이었다.

길동이 눈물을 참으며 홍 대감에게 말했다.

"아버님. 불효자 길동이가 어머님을 모시고 떠나려고 작별인사를 하러 찾아왔습니다."

"춘섬이와 함께 떠난다고? 춘섬이가 너와 함께 간다더냐?"

"저와 함께 가지 않겠다고 고집을 부리십니다."

홍 대감이 길동을 물끄러미 바라보다가 고개를 끄덕이며 빙그레 웃었다.

"알겠다. 춘섬이 내 명이라면 거절하지 않을 것이다. 그동안 네 어미가 고생이 많았다. 여기 있어봐야 좋은 일 없을 것이니 네가 모시고 가서 내 몫까지 어미를 돌보면서 행복하게 살거라."

홍 대감이 길동의 잡았던 손을 천천히 놓았다.

길동이 소매로 눈물을 닦으며 자리에서 일어나 큰절을 올렸다.

"아버님. 불효자 길동이 하직인사 올립니다. 부디 평안하십시오."

"내 걱정은 말고 오순도순 행복하게 살거라."

홍 대감이 손을 저어 가라는 시늉을 하였다.

길동이가 그 길로 홍 대감의 집을 나와 어머니에게 홍 대감의 명이 내렸다고 고하니 춘섬이 더는 고집을 부리지 못하고 길동이와 함께 지리산으로 떠났다.


## 여덟

다음 해 봄 춘궁기가 찾아왔을 때 길동은 세곡선에서 빼앗은 곡식을 가난한 백성들에게 나눠 주게 하였다. 화적패들이 일사불란하게 움직여 전라도와 충청도 일대의 헐벗은 백성들의 집집마다 곡식을 나눠 주

있는데 이때부터 활빈도의 소문이 소리 없이 널리 퍼져 나갔다.

흉년에 지독한 세금으로 전라도 스물여덟 고을이 피폐해져서 나눠 줄 곳은 많은데 곡식은 한정되어 있어서 그 많은 곡식으로도 감당이 안 되었다.

길동은 두령들을 불러 모아 다음 털 곳을 논의하였다.

"도갑사는 어떨까?"

월출산 도갑사는 혜손과 함께 제주도를 가다가 들른 적이 있었는데, 그때에도 9백여 칸이 넘는 건물을 지닌 대사찰이었다.

서팔봉이 얼굴을 찌푸리며 말했다.

"도갑사 곳간에 곡식이 넘치고 금붙이 같은 재물이 그득그득하여 털면 기근을 해결하는 것은 문제가 되지 않습니다만 문제가 있습니다. 첫째는 관아가 가깝다는 것이지요. 도갑사에서 영암 관아까지 북쪽으로 5리밖에 안 되고, 강진의 병마절도사영까지 20리밖에 안 되니 관군들이 밀물처럼 들이치면 성공을 장담키 어렵습니다. 그뿐 아니라 도갑사에 젊은 중들이 가득해서 웬만한 화적들도 감당키 어렵습죠. 달마산(達摩山)에 적당들이 모여 사는 작은 산채가 있는데 숫자에서 상대가 되지 않으니 도갑사는 아예 예외로 생각할 정도라 하더굽쇼."

"조계산 송광사는 어떠냐?"

서팔봉이 고개를 내저었다.

"조계산 송광사는 요술을 부리는 허웅이 떠난 후부터 시들시들해져서 창고에 쥐가 훔쳐 갈 곡식도 없습니다."

"그 큰 절이 말이냐?"

"옛날에는 엄청 큰 절이었지요. 허웅이 있을 때만도 말입니다. 근방이 다 아는 소문입니다만 허웅이 설법을 하다가 멀쩡한 금부처에게 호통을 얻어맞은 후에 송광사 주장승을 때려치우고 충청도로 떠났습지요. 허웅이 충청도에서 요술을 부려서 득세를 하게 되자 송광사에 보시하러 오는 사람이 차차 줄어서 그 큰 절간이 말이 아니게 되었답니다."

길동은 혜손이 술법을 부려 허웅을 꾸짖었던 일을 떠올리고 빙그레 웃으며 말하였다.

"그럼 도갑사를 털기로 하자."

"예? 대장, 방금 말씀드렸다시피 도갑사는 터는 일은 섶을 지고 불속으로 뛰어드는 것이나 마찬가지라구요. 저희 산채의 식구들이 모두 동원되어도 어려울 것인데 어떻게 하시려구요?"

"등잔 밑이 어두운 것이다. 내가 생각이 있으니 시키는 대로만 하면 별 문제없을 것이다."

도갑사로 목표가 정해진 며칠 후, 길동이 부하들과 함께 도갑사를 향하여 떠났다. 이때에 길동은 한양 사는 홍 첨지(僉知)라 칭하고 의관 정제한 채 백마에 올라 앞서 가고, 서팔봉은 견마잡이로 따라가고, 그 뒤편으로 졸개들이 상목이며 명주 같은 견물과 등짐과 부담을 바리바리 메고 따르고, 다시 그 뒤로는 쌀섬이 가득 실린 수레를 포동포동하게 살이 오른 나귀들이 끌었으니 누가 보더라도 한양의 대갓집에서 큰 불사를 지내러 가는 행색이었다.

지리산을 떠나서 나흘 만에 길동 일행이 영암 도갑사에 다다랐다. 먼저 간 졸개가 도갑사에 통보한 까닭에 도갑사 입석 앞에서부터 늙은 중 젊은 중 할 것 없이 나와서 일행을 마중하였다.

길동이 주장승의 환대를 맞으면서 도갑사로 들어섰다. 해탈문을 지나니 장엄한 건물들이 늘어서 있는데 옛적에 보았을 때보다 더하면 더

했지 덜하지는 않은 것 같았다.

중들은 누가 시키지도 않았는데 으레 그러한 것처럼 가져온 봉물짐과 쌀섬들을 창고로 나르기 시작하였다.

얼굴에 기름기가 흐르는 주장승이 길동을 방장실로 안내하였다. 방안은 웬만한 대청마루처럼 넓었다.

동자승이 방금 끓인 차를 내오자 두 사람은 차를 마시며 이야기를 나누었다.

"3년 전에 조부께서 돌아가셨는데, 삼년상이 끝난 후 아버님의 꿈에 조부께서 나타나셔서 영암 도갑사에 가서 천도재를 지내 달라고 하시기로 제가 여기까지 찾아왔습니다."

주장승이 희색이 만면하여 극락이 어떻고 지옥이 어떻고 하면서 이런저런 이야기 끝에 이틀 후에 천도재(薦度齋)를 지내기로 하였다.

천도재라는 것이 이른바 상사(喪事) 때에 중들을 청하여 법석을 여는 것이니 고려 적부터 내려오는 풍속이었다. 성종대왕 즉위 원년(1469년)에 법을 세워 금하게 하였는데 옛 풍속을 신봉하고 미신을 믿는 사람들의 마음이 하루아침에 사라질 리가 없어서 사대부가에서는 은밀하게 불사에서 천도재를 지내는 일이 많았다.

중들이 그날부터 재물을 준비한다고 수선을 부리더니 다음 날 아침에 재가 시작되었다.

천도재는 첫날부터 49일까지 이레마다 올리는데 이것의 이름이 식재(食齋)이다. 물력이 많이 드는 것으로 말하자면 이렛날의 첫재와 49일의 마지막 재가 가장 심하였는데 친척들과 일가들이 모두 와서 보시하여 실로 엄청난 재물을 소비하였다.

길동이 친척과 일가를 데리고 오지 않았지만 먼 길을 찾아오면서 처음부터 굉장한 재물을 보시한 탓에 희색이 만면한 주장승이 젊은 중들을 데리고 법석을 요란하게 열었다.

화려한 금란가사를 입은 주장중이 법당의 마당 한가운데에 종을 다섯 번 치자 법석이 시작되었다. 그 첫 번째가 시련(侍輦) 의식이니 천도할 영혼을 연(輦)으로 불러오는 의식절차였다. 연은 아름다운 칠보로 장식된 호화로운 가마인데 동자승 네다섯 명이 바구니에 꽃잎을 흩뿌리며 앞서 가고 그 뒤로 젊은 중 네 명이 호화로운 연을 들고 따르며, 그 뒤로 아미다불, 약시여래 등이 쓰여진 색이 다른 영기(令旗)를 들고 따라가고, 그 뒤로 목탁을 두드리며 염불을 외는 중들이 뒤를 따랐다. 한바탕 시끄럽게 도갑사 너른 마당을 몇 바퀴 돌던 연이 마당 한가운데 멈추어 섰다.

법당 마당 한가운데 근엄하게 서 있던 주장중이 돌계단을 올라가 태징을 3번 친 다음 옹호게(擁護偈)를 외웠다.


奉請十方諸賢聖, 梵王帝釋及諸天,
伽藍八部神祇衆, 不捨慈悲臨法會.
(시방 세계의 여러 성현과 범왕제석 사천왕과 가람신 팔부신
모두 청하오니 자비를 베푸시와 왕림하여 주시옵소서.)


목청 좋은 주장중이 느리고 완만하게 게를 외우는데 법당 앞에 모여 목탁을 두드리는 젊은 중들의 모양이 사뭇 경건하였다. 한동안 느리고 길게 부르던 노래가 끝이 나자 이번에는 삼각산을 풀어 내린 고깔을 쓰고 흰 장삼을 입은 중들이 번쩍이는 바라를 들고 나와 마당 한가운데로 나왔다.

젊은 중들이 목탁을 두드리며 염불을 외자 도갑사가 떠들썩하였다. 중들이 염불과 목탁소리 종소리가 어울리는 가운데에 바라를 든 중들이 일제히 춤을 추는데 춤사위가 법도가 있었다. 발을 정자(丁)로 떼며 한 방향으로 나아가는데 발품새가 질서정연하고, 발을 뗄 때에 무릎과 허리놀림을 동시에 하여 덩실덩실 춤을 추는 것 같기도 하였다. 바라춤을 추는 중들이 한 발을 움직여 동서남북 네 방향을 향하여 바라를 마주하며 춤을 추는데 마치 사방에 기도를 드리는 것 같았다. 번쩍이는 금빛이 나는 바라는 움직일 때마다 햇살을 받아 번쩍거렸는데 맞부딪치거나 비빌 때 내는 소리가 요란하게 쨍그렁거리는 징소리 같지 않아 무난한 맛이 있었다. 불가에서 바라춤을 모든 악귀를 물리치고 도량(道場)을 청정(淸淨)하게 하려 추는 춤이라 하였던바 동중정(動中靜)의 경지가 바라춤 가운데 은근하게 녹아 있는 듯하였다.

한차례 장엄한 바라춤이 끝나자 주장승이 종을 울리며 독경을 외웠다. 이른바 헌좌진언(獻座眞言)이라는 것이니 모든 성현이 강림하셔서 앉기를 바라는 진언이었다.


我今敬設寶嚴座, 普獻一切冥王衆,
願滅塵勞妄想心, 速圓解脫菩提果.
(저희들이 이제 보배로 장엄된 자리를 공경히 마련하여
널리 일체의 성현님께 바치옵나니
원컨대 번뇌와 망상심을 없애 주시사
속히 원만히 해탈하여 지혜 열매 얻어지이다.)


헌좌진언이 끝이 나니 어린 중들과 보살들이 차와 간식을 가지고 와서 법당 안에 있는 불상 앞에 공양한 후에 구경하는 길동 일행과 젊은 중들에게 일일이 돌렸다.

"참례하시기 지루하시면 객사에서 쉬셔도 상관없습니다. 저희들이 모두 알아서 하니 염려마시고 편히 쉬십시오."

차를 가져온 어린 동자승이 반짝이는 눈망울을 굴리면서 말하는데 속된 어조가 시장 주막에서 닳고 닳은 종노미 같았다.

"괜찮으니 구경이나 좀 더 하겠다."

"예. 그럭히십시오."

동자승이 합장을 하곤 재빠르게 물러났다.

법당 안에서는 주장승이 목탁을 두드리며 독경이 한창이었다.


淸淨茗茶藥, 能除病昏沈, 唯冀冥王衆, 願垂哀納受.

(맑고 깨끗한 차와 간식을 올리옵나니

질병과 혼침을 없애지이다

오직 명왕님께 바라옵나니

원컨대 저희들을 가엾이 여기사 거두어 주옵소서.)


다게가 끝나자 이번에는 주장중이 행보게(行步偈)를 하였다. 멀리서 오신 영가를 위로하며 법당에 들어갈 준비를 하는 것이었다. 주장중이 목탁을 두드리며 염불을 외자 젊은 중들이 따라하였다.


移行千里滿虛空, 歸途情忘到淨邦, 三業投誠三寶禮,

聖凡同會法王宮, 南無大聖引路王菩薩摩訶薩.

(허공 끝까지 닿은 천 리 길 떠나시어 가시다가

정만 잊으면 그곳이 정토입니다.

삼업을 기우려 삼보께 예배하시고

범부, 성인 다 함께 법왕궁에서 만납시다.

망령을 인도하시는 큰 성인 인로왕 큰 보살님께 귀의합니다.)


행보게가 끝이 나자 주장승이 산화락(散花落) 산화락을 연발하는데 동자승들이 다시 꽃잎을 뿌리고 연을 든 중들이 연 안에 있는 위패를 법당 안에 모셔 놓았다.

그 다음으로 영축게라 하여 법당 안에서 목탁을 두드리고 염불을 외는데 벌써 해가 중천에 떠서 중화 무렵이었다. 심부름하는 젊은 중에게 절차를 물어보니 영축게가 끝나면 보례삼보(普禮三寶)가 이어지고, 다음으로 재대령(齋對靈)이 시작되는데 부처를 청하는 거불(擧佛), 선소(宣疏) 고혼소(孤魂疏) 대령소(對靈疏), 피봉식(皮封式)이 이어지며 수설대회소(修說大會疏), 지옥게(地獄偈)가 끝나면 이때 간단한 공양으로 중화를 한다고 하였다.

중화가 끝난 후 잠시 쉬다가 다시 법석이 시작되는데 대령(對靈)이라 하여 착어(着語), 진령게(振鈴偈), 보소청진언(普召請眞言), 고혼청(孤魂請), 가영(歌詠)이 끝이 나면 저녁 무렵이라 저녁공양을 한 후에 저녁법석이 이어진다는 것이다.

관욕이라 하여 인예향욕편을 외우고, 신묘장구대다라니경을 염하며 입실게(入室偈), 목욕진언(沐浴眞言), 산화락(散化落), 정중게(庭中偈), 개문게(開門偈), 가지예성편(加持禮聖篇), 보례삼보(普禮三寶), 법성게(法性偈), 수위안좌편(受位安座篇), 헌좌게(獻座偈)를 끝으로 첫날의 재가 끝이 난다고 하였다.

길동이 젊은 중에게 이야기를 듣고 보니 천도재가 보통 행사가 아니라서 있는 집의 사람들도 이렇게 했다가는 기둥뿌리가 뽑힐 판이었다. 밤늦게까지 구경해 봐야 기운만 축이 날 것 같아 일찌감치 객관으로 들어가서 재가 끝나고 밤이 되길 기다렸다.

그날 밤 늦게까지 떠들썩한 법석이 열리더니 재가 끝나자 모두들 침소에 들었다. 이른 아침부터 법석을 열었으니 중들이 곤하였던지 초경 무렵이 되니 떠들썩하던 불사가 쥐죽은 듯 고요하였다.

길동은 부하 20여 명과 함께 중들의 거처로 숨어들어 곤하게 잠든 중들을 재갈 물리고 하나하나 묶어 버렸다.

워낙 조심스럽게 일이 진행되어서 도갑사의 그 많은 중들이 소리 한 번 질러 보지 못하고 재갈이 물린 채로 대웅전 마당에 굴비 엮이듯이 묶여 나왔다. 주장승 역시 곤한 잠을 자다가 끌려나와 중들의 맨 앞줄에 무릎이 꿇렸다.

"대장. 주장승을 끌고 왔습니다."

"재갈을 풀어라."

서팔봉이 주장승의 재갈을 풀었다. 주장승이 놀란 얼굴로 길동을 올려다보며 물었다.

"도대체 이게 무슨 짓이오?"

"이놈, 내가 누군지 아느냐?"

"한양 사시는 홍 첨지 아니십니까?"

"틀렸다. 나는 금강역사이니라. 너희 놈들이 불사를 칭탁하여 갖은 재물을 약탈하는 것을 보고 내가 부처님을 대신해서 벌하러 왔노라."

"금강역사라구요?"

주장승이 어이없는 얼굴로 홍길동을 올려다보았다.

"네가 내 말을 못 믿나 보구나. 네놈은 법력이 약해서 있지도 않는 내 조상을 49일 동안 빌어야 서방정토로 보낼 수 있겠지만 나는 법력이 높아서 천도재를 치르지 않고 지금 당장 너를 서방정토로 보내 줄 수 있다. 어떠냐? 금강역사의 법력을 이 자리에서 시험해 볼까?"

주장승은 눈앞이 아득해져서 사시나무 떨듯이 이마를 땅에 박으며 말했다.

"어이구, 금강역사님. 살려 주십시오. 서방정토는 소승의 수양이 깊어진 다음에 갈 터이니 금강역사께서는 부디 자비를 베풀어 주십시오."

홍길동이 껄껄 웃으며 말했다.

"네가 아직 서방정토로 갈 마음이 없는 모양이구나. 좋다. 너희들이 모은 재물은 이 금강역사께서 거둬다가 가난한 백성들에게 나눠 주려하는데 네 생각은 어떠한지 궁금하구나?"

"금강역사님 마음대로 하십시오. 도갑사의 창고는 부처님을 위해 있는 것이니 금강역사께서 가져가신들 무슨 허물이 있겠습니까? 그저 알아서 해주십시오."

주장중이 서방정토에 가기 싫어서 울상이 되어 길동이 시키는 대로 하쇠가 되었다.

"알겠노라. 도갑사의 재물은 금강역사 맘대로 하겠노라."

길동이 손을 까닥거리니 서팔봉이 주장승의 입에 다시 재갈을 물려 젊은 중들 사이로 던져 버렸다.

"어디 재물이 얼마나 많은지 절간을 뒤져 보자."

길동의 말이 떨어지기 무섭게 졸개들이 곳간을 열고 재물을 찾기 시작하였다. 한동안 졸개들이 바삐 움직여서 도갑사의 재물을 헤아려 보았는데 창고에 쌓인 곡식들이 쌀과 잡곡을 합하여 도합 2,400석이고 상목과 비단이 1천여 필이 넘었으며, 따로 주장승의 방에서는 금붙이와 은붙이를 비롯하여 옥가락지, 산호, 호박, 진주 등의 보석들이 무더기로 쏟아져 나왔다.

서팔봉이 그것들을 가져다 놓고 난감한 얼굴로 길동에게 물었다.

"대장, 우리가 스무 명으로 도갑사의 중들을 사로잡긴 하였지만 이 많은 재물들과 곡식을 어떻게 옮깁니까?"

"걱정마라. 모두 되는 수가 있느니."

서팔봉이 두 눈을 멀뚱멀뚱 뜨고 고개를 갸웃거리며 길동을 바라보았다.

## 아홉

그 무렵, 영암 관아에서는 한바탕 난리가 났다. 전날 밤에 저녁을 과하게 먹고 설사가 난 젊은 중 하나가 측간에 갔다 오던 중에 동료 중들이 괴한들에게 굴비 엮이듯 사로잡혀 나오는 것을 보고 담장을 넘어 부리나케 영암 관아로 뛰어가 도갑사에 도적이 들었다고 알렸던 것이다.

영암군수가 이른 저녁부터 기생을 끼고 놀다가 만취하여 깊은 잠이 들었다가 그 소식을 듣고 깜짝 놀라 일어나서 허둥지둥 옷을 입고 동헌에 올라 군관들을 불러 모았다.

잠을 자던 관비들이 눈을 비비며 깨어나고 관기를 끼고 놀던 장교들도 주섬주섬 옷을 입으며 달려왔는데, 이방 이하 육방관속들을 불러러 간 군졸들은 소식이 없었다.

군수는 급한 대로 군졸들을 점고하였다.

"좌우병방 왔느냐?"

"대령했습니다."

"도갑사에 도적이 들었다니 너희 두 사람이 관군들을 되는 대로 거느리고 가서 도적들을 잡아 오너라."

"도적들의 수효가 어떻게 됩니까요?"

군수가 고개를 돌려 마당 한편에서 발발 떨고 있던 젊은 중에게 물었다.

"도적들의 수효가 어떻게 되느냐?"

"깜깜한 밤이라 잘 모르겠습니다만 적지 않은 수였습니다요."

"그러니 몇 명이란 말이냐?"

젊은 중이 눈자위를 굴리며 잠시 생각하다가 되지도 않는 소리를 지껄였다.

"일백 명도 더 되는 것 같습니다요."

젊은 중의 생각에 도갑사 중들의 숫자가 200명이 넘으니 화적들의 숫자가 적어도 100명은 넘을 것이라 짐작했던 것이다.

좌병방비장이 두 눈을 휘둥그레 떴다.

"어이쿠, 그럼 큰일입니다. 관아의 군졸들이 저희 두 사람을 합쳐도 다 해서 서른이 넘지 않는데 100명이나 되는 도적들을 어떻게 감당하겠습니까?"

"그까짓 오합지졸이 뭐가 대수란 말이냐? 도갑사에도 팔팔한 중들이 많으니 그들과 합세하면 그깟 도적들을 못 잡을까? 잔말 말고 어서 가서 도적들을 잡아 오너라. 그동안 강진의 병마절도사영에 기별을 할 터이니 원군이 올 동안 분부대로 거행하여라."

영암군수의 노기 어린 소리에 좌우 병방들이 하는 수 없이 군졸들을 거느리고 관아를 나섰다.

아직 새벽이 밝기 전이라 밤하늘에 샛별이 반짝거리고 있었다. 좌우 병방은 군졸들을 데리고 읍성을 벗어나서 어두운 밤길을 바삐 달렸다. 그런데 도갑사 입구에 도착하고 보니 화적떼가 닥쳤다는 절이 쥐 죽은 듯 고요하였다.

우병방이 뒤따라온 젊은 중을 의심의 눈초리로 보며 물었다.

"정말로 도갑사에 도적이 든 게냐?"

젊은 중이 제 눈을 가리키며 말하였다.

"제 두 눈으로 똑똑히 보았습니다. 번쩍번쩍하는 병장기를 든 도적들이 스님들을 방에서 끌고 나오는 것을 이 두 눈으로 틀림없이 보았습니다."

"만약 아니라면 경을 칠 줄 알아라."

좌병장이 호랑이 눈을 하고 주먹을 불끈 쥐어 보이고는 해탈문 안으로 들어갔다. 그때였다. 갑자기 해탈문 앞뒤에서 와하는 함성이 일어나며 병장기를 든 도적들이 나타났다. 그야말로 일시에 갇힌 꼴이 되고 말았다. 그 중 한 도적이 도끼를 들고 호통을 질렀다.

"이놈들, 무기를 내려놓지 못하겠느냐?"

좌우 병방이 항거하려다가 우렁우렁한 목청에 기가 죽고, 도적들의 숫자에 지레 겁을 먹어서 칼 한번 휘둘러보지 못하고 무기를 내려놓으니 포도송이처럼 뭉쳐 있던 군졸들이 따라서 창과 활을 내려놓았다.

도적들은 무기를 회수하고 군졸들의 옷을 벗긴 후에 결박을 지었다.

좌병방이 해탈문을 벗어나 결박당하면서 도적들의 숫자를 세어 보니 기껏해야 스무 명 남짓이었다.

214

"이런, 빌어먹을⋯."

그는 이를 갈며 분통을 터트리다가 성이 안 차서 고래고래 고함을 질렀다.

"너희 놈들이 지금은 웃고 있지만 병영의 군사들이 들이닥치면 낭패를 면치 못할 것이다."

험상궂게 생긴 도적 하나가 다가와서 병방비장의 상투를 잡아 달랑 들었다. 굴비처럼 들려진 병방비장의 두 발이 허공에서 버둥거렸다.

"에구, 이거 왜 이러시오? 에구에구."

"시끄러워. 뒈지고 싶으냐? 한 번만 더 지껄이면 바닥에 패대기를 쳐서 골통을 부숴버릴 테다."

병방비장이 거한 역사의 힘에 질리고 머리가 빠지는 듯한 고통에 눈물을 찔끔찔끔 흘리며 에구에구 소리를 연신 질러대었다.

"저놈들의 입에 재갈을 물려라."

도적들이 병방비장과 군졸들의 입에 재갈을 물리고 한곳에 무릎을 꿇려 놓았다.

병방비장의 상투를 잡고 있던 서팔봉이 묶인 군졸들 사이로 병방비장을 던져 버리곤 길동에게 다가갔다.

"대장, 이거 큰일 났습니다. 관군이 알았다면 강진의 병마절도영에 기별이 갔을 것인데 어쩌지요? 이제 독 안에 든 쥐가 되어 버렸습니다요."

"내게 생각이 있으니 잔말 말고 이 옷이나 입어라. 졸개들에게도 관복을 입게 하거라."

길동이 철릭을 입고 벙거지를 쓰면서 말했다.

서팔봉과 졸개들이 품이 맞은 철릭을 입고 벙거지를 쓰니 관군이 따로 없었다.

"병마절도영에 파발이 갔다면 그들이 곧 몰려올 것이다. 지금 도망 친다면 독 안에 든 쥐 신세를 면치 못할 것이다. 너희들이 나를 믿고 내가 시키는 대로 한다면 모두 산다."

길동이 졸개들에게 단단히 주의를 주고 관복을 입지 않은 부하들에 게 몇 가지 사항을 이르고는 도갑사를 나왔다.

잠시 후, 어둠 속에서 불빛이 일렁거리며 다가오는 모습이 보였다. 20리 밖 강진의 병마절도사영에서 사령, 장교, 군사들이 떼를 지어 도 갑사를 향해 달려왔다.

과연 한 떼의 병사들이 풍우처럼 달려오다가 도갑사 입구에 있던 길 동 일행과 만났다

"도갑사에 도적이 들었다는데 어째서 여기에 있는 게냐?"

말에 탄 사령이 대뜸 소리치자 길동은 어깨를 들어 보이며 입을 열 었다.

"말짱 헛고생하셨습니다. 젊은 중놈이 미친병에 걸렸는지 거짓말을 했지 뭡니까."

"뭐라고?"

"저희가 밤을 낮처럼 달려서 도갑사에 가보니 도적놈은커녕 개미 새 끼 한 마리 찾을 수 없습디다."

"너희가 샅샅이 확인해 봤느냐?"

"어느 안전이라고 거짓을 고하겠습니까. 설사 도적이 들었다 한들 수백 명이 넘는 중들이 지키고 있는 절에서 무엇을 할 수 있겠습니까? 더구나 엎드리면 코 닿을 거리에 관아가 있고, 누우면 발 닿는 곳에 병 마영이 있는데 화적떼가 가당키나 하겠습니까? 미친 중놈 때문에 단

216

잠만 설쳤습니다. 저희는 절간을 수색하고 이제 영암으로 돌아가는 길인데 지금이라도 절에 한번 가보시겠습니까?"

사령이 절도사의 명을 받고 왔다가 이야기를 듣고 보니 지당하였다. 화적들이 미치지 않고서야 젊은 중들이 바글거리는 도갑사에서 도적질을 할 리 만무하였다. 설사 도적질을 한다 한들 영암관아와 병마영이 가까이 있으니 어디로 도망갈 것인가? 몇 되지 않은 좀도적은 도모하지 못할 곳이며, 수가 많은 화적떼들 역시 도갑사를 털기에는 무리가 있는 곳이었다. 그는 터무니없는 이야기에 밤잠을 설치며 달려온 것이 씁쓸하여 입맛을 다시다가 물었다.

"어째서 사또는 같이 오지 않았느냐?"

길동은 머리를 조아리며 대답하였다.

"안전께서 도갑사에 화적이 든 것이 터무니가 없다시며 확인하고 오라며 저희만 보냈습지요."

"너희 사또가 빤히 알면서 우릴 헛고생시키셨구먼."

사령이 영암군수를 탓하고는 말을 돌리는데 20리 길을 헛걸음으로 달려온 장교들과 군속들이 너도나도 화를 내었다.

"그 중놈을 잡아다가 경을 치게."

"그런 놈은 가만 놔둬선 안 돼. 다신 헛소리를 못하게 주둥이를 뽑아 버리게."

"관아에 데려가서 물볼기를 되우 쳐 주게."

군사들이 도갑사로 올라가지 않고 그대로 돌아가 버리고 말았다.

길동은 사령이 군졸들을 데리고 사라진 것을 확인한 후에 다시 도갑사로 돌아왔다. 그동안 날이 서서히 밝아져서 동산에 동이 터오고 있었다.

"대장, 날이 새어 가는데 재물은 어떡하지요? 고생은 고생대로 하고 도루아미타불 되는 것 아닙니까?"

"그럴 리 있겠느냐?"

길동이 느긋하게 대답할 때에 해탈문 안으로 졸개 하나가 뛰어 들어왔다.

"대장. 당래 두목이 왔습니다."

"당래가?"

시팔봉이 두 눈을 휘둥그레 뜨고 해탈문을 바라보니 당래가 들어오는데 그 뒤로 장정들이 끊임없이 들어오고 있었다.

당래가 길동에게 다가와 꾸벅 인사하였다.

"대장, 제가 좀 늦었습니다. 달마산의 화적패들이 겁이 많아서 설득하느라 시간이 걸렸습니다. 저희 패하고 합하니 100명이 좀 넘습니다."

"그 정도면 충분하다. 지금은 시간이 없으니 나중에 이야기하기로 하고 어서 재물을 옮기게."

"예."

도적 수백 명이 창고에 쌓인 곡식과 재물을 혹은 수레에 싣고 혹은 지게에 얹고 혹은 등에 지고 차례차례 바깥으로 나갔다. 좌우 병방과 주장중이 도적들이 재물을 가지고 사라지는 것을 넋 놓은 사람처럼 멍하니 바라보았다.

영암군수는 확인되지 않은 헛소리를 믿어 병력을 고단하게 하였다고 병마절도사에게 한 소리를 듣고 헛소리를 고변한 젊은 중놈을 가만두지 않겠다고 다짐하면서 좌우 병방을 기다리다가 점심나절이 되어서도 돌아오지 않기에 심부름하는 아이를 보내었다가 뒤늦게 도갑사가 털린 줄을 알았다.

영암군수가 크게 놀라서 시급히 병마절도사영에 소식을 전하고 전라감영에 보장(報狀)을 띄우고는, 각 현에 파발을 보내어 도적들이 장물을 옮길 만한 길목을 지키게 하였다.

도갑사에 털린 곡식과 재물의 양이 워낙 많아서 눈에 띄기 쉽기 때문에 각 현의 현령들이 화적떼를 쉽게 찾으리라 생각하였지만 곡식은 물론이고 도적들의 흔적조차 찾을 길이 없어서 벙어리 냉가슴 앓듯 하였다.

도갑사의 재물을 탈취한 길동은 어찌되었는가? 그는 당래를 시켜 당일 저녁에 덕진포에 강금산의 배를 기다리게 하고 장정들을 데리고 오게 하였다. 강금산이 데려온 장정이 30명 정도였고, 당래가 40명을 데려왔는데 인원이 부족하여 달마산의 적당에게 찾아가 도움을 청해서 100여 명 정도 되는 인원이 동틀 무렵 도갑사에 도착한 것이다.

도갑사에서 탈취한 재물은 덕진포에서 기다리고 있던 배에 실어 하구로 내려가 바닷길을 따라 가고 있었는데 이때, 영암군수와 각 군의 현감들이 화적들을 찾기 위해 육로를 지키고 있었으니 이른바 배 떠난 뒤에 칼 찾는 형국이 따로 없었다.


# 열


그해 가을에 충청도에 가 있던 당래가 천안(天安) 광덕사(廣德寺) 주장승이 된 허웅의 이야기를 들려주었다.

허웅은 옛날 송광사에서 주지 노릇을 하다가 불상에게 꾸짖음을 당하는 기이를 경험하고 이듬해 송광사를 떠나 충청도에서 진관사의 주지가 되었다.

허웅이 진관사에서 요술을 부려 구름 같은 신도들을 불러 놓고 불제(佛祭)를 열어서 수많은 여자 신도들을 겁탈하고 재산을 불리는 동안 허웅의 위세를 등에 입은 스님들의 패악이 동리 구석까지 미쳐서 원성이 자자하였지만 왕의 애첩인 장녹수(張綠水)의 비호를 받아서 그 위세가 도리어 하늘을 찌를 정도였다.

천안 광덕사는 세조가 지병을 치료하러 찾아왔을 정도로 큰 절이었으나 손꼽힐 정도는 못되다가 허웅이 저희 패거리들을 데려와서 수도승들을 쫓아내고 주지가 된 후부터 인산인해를 이루어서 충청·경기 일대에서 손꼽히는 가장 큰 절이 되었다.

"허웅이 광덕사 주지가 된 후부터 아들 낳기 바라는 대갓집 아낙부터 복 받으려는 시골뜨기까지 재물을 바리바리 싸 들고 찾아와서 인산인해를 이루니 재물로 말하자면 작년에 도갑사에서 턴 재물은 재물도 아니랍니다. 그놈이 사찰 뒤편에 따로 암자 한 칸을 장만해 놓구 밤이면 치성드리러 온 아녀자를 불러 흉악한 짓을 하는데도 사람들이 쉬쉬하여 눈치만 보고 있으니 이런 말세가 어디 있겠습니까? 얼마 전에 양반 하나가 천안군수에게 허웅의 흉악함을 고변하였는데 씨도 먹히지 않더랍니다. 소문에 임금님의 총애를 받는 장녹수가 어릴 적에 허웅에게 신세를 많이 졌다 합디다. 그게 맞는 모양인지 장녹수가 상궁을 보내어 광덕산이 떠나가도록 크게 법석을 열었는데 그 후로는 충청감사도 허웅을 쉽게 보지 못하고 눈치를 살핀다더군요. 그러니 천안군수야 더 말할 나위 없겠지요."

"허허. 땡추가 한세상 만났구나."

"그 중놈의 소행은 괘씸하지만 그만한 능력이 되니 한세상을 만난 게지요. 제가 보름 전쯤에 광덕사에 재물을 털러갔다가 한바탕 혼이 나서 겨우 몸만 살아 도망을 왔습니다."

서팔봉의 눈이 휘둥그레졌다.

"당래야? 네 실력으로 도망을 쳤단 말이냐? 허웅이가 무술실력이 대단한 모양이구나."

"쳇. 그 허웅이란 중놈이 무예실력보다 도술이 출중하더라."

"도술?"

길동이 당래에게 물었다.

"허웅이 어떤 도술을 부리던가?"

"허웅이 팥 한 자루를 허공으로 던지니 난데없이 팥알이 벌떼로 변하지 뭡니까? 그뿐 아니라 그 중놈이 뭐라 중얼중얼하니 마른하늘에서 소나기 같은 돌비가 쏟아져서 낭패를 보았습니다. 직접 당해 보니 사람들이 그 못된 허웅을 생불 보듯 하는 이유를 알겠습디다. 그 덕분에 제 부하 10여 명이 관아에 끌려가서 영영 밥숟가락을 놓게 되었는데 이런 망신이 어디 있습니까? 제가 그 중놈에게 포한이 적지 않아서 며칠 밤잠을 못 자다가 대장께서 오셨다는 말을 듣고 이렇게 찾아왔습니다."

"좋다. 그럼 이번에는 광덕사를 털어야겠구나."

"저야 좋지만 생불 소릴 듣는 허웅이를 털 수 있겠습니까?"

서팔봉이 얼굴을 찌푸리며 말했다.

"대장. 저는 반댑니다. 허웅은 보통 중놈이 아닙니다. 아무리 대장님이 지모가 좋고 검술이 뛰어나시지만 도술을 부리는 요승을 어떻게 감당하겠습니까?"

"혹세무민하는 요승이야말로 나라를 좀먹는 자들이니 어찌 두고만

볼 것인가? 걱정 마라. 나에게 생각이 있느니라."

길동이 천안 광덕사를 털려고 마음을 굳혔다.

저녁상을 물린 후에 서안에 앉아 책을 읽고 있으니, 은옥이 방 안으로 들어와 길게 한숨을 내쉬었다.

"무슨 일이 있소?"

"사람들에게 듣자하니 이번엔 천안으로 나가신다면서요?"

"걱정되시오?"

"회적들의 우두머리가 되었으니 도적질 하는 것이 당연한 일이지만 요즘에 저는 하루하루 살얼음을 밟는 듯 두렵기만 하답니다. 탐관오리와 사특한 토호들의 재물을 훔쳐 유민들을 돕는다지만 그 역시 도적질이 아닙니까? 당신의 이름이 높아져 가면 언젠가 반드시 나라의 토벌을 받을 것이니 그것을 생각하면 저는 하루하루가 바늘방석에 앉은 것 같습니다."

길동이 잠시 생각하다가 입을 열었다.

"나도 당신과 같은 생각을 하지 않은 것은 아니오. 허나 폭군의 그늘 아래에 고통받는 백성들을 놔두고 어찌 나 혼자만의 안위를 도모한단 말이오? 지금은 말할 수 있는 입장도, 손을 뺄 수 있는 때도 아닌 듯하오. 그 문제는 차차 궁리하도록 합시다."

은옥이 수심에 가득한 얼굴로 길동을 바라보다가 빙그레 웃었다.

"그래요. 당신에게 생각이 있겠지요."

길동이 말없이 은옥의 손을 잡았다.

"당신이 걱정하지 않도록 노력할 테니 지켜봐 주시오."

두 사람이 마주 보는 얼굴에 따뜻한 미소가 감돌았다.

# 열하나

천안은 삼남육로의 분기점이니, 서울에서 내려오는 대로로 천안에 이르면 두 갈래로 갈라져서, 한길은 병천을 거쳐 청주로 들어가 문경새재를 넘어 상주로 통하고, 한길은 공주 감영을 거쳐 논산, 전주, 광주, 순천, 여수, 목포 등지로 통하는 대처(大處)였다.

광덕사는 신라 선덕여왕 때 자장율사가 창건하고, 흥덕왕 때 진성화상이 중건한 사찰로 태화산 서남쪽 산자락에 위치하고 있었다. 태화산은 천안읍치와 40여 리 떨어져 있으며, 만경산, 광덕산, 태봉산, 설화산 등의 산이 둘러서 있어서 광덕사가 도적의 침입에는 무인지경이라 할 수 있었으나 절의 성세가 크고 무뢰배 스님들이 많아서 외딴 곳에 떨어져 있으되 금성탕지(金城湯池)와도 같았다.

관가와 멀리 떨어진 까닭에 사찰로 통하는 길목을 부하들에게 막게 한 후에 길동이 당래의 부하 100여 명을 데리고 태화산 광덕사로 쳐들어갔다.

허웅이 진관사에서 데려온 중들 가운데에 왈패들이 많이 섞여 있어서 젊은 중 늙은 중 할 것 없이 일주문 앞으로 내려와 병기를 들고 위세 등등하게 대치하였다.

일주문 앞에 서 있던 중들의 무리가 갈라지면서 얼굴에 기름기가 흐르는 스님 하나가 화려한 금란가사를 입고 나타났다. 검은 눈썹이 삐쭉삐쭉 솟아오르고 호랑이 눈을 한 허웅이라는 요승이 틀림없었다.

"백주에 신성한 불사에 침입해서 도적질을 하려 하다니, 너희들이 천벌을 받고 싶은 게로구나."

허웅이 조용히 말하는데 커다란 목소리가 허공에서 들리는 듯하였다.

당래의 뒤에 서 있던 도적들은 허웅의 요술에 한차례 혼이 났던 까닭에 지레 겁을 먹고 주춤거리며 물러서는데 길동이 태연하게 앞으로 나아가 허웅에게 소리쳤다.

"허웅아, 네가 언제까지 혹세무민할 테냐? 무간지옥이 두렵지 않으냐?"

언젠가 혜손이 송광사에서 술법을 부려 부처가 했던 소리를 똑같이 하였던 것이다. 허웅은 얼굴빛이 굳어졌으나 이내 평정을 찾아서 되레 큰소리를 쳤다.

"천하를 어지럽히는 도적들이 되지도 않는 소리를 지껄이는구나. 너희들이 천벌을 받고 싶은 모양이니 내가 천벌을 주리라."

허웅이 주머니 하나를 동자승에게 받아 들고 한 손을 주머니를 넣더니 허공에 뿌리며 주문을 외웠다.

허공에 던져진 팥들이 갑자기 벌떼로 변하였다. 새까만 벌떼가 요란한 소리를 일으키며 도적들을 향하여 날아왔다.

"대장. 저, 저것 보십시오. 저놈이 예사 중놈이 아닙니다."

놀란 당래가 뒷걸음질 치려 하는데 갑자기 절간 뒤편에서 와 하는 함성소리와 함께 병장기를 든 도적들이 뛰어 내려왔다.

길동이 서팔봉에게 한 떼의 병력들을 주어 태화산 등성을 타고 가서 후미를 치도록 이른 것이다.

"공격하라!"

당래가 힘을 얻어서 도적들을 데리고 물밀듯이 일주문을 향해 나아갔다.

요술을 믿고 있던 허웅은 병기를 든 도적이 앞뒤로 밀어닥치자 마음이 산만해져서 도술을 펼치지 못하고 흩어지는 중들 사이를 갈팡질팡

하면서 도망치기 시작하였다.

"이놈, 어딜 도망가려는 게냐?"

길동이 나는 듯이 달려가서 허웅의 목덜미를 잡아 바닥에 쓰러트린 후에 한 발로 그의 가슴팍을 눌러 꼼짝달싹하지 못하게 하였다.

"이놈, 허웅아. 6년 전에 부처님이 네게 경고를 하셨건만 어찌하여 그 말을 듣지 않았느냐?"

"내가 무슨 죄를 지었다고 이러시오?"

허웅이 도리어 길동을 노려보았다.

길동은 허웅의 가슴팍을 세게 누르며 엄하게 소리쳤다.

"네 죄를 이루 열거하기 어렵다. 청청한 수도 도량의 불자들을 쫓아 낸 죄, 불자된 몸으로 여자를 범한 죄, 남의 재물을 탐한 죄, 사특한 요술로 민심을 현혹한 죄, 요사스러운 계집을 가르쳐 나라를 이 지경 으로 만든 죄가 크다."

허웅이 길동을 똑바로 보며 대답했다.

"그것이 어찌 내 탓이라고만 할 것이오. 내가 작은 골짜기에서 들어 앉아 불사를 열어 재물을 얻었기로 백성들의 재산을 착취하는 수많은 관리만 하겠소? 불자들을 쫓아냈다고 하는데 절이 싫으면 중은 떠나 는 법이니 내 잘못이 아니오. 또 내가 여자를 범했다 하는데 그대가 두 눈으로 보았소? 그대가 천리안이라도 있어 내 일거수일투족을 살폈단 말이오? 증거 없는 이야기는 말할 가치도 없거니와 또 내가 남의 재물 을 탐한다 하는데 그대들 같은 도적이 같은 죄를 묻다니 기가 막힐 노 릇이오. 그대는 남의 재물을 힘으로 빼앗을지 모르지만 나는 백성들 에게 재물을 빼앗은 적은 없소. 다만 그들이 스스로 바친 재물을 거두 어들인 것뿐인데 어찌 모든 죄를 나에게 뒤집어씌우는 것이오. 그대로 말하자면 활빈을 말하지만 결국은 남의 재물을 빼앗아 그대들의 배를 불리는 것이니 관리들보다 나을 것이 없는데 어찌 무고한 나를 핍박한단 말이오? 내가 그대보다 죄가 크다면 나를 죽일 것이로되 만약 아니라면 나를 풀어 주시오. 절간의 재물은 얼마든지 가져가도 좋소."

길동이 허웅의 이야기를 들으니 그도 틀린 말은 아니었다. 허웅이 얻은 재산은 불사를 연 백성들이 시주로 내놓은 것이니 관리들처럼 착취한 것은 아니었다. 또한 여자들을 간음한 일은 직접 보지 않았으니 소문만 듣고 믿을 수도 없었다. 길동은 마음이 약해져서 몇 걸음 물러났다.

허웅이 자리에서 일어나서 가사와 장삼을 털다가 길동에게 말했다.

"홍길동이라는 이름은 많이 들었소이다. 유명한 화적 두목께서 이렇게 찾아 오셨으니 저와 함께 올라가셔서 차나 마시며 이야기나 나누십시다."

허웅은 충청도에 이름난 요승답게 도량이 크고 담대해 보였다. 그가 몸을 돌쳐 일주문을 올라가는데 당래가 불쑥 앞으로 나아가며 칼을 빼들었다.

"이놈. 너 때문에 내 부하들이 저자에서 목이 잘렸다. 내가 부하들의 원수를 갚아야겠다."

허웅이 몸을 돌리는 순간 당래의 칼이 번뜩였다. 이내 허웅의 목이 몸뚱이에서 떨어져 바닥을 도르르 굴렀다.

"당래야. 이게 무슨 짓이냐?"

"죄송합니다. 대장. 그렇지만 부하들의 원수는 갚아야 할 것 아닙니까?"

당래가 길동에게 꾸벅 고개를 숙이곤 스님들의 뒤편에 우뚝우뚝 둘

226

러선 화적들에게 소리를 쳤다.

"뭣들 하는 게냐? 중놈들을 모두 포박하라. 반항하는 자는 죽여도 좋다."

놀란 중들이 사방으로 와하고 흩어졌다. 허웅이 죽고 나자 도적들이 힘을 얻어서 도망치는 중들을 잡아다가 초다듬이질을 한 후에 포박을 지어 법당 앞마당에 줄지어 꿇려 놓았다.

길동은 발 아래에 멈춰 있는 허웅의 목을 바라보며 고개를 설레설레 저었다. 언젠가 혜손이 허웅이 요망한 짓을 하다가 화적의 칼에 목이 달아날 것이라 하였으니 이제 그 말이 현실이 되었다.

길동이 졸개들을 시켜 곳간의 재물들을 꺼내게 하였는데 곡식이 무려 8천 석이나 되고 상목이나 무명 같은 옷감은 이루 헤아릴 수 없이 많을뿐더러 숨겨진 금은보화가 몇 수레가 될 정도였다.

길동은 부하들을 시켜 재물들을 실어 가게 한 후에 쓸쓸히 태화산을 내려가 버렸다.

화적의 수괴 홍길동이 광덕사를 들이쳐서 주지승 허웅을 무참하게 살해한 사실이 천안 관아로 보고되었다.

천안군수가 황급하게 수형리를 데리고 광덕사로 올라와서 현장을 임검하고 죽은 중을 검시한 후에 사건 전말을 기록하여 첩보를 충청감영에 올려 보내었다.

충청감사 안침(安琛)이 천안군수의 보장을 보고 임금께 장계를 올린 뒤에 충청 관내의 여러 고을에 기별하여 군사를 동원하여 도적을 잡아들이게 하고, 일변 전라감사 김영정(金永貞)에게 연락을 취하여 홍길동 잡는 일을 도와줄 것을 청하였다.

이때, 연산주는 정사는 뒷전이고 각지에서 뽑아 들인 홍녀들과 밤

을 낮 삼고 낮을 밤 삼아 연일 마시고 즐기느라 정신이 없어서 충청감
사의 장계에 비답이 없었다.

전라감사 김영정은 홍길동이 지리산에 은거하고 있는 것을 알고 있
던 터라 처음에는 도적을 잡을 생각이 왕성하여서 구례, 남원, 곡성의
현감들을 불러 엄하게 꾸지람을 주고 돌려보내니 현감들은 각각 고을
로 돌아와 아전들과 사령들을 달달 볶아 대어 애매한 군졸들만 죽을
맛을 보았다.

지리산은 경상도와 전라도를 걸친 큰 산이고 봉우리가 높고 골이 깊
을 뿐 아니라 험하기까지 하여서 군졸들이 산에 들어갈 엄두도 내지
못하고 다만 작은 고을 장채를 세우고 산 인근을 배회하다가 돌아가기
일쑤였으니 몇 달이 가도록 도적 하나를 잡을 수가 없어서 아전들은
현령의 눈치를 보고 현령들은 감사의 눈치를 살피는 처지가 되었다.

김영정은 일이 여의치 않게 되자 경상감사 이점에게 도움을 청하였
으니, 이점 또한 홍길동이 상주와 선산, 의성 관아를 제집처럼 헤집고
다닌 대적이라는 것을 알고 있어 각 현의 현령과 목사를 불러 도적 잡
는 일을 돕게 하였지만 그들 역시 감당하기 어려운 일이었고, 더구나
제 관할 밖의 일이라 대충 돕는 흉내만 내다가 말아서 도적 잡는 일이
흐지부지되고 말았다.

# 토포
### 討捕

## 하나

　장녹수는 본래 제안대군(齊安大君)의 종이었다. 성품이 영리하여 사람의 뜻을 잘 맞추었는데, 처음에는 집이 매우 가난하여 몸을 팔아서 생활하였고 후에는 제안대군댁 가노(家奴)의 아내가 되었다. 그러다가 아들 하나를 낳은 뒤 노래와 춤을 배워서 창기(娼妓)가 되었는데, 노래를 잘해서 입술을 움직이지 않아도 소리가 맑아 들을 만하였으며 나이는 30여 세였는데도 얼굴은 16세의 아이와 같았다.

　왕이 소문을 듣고 궁중으로 맞아들였는데, 이로부터 총애함이 날로 융성하여 녹수가 말하는 것은 모두 들어 주었고, 종 3품 숙용(淑容)으로 봉하였다.

　얼굴은 중인(中人) 정도를 넘지 못했으나 남모르는 교사(巧詐)와 요사스러운 아양은 견줄 사람이 없으므로, 왕이 혹하여 부고(府庫)의 재물을 기울여 모두 그 집으로 보내었고, 금은주옥을 아끼지 않고 주어 그 마음을 기쁘게 하길 힘썼는데, 왕이 하사한 노비, 전답, 가옥 또한 이루 다 셀 수가 없었다.

장녹수가 왕을 조롱하기를 마치 어린아이처럼 대하였고 왕에게 욕하기를 노예 대하듯이 하였는데, 왕이 비록 몹시 노했더라도 녹수만 보면 마음이 풀어져서 즐거워하였으므로 상 주고 벌 주는 일이 모두 그 입에 달려서 이루고자 마음만 먹으면 못하는 것이 없었다.

장녹수가 연신주의 총애를 받을 수 있었던 것은 허웅이라는 요승으로부터 방중술(房中術)을 배운 덕분이라 초파일이 되면 큰 재물을 보내어 불사를 크게 열어 감사의 뜻을 표하였다.

이해 초파일에도 장녹수가 그 오라비를 광덕사에 보내었다가 허웅이 지리산 대적인 홍길동에게 죽었다는 소식을 뒤늦게 알게 되었다. 그런데 관리들이 그를 무서워하여 쉬쉬하고 있기로 홀로 원수 갚을 마음을 품었다.

하루는 연산주가 술에 취하여 장녹수의 거처를 찾았다. 장녹수의 치마폭에 누워서 멀뚱멀뚱 그녀의 얼굴을 쳐다보았다.

장녹수가 생글생글 웃으며 물었다.

"상감께서 조선 팔도의 낮 임금이라면 밤 임금이 따로 있는 것 아십니까?"

"밤 임금? 밤 임금은 너 아니냐?"

연산주가 장녹수의 엉덩이를 꼬집었다. 녹수가 싫지 않은 듯 눈을 흘기며 연산주의 손을 찰싹 소리가 나도록 때렸다.

"이것 봐라. 네가 밤 임금이 아니면 낮 임금을 이렇게 홀대할 수 있겠느냐?"

"농담하지 마세요. 지금 조선 팔도의 도적들이 활빈도라는 도당을 만들어서 버젓이 도적질하며 활보하고 다닌답니다. 저잣거리 사람들이 이르기를 상감은 낮 임금이고, 그 도적들의 우두머리는 밤 임금이라고 한답디다."

"그게 정말이냐?"

연산주의 눈에 핏발이 섰다.

"저잣거리의 삼척동자도 다 아는 이야기를 상감께서 몰랐다니 참으로 기가 막힐 일이네요. 그자는 전라도 지리산의 대적인데 무예가 절등하고 지략이 뛰어나서 팔도 도적들과 백성들이 우러러보기를 임금 보듯 한답디다. 만약에 그 흉악한 도적놈이 딴마음을 품기라도 한다면 큰일이 아닙니까?"

"그 도적의 우두머리가 도대체 누구냐?"

"홍길동이라 합니다."

"홍길동?"

연산주가 목을 젖혀 크게 웃었다.

장녹수가 뾰로통하여 연산군을 흘겨보았다.

"주상께서는 소첩의 말이 말같이 들리지 않으시군요. 전라도의 크고 작은 절들이 홍길동이에게 도적을 맞았고, 천안 광덕사의 주지승 허웅이 홍길동에게 죽었는데 상감께서는 모르시지요?"

연산주가 멍하니 말했다.

"너는 어째서 그런 것을 이제야 말해 준다더냐?"

"정사를 알음하시는 상감께서 조정 대신들에게 미리 들은 줄로만 알았지요. 이제 보니 상감께서도 못 들으신 모양이네요."

"이 망할 것들!"

연산주가 벌떡 일어나더니 방문을 박차고 나갔다. 멀어져 가는 연산주를 바라보며 장녹수가 배시시 웃었다.

연산주는 그 길로 정전으로 달려가서 승지를 불러들였다. 마침 홍문관(弘文館)에 입직하고 있던 도승지 이우(李瑀)가 총총걸음으로 달려와서 계하에 부복하였다.

"늦은 밤에 무슨 일로 부르셨습니까?"

"네가 홍길동이란 자를 아느냐?"

"홍길동이란 자가 누구입니까?"

"사람들이 나를 일러 낮 임금이라 하고 홍길동을 일러 밤 임금이라 부르는 것을 알고 있느냔 말이다."

"어떤 자가 그런 망극한 말을! 그런 말은 추호도 들은 적이 없사옵니다."

"그럼 내가 없는 말을 한다는 것이냐?"

"망극하옵니다."

"망극은 집어치우라니까! 지금 당장 조정 대신들을 입궐시키어라. 내가 직접 물어볼 터이니."

연산주가 화를 버럭 내면서 이우를 내보내었다. 이우가 사시나무처럼 바들바들 떨면서 정전을 나와 즉시 조정 대신들에게 입궐하라는 명을 전하였다.

늦은 밤이라 잠을 자던 조정 대신들이 때 아닌 어명에 조복을 차려입고 입궐하여 정전에 모여들었다.

용상 위에 몸을 기대고 앉은 연산주가 두 눈을 부라리고 내려다보는데 영의정 이하 육조 당상들이 좌우에 늘어서서 왕의 눈치를 살폈다.

"너희들 중에 홍길동이 누구인지 아는 자가 있느냐?"

연산주가 몸을 일으키지도 않고 물었다. 조신들이 서로 눈치만 힐끔힐끔 살피는 가운데 영의정 한치형(韓致亨)이 한 걸음 걸어 나와 부복하여 말하였다.

"근래에 홍길동이란 괴수가 충청도와 전라도 일대에서 나타났사온데 어디 사는 누군지는 아는 사람이 없고, 그 괴수가 활빈도라 칭하여 도적질을 일삼는데 그 소행이 담대해서 도적들이 왕처럼 떠받든다 하옵니다."

"역시 영상이 좀 아는 것이 있구나."

"송구하옵니다."

"내가 이야기를 듣건대 이 나라에서 나를 낮 임금이라 하고 홍길동이란 자를 밤 임금이라 한다던데 너희들도 들어 보았느냐?"

우의정 이극균(李克均)이 한 걸음 나와 말하였다.

"누가 그런 망극한 소릴 입에 담는단 말입니까?"

"저잣거리 삼척동자도 다 아는 소리라던데 내가 잘못 들었단 말이냐?"

"추호도 그런 이야기를 들은 적이 없사옵니다."

연산주가 목침을 내던지며 소리쳤다.

"내가 없는 소리를 한단 말인가?"

정전 안이 쥐 죽은 듯 고요해졌다. 조신들이 불벼락을 당할까 숨을 죽이고 전전긍긍 눈치를 살피고 있을 때에 연산주가 다시 버럭 소리를 질렀다.

"당장 가서 포도대장을 들어오게 하여라."

내시 하나가 허겁지겁 나가더니 잠시 후 포도대장들이 들어왔다.

"좌포도대장 정유지, 부르심 받자옵고 대령하였습니다."

"우포도대장 이종례, 대령하였습니다."

정유지와 이종례가 계하에 부복하였다.

연산주가 두 사람을 내려다보며 물었다.

"얼마 전에 광덕사의 주장승이 홍길동에게 살해되었다는 이야기를 들었느냐?"

정유지와 이종례가 놀란 얼굴로 연산주를 쳐다보다가 고개를 숙이며 대답하였다.

"보고를 들은 적이 있사옵니다."

"적당이 백주대낮에 절간을 털고 사람을 죽이는데 도대체 포도대장의 소임이 무엇이냐?"

이종례와 정유지가 바닥에 엎드려 말했다.

"소신들이 죽을죄를 지었습니다."

"죽을죄를 지은 것은 아느냐?"

"망극하옵니다."

정유지와 이종례가 대전 바닥에 이마를 쿵쿵 찧었다.

연산주가 고개를 돌려 한치형과 성준, 이극균을 노려보며 되물었다.

"보시오, 이래도 내 말이 틀렸소?"

3정승들이 일제히 머리를 조아렸다.

"저희들이 어리석어 대왕의 혜안을 따라가지 못하였으니 죽어 마땅하옵니다."

정전에 모인 여러 대신들이 일제히 엎드려 죄를 빌었다. 입가에 흐뭇한 미소를 흘리던 연산주가 입을 열었다.

"밤 임금이라는 홍길동의 얼굴이 보고 싶으니 당장 잡아들이도록 하여라."

"예."

정청에 엎드린 대신들을 훑어보며 혀를 차던 연산주가 중얼거렸다.

"쓸모없는 것들."

이내 용상에서 몸을 일으켜 정청을 나가버렸다.

조신들이 승정원에 모여 홍길동을 잡을 공론을 시작하였다. 우의정 이극균이 먼저 입을 열었다.

"대체 홍길동란 놈이 어떤 놈이오?"

포도대장 정유지가 말하였다.

"저도 확실히는 알지 못하나 활빈도라는 도당을 만들어 의적 행세를 하는 놈인데 충청도와 전라도를 횡행하는 대적이올시다. 광덕사 주장 승 죽인 일로 충청감사 안침의 장계를 받은 적이 있는데, 도갑사를 급습하여 절의 재물을 몽땅 털어 가고, 광덕사로 가서 허웅이라는 주장 승을 살해하고 절의 재물을 훔친 것은 사실이옵고, 또 그 소행이 담대하고 거칠 것이 없어서 토벌할 것을 청하였지요."

"그런 적이 있었소?"

"예. 아시다시피 주상께서 정사를 돌보지 않으셔서 안침의 보고에 비답을 내리지 못하고 시일만 끌다 보니 일이 이 지경에 이른 듯합니다."

한치형이 근심스러운 얼굴로 말하였다.

"이제 주상께서 아셨으니 그자를 그대로 둘 수가 없소. 도적놈이 임금을 욕되게 하다니, 이는 나라의 욕됨이니, 하루빨리 도적을 잡아 근심을 뿌리 뽑아야 하겠소. 병판은 어찌하실 생각이오?"

병조판서 이계동이 말했다.

"홍길동이 팔도 도적들의 우두머리이니 병사들을 지리산으로 보내면 반드시 호응하여 일이 도리어 어렵게 될 것입니다. 이왕에 주상의 하명이 떨어졌으니 팔도에 각각 대장을 내려보내 도적들이 호응하지

못하게 단속하고, 종 2품 무신 중에 재주 있는 두 사람을 정하여 순경
사(巡警使)로 전라도와 경상도에 보내어 지리산 대적을 토벌하는 것
이 좋을 듯싶습니다. 또 길동의 패거리가 한양 도성을 제집 드나들듯
한다 하니 이는 장물(臟物)을 처분하려는 것이 틀림없습니다. 형조에
명하여 적당과 내통한 자를 찾아내어 엄하게 치죄(治罪)하고, 지리산
일대의 마을이나 관청에도 내통한 자가 있을 것이니 비밀리에 수탐하
여서 벌을 주어야 마땅할 것입니다."

한치형이 얼굴을 찌푸리며 말하였다.

"오도대장(五道大將)을 내는 것도 작은 일이 아닌데 팔도대장(八道
大將)을 낸다니 그것은 불가하오. 나라의 재정이 넉넉하지 못한데 그
만한 물량을 어찌 감당한단 말이오? 팔도의 감사에게 하명을 내려서
도적들이 서로 호응하지 못하게 하고, 토포사 하나를 지리산에 내려
보내고 전라감사와 경상감사에게 돕게 하여서 지리산 대적을 토벌하
는 것이 좋겠소. 호조(戶曹)의 생각은 어떠시오?"

호조판서 박숭질(朴崇質)이 대답하였다.

"우정승의 생각이 지당하십니다. 나라의 창고가 텅텅 비어서 양도
에 순경사를 내는 것도 무리가 있습니다. 병판은 다시 생각해 주시오."

이계동이 고개를 끄덕거렸다.

"그렇다면 우정승 대감의 견해를 좋겠습니다."

병조에서 신임 토포사로 포도장 이종례를 낙점(落點)하여 주상께
올렸다. 주상이 그 즉시 비답을 내려서 이종례가 토포사로 홍길동을
잡으러 가게 되었으니 병조에서 정병(精兵) 200명을 주었다. 연산주
가 기생들과 쓰는 돈이 한이 없는 데다 해마다 흉년이 들어서 나라의
창고가 텅텅 빈 까닭에 대간이 들고 일어나서 정병 50여 명만을 내어

민폐를 적게 하려 했는데 연산주가 역정을 내어 하는 수 없이 200여 명을 주어 보냈던 것이니, 그 때문에 한양 도성을 지키는 병사들의 숫자가 눈에 띄게 줄어들었다.


## 둘


토포사가 전라감영에 내려온 지 한 달이 가도록 도적을 잡기는커녕 백성들의 원성만 늘어났다. 근방의 유림들이 집단으로 상소를 올려서 조정에서 무능한 토포사를 바꿔야 한다고 말들이 많았다.

연산주의 화가 머리끝까지 났다.

"도대체 너희들이 하는 것이 무엇이냐? 대체 도적 하나를 잡지 못하여 몇 달이나 허송세월을 하고 있으니 이렇게 무능한 것들을 믿고 어찌 정사를 돌본단 말이냐. 보름간 말미를 줄 것이니 그동안 홍길동이란 놈의 목을 가져오지 못하면 토포사의 목을 대신 가져오너라."

상감의 성정을 익히 알고 있는 이종례는 속이 까맣게 타들어갔다. 보름 안에 지리산 험지에 웅거한 도적을 어떻게 잡을 것인가. 이종례는 임금의 하명을 받은 후에 걱정으로 초췌해졌다. 이날 밤에 전라감사 김영정이 이종례를 찾아왔다.

두 사람이 주안상을 마주하여 앉았는데 이종례는 술상 앞에서 말이 없었다. 전라감사 김영정이 싱글싱글 웃으며 말했다.

"도적을 잡는 일이 쉬운 일이 아니올시다. 홍길동의 세력이 몇 해 만에 크게 불어나서 지리산에 숨어 있는 도적의 숫자가 물경 몇 만이 될 것이라 합니다. 더구나 지리산이 험산이라 지리적인 이점이 많아서 잡으려 해도 할 수 없으니 토포장이 천상 죽는 수밖에는 없구려."

"지금 불난 집에 부채질하시러 오셨습니까? 그런 말 하시려면 돌아 가십시오."

"하하하. 내게 좋은 방법이 하나 있는데 들어볼 테요?"

이종례의 눈이 번쩍 떠졌다.

"살 방도가 있다니요? 그, 그게 무슨 말씀이시오?"

김영정이 이종례의 귓가에 대고 조용히 말했다.

"그렇잖아도 오늘 좌포장에게 편지 한 통이 왔소. 정유지는 전부터 아는 터라 내게 부탁해 온 것인데 이대로만 하면 살 길이 열릴 것 같아 서 찾아왔소이다."

"어떤 방법입니까?"

"정 좌포장 말이 사형수의 머리를 잘라 홍길동이라고 칭해 조정으로 올려 보내면 된다고 내게 부탁을 해옵디다."

"나도 그런 생각을 하지 않은 것은 아닙니다만 상감께서 머리 하나 를 보고 믿어 주시겠습니까?"

"그것도 방법이 있소. 정 좌포장 말이 엄귀손을 희생양으로 삼으면 문제없다고 합디다. 장계를 올릴 때에 엄귀손이 와주(窩主)라 칭하고 조사한다면 큰 무리가 없을 것이라 합디다."

이종례가 무릎을 쳤다.

엄귀손은 의정부의 승지로 있었는데 탐욕이 많아서 동래 현령이 되 어서는 관물을 도취한 일로 파면되었고, 평안도 우후가 되어서도 공 물을 함부로 훔쳐 파출이 되었다. 또 일찍이 양인의 딸에게 장가들었 다가 아름다우면 첩으로 삼고 아름답지 않으면 종의 아내를 삼게 하여 말이 많았으며, 본래는 노복과 재산이 없었는데 서울과 지방에 집을 사 두고 곡식을 수천 석이나 가지고 있어서 도적들과 관계있다고 말들이 많았다. 그런 까닭에 전조에 포도장 이양생(李陽生)은 강도의 와주로 엄귀손에게 혐의를 둬서 조사를 한 적이 있었던 것이다.

포도장인 정유지와 이종례가 이러한 사실을 모를 리가 없었다. 엄귀손은 분명히 강도 혐의가 있었고 누구에게나 의심을 받고 있었다. 또한 강직하고 청렴한 관리들이 이를 가는 인물이었다.

홍길동의 일을 빌미삼아 엄귀손을 엮는다면 상감의 의심을 사지 않고 이종례는 목숨을 구할 수 있을 것이 틀림없었다.

이날 밤, 이종례와 김영정이 기생을 불러다가 술잔을 마주하며 한바탕 신나게 놀았다.

며칠 후, 홍길동이 잡혔다는 소문이 널리 퍼졌다. 이종례와 김영정이 손발을 맞추어 소문을 퍼트린 것이다.

사형수의 머리와 바꿔치기가 된 홍길동의 목은 한양으로 올라갔고, 엄귀손이 와주라는 내용의 장계가 동봉되어서 의금부에 한바탕 옥사가 일어났다.

엄한 엄귀손이 금부에 잡혀 들어와 국문이 열리는데 엄귀손이 고문을 이기지 못하여 끝내 자백하였으니 곧 길동의 와주(窩主)라 대적 홍길동의 재물을 처분하는 일을 해왔다는 사실이 드러났다. 엄귀손이 모진 고문을 이기지 못하여 옥중에서 장독으로 죽었으니 경신년(1500년) 12월 21일이다.

길동은 토포사가 홍길동을 잡았으며 자신과는 상관이 없는 엄귀손이 연루되어 옥에서 죽었다는 황당한 소식을 듣고 긁어 부스럼 일으킬까 저어하여 지리산에 칩거하며 한동안 세상에 나서지 아니하였다.

# 활인행 活人行

## 하나

시간이 살처럼 흘러가서 갑자년(1504년), 4월 무렵이었다. 이때가 연산군이 임금이 된 지 10년째 되는 해였다. 연산주의 할머니 신 씨가 궁궐을 드나드는 나인과 통하여 폐비 윤 씨의 피 묻은 수건을 올렸는데 연산주는 그동안 자순대비를 친어머니로 알고 있다가 생모의 슬픈 사연을 알게 되었다.

연산주가 한동안 침전에서 칩거하다가 돌연 시정기(時政記)를 구하여 읽고 생모의 죽음을 세세하게 알게 되었으니, 피 묻은 수건과 적삼을 바라보면 불쌍한 여인이 사약을 받아 원통한 죽음을 당하는 정경이 떠올라서 사무친 원한이 뼈 마디마디에 맺히고, 치미는 분노가 창자 굽이굽이에 쌓여서 궁궐 안팎에서 사모관대한 자들이 모두 자신의 원수인 것처럼 느껴졌다.

240

침전에서 혼자서 분노를 삭이며 울고 웃고 하는 사이에 연산주가 흡사 미친 사람처럼 되어서 그 길로 엄 숙의와 정 숙의를 내전 안뜰에 불러다가 철여의(鐵如意)로 마구 때려죽이고, 그 자식인 안양군과 봉양군을 귀양 보내었다가 죽여 버렸다. 소혜왕후가 병석에 있다가 이런 사실을 알고 달려와 왕의 불의를 꾸짖으니 연산주가 이를 갈면서 머리로 왕후의 가슴을 받아 쓰러뜨렸으니 이로써 얼마 되지 않아 소혜왕후 역시 운명하고 말았다.

소혜왕후는 연산주에게는 할머니이나 역시 생모를 죽게 한 원흉이라 3년으로 치르던 초상을 25일 만에 끝내었으며, 상복을 벗어던지기 무섭게 당시 논의에 참여하여 심부름한 신하를 모두 대역죄로 추죄하여 한바탕 피바람을 일으켰다.

윤필상·한치형·한명회·정창손·어세겸·심회·이파·김승경·이세좌·권주·이극균·성준 등은 12간(十二奸)이라 하여 모두 극형에 처하였다. 그 중에 윤필상 등 살아 있는 자들은 능지처참을 시키고, 나머지는 죽은 자라 관을 쪼개어 송장의 목을 베고 골을 부수어 바람에 날려 보내고 시체를 강물에 던졌다. 12간의 자제들은 모두 연좌시켜 죽였으며, 그 부인은 종으로 삼고 사위는 먼 곳으로 귀양 보내었으며 팔촌까지 연좌하여 일족이 멸문하는 화를 입은 사람들의 수를 헤아릴 수 없었다. 자연히 민심은 흉흉해져서 항간이 이로 말미암아 소란스러웠다.

소백산 화적패의 괴수 황림(黃林)은 경상도에서 가장 큰 도적이었는데 신유년(1501년) 봄에 새재(鳥嶺)를 무대로 조령산과 황계산·주흘산 일대에서 활동하다가 차차 세력을 넓혀서 소백산을 손아귀에 넣더니 1년도 되지 않아 팔공산패를 병합하여 경상도에서 가장 큰 세력을 이루고 있었다.

황해도에 구월산을 근거로 미륵이 웅거하고 있고, 평안도에 김평득이 이름이 있지만 세력으로 말하자면 황림에게 비할 바가 아니니 가히 충청도와 전라도를 손아귀에 넣은 길동과 비견될 정도였다.

길동이 활빈도를 자처하여 도갑사에서 빼앗은 재물로 구휼을 하고 있을 때에 황림의 부하 하나가 지리산으로 찾아왔다.

수하들이 황림의 부하를 도회청으로 데려왔다. 도회청 가운데 교의에 길동이 앉아 있고 그 좌우로 당래와 서팔봉이 근엄한 얼굴로 서 있는데 황림의 부하는 그쪽을 힐끔 보고는 두려운 표정 하나 없이 넙죽 큰절을 하였다.

"소인 육갑이가 인사드립니다요."

육갑이 고개를 들어 길동을 바라보며 히쭉히쭉 웃었다.

"연세가 있으리라 짐작했더니 생각보다 연소하십니다."

서팔봉이 아니꼬운 눈으로 육갑을 바라보다가 버럭 소리를 질렀다.

"이 자식아, 육갑 떨지 말고 대장님을 찾아온 이유나 말하란 말이여."

"어허, 성격 급하시네. 첫날밤도 치르지 않고 아이 낳아 달라겠소."

"뭐? 지금 나랑 농하자는 거냐?"

서팔봉의 눈꼬리가 올라갔다.

"난 거기랑 농담 따먹기 하러 온 것 아니우."

홍길동이 손을 저어 서팔봉을 진정시키곤 육갑에게 말했다.

"용건이 무언가?"

육갑이 두 손을 모아 공손한 어조로 말했다.

"제가 여기까지 찾아온 것은 저희 대장께서 홍길동 대장님의 이야기를 들으시고 대장님의 수하로 들어오길 원하는 사실을 전하기 위해섭니다."

"황림이 내 부하가 되겠다고?"

서팔봉과 당래가 뜻밖의 이야기에 놀라 서로의 얼굴을 바라보다가 씨익 웃었다. 길동이 팔도 도적의 우두머리가 되는 것은 두 사람의 바람이거니와 당래는 길동과 같은 재주를 가지고 팔도 도적들의 우두머리 욕심을 내지 않는 것을 내심 안타깝게 생각하였던 것이다.

길동이 고개를 갸웃거리며 말하였다.

"황림의 세력이 적지 않을 터인데 무엇 때문에 내 수하가 되려 하는 것이냐?"

"어둠을 버리고 빛을 찾아가는 것은 인지상정이 아니겠습니까? 홍길동 대장님께서 절간을 털어 헐벗은 백성들을 구휼한 의적이라는 사실은 천하가 다 아는 이야깁니다요. 인근의 모든 도적들이 홍길동 대장님의 휘하에 들어간 것도 들어서 알구 있습지요. 저희 대장님도 그 소문을 들으시고 활빈도에 들어가고 싶어 하십니다."

서팔봉이 끼어들었다.

"네 두목이 참말 잘 생각하였다. 네 두목이 사람 볼 줄을 아는구나."

"헤헤헤. 그렇다고 무작정 홍길동 대장님의 수하가 된다는 말은 아니굽쇼."

"뭣? 그럼 대장님의 부하가 되겠다는 건 뭐야?"

육갑이가 실실 웃으며 말을 이었다.

"생각해 보시우. 홍길동 대장님은 호남의 우두머리이고, 저희 대장님은 영남의 우두머리가 아닙니까? 두 분이 이 나라의 도적들 중에는 양대 산맥이라 할 수 있는데 어찌 자웅을 가리지도 않고 한쪽이 다른 한쪽의 수하가 될 수 있겠습니까?"

이번에는 당래가 나섰다.

"자웅을 가리자는 것이라면 내가 상대해 주지. 우리 대장님이 수고하실 것까지도 없다. 너희들도 귀가 막히지 않았다면 충청도의 대적인 당래의 선성은 들어 보았겠지?"

"에구, 어찌 모르겠습니까. 그런데 제가 찾아온 것은 싸워서 자웅을 겨루자는 것이 아니올시다."

서팔봉이 가슴을 치며 소리쳤다.

"그럼 뭐야? 말을 빙빙 돌리지 말고 요점만 말하라고, 이 자식아."

"헤헤헤. 제가 말을 돌렸나요? 뭐, 그러시다면 요점만 말씀드리겠습니다요. 저희 대장님께서는 홍길동 대장님이 대장의 그릇이 되신다면 기꺼이 부하가 되시겠다고 하셨습니다."

길동이 미소를 지으며 말했다.

"그렇다면 네 대장이 내 그릇을 시험한 연후에 내 부하가 되겠다는 것이로구나."

육갑이가 손뼉을 쳤다.

"맞습니다요, 제 말이 그 말입니다요."

서팔봉이 왕방울 같은 눈을 부라리며 시근거렸다.

"황림이 그 썩을 놈이 감히 우리 대장님을 시험한다는 거야?"

육갑이가 손사래를 치며 말하였다.

"너무 노여워 마십시오. 그것으로 홍길동 대장님의 능력이 입증된다면 그만 아니겠습니까? 큰 바다가 강물을 받아들이듯이, 홍길동 대장님의 실력이 뛰어나시다면 황 대장님도 자연히 부하가 될 것입니다요. 두 영웅이 싸우지 않고 자웅을 겨룰 수 있으니 얼마나 좋습니까?"

길동이 말했다.

"경상도 대적다운 배포로구나. 좋다, 황림의 시험이 무엇이냐?"

"헤헤헤. 경상도에 지독한 탐관오리 3명이 있습니다요. 경상도 사람들이 3맹호(三猛虎)라 불리는 자들인데 상주목사 신극성(愼克成), 선산부사 남경(南憬), 의성현령 이장길(李長吉)입지요. 이 자들이 부임하여 얼마나 가혹하게 수탈을 일삼았는지 세 고을의 사람들이 집을 버리고 산중으로 도망쳐서 몇 년 사이 영남에 도적들이 수없이 불어났지 뭡니까요."

당래가 다시 끼어들었다.

"그래서 네 두목이 우리 대장님더러 3맹호를 혼내 달라는 것이냐?"

"네, 그렇습지요."

서팔봉이 삿대질을 하며 소리쳤다.

"이 자식아, 너희 구역의 탐관오리는 너희 대장이 맡아야지! 너희 대장은 무엇하고 그런 일을 수백 리 떨어진 곳의 우리 대장님께 맡겨?"

"할 수 없겠습니까요? 그럼, 제가 헛걸음한 것이고요."

육갑이가 짐짓 몸을 돌리려 하자 서팔봉이 뛰어 내려가 그의 멱살을 잡고 달랑 들어 올려 솥뚜껑 같은 주먹으로 위협하였다.

"이 자식이 뚫린 입이라고 마구 지껄이는구나. 감히 어느 안전이라고 개소리야?"

"이거 왜 이러십니까? 전쟁터에서도 사신 온 사람은 건드리지 않는답디다. 가재는 게 편이라고, 같은 도적끼리, 더구나 부하가 되려고 찾아온 사람에게 이러시면 안 되지요."

육갑이가 서팔봉에게 멱살이 잡혀 대롱대롱 매달려 있으되 할 말을 멈추지 않았다.

"서팔봉, 그 손을 놓아라."

길동의 만류에 서팔봉은 마지못해 육갑이를 내려놓으며 위협하듯 두 눈을 부라렸다.

길동이 웃으며 육갑이에게 말하였다.

"네가 간담이 크구나."

"예예, 제가 그런 소린 좀 들었습니다요."

"내가 하나 물어보자꾸나."

"뭐든 물어보십시오."

"내가 3맹호를 혼내 주면 너희 대장이 내 부하가 되겠다는 말이지?"

"그렇습지요."

"조금 달리 생각하면 너희 대장은 3맹호를 어쩌지 못한다는 말이로구나."

"그것은 아닙니다."

"그것이 아니라면? 너희 대장은 3맹호를 혼내 줄 수 있단 말이냐?"

"저희 대장님은 호풍환우하는 도술을 지닌 분이라 마음만 먹으면 당장이라도 그자들을 혼내 줄 수 있지요."

서팔봉이 소리쳤다.

"도술을 부린다구? 그럼 우리 대장을 시험할 것도 없이 너희 대장더러 하라 일러라."

육갑이가 지지 않고 서팔봉에게 말했다.

"이거 왜 이러시우? 난 대장님이 시키는 분부를 전하러 왔을 뿐이니 나한테 이래라 저래라 마시우. 하기 싫음 고만이지 돼지 멱을 따나? 소리는 왜 지르고 야단이람?"

"뭐?"

서팔봉의 눈이 뒤집혀서 소매를 걷어붙이고 나서니 육갑이가 뒷걸음질 치며 소리쳤다.

"자꾸 이러면 나도 가만 안 있을 테야."

"가만 안 있으면?"

"미친 개새끼는 몽둥이가 약이란 말도 못 들었어? 흠씬 두들겨 주지."

"오냐! 누가 미친개처럼 맞는지 두고 보자."

두 사람이 도회청 마당을 빙글빙글 돌았다. 힘 있고 덩치 좋은 서팔봉이 육갑이를 잡으려고 하는데 육갑이는 가벼운 발놀림으로 약을 올리면서 피해 다니는데 일신에 권각을 익힌 자의 걸음이 틀림없었다.

홍길동이 소리쳤다.

"그만하라. 이게 무슨 짓이냐?"

두 사람이 도회청 마당에서 멈추어 섰다.

"서팔봉. 육갑은 황림의 명을 받고 온 사자다. 사자에게 한 번만 더 무례를 범한다면 가만두지 않을 테다. 어서 사과하거라."

서팔봉이 찔끔하여 시큰둥하게 사과하곤 도회청 안으로 들어왔다.

"발걸음이 가벼운 것을 보니 남다른 재주가 있는 모양이구나. 네게 특별한 재주가 있느냐?"

"특별한 재주는 없고 남들보다 걸음이 빨라 하루 200리는 거뜬하게 달립지요. 기분이 좋으면 300리도 문제없습니다."

"과연."

육갑이 길동에게 말했다.

"호풍환우하시는 저희 대장이 능력이 없는 것은 아니나 저를 이곳으로 보낸 것은 필시 사연이 있을 터이지요. 잘못되어도 저희야 손해날 것 없다는 것은 사실이지만 잘되면 경상도의 도적들을 일거에 휘하에 들일 수 있는데 이쪽도 나쁠 것 없는 일 아닙니까요?"

"저놈 말하는 거 보게. 저 주둥이를 찢어버리고 싶네."

서팔봉이 고래고래 소리쳤다.

길동은 잠시 묵묵히 뭔가를 생각하다가 이윽고 빙그레 웃으며 말하였다.

"좋다, 황림이 내 수하로 들어오겠다면 반드시 사연이 있겠지. 사연은 후에 들어봐도 될 것이니 내가 황림의 시험을 받아들이겠다. 너는 돌아가서 내 말을 전하라."

"저, 저 정말입니까?"

"그렇다, 내가 3맹호를 혼내 주고, 그런 후에도 아무런 탈이 안 나도록 조처해 주지. 물론 빼앗은 곡식들도 모두 되찾아오고 말이다."

"어, 어떻게 그러실 수가 있습니까?"

"나에게 생각이 있으니 너는 돌아가서 황림에게 내 말을 잘 전하기나 하여라."

"예, 예."

육갑이 머리를 갸웃거리다가 이내 큰절을 하고는 수하를 따라 바깥으로 나갔다.

"그놈, 밉지 않은 놈이구나."

길동이 중얼거렸다.

도회청 밖으로 육갑이가 사라지자 당래가 상기된 얼굴로 물었다.

"대장, 도대체 무슨 생각으로 허락하신다 하셨습니까? 상주나 선산을 털려면 적어도 저희 산채의 절반이 나서야 합니다. 아니, 설사 관아를 깨서 3맹호를 잡는다 하더라도 창고의 재물들을 무슨 수로 가져올 수 있겠습니까? 그것도 지리를 잘 모르는 영남 땅에서 말입니다. 이건 불가능한 거라고요. 제가 볼 때에는 황림이란 놈이 대장을 처치하고 이곳을 저희 손아귀에 넣으려는 계략이 틀림없습니다."

서팔봉도 맞장구를 쳤다.

"맞습니다. 거긴 생소한 영남 땅이라고요. 더구나 절간도 아니고 관군이 두 눈을 시퍼렇게 뜨고 있는 관아를 털다니요? 이건 절대 불가능한 거라고요. 제가 생각해 보니 대장이 영남 땅을 털다가 무슨 일이라도 생기면 황림이란 놈이 손쉽게 팔도 도적들의 우두머리가 될 것 아닙니까? 그야말로 손 안 대고 코 푸는 격이니 이건 황림이의 계략이 분명하다구요."

당래가 말했다.

"보세요. 무식한 서팔봉이도 알 만한 일이잖습니까. 막말로 대장이 성공한다 하더라도 관을 건드렸는데 나라에서 가만있겠습니까? 막말로 토벌군이라도 내려온다면 낭패가 아닙니까? 이건 섶을 지고 불구덩이로 들어가는 것이라고요."

"이 자식아. 거기 왜 내가 무식하다는 말이 나오는 거야?"

"그럼 네가 무식하지 않다는 거냐? 네 머리에 돌 하나 얹으면 뭐 되는 줄 아냐? 맷돌이야. 맷돌. 이참에 콩이나 갈아서 콩국수나 해 먹어 볼까?"

"그럼 네 머리에 돌 얹으면 석탑이겠네. 법석 한번 열어줄까? 나무아미타불 관세음보살."

두 사람이 투닥거리며 말다툼을 벌일 때 길동이 빙그레 웃다가 입을 열었다.

"이 일은 하고 말고의 문제가 아니다. 탐관오리를 혼내 주고 빈민을 구제하는 활빈행은 원래 내가 뜻한 바였다. 영남에 부패한 관리들을 혼내주는 것 또한 내 소임이니 마땅히 내가 해야 할 일이었다. 그런데 고맙게도 그 일을 해주면 영남의 도적들이 일거에 수하가 되겠다고 하니 거절할 일이 무엇이냐. 설사 그들이 내 수하가 되지 않는다 하더라도 나는 다툴 의사가 없으니 그리 알라. 내가 생각이 있으니 너희들은 다만 내가 시키는 대로만 하여라."

당래와 서팔봉이 어리둥절한 얼굴로 서로를 바라보았다.


# 둘


길동은 영남으로 떠나기 전에 수하를 시켜 3맹호에 대하여 탐문케 하였다. 각지로 떠났던 수하들이 돌아와서 보고 들은 이야기들을 차례로 고하였다. 먼저 선산을 다녀온 부하가 보고하였다.

"남경은 선왕의 외척인데 호조좌랑이 되었다가 대간들이 들고일어나서 외직으로 쫓겨나 선산부사가 되었습지요. 학식도 없고 오직 문음(門蔭)으로 벼슬아치가 된 터라 탐욕스럽기가 한량없어서 선산 고을의 백성들을 이 잡듯이 잡는 바람에 온 고을이 텅 빈 집처럼 되었습니다. 춘궁기에 곡식을 빌려 주고 가을에 고리대를 받아서 백성들이 이자와 매를 견디질 못하고 조세와 부역에 시달려서 마침내 집을 버리고 떠돌아다니는 유랑민이 되어 버린 것이랍니다."

상주에 다녀온 부하가 뒤를 이었다.

"상주목사 신극성은 왕비 신 씨의 족속입니다요. 신극성은 사람됨이 탐혹하고 잔인한데, 신수근 부자네 문지방을 닳도록 드나들어서 마침내 현달하게 되었다 합니다요. 그가 서울에 있을 때에 휘순(徽順) 공주의 집을 감독하여 지었는데, 인가를 널찍이 철거하고 극도로 사치를 다해서 민간의 원성이 자자하였습지요. 그런데 그게 도리어 임금의 마음에 들어서 상주목사로 부임하게 되었습니다요. 상주는 낙동강을 끼고 넓은 들판이 자리하여서 경상좌도에서 첫째가는 큰 도읍입지요. 비옥한 논밭이 끝이 없어서 곡식의 산출이 많은 덕분에 사람들이 배를 두드리며 살기 좋은 고을이었는데, 신극성이 부임한 후부터 오로지 중앙에 있는 벼슬아치들에게 뇌물 보내기에 급급하여서 갖은 조세를 부여하고 엄한 형벌로 백성들의 고혈을 짜내어 상주 백성들이 못 견디고 야반도주하니 열 집이면 아홉 집은 비게 되었습지요. 사람들의 말을 들어 보니 신극성의 탐혹함이 영남에서 제일이라 합니다요."

의성현에 다녀온 부하가 머리를 저으며 말하였다.

"허허, 모르시는 말씀. 의성현령 이장길도 만만찮은 인물이외다. 그 자는 당상으로 있는 이장곤의 형님인데 사람 좋은 이장곤과는 달리 간사하고 약아빠진 인물이올시다. 장원서(掌苑署) 제조(提調)인 임숭재(任崇載)가 경상도로 봉사(奉使)할 때에 백성에게 거두어들인 재물로 그에게 회뢰하고, 창령대군 이성(李誠)의 집에도 수없이 회뢰하였으며, 다시 연산주의 애첩인 전비(田非)와 결탁하여 두 해가 차기도 전에 특별히 부정(副正)으로 승진되었습지요. 임숭재는 간신 임사홍의 아들인데 선왕의 부마인 까닭에 나는 새도 떨어뜨리는 권력을 가지고 있어서 이장길이 하루가 멀다 하고 뇌물을 보내어 의성 사람들의 등골이 빠져 낙지처럼 노골노골해졌다나요? 의성이 선산이나 상주처럼 들판이 넓은가 하면 그도 아니어서 남자들은 들로 산으로 약초를 캐러 다니고 아낙들은 집에서 베를 짜서 조세와 부역을 감당하는데 얼마나 힘들게 사는지 곳곳에 빈집이 즐비하고, 사람 사는 집이라도 울음소리가 나지 않는 곳이 없습디다."

길동이 세 사람의 이야기를 듣고 탄식하였다.

"가혹한 정치가 호랑이보다 더 무섭다 하더니 참으로 통탄할 노릇이구나."

얼굴이 붉으락푸르락하게 변한 서팔봉도 이를 갈았다.

"대장, 이놈들을 가만 놔두면 안 되겠습니다요. 가서 그 잡놈들의 모가지를 잘라버립시다."

길동이 고개를 끄덕였다.

"그래. 가자꾸나. 가서 그놈들에게 본때를 보여주자꾸나."

당래가 손을 펼쳐 흔들며 나섰다.

"잠깐! 잠깐만요, 대장."

"왜 그러느냐?"

"도대체 어떻게 하실 생각이십니까?"

"벼락처럼 관아를 습격해야지."

"예? 그럼 우리 활빈도의 부하들을 이끌고 관아를 친단 말입니까?"

"그래."

"대장, 그건 정말 무모합니다. 관아를 치는 일은 관군과 싸우는 일이라고요. 군사들과 정면으로 부딪히다니, 그건 벌집을 건드리는 겁니다. 토벌군을 불러들이게 될 겁니다."

당래는 울상이 되었다.

"나에게 계책이 있느니라. 너희들은 나만 따라오너라."

다음 날, 길동은 부하들을 이끌고 선산으로 출발하였다. 길동은 양반 차림으로 말을 타고, 서팔봉은 중인 복장을 하고, 패랭이를 쓴 날랜 부하 50여 명을 보부상처럼 꾸며서 상단처럼 행세하였다.

일행은 이날 지리산을 내려가서 함양에서 유숙한 후 다음 날 산음현을 지나 거창까지 140리 길을 걷고, 그다음 날 합천을 지나 고령까지 140리 길을 걸었다. 다시 다음 날 60리 길을 걸어 성주에서 중화하고 하룻밤을 편하게 쉬면서 보낸 후 그다음 날 140리 길을 걸어 인동에 도착하였다.

인동에서 선산까지는 60리 길이라 가져온 재물로 거하게 배를 불린 후, 이른 아침에 출발하여 중화 무렵에 오을고개원에 40여 명을 머물게 하고 다음 날 동트기 무섭게 선산으로 달려오게 명을 내렸다. 중화를 마친 후에 길동이 남은 부하 10여 명을 이끌고 오을고개원을 출발하여 선산에 도착하니 중천에 뜬 해가 기울어 거뭇거뭇해질 무렵이었다.

선산은 사방 100리의 큰 고을로 북쪽에 비봉산을 진산으로 하여 서쪽에 복우산과 연악산이, 동쪽에 태조산이 있으며 남쪽에 대황당산과 부래산이 둥글게 감싸 안고 있는 형국이었다. 낙동강이 고을의 한가운데를 관통하여 흐르는데 김천에서 들어온 감천이 읍치 남쪽을 지나 낙동강으로 흘러 들어가며 일대에 넓고 비옥한 논밭이 넓게 펼쳐 예부터 삼한의 일선성(一善城)이라 불렀다.

넓은 들판을 보노라면 곡식의 산출이 많아 보이건만 고을 안은 도리어 황량하여 쓸쓸한 기운이 감돌았다. 땅거미가 어둑어둑하게 깔릴 무렵 마을에서 밥 짓는 연기가 안개처럼 퍼지며 불빛이 깜빡깜빡 생겨났다.

길동 일행이 관아에서 그리 멀지 않은 주막집에 자리를 정하였다. 따라온 부하들은 저녁을 먹인 후에 봉놋방을 빌려 쉬게 하고 길동은 따로 방 한 칸을 얻었다.

이날 밤 길동이 좌정하여 행기를 하고 있을 때 어디선가 베 짜는 소리가 철컥철컥 들려왔다.

길동은 정신이 산만하여 행기를 중단하고 철컥거리는 소리를 한동안 듣다가 길게 한숨을 내쉬었다. 아낙이 밤잠을 자지 않고 짜는 베는 필시 관아로 들어갈 것이었다. 위로는 임금이 철없는 유희를 위하여 대관들을 독촉하고, 대관들은 작은 고을의 수령을 겁박하며, 수령들은 아전들을 핍박하고, 아전들은 백성들을 협박하여 그들의 피와 땀을 남김없이 수탈할 것이었다.

백성들의 고혈은 아전의 주머니로 들어가고, 수령을 살찌우며, 대관들의 치부의 수단이 되었다가 마침내 임금의 유희로 덧없이 쓰여질 것이었다.

생산의 노고를 감당하는 백성들과는 상관없는 자들이 논바닥의 거머리처럼 병약한 백성들의 종아리에 달라붙어 그들의 뜨거운 피를 아무런 가책 없이 빨아댈 것이었다. 진창에 두 발을 딛고 끊임없이 생산하는 백성들은 자신의 피가 말라가는 것을 모른 채 꾸역꾸역 살아가는 것이었다. 아니, 알면서도 마치 그것이 예전부터 당연한 일인 양 살아오는 것인지도 몰랐다.

창밖이 뿌옇게 밝아오는데 처량하게 들리는 베 짜는 소리에 길동은 일변 침울한 마음을 감출 길이 없고 일변 분노를 참을 길이 없었다. 창밖에 발자국 소리가 들리며 문 앞에서 서팔봉의 목소리가 들려왔다.

"나리. 기침(起寢) 하셨습니까?"

"오냐. 모두 도착했느냐?"

"예. 막 도착해서 분부를 기다리고 있습니다."

길동이 문을 열고 바깥으로 나가니 패랭이 쓴 서팔봉이 육모방망이를 들고 서 있다가 꾸벅 인사하였다. 길동이 서팔봉과 함께 주막 마당으로 나가니 50여 명의 장정들이 육모방망이 하나씩을 들고 위세 좋게

서 있었으며, 부엌문 안에 있던 주모가 힐끔힐끔 고개를 내밀며 바라보고 있었다.

길동이 양반 복색을 하곤 태연하게 장정들에게 말했다.

"오래 기다렸다. 탐관오리에게 따끔한 맛을 보여주러 가자꾸나."

길동이 앞장을 서고 그 뒤로 서팔봉과 50여 명의 부하들이 풍우처럼 따라가서 선산 관아 앞에 도착하였다.

이른 아침부터 웬 사람들이 떼를 지어 몰려오자 번을 서던 관졸 하나가 겁에 질린 얼굴로 창을 치켜들고 소리쳐 물었다.

"웬 놈들이냐? 웬 놈들인데 이른 아침부터 떼로 몰려오는 게냐?"

길동이 품속에서 둥근 동패(銅牌)를 꺼내 머리 위로 들었다. 그러자 길동의 부하들이 일제히 소리쳤다.

"암행어사 출두요!"

아닌 밤중에 홍두깨도 아니요, 이른 아침에 어사출두를 만났으니 창을 든 관졸들은 때 아닌 염라대왕을 만난 것처럼 바들바들 떨면서 어쩔 줄을 몰랐다. 길동의 뒤편에 있던 부하들이 육모방망이를 들고 밀물처럼 관아로 쏟아져 들어갔다.

"반항하는 자는 목을 벨 것이다."

길동이 마패를 들고 소리치자 창을 든 관졸들은 반항도 제대로 못하고 길동의 부하들에게 몰매를 맞았다.

선산 관아가 한바탕 난리가 났다. 관아 안으로 쏟아져 들어간 부하들은 육모방망이를 마구잡이로 휘둘러 관졸, 아전 할 것 없이 초다듬이질을 하였다. 영문을 모르는 아전들과 관졸들이 반항 한번 못해 보고 굴비 엮이듯 포박되어 동헌 마당에 무릎이 꿇렸다.

내아(內衙)에서 태평하게 단잠을 자던 선산현감 남경 또한 서팔봉에게 상투잡이를 당하여 동헌 마당으로 끌려 나왔다. 서팔봉이 남경을 동헌 마당에 패대기쳤다.

"에구, 에구구⋯."

봉두난발한 선산부사 남경이 호들갑을 떨면서 비명을 지르다가 가까스로 정신을 차려 좌우를 둘러보니 육모방망이 든 금강역사 같은 장정들이 우뚝우뚝 서 있고 동헌 마루를 올려다보니 옥골선풍의 선비 하나가 교의에 앉아 있었다.

"이놈! 네 죄를 네가 알렸다."

길동이 벼락처럼 호통을 쳤다. 남경은 길동을 말로만 듣던 어사또라 믿고 이마를 땅에 찧으며 하소연하였다.

"어사또, 제가 대체 무슨 죄를 지었기에 아랫것들 앞에서 이런 망신을 주시오?"

"네 죄를 모른단 말이냐?"

"제가 세금을 과하게 거두어들인 바는 있으나 모두 조정의 대소 관료들과 상감께 올린 것뿐이올시다. 이제 저를 치죄하시면 근방의 사또들도 모두 저와 같은 죄를 지었으니 같은 벌을 받아야 될 것이외다."

"이놈이 아직도 제 죄를 모르고 발뺌을 하는구나. 저놈을 형틀에 묶어서 따끔한 맛을 보여줘라."

"궁둥이가 터지도록 두들겨 주랍신다."

길동의 하명에 서팔봉이 급창처럼 소리를 지르곤 남경의 머리채를 잡아 개 끌듯이 끌어 형틀에 묶어 놓았다.

"볼기짝이 터져서 볼일도 못 보게 해주마."

서팔봉이 우악스런 두 손에 침을 뱉어 비비더니 음흉하게 웃다가 노 젓는 삿대 같은 곤장을 들어 엉덩이를 세차게 때렸다.

"아이구! 아이구!"

남경의 입에서 죽는 소리가 연달아 들려왔다. 역사가 때리는 곤장이라 그 위력이 대단해서 장 두 대에 엉덩이가 터져서 피가 철철 흘렀다.

"아이구, 죽을죄를 지었습니다요. 한 번만 용서해 주십시오. 살려 주십시오. 에구 나 죽소. 에구에구. 나 죽네."

살려고 발악하듯 죽는 소리를 지르자 길동이 손을 들어 서팔봉의 곤장이 춤추기를 멈추었다.

"이놈. 겨우 다섯 대 맞고 엄살을 부리는 게냐?"

"에구, 엉치뼈가 주저앉은 것 같습니다. 그저 목숨만 살려만 주십시오."

눈물을 찔끔찔끔 흘리면서 사정하는데 처음에 위세 당당하던 기세가 어디로 갔는지 흔적이 없었다.

"네놈이 죄가 있느냐?"

"예예, 제 죄를 잘 알고 있습니다요. 과중한 세금을 거두어 백성들을 괴롭혔습니다요. 춘궁기에 곡식을 빌려주고 고리대를 받았으며, 농번기에 백성들을 부역으로 혹사시켰습니다요. 홍녀를 뽑는다고 협박하여 돈을 뜯었사옵고 관가의 곡식과 전지를 제 맘대로 전용하였습니다요."

"또?"

"더는 없습니다."

서팔봉이 손바닥에 침을 뱉어 곤장을 잡으며 중얼거렸다.

"없어? 좋아. 이번에는 엉덩이를 쳐서 불알을 터트려 줄 테다. 그래도 말을 안 하나 두고 보자."

남경이 사색이 되어 얼른 말했다.

"여, 연일 기생들을 불러 먹고 놀았습니다. 고, 공물을 거둔다는 구실로 사사로이 재물을 착복하였습니다."

"네 죄를 네가 잘 알고 있구나."

"예. 제가 제 죄를 잘 알고 있습니다."

매에는 장사가 없다고 남경이 서팔봉의 우악스런 매가 두려워 순순히 잘못을 시인하였다.

길동이 이번에는 이방 이하 육방관속들에게 말하였다.

"너희들의 죄를 얼기허여리."

"저희들은 사또가 시킨 대로 한 죄밖에는 없습니다요."

육방관속들이 저희 책임을 사또에게 떠넘기다가 형틀에 묶여서 물볼기를 호되게 맞은 후에 중간에 농간을 부려서 적지 않은 재산을 빼돌렸노라고 토설하였다.

"저 망할 놈들의 재산을 모두 압수하고 관복을 벗겨 옥에 가두어라."

명을 받은 길동의 부하들이 선산 관아의 현령과 관졸들의 관복을 벗겨 감옥에 가두고 이방을 끌고 가서 육방관속들의 재산을 모조리 압수해서 가져왔다.

동이 터서 환하게 날이 샌 동헌 마당에 산더미 같은 재물들이 차곡차곡 쌓였다.

쌀섬과 비단, 상목, 귀금속 등 백성들에게 수탈한 것들을 죄다 동헌에 가져다 놓으니 그 양이 적지 않았다. 관아의 창고에는 5천 석이 넘는 곡식들과 갖은 물목의 뇌물들이 가득 차 있었고 내아에서도 수많은 보석들과 금붙이가 발견되었다.

서팔봉이 동헌 마당에 쌓여 가는 재물을 보고 혀를 내두르며 길동에게 말하였다.

"대장, 이게 꿈입니까? 관아를 턴다고 걱정했더니 이렇게 쉽게 일이 풀릴 줄이야 누가 알았겠습니까?"

"그래서 머리를 써야 한다는 것 아니냐. 느닷없이 들이쳐서 모두가 경황이 없을 것이다."

"그럼요, 선산 백성들도 우리가 도적이라는 것을 모르는 눈치입니다요."

"하지만 오래가지는 않을 것이다. 꼬리가 길면 밟히는 법이니 말이다."

"어이구, 그럼 빨리 일을 처리해야겠군요. 대장, 이 재물들을 어떻게 가져갑니까? 이것들을 모두 가지고 지리산으로 가려면 수레도 많이 필요할 거고, 중간에 많은 고을을 지나야 하는데 사람들이 수상하게 보겠지요?"

"그럴 테지."

"그럼 어쩝니까? 50명 분의 재물만 가져갈 깝쇼?"

"우선 곡식을 풀어서 관아 앞에 쌓아 놓고 백성들에게 가져가라고 하거라. 어사또의 명이라면 사람들이 안심하고 가져갈 것이다."

"예."

서팔봉이 졸개들에게 명을 내려 관아 앞에 넓게 멍석을 깔고 그 위에 곡식을 쏟아놓게 하였다. 졸개들이 부지런히 창고에서 쌀을 날라 멍석 위에 부어 놓으니 잠시 만에 산더미같이 곡식이 쌓였다.

졸개들 중에 발 빠른 자로 하여금 동리를 돌면서 곡식을 가져가게 하니 얼마 되지 않아 고을 사람들이 개미떼처럼 모여들어서 곡식을 퍼 가며 어사또의 공덕을 찬양하였다.

길동 일행이 관아에서 늦은 아침을 먹은 후에 옥에 갇힌 아전들을 하나하나 불러내어 죄의 경중을 구별하여 곤장을 치니 이른 아침부터 선산 관아에 곡소리가 진동하였다.

길동이 동헌 교의에 앉아 드러내놓고 어사또의 행세를 하였는데 끌려 나온 관원들의 죄를 물어 벌을 줄 때에는 이치에 딱딱 맞고 말이 엄정하여 아전들도 길동을 암행어사인 줄로만 알았다. 이방을 문초하여 환곡 장부를 빼앗아 불태웠으며, 토옥에 갇혀 있는 자들 가운데 억울하게 잡힌 이들을 방면시켜주니 백성들과 고을 부로(父老)들이 관아 앞에 몰려와서 너도나도 임행어사를 칭송히였다. 그 누구도 길동 일행을 도적으로 보는 사람이 없어서 서팔봉은 조금 마음이 놓였지만, 한편으로는 혹여 인근의 고을에서 군졸들이 닥칠까봐 전전긍긍하였다.

해가 중천으로 떠오를 무렵, 서팔봉의 우려대로 한 떼의 관원들이 관아로 들이닥쳤다.

동헌 마루 앞에 서 있던 서팔봉이 놀란 눈으로 길동을 바라보았다.

"걱정할 것 없다."

길동은 미소를 짓고 있었다.

서팔봉이 길동의 지략을 모르는 것은 아니지만 지레 마음이 떨려 바늘방석에 앉은 것 같고 천 길 낭떠러지에 있는 것 같아서 어찌할 줄 모르고 동헌으로 들어오는 관원들을 바라보다가 갑자기 두 눈을 휘둥그레 떴다.

관졸들의 맨 앞에 선, 검은색 쾌자에 남철릭을 입은 사령이 누군가와 비슷하게 닮아 있었기 때문이었다.

"여, 서팔봉아! 나다."

사령이 서팔봉을 향해 손을 흔들었다.

"엉?"

서팔봉이 눈을 비비고 다시 보니 관졸들을 이끌고 온 사령은 다름 아닌 당래였다.

"네가 여긴 웬일이냐?"

당래는 서팔봉의 물음에 대답하지 않고 길동을 향해 꾸벅 절부터 하였다.

"대장, 수레를 구하느라 시간을 지체하였습니다."

"아니다, 제때 도착하였다. 곡식과 재물을 수레에 싣도록 하여라."

"예."

당래가 우렁차게 대답하고는 부하들에게 소리쳤다.

"자! 창고에 있는 남은 곡식과 재물들을 수레에 옮겨 싣도록 하여라."

"예."

따라온 관졸들이 마당에 쌓인 곡식과 재물들을 옮기기 시작하였다.

서팔봉은 슬그머니 당래에게 다가가 물었다.

"도대체 어떻게 된 거냐? 네가 왜 사령 옷을 입고 있는 게야?"

"네가 지리산을 떠나기 전날 대장님께 명령을 받았다. 오늘 아침까지 수레를 잔뜩 준비해서 선산으로 오라 하셨지. 가까운 속리산 도적 패들의 도움을 받아 오느라고 늦었다."

"그럼 원래 대장님과 이야기가 된 거였냐?"

"그래. 그런데 며칠 뒷간에 못 갔니? 간만에 만나서 똥 씹은 얼굴이냐?"

"대장님한테 섭섭해서 그렇다. 나한테 그런 걸 말해 주면 마음을 덜 졸일 것 아니냐?"

"개 코 같은 소리 하고 자빠졌네. 백주에 암행어사 출두한 기분도 못 낸 사람에게 무슨 투정이야? 내가 너와 임무를 바꿔 달라고 얼마나

간청했는지 아느냐? 정말 섭섭한 건 나라구."

"그러냐?"

"탐관오리 혼내 주는 기막힌 재미를 너에게 빼앗기고 빈 수레나 날라야 했던 내 심정을 네가 알긴 아느냐?"

"자식, 그럴 수도 있는 거지. 그런 것 가지고 삐치기는 ⋯ ."

서팔봉이 누런 이를 드러내고는 씨익 웃었다. 생각해 보니 당래가 맡은 임무보다 자신의 임무가 더 괜찮았던 것이다.

'역시 대장님은 당래보다 나를 더 예뻐하신단 말이야.'

서팔봉은 온몸에 기운이 불끈불끈 솟는 것 같았다. 바깥으로 나가 보니 수레 50여 대가 줄지어 있었다. 100여 명이 넘는 도적들이 50여 대의 수레에 곡식과 재물을 차곡차곡 쌓아 놓으니 얼마 지나지 않아 관아의 창고가 텅 비었다.

"대장, 모두 다 실었습니다."

당래가 동헌에 있는 길동에게 보고하였다.

"그럼 넌 이 길로 부하들을 이끌고 돌아가거라. 관복을 입었으니 의심하는 사람도 없을 것이고, 조정으로 가는 공물 짐이라 하면 막는 이가 없을 것이다."

"예, 알고 있습니다."

당래는 꾸벅 인사하다가 문득 고개를 들고 물었다.

"그런데 대장, 옥에 갇힌 남경은 어떻게 하실 겁니까?"

서팔봉이 손으로 목을 그으며 말하였다.

"다시는 나쁜 짓을 못하도록 목을 날려 버리는 것이 어떻습니까?"

길동이 얼굴을 찌푸리며 고개를 저었다.

"남경을 죽이지는 않는다."

"예?"

"그는 조정의 녹을 받는 관원이다. 관원을 죽이면 나라에서 가만있지 않을 것이다. 아직 할 일이 많은데 섶을 지고 불구덩이에 들어가는 어리석음을 범해서는 아니 된다."

"그럼 어떻게 하실 겁니까?"

"다시는 탐학한 짓을 못하도록 따끔하게 혼을 내주고 갈 것이다. 당래, 너는 날랜 부하 10명만 남기고 모두 데리고 출발하여라."

"예."

당래가 다시 꾸벅 인사하고는 부하들을 데리고 동헌을 나갔다.

그날 저녁, 길동은 동헌 마당에 화톳불을 환하게 피워 놓고 아전들과 사령들을 끌어내어 다시 한바탕 치도곤을 하였다.

다 늦은 밤 동헌 마당에 때 아닌 곡소리가 진동을 하였다.

어두컴컴한 중에 교의에 앉은 길동은 염라대왕 같았고 곤장을 들고 늘어선 부하들은 저승사자 같았다.

탐학을 일삼던 아전들과 사령들이 호되게 매를 맞고 감옥에 들어간 후에 길동이 서팔봉에게 말하였다.

"남경을 데리고 오너라."

"예."

서팔봉이 부하 몇을 데리고 감옥으로 들어가 남경의 머리채를 끌고 동헌 마당으로 나왔다.

남경은 다리를 절룩거리며 도살장에 끌려가는 소인 듯 끌려와 마당에 널브러졌다. 그는 이미 감옥 안에서 들려오는 비명과 몰매에 기절하여 돌아오는 부하들을 보고는 겁에 질려 혼이 빠질 지경이었다. 부하들이 야차들이라면 어사또는 염라대왕이나 다름없어서 보기만 하여도 오줌을 찔끔찔끔 지릴 정도였다.

길동이 말없이 남경을 내려다보다가 교의에서 벌떡 일어나 우레처럼 소리쳤다.

"저놈을 매우 쳐라."

건장한 부하들이 다짜고짜 남경을 형틀에 묶어 놓고 사정없이 곤장을 휘둘렀다.

"에고! 에고!"

난데없는 물볼기에 남경이 죽는다고 소리를 지르며 버둥거렸지만 사지가 묶인 터라 소용이 없었다.

"어사또, 살려 주십시오! 살려 주십시오! 제가 죽을죄를 지었습니다."

곤장이 떨어질 때마다 눈에서 불이 번쩍번쩍 나는 것 같고 엉덩이가 찢어지는 것 같아서 남경은 숨넘어가는 소리를 연신 질렀다.

"그만."

길동의 호령에 매질이 일순 멈추었다.

"에구구 … 목숨만 살려 주십시오, 어사또 나리."

남경이 닭의 똥 같은 눈물을 철철 흘리며 애원하였다. 잠시 남경을 내려다보던 길동이 무겁게 입을 열었다.

"이놈, 이제 네 죄를 알겠느냐?"

"예예, 제 죄를 알겠습니다요. 아니, 이미 알고 있었습니다요."

남경이 이마를 형틀에 박을 듯이 굽실거렸다. 죄를 이미 알고 있는데 자꾸만 불러 매질을 하는 어사또가 원망스러웠지만 어찌할 수 없는 노릇이었다. 그저 살려 달라고 비는 수밖엔 도리가 없었다.

길동이 말했다.

"내가 너를 다시 불러 매질한 이유를 아느냐?"

"모릅니다."

"내가 네 죄를 조정에 알려 봉고파직하려 했다만, 네 인생이 불쌍하여 이번 한 번만은 용서해 주기로 하였다."

"예?"

남경의 눈이 휘둥그레졌다. 이것이야말로 죽음 중에 회생한 것이라 볼기짝이 찌르는 것처럼 아픈 가운데에서도 입이 절로 벌어졌다.

"대신 관아의 재물은 나라에 충당하는 것을 남겨두고 모두 압수할 것이니 그리 알라."

"여부가 있겠습니까? 어사또 마음대로 하십시오."

"잘 알아듣는구나. 차후에도 백성들의 재물을 갈취하거나 가혹한 부역으로 탐학을 부린다는 소리가 내 귀에 들어오면 그때는 매질로 끝나지 않을 것이니 그리 알라."

"예예, 그저 어사또님의 처분에 감사할 따름입니다요."

견물생심이라고 재물에 약해지는 것은 어사또도 매일반이라, 남경은 어사또가 재물에 혹하여 죄를 사해 주는 것이라 짐작하고 아니꼽게 생각하면서도 벼슬이 떨어지지 않게 되는 것을 다행으로 여겨 형틀에 묶인 채로 연방 이마를 조아렸다. 형틀에서 풀려나 부하들의 부축을 받고 있는 남경에게 길동이 부드러운 목소리로 말하였다.

"사또는 내아에 들어가 쉬고 있으라."

"예예, 어사또의 처분에 감사할 따름입니다."

남경이 그동안의 고생을 생각하니 서러움이 복받쳐 눈물이 절로 나왔다. 그는 훌쩍훌쩍 울면서 절룩절룩 동헌을 나갔다.

동헌의 쪽문으로 나가는 남경의 뒷모습을 바라보던 서팔봉이 길동에게 말했다.

"병 주고 약 주시는 재주가 참으로 일품이십니다."

"딴생각을 못하게 하려니 물볼기밖에는 방법이 없구나."

길동이 싱긋 웃었다.

"참말 대장님의 머리는 못 당하다니까."

서팔봉이 매질로 남경의 혼을 빼 놓고 일을 갈무리시키는 길동의 지략에 혀를 내두르며 감탄하였다.

"이제 볼일 다 봤으니 그만 가자꾸나."

길동이 남은 부하들을 동헌 마당으로 집합시켜 소리 소문 없이 관아를 떠나 버리고 말았다.

다음 날, 내아에 들어가 앓아누웠던 선산부사 남경이 들창이 환하도록 아무런 기척이 없어서 저 혼자 문을 열고 천천히 밖으로 나왔다. 볼기가 시퍼렇게 멍이 들어서 마루에 의지하여 신발을 신고 마당으로 내려오니 관아가 쥐 죽은 듯 고요하였다.

담장에 걸쳐 있는 작대기 하나를 짚고 내아를 나와서 동헌 안을 살그머니 들여다보니 동헌 마당에 좌기한 형장들만이 을씨년스럽게 놓여 있을 따름이다.

"어사또가 어딜 가셨나?"

남경은 조심스레 문을 열고 동헌 마당으로 들어갔다. 지팡이에 몸을 의지하여 마당을 가로질러 동헌으로 올라가니 관아에 쥐새끼 하나 보이지 않았다.

"이상하네."

남경이 머리를 갸웃거리다가 무거운 발걸음을 움직여 감옥으로 찾아갔다. 문밖에서부터 앓는 소리가 진동하였다.

지키는 사람 하나 없는 감옥 안으로 들어가니 아전들과 관속들이 멍

266

하니 사또를 바라보았다. 남경이 벽에 걸린 자물쇠로 감옥 문을 따 주자 아전들과 관졸들이 엉금엉금 기어 나왔다.

"사또, 이게 어떻게 된 일입니까? 어사또 나리는 어딜 가시고?"

이방이 남경에게 기어 와 물었다.

"나도 모르겠다. 아침에 일어나 보니 관아가 텅 비었구나."

관졸들과 관비들이 모두 감옥 밖으로 나와서 텅 빈 동헌을 넋을 잃고 바라보고 있을 때에 호조의 서리 하나가 엉덩이를 부여잡고 절룩거리며 달려와 소리쳤다.

"큰일 났습니다요. 그득하던 관아의 창고가 텅 비어 있습니다."

"뭐라고?"

"어사또가 관아의 재물을 모조리 가져간 모양입니다요."

남경은 어젯밤에 매를 맞을 때 어사또 마음대로 하라고 했던 것이 생각났다. 이미 허락한 일이니 관아에 재물이 없어진 것이 큰일 날 일도 아니다. 없어진 재물은 다시 모으면 그뿐이 아니던가. 어사또도 사사로이 재물을 축적하는데 알짜배기 선산에서 다시 재물을 모으는 것은 일도 아니었다.

"목이 떨어진 것도 아닌데 그게 뭐 큰일이라고 호들갑이야. 파직이 되지 않은 것만 해도 다행한 일이니 잠자코 있어라."

남경이 쓴 입맛을 다시고 있을 때 이방이 고개를 갸웃거리며 말하였다.

"사또, 뭔가 이상하지 않습니까? 어사또가 뭣 때문에 관아의 재물을 가져간단 말입니까. 어사또의 임무에 그런 것이 있습니까? 가만히 생각해 보니 석연찮은 것이 한두 개가 아닙니다요."

이방이 염소수염을 꼬면서 남경을 바라보았다.

"소인은 생각할수록 이상합니다요. 그놈들이 '어사출두요!' 소리치고 밀물처럼 와서는 썰물처럼 사라져 버린 것도 그렇고, 창고의 곡식을 도적질하듯 털어가 버린 것도 그렇고 말입니다요. 그놈들이 포졸들의 관복을 빼앗아 입고 관원처럼 우리를 치도곤 한 것도 그렇고요, 온통 이상한 점 투성이올시다."

남경이 다시 생각해 보니 이방의 말이 맞는 것도 같았다. 어사가 출두할 때는 인근 고을 포졸들의 지원을 받는 것이 의례적이고, 공사가 지엄하여서 출두를 하게 되면 세세한 문건이 조정으로 올라가기 마련이건만 구렁이 담 넘어가듯이 일이 마무리된 것은 아무리 생각해 봐도 문제가 있었다. 그렇다 하더라도 어사도 아닌 자들이 대담하게 어사를 사칭하여 관아를 뒤집어 놓는 것은 불가능한 일이니 이방의 말을 무턱대고 믿는 것도 무리가 있었다.

"이방은 어사또가 화적이라고 생각하는가?"

"예. 저는 그자들이 화적이라고 생각합니다요."

남경이 코웃음을 치면서 말했다.

"닥쳐라, 이놈아. 여기가 어디라고 화적들이 수작을 부린단 말이냐? 그놈들이 간이 붓지 않은 다음에야 감히 관청을 털 수 있겠느냐? 이제 말하지만 어사또가 나와 먼 족친간이다."

"예?"

육방관속들이 두 눈을 동그랗게 떴다.

"어제 어사또가 은밀하게 말하기를 내가 궁궐에 연줄이 있고 또 나와 어사또는 먼 족친간이라 상부상조하자고 용서해 준다 하더라. 창고의 재물은 조정의 대신들에게 잘 봐주십사 하고 어사또에게 청탁을 넣느라 드린 것이다. 이제 알겠느냐? 앞으로 어사또에 대해서 쓸데없는 이야기를 입에 담는 자는 누구도 용서하지 않을 테니 그리 알라."

남경이 한바탕 역정을 내고 내아로 돌아와 방 안에서 칭병하고 누웠
는데 형틀에서 매질 당하던 광경이 눈에 선하였다.

"그자가 어사또면 어떻고 화적이면 어떠냐. 배 떠난 후에 칼 찾는
격이니 모든 것을 꿈이라 생각하고 잊어버리자."

말은 이렇게 하였지만 시퍼렇게 멍이 든 엉덩이가 아려 와서 잠을
이루지 못하고 이부자리에 엎드려 죄 없는 이를 갈고 있으려니 분하고
원통한 마음에 눈물이 찔끔찔끔 났다.


# 셋


선산 관아를 나온 길동은 그길로 의성을 향해 출발하였다. 엎어지
면 코 닿을 거리에 있는 상주는 이미 어사출두한 소문이 파다하게 퍼
졌을 것이니 신극성이 만반의 대비를 할 것이 틀림없었다. 길동이 신
극성을 건드릴 수 없는 것은 그가 정 2품 관찰사를 겸한 상주목사라는
중책을 맡았으며 또한 우의정 신수근의 총애를 받기 때문이었다. 어
사가 임금을 대신하여 탐관오리를 혼내주는 임무를 수행한다지만 신
극성을 건드리기에는 무리가 있었다.

길동은 가까운 상주를 포기하고 날랜 장정 10명만 추려내어 일부는
먼저 가서 의성을 정탐하게 하고, 서팔봉과 네 사람을 거느리고 천천
히 길을 떠났다.

선산에서 출발한 길동이 여차니나루를 건너서 60리 비안에서 중화
(中火) 하고 그날 저녁 무렵 도리원(都里院) 에 도착하였다. 저녁을 먹
고 나니 앞서 의성을 정탐하러 간 졸개들이 돌아와 고하였다.

의성은 100여 호가 안 되는 작은 고을이고 산으로 둘러싸여 있었기 때문에 군위나 선산 같은 넓은 들이 없어서 고을 사람들 대부분이 누에를 키워 호구로 삼았다.

의성현령 이장길은 과중한 세금을 고을 백성들에게 부과하여 곡식 대신에 비단을 거둬들였는데 백성들이 이를 견디지 못하고 황학산과 금학산으로 도주하여 도적이 되었는데 재랫재와 뱀골, 부처고개에 자주 출몰하여 도적질해 간다고 하였다.

"재랫재는 안동으로 가는 길목에 있고, 뱀골과 부처고개는 청송으로 가는 길목이라 장날이 되면 장꾼들의 재물을 노리는 도적들이 나타나고는 한답니다. 그런데 대장, 선산에서처럼 '어사출두요!' 하면 간단할 텐데 뭘 그리 알아보십니까?"

"돌다리도 두드리라 하였다. 어사출두를 한다면 이장길을 한바탕 혼내 줄 수는 있겠지만 의성 관아의 재물을 털 수는 없지 않느냐?"

서팔봉이 머리를 갸웃거리며 물었다.

"관아의 재물까지 터시게요? 그렇다면 열 명으론 무리인데요?"

"도움을 받아야지."

"도움을 받으신다고요? 누구에게요?"

"황학산과 금학산의 도적들에게."

"예?"

서팔봉의 두 눈이 놀란 황소처럼 커졌다.

"천하의 홍길동 대장께서 조무래기 도적들의 도움을 받으신다뇨?"

"모르는 소리 말아라. 사람이란 서로 돕고 살아가야 하는 것이다. 내가 너희들의 도움 없이 활빈도를 끌고 나갈 수 있겠느냐? 이곳은 낯선 지방이라 누구보다 인근 도적들의 도움이 필요하다. 선산에서는 가까운 곳 속리산에 부하들이 있어 일을 수월히 마무리할 수 있었지만 이곳은 다르다. 내가 먼저 찾아가 도움을 청하는 것이 순리다."

서팔봉이 한풀 꺾여서 슬그머니 물었다.

"산채가 어디에 있는지도 모르는데 어떻게 찾는단 말입니까?"

"듣자니 내일이 의성장이라 하더라. 화적들이 장군들의 등짐을 털려 고개에 자주 출몰한다 하니 그곳에서 기다리다 보면 만날 수 있겠지."

길동이 느긋하게 대답하니 서팔봉이 졸개들을 바라보며 입맛을 쩝쩝 다셨다.

다음 날, 길동과 서팔봉이 의성현으로 들어가 장을 구경하다가 해가 기울어 가는 저녁 무렵 도적이 자주 출몰한다는 재랫재를 찾아갔다. 이때 길동은 푸른빛이 나는 도포 차림에 나귀를 탔고 서팔봉은 커다란 등짐 하나를 메고 따랐는데 언뜻 보기에 부잣집 도련님의 행차 같았다.

재랫재 아래에 작은 주막 하나가 있었는데 두 사람이 사립 안으로 들어가니 중년의 아낙이 평상 위의 술상을 치우고 있었다.

서팔봉이 나귀를 사립문 안에 있는 마구에 묶을 동안 길동은 막 술상을 치운 평상에 걸터앉았다.

주막은 낫처럼 생긴 네 칸 초가인데 꼬부라진 왼편에 방 하나가 있고 가운데 부엌이 있으며, 부엌 옆의 두 칸은 봉놋방으로 쓰이는 듯하였다. 마당 오른편에는 일자로 네 칸 초가가 있는데 마구 한 칸과 창고 한 칸, 툇마루가 달린 방 두 칸이 있었는데 섬돌 위에 흙 묻은 미투리 한 짝이 있었다.

"여기, 탁배기 한 사발 주시우."

서팔봉이 주모에게 술을 청하곤 길동의 옆에 앉았다.

반반하게 생긴 주모가 부엌에서 탁주 한 병을 개다리소반에 담아가
지고 나왔다.

"자고 가실 건가요?"

"아직 해도 떨어지지 않았는데 자고 갈 일이 뭐유? 사주단자(四柱單
子) 가지고 가는 길이라 한가하게 쉴 시간이 없수. 목젖이나 축이게
탁주 한 사발 마시고 재를 넘을 거요."

"사주함 가지고 가시는 길이구먼."

"그렇수."

주모가 길동을 힐끔 바라보곤 요란을 떨었다.

"누군지 모르지만 신부가 복 받았네. 저렇게 인물이 준수한 나리를
서방으로 모실 테니 말이우. 신부 댁이 어딘가요? 재랫재를 넘어가는
것을 보면 보나마나 안동이겠지요? 양반님 사주단자이니 귀한 물건도
많이 들었을 테지요?"

"그걸 말이라 하슈? 사주함에 얼마나 정성을 많이 넣었는지 어깨가
빠질 정도유."

팔봉이 주모와 수다를 떨고 있을 때에 창고 옆의 방문이 열리며 불
량하게 생긴 사내 하나가 어슬렁거리며 나와 미투리를 꿰더니 뒷간으
로 걸어갔다.

서팔봉이 길동을 힐끔 보았다. 도적들이 도적들의 습성을 더 잘 아
는 법이니, 고개를 근거로 도적질하는 화적들은 대개 고개 아래의 주
막이나 인가에 끄나풀을 두는 법이었다. 관아의 동향이나 물주 정보
를 손쉽게 알아낼 수 있기 때문이었다.

길동이 이를 알기에 일부러 재랫재 아래에 있는 주막을 찾아갔던 것
이다. 과연 길동의 예측대로 뒷간으로 간 사내는 다시 돌아오지 않았

272

다. 아마 지금쯤 재랫재의 도적들에게 알리러 고개를 올라가고 있을
것이었다.

길동이 두 사람이 수작하는 사이에 끼어들었다.

"팔봉아. 사설이 길구나. 날 저물기 전에 고개를 넘자꾸나."

"예. 나리."

서팔봉이 탁배기에 탁주 한 사발을 따라 벌컥벌컥 들이켜곤 입가를
닦으며 일어났다. 봇짐에서 상목 끝동을 떼 주니 주모가 살랑살랑 웃
으며 말했다.

"재랫재에 도적이 종종 출몰한답디다. 부디 조심해 가십시오."

"허허, 그깟 도적놈쯤은 내가 한주먹에 잡아 버리지."

서팔봉이 큰소리를 치면서 마구에서 나귀를 꺼내 와 길동과 함께 재
를 올라가기 시작하였다.

사립문에서 서 있던 주모가 생긋생긋 웃다가 마당 안으로 들어가 버
렸다.

"주모가 말리지 않는 것을 보니 일이 잘 될 것 같습니다."

나귀를 타고 있던 길동이 말없이 고개를 끄덕끄덕하였다. 두 사람
이 소나무가 무성한 고갯길을 올라가고 있을 때였다. 고개 위 소나무
사이에서 몽둥이를 든 사내들이 불쑥 튀어나와 곤두박질하듯 달려 내
려와 길동과 서팔봉을 둘러쌌다. 그중 나이 든 자가 엄포를 놓았다.

"이놈들! 가지고 있는 짐과 나귀를 내놓으면 목숨은 살려 주마."

서팔봉이 하품을 길게 하다가 껄껄 웃으며 말하였다.

"그렇지 않아도 찾던 중인데 너희가 때마침 잘 나타났다."

도적들이 서로의 얼굴을 바라보다가 서팔봉에게 소리쳤다.

"이놈이 죽고 싶어 환장을 했나? 헛소리 말고 짐이나 내려놓고 사라

져라."

"이놈들이 사람을 몰라보네그려."

"이 자식, 다짜고짜 뉘게 아는 척을 해? 말 많은 주둥이를 바숴 줄 테다."

한 사내가 다짜고짜 서팔봉의 머리를 향해 몽둥이를 휘둘렀다. 서 팔봉이 피하지도 않고 한 손으로 가볍게 사내의 손목을 잡았다.

"이놈아, 네가 정말 저승 구경을 하고 싶으냐?"

그러고는 능글거리며 웃다가 이마로 사내의 이마를 받아버렸다.

"어이쿠."

사내가 죽는소리를 지르며 바닥을 굴렀다.

"쳐라!"

도적들이 벌떼처럼 서팔봉에게 달려들었다. 서팔봉은 등짐을 진 채 로 도적들과 어울려 싸웠는데, 그가 비록 장사지만 아홉 사람을 감당 할 수 없어서 한 대를 치고 두 대를 맞고 두 대를 치고 세 대를 맞으면 서 차츰 밀려났다.

"어서 내리지 못해?"

도적 하나가 길동을 노리며 달려들었다. 길동이 나귀에서 훌쩍 뛰 어내려 달려드는 도적의 가슴팍을 내지른 후에 팔봉이에게 다가갔다. 도적들의 반수가 길동에게 달려들었다. 길동이 몽둥이를 피해 다니며 도적들의 정강이를 발로 차서 쓰러트리는데 삽시간에 일곱 사내가 바 닥에 꼬꾸라져 정강이를 잡고 죽는 소리를 내질렀다. 그 사이 서팔봉 은 두 사내의 상투를 잡고 이마받이를 시켰다.

"이놈들아! 우리가 누군지나 알고 도적질이냐, 도적질이."

이마를 감싸 쥔 도적이 만상을 찡그리며 물었다.

"뉘십니까요?"

"나로 말할 것 같으면 한때 지리산 화적패의 두목이었던 서팔봉 님이시다. 그리고 저기 계시는 저분은 충청도와 전라도 화적패들의 우두머리 되시는 분이다."

서팔봉은 이마받이시킨 사내들을 바닥에 내동댕이쳤다.

정강이를 어루만지던 사내들이 놀란 눈으로 길동과 서팔봉을 바라보다가 무릎을 꿇고 머리를 조아렸다.

"저희가 사람을 몰라보고 죽을죄를 지었습니다요. 한 번만 용서해주십시오."

길동이 사내들을 둘러보며 물었다.

"우두머리가 누군가?"

중늙은이 하나가 겁에 질린 얼굴로 천천히 손을 들었다.

길동이 중늙은이에게 물었다.

"그대가 재랫재패의 우두머리인가?"

"예, 구직(龜稷)이라고 합니다."

"언제부터 도적이 되었나?"

"작년부터 도적이 되었습죠. 제가 본래 의성에서 나고 자랐는데 살길이 막막해서 야반도주로 황학산 골짜기에 숨어서 벌레처럼 살았습니다요. 그런데 깊고 깊은 산골짜기에 저와 같은 사람들이 적지 않아서 처지가 비슷한 사람끼리 의지하면서 그럭저럭 살게 되었습지요. 저희가 힘이 없고 간담이 약해서 처음에는 화전을 일구어 근근이 먹고 살았는데 작년에 워낙 기근이 대단해서 봄에 나무뿌리로 연명하다가 산 입에 거미줄 치고 앉아서 굶어 죽을 수만은 없어서 마침내 도적이 되었습니다요. 저희 사는 데가 황학산 골짜기지만 재랫재와 뱀골을

오가며 도적질을 하다 보니 재랫재패라는 별명까지 생겼습지요. 제가
그중 나이가 많아 어른 대접을 받고 있을 뿐입니다요."

구직이라는 사내는 힐끔 길동의 눈치를 살피다가 다시 물었다.

"그런데 무슨 일로 이런 궁벽한 산골까지 저희를 찾아오셨습니까?"

"자네들의 도움이 필요해서라네."

"저희 도움이 필요하다고요?"

구직이 고개를 갸웃거리며 길동을 바라보았다.

길동이 도적들과 함께 재랫재에서 내려와 고개 아래 주막집으로 되
돌아가니 주모가 놀란 얼굴로 이들을 맞이하였다.

길동의 추측대로 주모는 구직의 외조카로 재랫재패와 한통속이 되
어 정보를 전달하는 역할을 했다.

길동이 재랫재패들에게 의성 관아를 털 계획을 가지고 있으며 일이
성사되면 도와달라는 부탁을 하였다. 재랫재패들은 이장길에게 깊은
원한이 있어서 흔쾌히 돕겠다고 말을 하였지만 일부는 관을 치는 것을
두렵게 생각하였다.

길동이 재랫재패를 보내고 수하들과 함께 주막집에서 하루를 머물
며 좋은 기회를 노리고 있었는데, 마침 주모로부터 의성현령 이장길
이 문소루(聞韶樓)로 소풍 간다는 이야기를 전해 들었다.

길동이 좋은 기회라 여겨 재랫재패에 기별을 보낸 후에 부하들을 이
끌고 문소루로 찾아갔다.

때는 봄이 무르익어 길가에 수양버들이 늘어지고, 산천에 노란 산
수유가 꽃망울을 터뜨려 부산한 벌을 불러들이고 있었다.

문소루는 의성현을 가로지르는 개천 앞 구봉산의 깎아지른 절벽 위
에 자리 잡은 정자로 경치가 절등하여 문객들의 왕래가 빈번하였다.

길동이 일행과 함께 섶다리를 건너가는데 풍악 소리가 요란하게 들려왔다. 고개를 들어 보니 물가에 우뚝한 언덕 위에 놓인 정자 안에서 녹의홍상 입은 기녀들이 장구 치면서 춤추고, 남철릭에 쾌자 입은 사람들이 이를 구경하는 것이 소풍 나온 의성현령의 행사가 틀림없었다.

섶다리를 다 건너자 길동은 서팔봉에게 무어라 이른 후에 홀로 문소루를 향해 올라갔다.

정자 쪽으로 다가가니 관원 서너 명이 육모방망이를 들고 길을 막아섰다.

"누구냐?"

관원들은 인상을 찌푸리며 길동의 아래위를 훑어보았다.

"저는 길 가던 사람인데 풍류놀이가 재미있어 보여서 이렇게 찾아왔습니다."

길동이 능글능글하게 웃으며 말하자, 아전 하나가 그의 차림이 양반 복색인 것을 보고는 문소루로 올라가 이장길에게 고하였다.

이장길은 정자 난간에 기대에 길동을 한동안 훑어보다가 소리쳤다.

"올라오게 하여라."

길동이 계단을 올라가 정자에 앉은 이장길에게 꾸벅 인사하였다.

"어디 사는 누구인가?"

"저는 산청 사는 홍 첨지라 하는데 혼사 일로 안동에 가는 길에 풍류놀이가 하도 흥겨워 보여서 체면 불구하고 이렇게 찾아왔습니다."

이장길이 다시 길동의 아래위를 훑어보니 깎은 듯 잘생긴 선비라 호감이 갔다.

"선비가 풍류놀이에 가던 길을 멈추었다면 제법 놀아본 게로구먼."

"송구스럽습니다. 춘색이 완연하니 흥이 절로 동하는군요."

"허허. 보통 과객이 아니구먼. 그렇지 않아도 혼자 놀기에 심심하던 참인데 잘되었군. 자네가 풍류를 잘 안다면 시도 지을 줄 알렷다. 풍류를 돋울 만한 시 한 수를 짓는다면 함께 놀게 해주지."

이장길은 옆에 앉은 기녀에게 붓과 종이를 대령하라 명하였다. 기녀가 난간 옆에 마련된 먹과 붓을 조심스레 가져다 놓았다.

길동이 붓과 종이를 앞에 놓고 이장길에게 물었다.

"사또, 시제(詩題)를 말씀해 주십시오."

"문소루로 지어 보게. 7언이 좋겠지."

"운자(韻字)는 무엇으로 할까요?"

"봄은 만물이 소생하는 시절이고 꽃이 아름답게 피는 때이니, 태평성대의 평(平), 일어날 생(生), 영화로울 영(榮)으로 지어 보게."

"예. 그럼 부족한 실력이나마 지어 보겠습니다."

길동은 다소곳이 붓을 들어 종이에 시를 적기 시작하였다.


| 祖舜宗堯自太平 | 요순을 본받으면 천하가 저절로 태평할 것을 |
|---|---|
| 秦皇何事苦蒼生 | 진시황은 무슨 일로 창생을 괴롭혔던가. |
| 倚樓聞韶無情思 | 누대에 의지하여 생각 없이 음악을 듣고 있더니 |
| 驚破南柯夢裏榮 | 남가일몽 같은 영화의 꿈 놀라서 깨었네 |


길동이 시 쓰는 모양을 웃으며 넘겨다보던 이장길의 얼굴이 일순 굳어졌다.

'소'(韶)란 원래 중국의 성군이던 순(舜) 임금이 즐겨 듣던 노래다. 하여 '문소루'라는 이름은 태평성대에 순임금의 노래를 듣는 누각이라는 의미였다. 그런데 시의 내용인즉슨 진시황 같은 폭군이 성군인 순

임금의 음악을 들으며 놀고 있으니 그것이 남가일몽이라는 것이었다. 시는 다름 아닌 탐관오리 이장길을 풍자한 것이었다.

"네, 네놈이 도대체 누구냐?"

얼굴이 새파랗게 질린 이장길이 자리에서 벌떡 일어나 소리쳤다.

길동은 빙그레 웃으며 품속에서 둥근 동패를 꺼내어 시를 적은 종이 위에 탁 소리가 나도록 올려놓았다.

"어, 어사?"

이장길의 두 눈이 휘둥그레졌다.

길동이 자리에서 벌떡 일어나 우레 같은 목소리로 소리쳤다.

"이놈! 네가 두 눈을 뜨고도 눈에 보이는 것이 없느냐?"

"암행어사 출두야!"

벽력같은 소리와 함께 서팔봉을 필두로 부하들이 육모방망이를 휘두르며 문소루로 들이쳤다. 아전들과 포졸들은 놀라서 사방팔방으로 흩어지고 놀란 기생들도 북과 장구를 내던지며 누각 모서리에 옹기종기 모여 발발 떨었다.

성난 길동의 부하들이 육모방망이를 휘두르며 도망가는 관원들을 잡아 불문곡직 초다듬이질하고 있을 때, 길동의 발치에 무릎을 꿇은 이장길은 식은땀을 물처럼 흘리며 머리를 조아렸다.

"어사또. 아전들과 포졸들을 모두 잡아왔습니다."

문소루 아래에서 서팔봉이 소리쳤다. 서팔봉의 앞에는 피투성이가 된 아전들과 포졸들이 무릎을 꿇고 앉아 있었다.

"이놈들을 묶어서 관아로 데려가자."

"예."

길동은 이장길을 앞세우고 아전과 포졸들을 한 밧줄에 엮어서 관아로 향하였다.

하늘을 찌를 듯 위세를 부리던 사또가 죄인처럼 묶여서 호송되는 것을 보고 의성 사람들도 놀라긴 마찬가지라 하던 일을 멈추고 길가에 늘어서서 두 번 보기 어려운 광경을 구경하였다.

관아에 들어서자마자 길동이 동헌에 올라가 호령하였다.

"나라의 녹을 먹고 있는 자들은 모두 동헌에 잡아들여라."

추상같은 엄명에 의성현의 아전들과 관군은 물론 심부름꾼까지 모두 동헌 미당에 집결하였다.

길동은 아전에게 물어 창고의 재물을 확인하고는 죄의 경중에 따라 관원들을 치죄하였다.

가장 먼저 수령 이장길에게 모진 물볼기를 때린 후에 준절히 호령하였다.

"옛사람이 말하기를 고을살이를 나가는 사람은 세 가지를 버리게 된다 하였으니, 첫째는 집을 버리고, 둘째는 노복을 버리고, 셋째는 아이들을 버렸다. 이것이 무슨 뜻인가? 집안일에 드는 노고를 고을 백성들에게 돌리라는 말이다. 백성들의 집을 자신의 집처럼 생각하고, 집안의 노복을 부리는 것처럼 백성들을 위무하며, 백성들의 아이들을 제 자식처럼 생각하면 어찌 고을에 다툼과 범죄가 있을 수 있으며 백성들이 집을 떠나 유리걸식하며 방랑하는 일이 있겠는가.

지금 의성의 백성들이 위로는 부모를 섬기기 어렵고 아래로 처자를 먹여 살릴 수 없어 집을 떠나 도적이 되고 있는데도 목민관은 이를 살피지 아니하고 탐욕을 채우기에 급급하여 원성이 자자하므로 백성들을 대신하여 너를 벌하니 단단히 새겨들으라."

이장길을 옥에 가둔 후에 길동이 육방관속들을 차례차례 매로 다스렸으며, 말단 심부름꾼까지 죄를 따져 곤장을 치고 옥에 가두었다.

선산에서의 전적이 있어서 두 번째 어사출두는 그야말로 일사천리였다. 선산에서와 마찬가지로 관가의 창고를 풀어 곡식을 나눠 주고, 환곡 장부를 빼앗아 불태워 버렸으니 의성사람들도 어사또임을 굳게 믿었으며 그 은덕을 찬양하였다.

이날 저녁 무렵, 황학산과 금학산의 도적 40여 명이 찾아와서 관아의 창고에 있는 물건들을 수레에 싣고 떠나버렸는데, 다음 날 동리의 부로들이 전날 밤에 수상한 자들이 관아의 재물을 싣고 사라졌다는 말을 듣고 이상하게 생각하여 마을 사람들을 데리고 찾아갔을 땐 감옥에 갇힌 관원들 이외에 쥐새끼 한 마리도 찾을 수 없었다.

이장길이 풀려나와서 영문을 모르고 있다가 가짜어사가 출몰한다는 소문을 듣고 뒤늦게 도적들에게 속은 것을 알았다. 그러나 이장길이 알고도 어찌할 수가 없었으니, 국법을 기록해 놓은 《대전속록》(大典續錄)에 이르기를, '무뢰한 무리가 둔취(屯聚)하여 도둑질하고 사람들을 공격하여 죽이면 소재지의 수령을 제서유위율(制書有違律)로 논죄하여 파출(罷黜)하고, 검핵(檢覈)하지 못한 관찰사도 중론(重論)한다'고 하였다.

제서유위율이란 임금의 교지(敎旨)와 세자(世子)의 영지(令旨)를 위반하는 자를 다스리는 율로 어명을 거역한 죄와 한가지였다. 성종조 때에 이 법의 문제점 때문에 한때 논의가 있었으나 고쳐지지는 않아서, 이로 말미암아 수령이 서로의 허물을 숨기기를 힘써서 비록 도둑이 경내에서 도둑질하는 일이 일어나더라도 오히려 조정(朝廷)에서 알세라 염려하니 관내에서 도적이 들끓어도 나라에 벼락을 맞을까 싶어 오히려 쉬쉬하는 입장이었다.

상황이 이럴진대 이장길이 도적에게 속아서 물볼기를 맞고 관아의 재물을 몽땅 털렸으니 이 사실이 조정에 보고된다면 어떻게 될 것인가. 이장길이 살아남을 수 있는 유일한 길은 아무 일 없었던 것처럼 쉬쉬하여 긁어 부스럼 내지 않는 길이었다.

관원이 도적에게 낭패를 당하였다는 소문이 샐까 두려워 이장길이 전전긍긍 벙어리 냉가슴을 앓는 사이에 사람들의 입으로 소문이 퍼져서 이름 모를 도적이 동에 번쩍 서에 번쩍 하며 탐관오리를 혼내 준다는 이야기가 영남에 파다히게 돌았다.

경상감사 이점(李坫)은 선산과 의성이 낭패를 당한 이야기를 듣고 사람을 보내어 캐물었지만 두 당사자가 아니라고 극구 부인하는 까닭에 일이 흐지부지하게 되고 말았다.

# 넷

이 무렵, 길동은 부하들을 전라도로 돌려보낸 후에 서팔봉과 함께 북쪽으로 올라가서 안동, 예천을 지나 문경에서 하룻밤을 보낸 후 새재를 올라가고 있었다.

"대장, 황림이를 만나실 작정이십니까? 아직 상주의 신극성이를 처리하지도 못했고 부하들도 없는데, 황림이가 나쁜 마음이라도 품으면 어쩌시려고요."

서팔봉이 얼굴을 찌푸리며 물었다.

"황림이가 경상도의 대적으로 소문날 정도라면 마땅히 그만한 인물값을 할 것이니 너무 걱정할 것 없다."

"제 생각은 상주에서 암행어사 출두를 한 번 더 해서 신극성을 혼내주고 큰소리치면서 가는 것이 좋을 것 같습니다."

"꼬리가 길면 밟히는 법이다. 또한 신극성은 왕실과 조정에 끈이 있는 자라 어수룩하게 당하지 않을 것이다."

"그 좋은 어사출두를 이제 못한단 말입니까?"

"어쩔 수 없지."

"에이, 제기."

서팔봉이 고갯길을 올려다보다가 괜히 투정을 부렸다.

"아따, 문경새재가 길다더니 참말 길기도 하다."

서팔봉의 말마따나 새재는 이처럼 봉우리가 높고 험하고 골짜기가 깊어서 병마가 접근하기 어려워 그야말로 한 사람이 능히 1천 명을 막을 수 있는 요새지였다. 경상도 60여 주의 재물길이면서 병마의 접근이 어려운 요지에 위치하고, 여차하면 줄기와 능선을 타서 속리산과 소백산으로 도망할 수 있으니 황림이 이곳에 터를 잡은 것은 그의 시야가 넓고 생각이 깊음을 반증했다.

두 사람이 몇 리를 더 나아가 개여울(犬灘)을 건너니 멀지 않은 곳에 초가 한 채가 보였다. 그 무렵 서산에 걸려 있던 붉은 노을이 너울너울 사라지고 땅거미가 어둑어둑 깔리며 하늘은 검푸른 빛을 야금야금 머금었다. 산곡이라 먹장 같은 검은 하늘에서 반짝이는 별들이 하나둘 나타날 것이었다.

초가로 다가서니 저녁밥을 짓는 듯 안개 같은 연기가 자욱하였다.

"게 있소?"

서팔봉이 사립문을 들어서며 소리를 치니 부엌에서 서른 중반의 주모가 두 손을 닦으며 나왔다.

"호호호. 오늘은 손님이 뜸하기에 공치는가 했네요. 자고 가실 거죠? 저녁은 드셨나요? 한양 가시는 길인가 봐요."

머리에 작은 가채를 얹고 눈웃음을 살살 치는 모습이 색주가를 떠돌던 퇴기 같아 보였다.

서팔봉이 주모의 말을 받았다.

"공치지 않아서 다행이구려. 자고 갈 거요. 저녁은 안 먹었으니 한 상 거하게 차려 주시오."

두 사람이 수작하는 사이에 길동이 주막을 둘러보니 부엌과 마루가 있는 안채와 손님이 거처하는 바깥채가 하나인데 마당 가운데에 평상 하나가 놓여 있을 따름이다.

주모는 부엌에서 관솔을 가져와서 방 안으로 들어가 등잔불을 당겨 주고 마당 가운데 화톳불을 질러 놓았다.

"방에 들어가 계시면 상을 들고 가지요."

길동이 방 안에 들어와 여장을 풀자니 서팔봉이 말하였다.

"여편네가 색기가 있어 보이지요?"

"그렇구나."

"이렇게 깊은 산골짜기에서 주막집을 할 정도면 도적패와 무관하지는 않겠지요?"

"어련하겠느냐."

"그럼 밥상이 들어오면 넌지시 물어볼까요? 황림이를 만나러 왔다고 말입니다."

"그럴 것까지 있겠느냐? 재물이 있어 보이면 저희가 알아서 찾아오겠지."

서팔봉이 허리에 찬 도끼를 만져 보다가 기다리고 있으니 잠시 후,

주모가 상을 가지고 들어왔다.

작은 상에 밥 한 그릇과 반찬 서너 개가 놓여 있었다.

"어? 내 밥은 어디 있지?"

주모가 머리를 갸웃거리다가 서팔봉에게 넌지시 물었다.

"설마 양반님하고 겸상을 하실 생각이우?"

서팔봉이 짐짓 머리를 치며 대꾸하였다.

"상것이 양반님과 겸상이라니 말이 되는 소린가? 하도 배가 고파서 나온 말이네."

"댁은 마당에 있는 평상에다 상을 차려 놓았으니 와서 자시우."

"술도 있겠지?"

"따로 술상을 봐 드릴까요?"

"그거 좋지. 그렇지 않아도 컬컬하던 참인데 잘 되었군."

주모가 부엌으로 들어가더니 술 한 동이를 내와서 평상에 올려놓고 서팔봉의 옆에 붙어 술을 쳤다.

"이렇게 깊은 산중에 주모 혼자 사나?"

"그럴 리 있소? 서방이라는 것은 사냥하러 산천으로 쏘다니다가 늦게나 돼야 들어오우."

"못된 사람이군. 이렇게 험한 산중에 예쁜 마누라를 혼자 두고 발길이 떨어지나?"

"호호호. 수작부리지 마시구 술이나 드시우."

주모가 자지러지게 웃으며 술을 따랐다.

"첫째 술은 인사주요, 둘째 술은 정배주요, 셋째 술은 부귀주요, 넷째 술은 영화주라, 불로주가 이 술이고, 극락주가 이 술이오. 주천(酒泉)에서 물을 길어, 주성(酒星)에서 담았더니, 화과산(花果山) 수렴

동(水簾洞)의 제천대성(齊天大聖)이 몰래 훔쳐다가 이 술을 먹고 천년 만년을 살았다오."

밥보다 술을 즐기는 서팔봉은 예쁜 주모의 권주가에 녹아나서 술 한 동이를 게 눈 감추듯 마시고는 평상에 누워 코를 골았다.

주모가 슬그머니 일어나서 사립짝문 바깥으로 나가더니 잠시 후 병장기를 든 건장한 사내 10여 명과 함께 나타났다.

"하인은 곤죽이 되도록 마셔서 정신이 없고, 호리호리한 양반 자제는 힘도 없을 것이니 이젠 알아서 하시우."

주모의 말이 떨어지기 무섭게 사내들이 성큼성큼 마당으로 들어왔다. 그때였다. 코를 골면서 누워 있던 서팔봉이 벌떡 일어났다. 놀란 사내들이 걸음을 멈추었다.

서팔봉이 길게 하품을 한 후에 소리쳤다.

"내 이럴 줄 알았다. 이놈들, 너희들이 황림의 부하들이냐?"

"누, 누구냐?"

"나? 나로 말할 것 같으면 지리산 화적패 두목 되시는 쌍도끼 서팔봉 님이시다."

서팔봉은 허리춤에서 작은 손도끼 두 개를 꺼내 들고 씨익 웃었다.

"밥술 놓고 싶으면 덤벼 보시라."

사내들 중 하나가 서팔봉을 물끄러미 바라보다가 손뼉을 치며 말하였다.

"에구, 정말 서팔봉이 맞네."

"넌 뭐야?"

"절 모르시겠습니까? 육갑이올시다. 작년에 지리산 구름장골에서 뵌 적이 있는데 모르시겠습니까?"

서팔봉이 불빛에 비친 사내의 얼굴을 살펴보니 과연 육갑이가 틀림 없었다.

"네가 육갑이가 맞구나."

"그, 그럼 방 안에 계신 분이 홍길동 대장님이십니까?"

"그렇다."

"그렇지 않아도 요 며칠 내내 홍길동 대장님의 이야기를 하던 참입니다. 선산과 의성을 쑥대밭으로 만드신 이야기는 들었습니다. 남경과 이장길이 물볼기를 맞고 관아가 털렸는데도 어쩌지 못하고 벙어리 냉가슴 앓고 있다는 것도 들었습죠."

"아하하하하. 소문이 벌써 그렇게 났느냐? 그렇지 않아도 우리 대장님께서 이번에 상주를 치기 전에 너희 대장을 한번 만나려고 여기까지 찾아오셨다. 냉큼 인사드리고 너희 대장을 데려오너라."

"그럴 게 아니라 저와 함께 산채로 가시지요."

"산채로?"

"예, 그게 더 낫지 않겠습니까?"

"너희 대장이 마중을 나와도 시원찮을 판인데 무슨 개소리야? 가서 너희 대장더러 오라고 하여라."

"연통이라도 하시고 오셨다면 모를까, 갑자기 찾아오셨으니 문제지요. 저희 대장님도 체면이라는 것이 있으니 이해해 주십시오."

"이해는 무슨 얼어 죽을 이해! 잔말 말고 데려오란 말이다."

그때, 방 안에서 길동의 목소리가 들려왔다.

"준비도 안 된 주인에게 늦은 밤에 찾아가는 것은 실례이니 내일 아침에 데리러 오너라."

"예, 그리하겠습니다."

육갑이 방을 향해 꾸벅 인사하고는 무리를 이끌고 주막을 나갔다.

주모가 사립짝문 밖에서 안절부절못하고 있으니 서팔봉이 껄껄 웃으며 말하였다.

"가재는 게 편이라고, 한편을 해코지하지는 않을 것이니 염려 말게. 자네 권주가 잘 하던데 술이나 더 내오게."

서팔봉은 그제야 마음을 놓고 혼자서 한 말이 넘게 술을 마신 후에 정신없이 곯아떨어졌다.

잠시 후, 사립문 안으로 육갑이가 급하게 뛰어 들어왔다. 주모가 놀라서 육갑이에게 물었다.

"무슨 일 났소?"

"큰일 났소. 두령들이 들고 일어났지 뭐요. 두목님이 안 계실 때에 홍길동을 없애 버려야 한다고 몰려오고 있소."

"에구, 어쩌면 좋아?"

"잠시 몸을 숨기는 수밖엔 없겠소."

주모와 육갑이가 평상에 쓰러진 서팔봉을 흔들어 깨웠지만 만취하여 곯아떨어진 서팔봉이 깨어날 리 만무하였다.

육갑이가 길동의 방문 앞에 다가가 소리쳤다.

"홍 대장님, 큰일 났습니다. 산채의 두목들이 대장님을 죽이겠다고 몰려오고 있습니다. 피하셔야 합니다."

길동은 방 안에서 좌정하여 행기를 하고 있다가 육갑이의 소리를 듣고 천천히 방문을 열었다.

"두목들이 나를 죽이러 온다고?"

육갑이가 꾸벅 절하고는 말하였다.

"예, 제가 산채에서 우리 대장님을 찾으러 수소문하는 사이에 일이

288

났지 뭡니까. 산채의 두목들이 홍길동 대장님만 없으면 황림 대장이 전국 도적들의 우두머리가 될 수 있다고 충동하여 일어나 지금 주막으로 몰려오고 있습니다. 여기에 계시지 마시고 일단 몸을 피하십시오."

"너는 의리가 있구나."

"저희 두목들도 의리는 있는 사람들입니다. 대장님을 위하는 마음이 너무 지나쳐서 그런 것이지요. 시간이 없습니다. 어서 몸을 피하십시오."

"그럴 것 없다."

길동이 밖으로 나와 평상에서 태평스레 코를 골며 자는 서팔봉을 바라보다가 말하였다.

"내가 알아서 할 것이니 서팔봉을 부탁하네."

그러고는 사립짝문을 나가 바람처럼 산길을 따라 내려갔다.

"홍길동 대장님."

육갑이가 서둘러 따라 나가 보았지만 이미 길동의 모습은 어둠 속에 사라져 보이지 않았다.

길동이 주막을 나와 개여울 앞에서 멈추어서 고개를 들어 보니 산봉우리 끄트머리에 둥근 달이 걸려 있었다. 보름이 지나 달은 약간 일그러졌으나 밝은 빛은 고적하게 잠든 것 같은 세상을 은은하게 비춰 주었다. 깊은 계곡에서 흐르는 물소리가 콸콸거리는데 멀리서 소쩍새가 울고 있었다.

개여울 앞에서 사방을 둘러보던 길동의 시야에 횃불 여러 개가 들어왔다. 개여울 위쪽 숲에서 불빛이 내려오고 있었다.

길동이 길 가운데 버티고 서 있다가 홰가 가까이 다가오자 크게 소리쳤다.

"이놈들아, 너희들이 나를 찾는 것이냐?"

홰가 멈추고 사내들이 우뚝우뚝 섰다. 화적들 사이에서 털북숭이 거한 하나가 앞으로 나서더니 커다란 박도를 꼬나들고 말하였다.

"네가 홍길동이냐?"

"그렇다."

"이놈! 여기가 어디라고 감히 우리 대장님을 오라 가라야? 죽고 싶으냐?"

"재주 있으면 한번 죽여 보아라."

길동이 성큼성큼 화적의 무리에게 다가갔다. 홰를 든 화적들이 길동의 기세에 뒷걸음질을 쳤다. 길동의 그 당당함에 배후가 있으리라 생각했는지 졸개들이 연방 고갯길을 살피었다.

길동은 그 모습을 보고 걸음을 멈추었다.

"너희들 따위는 나 혼자로 충분하다. 다른 사람은 데려오지 않았으니 살필 것도 없다."

털보 사내가 코웃음을 치며 말하였다.

"간이 배 밖으로 나온 놈이구나. 담력은 좋다만 죽더라도 후회는 마라. 얘들아. 뭣 하느냐?"

뒤에 서 있던 화적들이 밀물처럼 길동을 향해 달려들었다. 수레가 간신히 다닐 만한 좁은 산길에 오합지졸 화적들이 칼을 들고 공을 다투려 달려오느라 대열이 산만하였다.

"이놈."

앞선 화적 하나가 박도를 휘둘렀다. 길동은 팔짱을 끼고 서 있다가 한 걸음을 가볍게 나아가며 발바닥으로 그자의 활짝 열린 복장을 내질렀다.

"억!"

사내는 떠밀리듯 뒤로 튕겨나 그의 뒤쪽에 따라오던 화적들과 뒤엉켜 바닥으로 쓰러졌다.

다른 화적이 죽창을 찔러 왔다. 길동이 번개처럼 죽창 끝을 잡아채 당기니 사내는 안간힘을 쓰며 버티려 하였다. 그러다가 길동이 죽창을 슬쩍 놓아 버리자 사내는 어이쿠 소리를 지르며 제풀에 쓰러져 개울 밑으로 내리굴렀다.

"오합지졸들이군."

길동이 성큼성큼 화적들을 향해 다가갔다.

"이놈, 받아라!"

또 다른 사내가 쓰러진 자들을 훌쩍 뛰어넘으며 박도를 힘차게 휘둘렀다. 길동은 어른이 아이 데리고 놀듯 날아오는 박도를 살짝 피하면서 그자의 손목을 잡아 눌렀다. 엄지손가락 끝으로 사내의 합곡혈을 누르자 죽는 소리를 내면서 박도를 떨어뜨렸다.

길동이 떨어지는 박도를 발끝으로 차서 오른손에 쥐고는,

"너희들이 크게 혼이 나고 싶은 모양이구나. 무서운 맛을 보여주마."
하곤 호랑이처럼 달려들었다.

화적들이 번쩍이는 박도를 보고 더는 싸울 생각을 하지 못하고 혼비백산하여 달아나는데 번득번득 박도가 춤을 출 때마다 한 놈씩 차례로 비명을 지르며 쓰러졌다.

칼을 제대로 쓸 줄 모르는 자들이 태반이고, 무기 또한 몽둥이에 죽창이 대부분이라 길동이 살심을 품지 않고 칼등으로 화적들의 머리통과 옆구리를 치니 화적들은 바닥으로 나뒹굴며 죽는 소리를 하였다.

좌우에서 화적들이 가을바람에 나뭇잎 떨어지듯 나뒹구는 사이에

길동이 우두머리처럼 보이는 털보에게 달려들었다.

놀란 털보는 아예 싸울 기운을 잃은 듯 홰를 내던지고 달음질을 하였다. 길동이 땅을 차고 훌쩍 뛰어올라 털보의 머리를 밟고 앞을 막으며 내려섰다.

털보 사내는 머리를 몇 번 흔들며 정신을 수습하고는 들고 있던 박도를 치켜들어 길동을 향해 겨누었다. 그러나 노려보는 눈빛에는 두려움이 가득하였다.

길동이 빙긋 웃으며 말하였다.

"계속 싸우겠다니 갸륵하구나. 나를 이길 자신이 있다면 어디 덤벼 보아라."

털보의 박도 끝이 사시나무 떨듯이 떨리기 시작하였다.

횃불을 들고 무리 지어 올라올 때는 사나운 품이 험악하였지만 막상 한바탕 싸우기도 전에 기세가 꺾인 꼴을 보니 명화적이라는 이름이 아깝다는 생각이 들었다.

길동은 속으로 쯧쯧 혀를 차고는 들고 있던 박도를 허공으로 던졌다. 깜깜한 허공으로 날아간 박도는 곧 어디론가 사라져 버렸다.

털보의 얼굴에 화색이 돌았다. 그런데 그가 누런 이를 드러내며 웃는 순간 갑자기 박도가 떨어져 발 앞에 박히었다.

털보가 마른침을 꿀걱 삼키는 것을 보고 길동이 말하였다.

"난 무기가 없는 맨손인데 네가 자신 있게 덤벼 볼 테냐?"

털보는 상대방이 무기를 던져 버리는 줄 알고 교만한 마음이 들었다가 발치에 떨어진 박도를 보고 혼비백산하여 약간이나마 남은 용기가 사그라지고 말았다. 뒤편의 횃불을 든 화적들도 기가 꺾이기는 마찬가지여서 털보의 눈치를 살폈다.

"무기를 버리고 투항하면 살려 주겠다. 그러지 않으면 저승 구경을 시켜 줄 테다."

길동이 눈을 무섭게 뜨고 성큼성큼 다가오자 기세에 눌린 털보가 들고 있던 박도를 꼬나들며 소리쳤다.

"나를 건드리면 산 밑에서 기다리고 있는 내 동료들이 너를 살려 두지 않을 게다."

"싸움을 말로 할 게냐?"

길동은 대수롭지 않다는 듯 대꾸하고는 발끝으로 털보의 손목을 보기 좋게 걷어찼다.

땅!

박도는 허공으로 날아가고 털보가 비명을 지르며 팔목을 움켜쥐었다. 털보는 더 이상 저항할 마음이 없어져서 털썩 무릎을 꿇었다.

"살려 주십시오, 살려 주십시오."

육갑이가 얼른 앞으로 나서 길동의 앞에 무릎을 꿇었다.

"대장님, 저를 봐서 이들의 목숨만은 살려 주십시오."

그러자 뒤편에 있던 화적들이 일제히 무릎을 꿇고 살려 달라고 빌었다. 일이 너무 싱겁게 끝나 버려 길동이 되레 어이가 없을 지경이었다.

"내가 죽일 생각은 처음부터 없었다."

길동이 육갑이를 시켜 화적들을 한데 모아 놓고 보니 그 숫자는 열다섯이고 털보 사내가 그 우두머리였다. 그중 박도를 가진 자가 일곱이고 창을 든 자가 셋이고, 나머지는 죽창이나 몽둥이를 지니고 있었다.

길동은 손목을 쥐고 끙끙거리며 갖은 인상을 쓰고 앉은 털보에게 물었다.

"네 이름이 무어냐?"

육갑이가 재빨리 대답하였다.

"덕수라 합니다."

"이자가 화적패의 두목이냐?"

"아, 아닙니다요. 덕수는 저같이 주흘산에서 화적두목을 하다가 저희 패에 합류하였는데 저 같은 하급두령에 지나지 않습니다요."

"너희 대장 이름은 알겠다만 두목은 몇이나 되느냐?"

"두 명입니다."

"두 명이라…"

"예. 임쇠동 두목과 강춘령 두목이 있습니다. 임쇠동 두목은 원래 일월산패의 우두머리인데 기운이 장사라서 가시가 삐죽하게 나 있는 철퇴를 잘 휘두르고, 강춘령 두목은 팔공산패의 우두머리로 저와 같은 농사꾼 출신인데 두 개의 낫을 기차게 잘 쓰고 돌팔매질의 명수지요. 낫도 잘 쓰지만 돌 주머니를 허리에 차고 있다가 하나씩 꺼내 던지는데 상대방이 당해 낼 재간이 없을 정도랍니다."

"너희 대장을 물어봐도 되겠느냐?"

"황림 대장님은 백두산에서 도술을 닦다가 내려오셨는데 40대 초반쯤 되셨고 도술에도 능해서 사람들이 부처님처럼 받들어 뫼십니다요. 며칠 전에 손님이 찾아오셔서 함께 어딜 가셨는데 여태까지 소식이 없으시네요."

길동이 이야기를 듣는 도중에 횃불 수십 개가 다가오는 것이 보였다. 육갑이도 불빛을 보고는 길동에게 물었다.

"두목들이 오는 모양입니다. 어쩌실 겁니까?"

"내게 생각이 있으니 너희들은 잠자코 있어라."

길동은 홀로 태평스럽게 개울가 넓은 곳에서 기다리고 섰다.

어느새 수많은 횃불들이 도깨비불처럼 움직여 길동의 앞을 가로막았다.

대열 중앙이 열리며 거한 하나가 나타났다. 그자의 손에는 밤송이처럼 생긴 시커먼 철퇴가 들려 있었는데 육갑이가 말한 임쇠동이라는 자 같았다.

길동이 손가락을 들어 그를 가리키며 물었다.

"네가 임쇠동이냐?"

거한이 소리쳐 대답하였다.

"맞다, 내가 임쇠동이다. 네가 길동인지 핏똥인가 하는 놈이가?"

"그놈 입이 걸구나. 주둥이가 상스러운 것을 보니 쇠똥보단 개똥이 어울리겠구나."

임쇠동의 두 눈에 핏발이 섰다.

"하룻강아지 같은 놈. 주둥이를 날려버릴 테다."

이를 갈던 임쇠동이 철퇴를 휘두르며 달려들었다. 밤송이 같은 철퇴가 바람을 가르는 소리가 기운차게 터졌다. 뒤편에 있던 화적들이 철퇴에 횡액을 당할까 싶어 멀찌감치 물러섰다.

임쇠동은 길동에게 무기가 없는 것을 얕잡아 보고 철퇴를 마음껏 크게 휘둘렀다. 검은 철퇴가 번개처럼 날아들자 길동은 발끝으로 땅을 차며 살짝 몸을 피하였다.

부웅.

한번 지나간 철퇴가 다시금 길동의 몸으로 날아들었다. 무거운 철퇴를 사용하건만 쇠동은 덩치가 크고 재주가 좋아서 마치 한 몸처럼 철퇴와 함께 움직였다.

길동이 빠르게 몸을 피하자 좌우로 날아들던 철퇴가 이번에는 위아래로 날아들었다.

퍽!

둔탁한 소리와 함께 길동이 서 있던 땅바닥에 철퇴 자국이 선명하게 났다. 커다란 철퇴는 쇠동의 머리 위에서 빙글빙글 돌아가며 길동이 도망갈 곳을 노렸다.

부웅.

바람을 가르며 날아드는 철퇴가 금방이라도 길동의 몸을 짓이길 듯하였지만 길동은 매번 흔 뼘 치이로 날래게 피하였다.

"미꾸라지 고기를 해쳐먹었나. 날래기도 하데이. 허면 언제까지 피하나 보자."

쇠동이 대로하여 더욱 사납게 덤벼들었다. 구경하는 화적들은 쇠동이 시종일관 상대방을 쉴 새 없이 몰아치는 것 같아서 손뼉을 치고 소리를 지르며 기세를 돋우었다. 그러나 임쇠동이 아무리 빠르게 엄습하여도 길동이 그보다 날래게 몸을 피하자 차차 기운이 떨어지는 것을 느끼었다.

길동이 쇠동의 숨이 차오르는 것을 보고 몇 발자국 뒤로 물러나서 태연하게 말하였다.

"너는 내 상대가 아니다. 목숨은 살려 줄 테니 항복하거라."

주먹 한번 휘두르지 못한 자가 항복하라는 말을 하니 쇠동의 가슴에 불이 붙었다.

"조디만 살아가꼬 뉘게 큰소리고?"

열이 오른 쇠동이 코를 벌렁거리며 소리를 질렀다. 이내 임쇠동의 철퇴가 허공에 빛살 같은 궤적을 그리며 길동의 머리통을 향하여 내리꽂히었다. 철퇴를 정면으로 맞으면 머리통이 부서질 터인데 길동은 다만 날아오는 철퇴와 쇠동의 눈을 주시할 따름이다.

쾅!

철퇴가 드디어 불꽃을 일으키며 떨어졌다.

두 사람의 싸움을 지켜보던 화적들이 저도 모르게 눈을 질끈 감았다가 살며시 떴다. 그런데 이게 어떻게 된 일인가.

화적들의 두 눈이 휘둥그레졌다.

머리가 박살났을 줄 알았던 길동은 땅바닥에 박힌 철퇴를 한 발로 밟은 채 태연히 서 있고, 희희낙락 승전가를 부르리라 싶었던 쇠동은 사슬 달린 철퇴의 손잡이를 잡고 끙끙거리며 안간힘을 쓰고 있었던 것이다.

철퇴를 아무리 당겨도 땅에 뿌리를 박은 것처럼 끄덕하지 않으니 기가 막힐 노릇이었다.

스무 근 철퇴를 공깃돌처럼 다루는 역사(力士)인 쇠동이 이렇게 힘을 쓰지 못하다니, 상대방은 그저 발로 누르고 있을 뿐인데 철퇴를 회수할 수 없다는 것이 믿기지 않았다.

쇠동은 포기하지 못하고 계속해서 철퇴를 당기면서 끙끙 앓는 소리를 내었다.

"어리석은 놈. 내 머리가 쇠로 되지 않은 이상 네놈의 철퇴를 정면으로 맞아 줄 리가 없지 않느냐."

"고마 시끄럽다."

더욱 열이 오른 쇠동이 철퇴를 놓고는 허리춤에서 쇠몽둥이를 빼 들고 길동을 향해 달려들었다. 그러나 아무리 우악스럽게 쇠몽둥이를 휘둘러 봐도 뒷짐을 진 채로 이리저리 몸을 피할 뿐인 길동의 옷자락 하나 스치지 못하였다. 철퇴에 손이 익은 쇠동이 몽둥이 휘두르는 법이 철퇴보다 도리어 못하니 도리가 없었다.

쇠동은 그렇게 수십 차례 헛손질만 하다가 화가 머리끝까지 차올라 들고 있던 쇠몽둥이를 팽개치고 바닥에 떨어져 있는 철퇴를 다시 잡았다.

"조, 좋아. 누가 이기는지 두고 보자."

무거운 철퇴를 들고 식식거리는 쇠동을 보고 길동이 소리 높여 웃었다.

"살길을 주려고 봐주었더니 상수를 몰라보는 어리석은 놈이로구나. 네가 참말로 무서운 맛을 보고 싶으냐."

말이 끝나기 무섭게 웃던 사람의 신형이 흔들리며 무언가가 눈앞에 서 있었다.

놀란 쇠동이 철퇴를 휘두르려 하는데 어느 틈엔가 길동의 손이 번개처럼 손목을 움켜잡았다. 악력이 드세어 마치 쇠 집게로 손목이 잡힌 듯하였다.

"이놈이?"

쇠동이 우악스러운 발길질을 하려는데 되레 정강이에서 불이 나는 듯한 통증이 일었다. 길동이 미리 알고 발끝으로 정강이를 찼던 것이다.

"오매!"

채 비명을 끝내기도 전에 눈앞이 번쩍거리며 양 볼에서 불이 났다.

쇠동이 휘청휘청 뒷걸음을 치며 양 볼을 비비고 바라보니 길동의 손에 철퇴가 들려져 있었다.

"이번에는 네가 거기에 그대로 멈추어 있어라. 네 머리가 강한지 철퇴가 강한지 시험해 보게."

길동이 철퇴를 휘휘 돌리다가 쇠동의 머리통을 향하여 힘껏 내려쳤다. 커다란 철퇴가 날아들자 쇠동은 혼비백산하여 뒷걸음질을 쳤다. 바람을 가르고 떨어져 내린 철퇴에 보드라운 땅바닥이 움푹 파였다. 그 밤송이 같은 철퇴에 머리를 맞았다면 머리통이 날아갔을 것이라 생각하니 쇠동은 간담이 서늘하였다.

"이번에도 피할 수 있는지 보자."

길동이 철퇴를 휘두르며 웃는 모습을 보자 등줄기에 소름이 끼쳤다. 놀란 쇠동이 허둥지둥 뒷걸음질쳐 물러나며 부하들에게 소리쳤다.

"자슥들아. 뭐하노?"

그러나 화적들도 사람이라 철퇴에 맞아 죽는 것이 두려워 얕은 물의 송사리 떼처럼 도망치기에 바빴다.

"저, 저 의리 없는 것들 보소."

길동이 휘두른 철퇴가 다시 쇠동을 노리고 날아들었다. 그 살벌한 기세에 쇠동이 몸을 굴려 철퇴를 피하며 소리쳤다.

"자슥아. 사내답게 주먹과 주먹으로 상대해 보자."

"내가 맨손일 때에는 잘도 무기를 쓰더니 이제 네놈이 불리해지니까 남자 운운하는 게냐?"

쇠동은 꿀 먹은 벙어리처럼 말을 못하고 멍하니 길동을 바라보았다.

길동이 빙그레 웃다가 쇠동의 발 앞에 철퇴를 던져 주었다.

"옜다. 그래, 남자답게 상대해 보자. 네가 나와 다시 겨루어 보고 싶다면 그 철퇴를 들어라."

쇠동이 바닥에 떨어진 철퇴를 멍하니 바라보다가 길게 한숨을 내쉬었다. 그때였다. 화적들 사이에서 뛰어나온 한 사내가 길동에게 달려들었다. 그는 양손에 낫을 들고 있었는데 강춘령이라는 팔공산패 두목 같았다.

강춘령이 날카로운 낫을 종횡으로 휘두르며 길동을 핍박하는데, 낫을 내지르고는 휘감았다가, 휘감았다 내지르는 것이 마치 팔을 휘두르는 것처럼 능수능란하여 법을 배우지 않았지만 법을 배운 사람보다 더 뛰어난 것 같았다.

길동은 바닥에 떨어져 있던 쇠동의 쇠몽둥이를 집어 들고 강춘령을 상대하였다.

강춘령은 낫질에 이력이 난 사람이었으나 길동의 쇠몽둥이가 낫의 날 부분을 요령 있게 때리는 바람에 이내 낫날이 굽고 손아귀가 저려 제대로 낫을 휘두르지도 못하게 되었다.

강춘령이 얼른 뒷걸음질을 치면서 허리춤에 차고 있는 돌주머니에서 돌멩이를 꺼내 던졌다.

눈 없는 돌멩이가 눈이 달린 것처럼 팔다리, 몸통 할 것 없이 길동의 급소를 향하여 화살처럼 날아들었다. 과연 팔공산패 도적의 두목다운 실력이었다.

"흥."

갑자기 길동의 몸이 흔들리더니 그 모습이 여러 개로 나뉘어졌다.

"뭐, 뭐야?"

놀란 강춘령이 돌멩이를 들고 뒷걸음질을 치는데 여러 명의 길동이 동시에 다가왔다.

"도, 도술인가?"

말이 끝나기도 전에 길동이 강춘령의 뒷덜미를 잡고 있었다.

"너 정도는 검지로도 상대할 수 있겠다."

길동이 검지 끝으로 강춘령의 혈자리를 꾹꾹 눌렀다. 강춘령이 일시 힘을 쓸 수 없는데다가 온몸을 송곳이 찌르는 듯 아파서 에구에구하며 곡소리를 내었다.

팔공산패 두목이 길동에게 덜미가 잡혀서 꼼짝 못하는 것을 보고 임쇠동은 두 눈이 휘둥그레져서 어찌할 줄을 몰랐다. 임쇠동에게 강춘령은 한끝 높은 상수라서 매양 성님으로 부르던 터였다. 그런 강춘령이 홍길동에게 잡혀 곡소리를 내고 있으니 쇠동이 바닥에 떨어진 철퇴를 들고 소리쳤다.

"이놈아. 우리 성님을 놓아라."

"이놈. 그래도 상대를 모르겠느냐?"

길동이의 호령이 떨어지기 무섭게 육갑이가 곤두박질하듯 달려와 임쇠동을 말렸다.

"이제 그만 두시오, 임 두목. 이건 남자답지 못한 일이오. 대장님 보기 부끄럽지 않습니까? 대장님이 이 사실을 알게 되면 뭐라 하시겠습니까? 제발 그만두십시오. 이제까지 홍길동 대장님이 봐 준 것을 모르십니까?"

길가에 우두커니 서 있던 쇠동이 길게 한숨을 내쉬곤 철퇴를 놓았다.

"내가 졌수. 그러니 춘령이 성님두 놓아주시우."

길동이 강춘령의 덜미를 잡아 물었다.

"너는 어찌할 테냐?"

"나도 항복이오."

강춘령이 맥 빠진 소리로 말했다.

길동이 강춘령을 놓아주자 임쇠동과 강춘령이 길동의 앞에 무릎을 꿇었다.

"우리가 사람을 몰라보았습니다. 예의 없이 군 것을 용서해 주십시오."

뒤편에 무리 지어 있던 화적들이 연달아 무릎을 꿇었다.

길동이 머리를 숙인 두 사람을 내려다보다가 천천히 다가가 두 사람의 손을 잡아 일으키며 말하였다.

"일어나시오. 사내는 싸우면 적수지만 싸우고 나면 친구라 합디다. 여기서 이러지 말고 주막에서 술이나 한잔하겠소?"

임쇠동과 강춘령이 멍하니 서로의 얼굴을 바라보며 일어났다. 세 사람이 개여울 주막으로 들어가니 서팔봉은 방 안에서 코를 고느라 정신이 없었다.

"만취하여 골아 떨어졌으니 깨우지 말고 빈방으로 갑시다."

봉놋방으로 들어간 세 사람이 정중하게 인사를 나누고 술잔을 기울이며 이야기를 나누었다. 먼저 임쇠동이 자신의 전력을 이야기하였다.

임쇠동은 본래 경주 못골 사람으로 농사를 짓던 양민이었는데 부역 때문에 화적이 되었다 하였다.

경주의 동골이나 울산의 언양 일대에는 백수정과 자수정이 많이 났는데 연산주가 왕이 된 이후에 흥청들과 노는 데 쓸 수정을 캐는 것을 독려하여 일대의 사람들이 부역에 동원되었다.

당시의 채광작업이라는 것이 단순하기 이를 데 없어서 곡괭이 하나를 가지고 땅굴을 파서 수정을 캐는 것인데 깜깜한 굴에서 노역에 시달리다 보니 죽는 사람이 허다하였다. 그러나 나랏일에 동원되는 까닭에 다치거나 죽더라도 관가에 하소연할 수가 없었다.

임쇠동이 부역에 동원되었다가 횡액을 당한 이들을 대수롭지 않게 보았다가 그의 동생 임말동이 광산에서 변을 당하여 덧없이 죽고 나자 마음이 달라지며 세상이 다르게 보였다.

백성들의 피와 땀이 동원되어 캐내는 보석들의 반수 이상이 관리들과 사상(私商)들의 결탁으로 뒷구멍으로 빼돌려져 사욕을 채우는 데 사용되며, 나라로 올라가는 보석들은 궁궐에서 먹고 노는 기생들의 노리개로 전락하는 현실을 알게 되자 나라에 대한 반감이 솟았다는 것이었다. 하여 장정들을 충동하여 뒷구멍으로 빠지는 보석을 털다가 군사를 죽이고 포교를 피해 도망하다가 일월산에서 자리를 잡았다고 하였다.

강춘령은 대구 사람으로 팔공산 아래 있는 대추골에서 어려서부터 농사를 짓고 살아왔다. 대개의 농사짓는 사람들이 그렇듯이 지주에게 토지를 배당받아 경작하고 그 대가로 땅 한 뙈기를 받아 그 땅에서 나오는 수확을 자기 몫으로 챙기는데 강춘령이 부지런하여 그럭저럭 밥술은 뜨고 살았다 하였다. 그런데 지주가 죽고 그 아들이 땅을 물려받은 후에 강춘령의 몫으로 받은 땅의 소출을 반이나 빼앗기게 되었다. 그도 부족해서 지주의 땅에서 목표로 책정된 수확을 거두지 못하면 강춘령의 땅에서 나온 곡식으로 보충해야 하였다. 강춘령은 근방에 소문난 농군이라 남들의 3배나 되는 60두락을 짓고 있었는데 계해년 늦게 찾아온 태풍으로 평년 소출의 반도 거둬들이지 못하게 되자 그 책임이 고스란히 춘령에게 돌아왔다.

강춘령이 그 손해를 메우고자 1년 동안 경작한 땅의 소출을 모두 넘기고 나자 먹고 살 길이 막막한데, 지주의 아들이 보낸 마름이 호랑이처럼 굴며 집안의 세간을 남기지 않고 가져가니 그동안 살아온 것이 허무하게 느껴지고 복장에서 화가 복받쳐서 마름을 낫으로 찍어 죽이고 팔공산 깊은 골짜기로 들어와 화전을 일구게 되었다. 처음에는 땅을 파고 토굴에서 살면서 근근이 화전을 일구었는데 워낙 농사를 잘 짓던 사람이고 빼앗아 갈 사람이 없으니 먹고 사는 것이 되레 여유로

웠다. 강춘령이 골짜기 전체를 농토로 바꾸기로 결심하곤 연장을 사러 바깥으로 나갔다 돌아온 사이에 화적떼가 들이쳐서 집 안이 쑥밭이 되어 있었다. 강춘령의 노부모는 화적들에게 죽고 아내는 겁탈을 당하여 끌려갔기로, 춘령이 노기가 복받쳐서 그 길로 산골을 샅샅이 뒤져 화적의 소굴을 찾아가 화적떼의 두목을 죽이고 화적의 대장이 되었다 하였다.

강춘령은 어려서부터 낫을 귀신처럼 다루어 낫 두 자루만 있다면 호랑이도 무서워하지 않았고, 돌팔매도 뛰어나서 분을 내어 일어나니 처음부터 화적 졸개들이 상대가 될 리 없었다.

그때 팔공산의 두목은 황동개(黃童介)라는 자로 살인을 마구 일삼는 포악한으로 일대에 소문이 자자하였다. 강춘령은 황동개를 죽인 후에 원래 있던 부하들의 추대를 받아 화적들의 두목이 되었는데 사람이 온화하고 인정이 있어서 부하들뿐 아니라 인근 부락에까지 인심을 얻었다. 이는 강춘령이 화적의 두목이 된 이후로 강도질보다 골짜기를 논밭으로 만드는 데 힘을 쓴 덕분이었는데, 유랑민들과 힘을 합쳐서 작은 마을을 이루고 세상을 피해 온 유민들을 하나 둘 받아들이게 되면서 자연스럽게 팔공산에 큰 세력을 이루게 되었다 하였다.

세상이 어렵다 보니 골짜기로 들어오는 사람은 한정 없는데 골짜기에 일궈 놓은 농토는 한정이 있어서 먹고 사는 일이 여의치 않게 되자 결국 강춘령이 한티재를 근거로 하여 도적질을 하게 되었다. 그때부터 관군들의 토포가 시작되었다.

관군들을 상대로 농군들로 구성된 오합지졸의 화적들이 상대가 될 리 없어서 토벌 당할 위험에 처했을 때에 황림을 만나 위험을 벗어나게 되었는데 그때부터 황림을 대장으로 따르며 살게 되었다 하였다.

일월산의 임쇠동은 그때 황림을 따라왔는데 연치가 낮아 강춘령을 성님으로 부르게 되었다 하였다.

"황림 대장이 보통 사람이 아니구려."

"안개를 부르고 비를 내려 관군들을 쫓아내는 일을 보통 사람이 할 수 있나요?"

강춘령이 맞장구를 쳤다.

이번에는 임쇠동이 길동에게 물었다.

"성님께서도 어떻게 충청도와 전라도 제일의 대적이 될 수 있었는지 이야기 좀 들려주시오."

길동도 그동안의 전력을 두 사람에게 들려주었는데 명가의 서출로 천대받으면서 살다가 우연하게 스승을 만난 일부터, 제자가 되어 세상 구경을 한 일, 아내를 홍녀로 빼앗아 가려는 아전을 두드리고 도망쳐 온 일, 당래를 이기고 지리산과 충청도 화적의 두목이 된 일, 세곡선을 턴 일과 도갑사를 턴 일, 선산과 의성 관아에서 어사출두한 이야기를 늘어놓을 때면 강춘령과 쇠동이 어깨를 들썩이며 좋아하였다. 세 사람이 이야기를 나누는 사이에 창밖이 환하게 밝아 왔다.

"두목님들. 황림 대장님께서 홍 대장님을 모시고 오시랍니다."

바깥에서 육갑이의 목소리가 들려왔다.

"함께 온 서팔봉을 깨울까요?"

"한잠이 들었으니 놔두게."

길동이 이른 아침에 개여울 주막에서 나와 육갑의 안내를 받으며 산채를 찾아갔다.

# 대
## 적 大
賊

## 하나

태백산에서 서쪽으로 뻗어 내린 산줄기가 구불구불 힘차게 뻗어나가 소백산맥이 되었으니 경상도의 경계에서 우뚝 선 소백산의 줄기가 죽령으로 뻗어나가 대미산, 포암산, 주흘산, 조령산, 희양산, 대야산, 청화산, 속리산으로 이어져 경상도와 충청도의 경계가 되었다.

문경새재는 그 줄기 가운데 있는 조령산 마루에 있는 고개로 경상도 60여 주의 길목이었다. 영남의 수레와 말들이 모두 이 길로 모여들어 서울로 갈 수 있고, 서울로부터 남으로 내려가는 사람도 이곳을 지나야 갈 수 있으므로 영남의 목구멍에 해당하였다.

겹겹이 높은 산들이 좌우에 거인처럼 둘러서고 여러 골짜기들의 물이 모여 큰 내를 이루고 있으니 고갯길은 낭떠러지를 따라 위태로운 사다리처럼 열려 있는데 고개 위에는 청석이 험한 절벽이 둘러 있고,

아래로는 깊은 시내가 있어서 구름은 물론이거니와 새조차 넘기 어렵다고 하여 새재라고 불렀다.

산채는 새재 깊숙한 골짜기 안에 있었는데 샛길 군데군데에 파수 보는 초소가 있었고 알아들을 수 없는 주문 같은 소리를 군호로 삼아 통과할 수 있었다.

빽빽한 산림과 골짜기를 따라 한참을 들어가니 넓은 골짜기 입구에 목책이 보였다. 목책 앞에 파수 보는 졸개들이 창을 들고 지키고 있다가 일행을 보곤 꾸벅 인사를 하곤 목책의 문을 열었다.

목책 안은 수없이 인가가 들어서서 마치 마을이 하나 들어선 것 같았다. 마을의 개울에는 아낙들이 빨래를 하고, 아이들이 놀고 있었는데 그 형세가 지리산보다 더 나았으면 나았지 못하지는 않았다.

길동이 두목들의 안내를 받으며 졸개를 따라 산채 가운데 있는 커다란 기와집 안으로 들어가니 도회청 마당 한가운데에 납의를 입은 중년의 사내 두 사람이 서 있었다.

한 사람은 머리를 길게 늘어트린 채 염주를 들고 있었고, 한 사람은 지팡이 하나를 짚고 서 있었다.

"대장님."

강춘령과 임쇠동, 육갑이가 염주를 든 중년의 사내에게 꾸벅 인사를 하였다. 중년 사내가 빙그레 웃으며 다가와 입을 열었다.

"그동안 안녕하셨소?"

그런데 어디서 본 듯 낯익은 얼굴이라 길동이 고개를 갸웃거리며 물었다.

"제가 아는 분이시던가요?"

"금성에서 본 적이 있지요. 혜손 선생님의 댁에서 말이오. 그때 내가 하늘에서 천도복숭아를 따 준 적이 있었소."

그 말을 듣고 바라보니 언젠가 혜손의 집에 찾아왔던 위한조라는 도사였다.

"아니, 그럼 도사께서 황림이라는 말입니까?"

육갑이가 황림 대장이 도술을 부린다고 했던 말이 생각났다. 위한조는 중국의 양진인에게 배운 도술로 손쉽게 경상도의 대적이 되었을 것이었다.

"그렇소. 내가 그때 혜손 선생에게 꾸지람을 듣고 백두산에 가서 공부를 하였는데 3년을 수련하다 보니 내가 무엇을 해야 할지 알게 되었소. 그래서 그 길로 백두산을 내려와서 산천을 떠돌다가 이곳에서 황림으로 변성하여 유랑민들을 받아들였던 것이오. 그렇지 않아도 며칠 전에 그대의 사형이 찾아와서 홍공께서 올 것이라 귀띔하여 기다리던 참이오."

"제 사형이 찾아왔다고요?"

뒤편에 서 있던 거사가 천천히 다가왔다.

"그동안 안녕하셨소?"

길동이 물끄러미 바라보니 옛적에 혜손을 찾아왔던 정희량이라는 인물이었다.

"아! 사화 때문에 귀양 가셨다는 말씀은 들었습니다만, 여긴 어떻게?"

"이야기가 길다네. 들어가서 이야기하세."

정희량과 위한조가 길동을 데리고 도회청으로 들어갔다. 도회청에서 세 사람이 각각 인사를 한 후 자리에 앉았다.

"내 살아온 이야기를 한번 들어볼 테요?"

정희량은 혜손의 집에 다녀온 지 얼마 되지 않아 무오사화로 의주에 유배되었다가 다시 김해로 이배(移配)된 뒤 신유년(1501년)에 풀려났는데 갑자년에 큰 사화가 일어날 것 같아서 어머님의 상중에 집을 나가 남강(南江)가에 상복과 짚신을 벗어 놓고 물에 빠져 죽은 것처럼 하여 세상을 속였다고 하였다. 그 후로 승복을 입고 거사처럼 꾸미고 전전하다가 부석사의 한 암자를 얻어 거처하다가 위한조를 만났다고 하였다.

동류가 동류를 알아본다고 위한조가 정희량이 보통 사람이 아닌 것을 짐작하여 친하게 지내다가 마침내 혜손의 제자임을 알게 되었는데, 갑자년 이후에 유랑민들이 많아지자 정희량의 말을 좇아서 위한조가 황림이라고 변성하여 이곳 새재에서 터를 잡고 화적패의 우두머리가 되어 경상도에 떠도는 유랑민들을 거두며 살아왔다고 하였다.

옆에 있던 위한조가 말했다.

"이제 이 산채를 맡아 줄 임자가 왔으니 나도 이젠 떠날 때가 되었구려."

"그게 무슨 말씀입니까?"

"이미 만나 보았겠지만 강춘령과 임쇠동을 불러들인 것은 그대가 찾아오리라는 정 선생의 말씀 때문이었소. 난 홍공을 위해서 잠시 이곳을 맡고 있었을 따름이니, 홍공이야말로 이 산채의 진정한 주인이오. 내가 혜손 선생을 통해서 홍익인간의 참뜻을 알았소만, 또한 깊은 수양을 통해서 나 같은 사람은 물처럼 바람처럼 돌아다니다가 구름처럼 흔적 없이 흩어지는 삶이 적합하단 것을 알았소. 내가 육갑이를 시켜 그대를 시험한 이유도 그 때문이니 나 대신 경상도의 불쌍한 유랑민들을 부탁하오."

길동이 정희량과 위한조를 번갈아 바라보며 말했다.

"당치 않은 말씀입니다. 저보단 능력 있는 두 분께서 오히려 불쌍한 백성들을 맡아 주셔야지요."

정희량이 고개를 저으며 말했다.

"사람은 모두 지닌 그릇이 있으니 각자의 그릇대로 살아가야 탈이 없기 마련인 게지."

"제 그릇이 도적의 그릇입니까?"

"허허허. 도적의 그릇이린 대체 무엇인가? 대저 하늘이 낸 큰 도적은 천하를 훔치고, 그보다 작은 도적은 나라를 훔치네. 사람의 마음속에는 이(利)를 취하고자 하는 도적의 그릇이 있으니, 나도 자네도 예외는 아니네. 세상에 수많은 사람들의 마음에 도적의 그릇이 있으되 자네는 어떤 그릇을 가지고 있는가? 난 이 나라에서 벼슬한 신하로서 임금께 충성하지 못하고 부모에게 효도하지 못한 불충불효한 자일세. 내가 어찌 하늘에 얼굴을 들고 다닐 수 있겠는가? 내가 조강에서 신을 벗어 놓았을 때 이미 내 그릇은 깨어져 버려서 무언가를 담을 수가 없게 되었네."

정희량이 도적이 되지 못하는 이유를 말하자 위한조가 그 뒤를 따라 말했다.

"천하에 제일 큰 도적은 천하를 훔친 자라고 하지만 내가 백두산 심산유곡에 틀어 앉아 몇 년을 곰곰이 생각해 보니 천하를 훔친 도적은 욕심이 제일 큰 자일 따름이었네. 백성들을 유익하게 하고자 하는 뜻을 가지고 세상을 이롭게 하기 위하여 일어선 자들은 영웅이 아니라 대개 욕심 많은 자일 따름이네. 그들은 겉으론 대의를 말하지만 속으론 권력의 맛에 취하여 수많은 사람들의 희생을 밟고 일어서 천하를 움켜쥐었네. 그런데 그런 자들의 끝이 어떠하였나? 욕심에 눈이 멀어 가족과 형제를 죽이고, 친구와 동료를 죽였네. 그러나 사람은 누구나 한번은 죽는 것, 고귀한 임금이나 천한 백성이나 죽어 이 땅의 흙이 되긴 마찬가지인걸. 하여 나는 그들을 대도(大盜)라 생각하지 아니하네. 진정한 대적(大敵)은 욕심이 없는 자일세. 정 선생의 말을 좇아 그동안 이 산채를 맡고 있었지만 내 마음은 이미 자연에 있었으니 내가 갈 길도 내 그릇도 이미 정해져 있었네. 모든 것이 자네 그릇만 못하기에 자네에게 모두 넘겨주려고 이렇게 기다리던 것일세."

정희량과 위한조는 모두 때 묻은 납의를 입고 머리도 깎지 아니하고 길게 늘어트려 단정치는 않았지만 눈빛이 형형한 것이 마치 혜손을 마주한 것 같았다. 그들의 말은 모두 이치가 맞았으며 무거운 위엄을 담고 있었다.

"저는 아직 상주의 신극성도 어쩌지 못하였습니다."

"상주는 영남의 대처이니 의성이나 선산 같은 작은 현과 같지 않을 것이오. 그대가 나를 찾아온 것은 내 도움을 받으려 했던 것이 아니었소? 이제 내가 이 산채를 그대에게 넘길 것이니 차차 신극성을 징죄할 방법을 생각해 보시기 바라오."

위한조가 이렇게 말하는 데서야 길동도 더는 가타부타 거절할 수가 없었다.

길동이 조심스레 정희량에게 말했다.

"사형께서 술법뿐만 아니라 추보(推步)를 잘하신다고 들었습니다. 제가 여쭈어 볼 것이 있는데 괜찮겠습니까?"

"물어보게."

"조정이 썩어서 큰 변란이 해마다 일어나는데 이 나라가 대체 얼마나 오래가겠습니까?"

정희량이 눈을 감고 있다가 입을 열었다.

"먼 옛날 천제(天帝)가 세상을 굽어보다가 뇌사(雷師)에게 명을 내려 천하사람 중에서 악인 한 명을 골라 벼락을 쳐 죽이라고 하였네. 그런데 뇌사가 살펴보니 천하의 모든 사람이 다 탐욕스러웠지. 그렇다고 그들을 다 죽일 수가 없어서 하는 수 없이 청렴한 사람을 악인이라 하여 벼락을 쳐 죽였지. 도철(饕餮)•의 세상에서 천하의 악인들을 모두 죽일 수 있다면 이 나라의 운은 빨리 끝날 것이요, 천하의 악인들을 모두 죽일 수 없다면 이 나라는 세세토록 흘러갈 것이네."

길동이 머리를 갸웃거리며 말했다.

"모호한 말씀이군요."

"세상일이란 원래 모호한 법이지. 자네가 내 말뜻을 알아들을 날이 언젠가 올 것이네."

정희량이 말없이 웃었다. 그 모습과 말하는 것까지 혜손과 흡사하여 정희량이 혜손의 진전을 이어받은 이유를 길동은 어렴풋이 알 것 같았다.


다음 날 이른 아침, 정희량과 위한조가 산채를 떠났다. 길동이 산채의 사람들과 더불어 문경새재 너머까지 배웅하였다.

정희량이 길동에게 말했다.

"옛날 중국 정나라의 정승 자산(子産)은 겨울에 찬물을 건너는 백성을 불쌍히 생각해서 자기의 수레로 건너게 하니 정나라 사람들이 다

---

• 고대 전설에 나오는 짐승으로 탐욕스럽고 흉악한 성질을 가졌다.

같이 그 덕을 칭송하였지요. 훗날 맹자가 이것을 비웃어 말하기를, 여름에 장마철이 지난 후에 다리를 놓는다면 백성들이 찬물에 발을 담그지 않아도 되고 일일이 사람을 건네주는 수고를 하지 않아도 될 것이라 하였지요. 나라가 혼란하고 살 길이 없는 자들에게 한 그릇의 밥과 국은 분명히 필요한 것이지만 미봉책에 지나지 않으니 아주 구원할 도리를 하지 않는다면 무슨 소용이 있을까?"

길동이 이야기를 듣고 나니 무언가 깊은 뜻이 담긴 말 같았다. 세곡을 빼앗고 사찰을 털고 탐관오리를 급습하며 쉼 없이 도적질을 해서 궁핍한 백성들에게 나눠주더라도 돌아서면 백성들의 삶은 여전히 변함이 없었다. 발본색원(拔本塞源)하여 불행의 근원을 제거하지 않으면 백성들의 처지는 찬물을 건너는 정나라 백성들과 다를 바가 없을 것이었다.

"사형께서 생각하시는 것이 있으십니까?"

"자네가 한번 곰곰이 생각해 보시게. 사람은 정해진 운명이 있지만 또한 운명을 바꿀 수도 있네. 앞으로 자네는 정말로 큰 도적이 될 것이네. 그것이 화가 될지 복이 될는지는 전적으로 자네의 마음에 달려있네. 나는 자네의 꿈을 잘 알고 있네. 우공처럼 산을 옮기는 일은 멀고 먼 시간과 노력이 필요하지. 자네 대에서 하지 못할 수도 있어. 그래도 우공처럼 되고 싶다면 자네의 운명을 어떻게 만들어 갈 것인지 곰곰이 생각해 보게. 그럼 나는 가네. 이제 자네와 마지막일세."

정희량이 빙그레 미소를 짓다가 몸을 돌려 고갯길을 내려갔다. 그 옆에 우두커니 서 있던 삿갓 쓰고 납의 입은 위한조가 품속에서 책 한 권을 꺼냈다.

"이걸 받아 주게."

"이게 뭡니까?"

"보면 알 것이네. 내 보잘것없는 재주도 모두 이 책에 있다네. 자네가 이것을 세상을 위해 잘 써 주게."

위한조가 몸을 돌려 정희량의 뒤를 쫓아갔다. 이내 두 사람의 모습이 언덕 아래로 멀어져 갔다.

길동은 언덕 아래로 두 사람이 사라질 때까지 서 있다가 부하들과 함께 산채로 돌아와 소를 잡고 돼지를 잡아 크게 잔치를 벌이고 계룡산에 있는 당래를 불러오게 하였다.


# 둘


길동이 그동안 졸개들과 함께 새재를 둘러보았다. 새재의 높은 고개위에는 잡로(雜路)가 많아서 관군들이 도망치는 화적들을 쫓기 어렵고, 영(嶺)에서 동쪽으로 10리쯤 내려가면 깎아지른 절벽이 양쪽으로 솟고 그 가운데로 물이 흘러 행인들이 만든 나무다리를 건너야 하는데 이와 같은 곳이 24군데에 이르렀다.

응암(鷹巖)이라는 곳은 천혜의 요지에 있어서 나무다리를 철거하고 물을 막았다 트면 감히 발붙이기가 어려워서 능히 일부당천할 수 있는 지형이었다.

문경 동쪽에는 옛길이 있어 새재의 서쪽에 이르게 되나 오랫동안 사용치 않아 산림이 울창하고 하늘이 보이지 않아 다니기 어렵고 문경 서편에도 소로가 연풍현의 동쪽에 닿으나 워낙 험준하여 여기도 수십인이면 지킬 수 있었다. 영 너머 영풍 근방은 골짜기가 깊고 땅이 기름져서 유랑민을 이주하여 살게 하면 괜찮을 것 같았다.

며칠 동안 새재를 돌아다니다 산채로 돌아오니 당래가 도착했다는 전갈이 왔다.

당래가 젊은 사내 두 사람을 데리고 도회청으로 들어와서 길동에게 큰절을 하고 경상도를 손아귀에 넣은 것을 축하하였다.

"이제 대장님께서 전라도와 충청도, 경상도 화적들의 우두머리가 되었으니 황해도와 평안도의 화적들만 규합하면 팔도의 대장이 되시겠습니다. 구월산과 자비령 일대에서 세력이 좋은 미륵은 제 의동생이니 제가 당장이라도 데려올 수 있습니다. 그렇지 않아도 이번에 대장의 휘하에 입당하겠다는 자가 있어서 데려왔습니다."

당래의 옆에 있던 두 사내가 큰절을 꾸벅 하였다. 두 사람 모두 중갓을 쓰고 도포를 걸쳤는데 하나는 키가 크고 훤칠한 미남자이고, 또 하나는 키가 작고 40 중반쯤 된 중늙은이로 작은 두 눈이 반짝반짝거리는 것이 영리한 쥐 상을 가진 자였다.

"인사드립니다. 저는 서소문 양생방에서 장사하는 최판돌(崔販乭)이라 합니다요. 이번에 당래 두목의 이야기를 듣고 활빈도에 입당하려고 이렇게 찾아왔습니다."

40줄의 중늙은이가 납죽 엎드렸다.

당래가 얼른 말했다.

"최판돌이는 서소문패 우두머리로 장안의 정보를 꿰고 있을 뿐 아니라 장물을 취급하는 데 큰 도움이 될 것 같아서 데려왔습니다."

옆에 있던 젊은 사내가 큰절을 하곤 길동을 쳐다보며 말했다.

"이종덕이라 합니다."

당래가 말했다.

"이종덕은 한양 도성 안에 살던 자인데 임금이 집을 철거하게 되면서 유랑민이 되었다가 지금은 광주 천마산 일대에서 터를 잡고 화적패두목으로 이름을 날리고 있습지요. 임금이 경기도의 여러 고을을 폐지하고 백성들을 내수사의 노비로 삼게 하니, 백성들이 견딜 수가 없어서 집을 버리고 도망을 쳤는데 이종덕이 있는 천마산패로 몰려서 숫자로는 경기도에서 제일가는 패가 되었지요. 이 두목이 협기가 있는 사람이고 반상을 따지지 않아 반촌에서도 제법 이름이 알려져 있어서 반촌 백정들하고 친분이 있는 저도 말은 들은 적이 있었습니다. 제가 최 두목을 알아서 이야기가 되어 함께 오려는데 일이 되려는지, 최 두목이 이 두목을 소개해서 함께 오게 된 것입니다."

길동이 바라보니 최판돌은 두 눈이 반들거리는 것이 장사치의 티가 확연하고, 이종덕은 굳게 다문 입이 고집이 있으나 앉은 모습이 근엄하여 무게가 있어 보였다. 이종덕은 화적이 된 바가 활인을 근본으로 삼았던 터라 마음에 들었으나 최판돌이는 이익을 다투는 자라서 꺼려하는 마음이 들었지만 한양과 궁실이 돌아가는 사정을 알기 위해선 필요한 자라고 생각하였다.

"나 같은 사람의 부하가 되려고 찾아왔다니 고마울 따름이오."

길동이 긴말 하지 않고 술상을 차려 오게 하여 두목들을 차례로 인사시켰다.

서팔봉·당래·강춘령·임쇠동·이종덕·최판돌이 각각 인사한 후에 둘러앉아 술잔이 돌아가니 화제가 자연히 한양의 돌아가는 이야기가 중심이 되었다.

최판돌은 중인 출신으로 소싯적에 학문을 약간 배우고 젊어서 객주패에 들어가 천하를 돌아다니다가 서소문에서 자리를 잡고 세력을 키

316

운 까닭에 한양 돌아가는 사정을 손바닥처럼 들여다보았다.

"요즘 한양 도성이 돌아가는 것을 보면 가관이 아니올시다. 한마디로 흥청망청 놀자판이 되었습지요. 한양에 모인 기생들이 얼마나 되는지 아십니까? 무려 1만 명이 넘습니다. 삼천궁녀 희롱하던 의자왕이 울고 갈 노릇이고, 주지육림에 빠져 살던 주왕(紂王)도 혀를 내두를 노릇이지요. 우리 임금이 무오·갑자사화로 조정의 바른 신하를 모두 내쫓은 후에 임사홍을 불러다가 채홍사를 삼아서 미녀들을 조정으로 불러들였는데, 처음에는 여러 도의 크고 작은 고을에 모두 기생을 설치하여 운평(運平)이라 부르고 임사홍으로 하여금 채홍사(採紅使)를 삼았는데 예쁜 아낙이라면 양반의 처녀든 천한 기생이든 가리지않고 뽑아내었습지요.

팔도의 각 고을마다 할당된 숫자가 있었으나 토호와 밀접한 관계를 가지는 수령이 양반의 집에서 멀쩡한 양가의 규수를 뽑을 리는 만무하여서 대개 힘없고 가난한 양민의 처자 중에서 홍녀를 뽑아들였지요. 할당된 숫자를 채우지 못하면 어명을 거역했다는 이유로 수령이 문책을 받았으니, 각 고을마다 홍녀를 뽑기 위해 아전들과 사령들이 홍녀를 찾아다니는 것이 며칠 주린 개 같았지요."

사람들이 우후후 하고 웃었다.

"이렇게 되니 집집마다 문을 닫아걸고 아녀자의 바깥출입을 금하게하여 멀쩡한 고을이 사람 없는 폐가처럼 을씨년스러운 곳이 많았습지요. 이 밖에도 왕의 명을 받들고 가는 자를 승명(承命)이라 하고, 아름다운 여자와 좋은 말을 각 도에서 찾아내는 자를 채홍준사(採紅埈使)라 하고, 나이 어린 여자를 찾아내는 자를 채청사(採靑使)라 하며, 백성을 착취하고 온갖 물건을 거두는 자를 위차(委差)라고 하였는데,

종 2품 관찰사도 그들의 눈치를 살피는 판이니 외지에서 행해지는 악행이 이루 말할 수 없을 정도였습지요.

채홍사가 대궐에 보낸 운평들은 흥청·계평·속홍이라 하고 가까이 모신 자는 지과흥청, 임금과 동침한 자는 천과흥청이라 하는데 연방원(聯芳院)에서 지내게 하였습지요. 처음에는 기생들만 뽑아서 수가 몇 백 명밖에 되지 않았는데 기생들이 성이 차지 않은지 채홍준체찰사(採紅駿體察使)라는 관직을 만들어 기녀, 사족의 출신, 심지어 유부녀까지 가리지 않고 전국에서 뽑아 들여 1년 사이에 그 수가 1만가까이 늘어났지요. 자연히 연방원이 좁아 터져서 원각사를 국으로 하고 의성위 남치원의 집을 함방원으로 하고, 제안대군의 집을 부양원으로 하고, 진성군의 집을 진향원으로 하여 흥청과 악공·재인들을 따로 거처하게 하였지요.

그런데 문제가 이것만이 아닙니다. 흥청들과 악공들, 재인들이 쓰는 양식과 화장도구의 비용은 어디에서 나오겠습니까? 나랏돈으로 어림없으니 그 몫이 백성들에게 돌아가서 도성 백성들은 물론이고 경기 지역 사람들이 흥청들 뒷바라지로 죽어나게 되었습니다. 나라의 수탈이 워낙 심해서 없는 백성들은 야반도주하고, 원래 살던 고을에서 쫓겨난 백성들이 이리저리 떠돌아다니다가 굶어 죽어서 숭례문 밖과 노량진 사이에 앙상한 송장이 산더미처럼 쌓여 썩는 냄새가 진동하는데, 흥청들의 음식고인 호화고(護華庫)와 전비사(典備司)에는 음식이 넘쳐나서 쥐들이 배를 불리는 곳이 되었습니다. 거기서 끝난 것이 아니올시다."

최판돌이 잠시 심호흡을 하고는 다시 입을 열었다.

"우리 임금의 하는 짓을 보면 가관이 아니올시다. 궁전 뜰에 응준방

(鷹準坊)을 설치해서 팔도의 갖가지 맹수나 진귀한 짐승을 잡아다 기르게 하고, 민간의 배를 빼앗아 경회루 못에 띄워 놓고 채색 누각을 그 위에 지어 만세(萬歲)·영춘(迎春)·진방(鎭邦)이라 이름하고 노는데, 사람이 물개도 아니고 대낮에 벌거벗고 여러 계집들과 난잡하게 그 짓을 해대니 이게 차마 눈 뜨고는 못 볼 일이라 그 말씀입니다.

이게 끝이냐? 아니올시다. 임금이 그 놀음에도 싫증이 났는지 이번에는 도성 100리 안에 출입금지의 푯말을 세우고 사냥하는 장소를 만들었지요. 그 안에서 내시 한 사람만 거느린 채 말을 타고 갠 날과 비오는 날을 가릴 것 없이 달려서 왔다 갔다 하더니, 나중에는 응사(鷹師)를 1만여 명을 두어 사냥하는 데 따라다니게 하였는데 금표(禁標) 안으로 들어오는 자는 기훼제서율(棄毀制書律)을 적용하여 모두 참수시켰지요. 도성 100리 안이 좁았던지 사직북동(社稷北洞)에서 홍인문(興仁門)까지 인가를 모두 철거한 후 다시 금표를 세우고, 인왕점(仁王岾)에서 동쪽으로 타락산(駝駱山)까지 민간의 장정들을 징발하여 돌성을 쌓고, 광주(廣州)·양주(楊州)·파주(坡州)·고양(高陽)·양천(陽川) 등의 고을을 폐지하고, 백성들을 내수사(內需司)의 노비가 되어 살게 하였으며, 혜화(惠化)·홍인(興仁)·광희(光熙)·창의(彰義) 사소문을 모두 폐쇄해 버렸습지요. 또 나루를 건너는 것을 금지하고 노량진(鷺粱津)으로만 다니게 하였으니 나그네들이 갈 곳을 모르고, 나무꾼들이 땔나무하기 어려워 타지의 사람들이 도성에 발길이 끊어진 지가 오래되었지요. 운종가와 이현칠패는 홍청들 때문에 먹고 살기 넉넉하지만 서소문의 저 같은 상인들은 백성들이 끊겨서 죽을 맛이 되었습지요. 하여 저도 할 수 없이 장물을 취급하게 되었는데 당래 두목과는 예전부터 안면이 있었습지요. 이번에 당래 두목이 한양으로 찾아와 홍길동 대장님의 이야기를 하더니 저더러 입당하라 하기에 체면 불구하고 이렇게 찾아온 것입니다."

최판돌이 입맛을 쩝쩝 다시다가 술 한 잔을 조심스레 마셨다.

길동이 물었다.

"무오·갑자사화의 이야기는 들었소. 두 차례의 사화가 일어나 많은 선비들이 죽었다 하나 조정에 신하들이 없는 것이 아닌데 임금의 무도를 그대로 두고 본단 말이오?"

"조정에 바른말 하는 사람이 없는 것은 아닙니다. 허나 입바른 소릴 했다간 밀위청(密威廳)에 끌려가서 쥐도 새도 모르게 처결되니 눈치만 보는 것이지요. 홍문관 사간원은 벌써 사라진 지 오래이구, 말이 조금만 거슬려도 명령을 거역한다고 죄를 만들어 족속을 멸하는 것이 예사입지요. 김처선(金處善)이란 자는 내시인데 얼마 전에 임금에게 바른 소릴 하다가 죽어 호랑이 밥이 되었습니다. 김처선의 집안은 적몰되고 집은 못이 되었는데 그 후로 연산주가 조정의 모든 관원들에게 '입은 재화(災禍)를 오게 하는 문이고, 혀는 몸을 베는 칼이다'라는 패(佩)를 차게 하였답디다."

말없이 듣고만 있던 이종덕이 입을 열었다.

"저는 본래 흥인문 안에 집이 있었는데 성균관에 다니는 친구가 있어서 그곳을 출입하다가 반촌의 무뢰배들과 어울려 다니곤 하였지요. 그런데 이번에 임금이 흥인문 안에 있는 집들을 철거하고 성균관을 기생들의 놀이터로 만들면서 반촌 일대마저 철거하여 내쫓는 통에 도성 밖으로 쫓겨 나와서 전전하다가 천마산 인근에 이르러 한 무리의 화적 떼를 만났습니다. 그 화적의 우두머리가 반촌에서 나와 안면이 있던 자여서 어렵잖게 천마산에 들어가 살게 되었습니다. 얼마 되지 않아

도적질 갔던 우두머리가 관군의 화살에 맞아 죽었는데, 그 후로 제가 추대되어 괴수가 되었습지요. 제가 죽은 우두머리와 친하고 또 소시 적에 무과를 공부하느라 활깨나 쏘아 본 적 있고 글줄도 조금은 알았 기 때문이었지요. 화적의 두목이 되어서 한양에서 피난 온 유민들을 천마산 이 골 저 골로 받아들여서 살게 하였는데, 그들에게 이야기를 들어보니 임금의 하는 짓이 참으로 기가 막힙디다. 서총대니 뭐니 하 는 이궁을 짓는 역사를 하는데 축장군(築墻軍)·축성군(築城軍)·서 총정군(瑞蔥亭軍)·착지군(鑿地軍)·이궁조성군(離宮造成軍)·인양 전조성군(仁陽殿造成軍)·재목작벌군(材木斫伐軍)·유하군(流下軍) 이라고 부르는 따위의 징발하는 명목을 다 셀 수가 없어서, 중외(中 外)가 모두 지치고 공사(公私)가 탄갈(殫竭)하여 서울에서 역사하는 자는 주리고 헐벗고 병들어서 죽는 자가 태반이요, 마을과 거리에 시 체가 쌓여 악취를 감당할 수 없다 하더이다. 하여 한양 백성들이 살기 위해 야반도주하다가 죽는 사람들이 수를 헤아릴 수 없는 지경이라 합 디다. 세상에 이런 임금이 어디에 있습니까? 하두 화가 나고 분이 나 서 얼마 전에 종루에 쾌서 한 장을 써 붙여 놓았지요. '임금이라는 자 가 무도하여 신하들의 목숨을 파리 목숨처럼 생각하고 백성들을 오랑 캐 쫓듯 하며 계집들과 노는 것에 정신이 팔려 있으니 이 나라가 오래 가지 못할 것이다'라고 말입니다."

최판돌이 이종덕을 가리키며 말했다.

"이 두목이 익명서를 썼단 말이오?"

"그렇소. 백성들이 알아볼 수 있게 언문으로 크게 써 놓았지."

"이 두목, 시방 그 때문에 조정이 발칵 뒤집힌 걸 아시오? 언문을 금 하는 교서가 나오고 조정신하들의 언문서적을 모두 불태우라는 명령이 내려졌수. 그 뿐인 줄 아시오? 얼마 전에 신수영의 죄를 써 놓은 익명서나 나붙었는데 임금이 익명서를 쓴 자를 찾아낸다고 엄한 사람들이 불벼락을 맞아서 이세좌(李世佐)·이극균(李克均)·이파(李坡)의 자손들이 모조리 처형을 당하고 의심이 되는 죄인들로 밀위청이 바글바글 하다오.”

“지렁이도 밟으면 꿈틀거린다고, 손바닥으로 하늘을 가린다고 하늘이 가려지오? 사람이 입을 닫고 어찌 산단 말이오. 화를 당한 사람들은 안 되었지만 그도 이제 와선 어쩔 수 없는 일이지요.”

이종덕이 입맛을 쩝쩝 다셨다.

그때였다. 육갑이가 도회청으로 들어와 꾸벅 인사하곤 말했다.

“문경 있는 졸개가 급하게 보고를 올렸습니다. 상주목사 신극성의 봉물짐이 문경에 이르렀다 하는데 어찌합니까?”

길동이 보고를 듣고 두목들에게 말했다.

“신극성은 영남제일의 탐관오리이니 이때에 그를 징죄하지 아니하면 언제 그를 벌할 수 있겠는가? 내가 그렇지 않아도 상주의 신극성을 칠 생각을 하던 참인데 여러 두목들이 나를 도와주실 수 있겠소?”

“대장님이 하시겠다면 하셔야지요.”

당래가 대답하자 서팔봉이 나섰다.

“도와드리는 것이 뭡니까? 대장의 명대로 하는 거죠. 이제 대장께서 영남의 길목을 장악한 이상 봉물짐이 새재를 넘어가게 할 수 없는 일이지요.”

최판돌이 얼굴을 찌푸리며 말했다.

“상주목사라면 경상우도의 관찰사를 겸하는 중임인데 그런 거물을 상대로 무작정 일을 벌였다가는 반드시 큰 우환이 있을 것입니다. 관을 상대하는 일은 돌다리를 두드리듯 하셔야지요."

이종덕이 말했다.

"맞습니다. 아시다시피 신극성이 경상우도의 관찰사를 겸임하고 있으니 봉물짐이 털리기라도 한다면 반드시 나라에서 토포군사를 낼 것입니다. 이곳이 지형의 이점이 있다지만 화적들이 훈련을 받은 정병이 아니고 오합지졸일 따름인데 어찌 나라의 군사들을 상대할 수 있겠습니까? 이것은 풀을 건드려 뱀을 놀라게 하는 꼴이고 벌집을 건드려 벌을 화나게 하는 것이나 한가지입니다. 군사들이 벌떼처럼 새재를 뒤진다면 반드시 산채가 발각이 될 것이니 이롭지 못합니다."

서팔봉이 눈을 부라리며 말했다.

"구더기 무서워 장 못 담글까? 지금은 초목이 무성한 때라서 관군들도 어쩌지 못할 거란 말이야. 그동안 다른 곳으로 피해 버리면 간단하지. 안 그렇습니까, 대장?"

길동이 빙그레 웃으며 말했다.

"역시 여러 사람들이 있으니 이야기가 한결 편하군. 최 두목과 이 두목의 말이 옳다. 새재가 지형의 이점이 있어 반드시 거병한다면 우리에게 승산이 있겠지만 유민들을 생각하자면 이곳에서 일을 벌여서는 아니될 것이다. 산채를 다치게 하지 않고 봉물짐을 털 수 있는 묘안이 있으니 너희들은 내 말을 따르라."

길동이 자신이 생각한 묘안을 여러 두령들에게 이야기하곤 봉물짐이 새재로 오르기를 기다렸다.

# 셋

상주는 소백산맥이 뻗어 나와 동쪽의 병풍산(屛風山)과 남쪽의 갑장산(甲帳山)에 이어지고, 북쪽의 천봉산(天鳳山)과 서쪽의 노음산(露陰山)이 솟아나 있는 가운데에 소백산맥에서 흐르는 물줄기가 가로지르고 내려와 사벌에서 남류하여 온 동천(銅川)과 합류하여 낙동강으로 흘러들었다. 때문에 이 지역에 넓은 평야가 형성되었으니 예로부터 영남의 곡창시내로 이름이 높았다.

상주목사는 외직으로서는 경상우도의 관찰사를 겸하여 정 2품 품계를 가졌으니, 경상도의 노른자위라 할 수 있었다.

신극성은 왕비 신 씨의 족속으로 좌의정 신수근의 추천을 받고 연산주의 총애를 받아 상주목사가 되었는데 뇌물과 아첨으로 벼슬을 얻은 까닭에 임금뿐 아니라 조정의 대신들에게도 철철이 넘치는 뇌물을 상납하여 백성들의 원성이 자자하였다.

상주는 경상도에서 첫째가는 큰 도읍이었는데 신극성이 부임한 후부터 상주 백성들의 재물이 말라붙어 빈집이 즐비하였고, 선산·합천·금산·초계·성산·함창·문경·용궁·고령·지례·개령의 현령들에게서 따로 재물을 거둬들여 그 탐학함이 영남 제일이라는 소릴 들을 정도였지만 조정에서는 그의 치부에 대해서 왈가왈부하는 이가 없었다.

신극성이 임금과 조정대관을 위해 겨울동안 모은 재물을 바리바리 싼 것을 우마가 이끄는 수레로 열 수레에 담았으니 곡식으로 말하면 수만 석이 넘었으며 그 진귀한 물목을 이루 헤아릴 수가 없었다.

이 진상 봉물을 나르는 책임자는 병방비장으로 있는 안용대라는 자인데 본래 신수근의 식객으로 있던 위인이었다. 힘이 세고 무예가 출중할 뿐 아니라 잔꾀를 부리지 않고 비위를 잘 맞추어 신극성이 병방비장으로 삼아 가까이 두고 봉물짐 심부름을 맡기곤 하였다. 그동안 몇 차례의 봉물짐을 사고 없이 나른 까닭에 신극성의 신임이 대단하여 이번에 탈 없이 다녀오면 작은 변방의 원님 한 자리를 주겠노라 다짐까지 받았던 터라 각오가 대단하였다.

정오 무렵, 상주를 출발한 진상 봉물이 그날 오후에 문경에 도착하여 하룻밤을 머물다가 다음 날 아침 일찍 객사를 출발하였다.

열 수레나 되는 봉물짐 앞에는 절따마를 탄 안용대가 앞서 가고 그 좌우로 벙거지 쓴 군졸들과 말 탄 사령 두 사람, 창과 칼, 활을 든 군사들이 호위하였는데 그 숫자가 50여 명 남짓 되었다. 우마 뒤에는 가마 몇 채가 따라가고 있었으니 연산주를 위해 사족의 집과 양민의 집에서 납치하다시피 한 홍녀들이었다.

때는 봄이 무르익어서 산림에 녹음이 짙어지고 진달래가 길가에 한창이었다. 봉물짐 행렬이 사다리 같은 고갯길을 굽이굽이 올라가다가 응암(鷹巖) 근방에 이르렀을 때였다.

절벽 좌우에서 무언가가 날아와 봉물짐 사방으로 떨어졌다. 군졸들이 바라보니 커다란 벌집이었다. 이내 새까만 벌들이 벌집에서 기어나와 허공으로 날아올랐다.

관군들이 벌떼들의 공격을 당해 한바탕 아수라장이 되었다. 벌에 놀란 소는 미친 듯이 앞서 나아가고 놀란 말은 발을 버둥거리다가 고갯길 아래로 쏜살처럼 달려 나갔다. 관군들은 벌을 피하느라 창과 칼을 내던지고 에고지고 비명을 지르며 벌을 쫓느라 여념이 없어서 엄정하던 군세가 일시에 무너져 버리고 말았다.

안용대가 탄 말도 벌에 쏘여서 미친 듯이 달리기 시작하는데, 바위 투성이 고갯길에 낙마하지 않으려고 안용대가 달리는 절따마에 매달려 죽는 소리를 질렀다. 한참 후에 말이 진정되어 멈추었을 때에는 고갯길 아래라 잔잔히 흘러가는 물소리만 돌돌돌 소리를 내며 흘러갈 따름이었다.

"아차!"

뭔가 이상한 기미를 느낀 안용대가 말을 몰아 고갯길로 올라가려 하니 벌떼에 겁을 먹은 말이 나아가지 않았다.

"빌어먹을."

고삐를 던져 놓고 험한 고개를 뛰어 오르는데 말 탄 사령 하나가 달려오는 것이 보였다.

"이놈들아. 도대체 뭣 하는 거냐?"

안용대가 사령의 말을 멈추게 하고 소리치니, 얼굴이 퉁퉁 부은 사령이 울상이 되어 대답했다.

"비장나리. 어쩌면 좋습니까? 진상 봉물 한 수레가 흔적도 없이 사라져 버리고 말았습니다."

"뭐야? 그게 무슨 소리야?"

"벌떼에 쫓겨서 허둥대는 사이에 화적들이 나타나서 돌팔매질을 해 대니 견뎌낼 길이 있어야지요. 활 한번 못 쏘고 당하고 말았습니다."

"과연, 화적들의 짓이로구나."

"근래에 새재에 웅거하는 화적들의 세가 늘었다더니 이놈들이 진상 봉물까지 손을 댈 줄이야 어찌 알았겠습니까? 지금이라도 문경 관아에 원군을 요청하는 것이 어떻겠습니까?"

안용대가 군졸의 뺨을 호되게 때리곤 소리를 버럭 질렀다.

"관군이 화적들에게 진상 봉물을 빼앗기고도 살기를 바라느냐? 문경관아에 원군을 청하는 사이에 그놈들이 사라져 버리면 어쩔 것이냐? 그놈들이 고작 한 수레를 훔쳐 갔다면 숫자가 많지는 않을 것이다. 숫자가 많지 않으니 대적하지 못하고 숨어서 벌집을 이용한 것이 아니겠느냐? 어서 돌아가자. 한 수레밖에 되지 않지만 내용물이 모두 귀한 것이니 봉물을 되찾지 못하면 모두 죽은 목숨이다."

접전 한번 해보지 못하고 봉물짐을 빼앗기고 말았으니 이제 돌아가면 신극성에게 죽은 몸이었고, 또한 고을 원님 자리는 영원히 날아가 버리고 마는 것이다. 일생의 소원이 고을 원이 되는 것인데 이제 와서 물거품이 되게 할 수는 없었다. 안용대는 환도를 뽑아들고 내려오는 부하들을 수습하여 서슬이 푸르게 고개를 올라갔다. 얼마쯤 올라갔을까? 얼굴이 부어오른 관군들이 수레와 짐, 가마를 호위하고 서 있는 모습이 보였다. 모두 벌에 쏘여 얼굴이 만신창이가 되어 있었다.

"어떻게 되었느냐?"

"그, 그것이 …."

졸개가 대답을 못하고 머뭇머뭇하고 있을 때 고개위에서 벙거지를 덜렁거리며 졸개 하나가 부리나케 달려왔다.

"찾았습니다. 찾았습니다."

졸개가 안용대를 발견하곤 허겁지겁 달려와서 말했다.

"비장 나리. 찾았습니다."

"찾았어?"

안용대의 얼굴에 화색이 돌았다.

"예. 천행으로 봉물짐을 실은 우마를 찾았습니다."

"우마가 어디 있더냐?"

"고개 너머 주막에 있답니다. 화적들이 고개 아래로 우마를 끌고 가는 것을 어떤 선비가 빼앗아서 지키고 있다지 뭡니까?"

"뭐야?"

그야말로 죽음 중에 삶을 만난 것 같아서 안용대가 군졸들과 함께 고개를 넘어가니 과연 고개 아래 주막에 공물을 바리바리 실은 우마 한 수레가 덩그러니 놓여 있고 그 옆에 말을 탄 사령이 지키고 있다가 꾸벅 인사하였다.

"다행히 고개 아래에서 봉물짐을 끌고 가는 화적들을 발견하였사온데 쌍낫을 휘두르는 화적두목의 실력이 대단해서 자칫하면 죽는 줄 알았습니다. 불행 중 다행으로 원군을 만나 봉물짐을 찾을 수 있었는데 병장기를 가지고 있더이다. 덕분에 화적들은 도망치고 은인들은 지금 주막 안에서 술을 마시고 있습니다."

"병장기를 가지고 있어?"

안용대가 머리를 갸웃거리다가 주막 안으로 들어가니 넓은 주막의 평상 위에 옥골선풍의 선비 하나가 개다리소반을 앞에 놓고 앉아 있는데 마당 안에 넓게 깔아 놓은 멍석 위에 불량하게 생긴 건장한 사내 세 사람이 술을 돌려 마시고 있었다.

안용대가 선비에게 다가가 인사하였다.

"상주관아의 병방비장으로 있는 안용대라고 하오. 뉘신지는 모르겠으나 화적들에게 봉물짐을 찾아 주셔서 감사하우."

"쯧쯧쯧. 한심하군. 군졸을 그렇게 데리고 화적들에게 봉물짐을 빼앗기는 것을 보면 상주목사의 능력을 보지 않아도 알 만하네."

선비가 안용대를 보지도 않고 혀를 차며 나무랐다.

멍석 위에 앉아 있던 사내들이 크게 웃으며 한마디씩 하였다.

"허우대만 멀쩡한 걸 보니 사처에서 들어온 얼굴비장인가부네."

"그깟 화적 몇을 어쩌지 못하고 빌빌거리는 꼴이라니 …. 벙거지가 아깝네그려."

안용대의 얼굴이 붉어졌다. 화가 머리끝까지 올라오는 와중에 마음 한편에 의심이 생겨났다. 생긴 것부터 도적놈처럼 생긴 자들이 병장기를 가졌다는 게 마음에 놓이지 않았다. 어쩌면 화적들이 봉물짐을 털어 가기 위해 계교를 쓰는지도 모를 일이었다.

"이놈. 너희들의 몸을 수색해 봐야겠다."

선비가 술을 마시다가 놀란 얼굴로 말했다.

"뭣? 너 지금 무어라 하였느냐? 내 하인들의 몸을 수색하겠다 하였느냐?"

"결례를 용서하십시오. 뭣들 하는 게냐?"

안용대의 명령에 창을 든 포졸들이 선비를 포박하고, 또 한 패들이 멍석에 앉은 장정들을 둘러쌌다.

"조금만 움직인다면 맞창을 내줄 테다."

"밥술 놓기 싫거든 움직여라. 고태골로 보내줄 테다."

세 장정들이 포박되어 몸 뒤짐을 당하는데 허리춤에서 쌍도끼와 쌍칼, 철퇴가 튀어나왔다.

"이놈들, 병장기를 가지고 다니면 안 된다고 국법으로 규정되어 있건만 이런 흉엄한 무기가 무어야? 너희들이 화적들이 아니냐? 저자를 뒤져 보라."

군졸 두 사람이 선비의 몸 뒤짐을 하다가 허리춤에서 뭔가를 발견하고 꺼내었다. 둥근 동패에 말이 다섯 개 그려져 있었는데 괴나리봇짐에는 몇 가지 공문과 직인이 찍힌 서류와 놋으로 만든 자가 나왔다.

안용대가 멍하니 마패를 보고 있으니 손발이 절로 부들부들 떨렸다. 말이 그려진 동패는 마패이고, 쇠로 된 자는 금척이니 어사의 징표였으며 선비는 암행규찰을 나온 어사라는 말이었다.

선비가 자리에서 일어나 호령하였다.

"이놈! 내 부하들은 포도청에서 나온 포도군관들이니 병기를 몸에 지니고 다니는 것은 당연한 일. 물에 빠진 사람 구해 주니 보따리 내놓으라 한다더니, 배은망덕한 것도 모자라 네놈이 감히 어사를 능멸해?"

안용대는 온몸에 힘이 빠져서 땅바닥에 털썩 무릎을 꿇었다. 터럭만큼 남아 있던 의심이 확연하게 풀리며 그제야 모든 것이 명확해졌던 것이다.

선비는 암행어사요, 멍석 위에 앉은 자들은 그를 보필하는 포도군사들인 것이다. 그들이 화적들에게 봉물짐을 빼앗았다면 응당 관리된 자의 소임을 다한 것인데 이를 의심하여 화적으로 생각하고 봉욕을 주었으니 안용대가 큰 죄를 범한 것이었다. 《경국대전》(經國大典)에 이른바 관장(官長)을 업신여기는 자는 죄의 경중을 물론하고 일가가 변방으로 이사 가야 하는 것이 원칙이었으니 병방비장 따위가 어사를 능욕한 죄는 단매에 때려 죽여도 무방하였다. 군졸들도 놀라긴 마찬가지라 묶인 세 장정을 풀어 주곤 마당에 무릎을 꿇었다.

"죽여주십시오. 소인이 눈이 없어 어사를 몰라뵈었습니다."

안용대가 떨리는 목소리로 사정하였다. 그러자 뒤에 서 있는 군졸들이 모조리 바닥에 무릎을 꿇고 용서를 빌었다.

선비가 멍석 위에 서 있는 세 사나이를 바라보며 눈을 찡긋하였다. 선비는 말할 것 없이 홍길동이요, 험악하게 생긴 세 사나이는 서팔봉과 당래, 임쇠동이었다.

길동은 새재의 화적들이 좀도적이라는 것을 보여주기 위해 강춘령으로 하여금 부하들을 이끌고 벌집과 팔매질로 행렬을 분산시킨 후에 수레 하나를 끌고 고개 아래로 내려오도록 하였던 것이다. 말을 탄 사령이 급히 뒤를 쫓아 내려오자 강춘령이 이를 상대하여 수세에 처하게 한후 홍길동의 부하들에게 쫓기게 하여 의심을 사지 않도록 한 것이다.

홍길동은 가짜어사를 두 번이나 경상도에서 써먹은 적이 있던 터라 일부러 안용대의 의심을 사서 제 손으로 마패를 보게 하였던 것이다. 관장을 능욕한 죄를 지은 안용대는 목이 달아날까 두려워 의심은커녕 홍길동이 어사라는 것을 터럭만큼도 의심치 아니하였다.

홍길동이 무릎을 꿇은 안용대를 내려보다가 침착하게 말했다.

"내가 원래 네놈을 탓할 생각이 없었으나 기왕에 정체가 탄로 났으니 할 수 없는 일이지. 내 물음에 소상히 말하면 죄를 묻지 않을 것이로되 만약 거짓을 고한다면 가만두지 않을 테다."

"무엇이든 물어보십시오."

"너희가 가져가는 봉물짐은 어디로 가는 것이냐?"

"한양으로 가는 봉물짐입니다."

"누구에게 가는 것이냐?"

"물목첩에 기록되어 있사온데 임금께 진상하는 물품이 다섯 수레이고, 나머지는 다섯 수레는 3정승과 6판서 대감들 댁에 보내는 물건들입니다."

"그래? 신 사또가 신 정승댁에 잘한다는 말은 들었지만 조정대신들에게까지 구색을 맞추는 모양이구나. 하긴 그러니 상주목사가 되었겠지. 나처럼 가난한 사람은 평생 가도 만져 보기 어려울 물건들이겠지?"

길동이 아쉬운 기색을 내비치자 안용대가 얼른 말했다.

"나리께서 공물을 되찾아 주셨으니 제가 나리의 덕을 우정승 대감께 말씀드리겠습니다."

"그래? 나는 어사라서 그리하면 죄를 받는다."

"그럼 어찌합니까?"

"너 잠깐 나 좀 보자."

길동이 부하들을 시켜 군졸들을 주막 바깥으로 물러나게 한 후 방 안으로 들어가 안용대를 들어오게 하였다. 안용대가 방 안으로 들어 와 길동에게 큰절을 하고 앉았다.

"무슨 일이십니까?"

"사실은 내가 신 정승과 잘 아는 사이일세. 신 정승의 부탁을 받고 부랴부랴 오는 길인데 자네를 만났으니 운이 좋네그려."

"무슨 큰일이라도 있습니까?"

홍길동이 말소리를 낮추어 은밀하게 말했다.

"큰일이지. 얼마 전에 한양 종루에 익명서가 붙었는데 상주목사 신 극성이 각 고을에서 재물을 거두는 것이 역심을 품어 적인(謫人)들과 도모하려고 군자금을 거둔다는 것이었네. 내가 그 때문에 비밀리에 파견이 되었는데 자네도 알다시피 얼토당토않은 얘기가 아닌가."

"그럼요. 어림도 없는 이야깁지요."

안용대의 얼굴이 놀란 황소처럼 되었다. 다른 것도 아니고 역모에 관한 이야기니 어찌 놀라지 않을 수 있겠는가.

"하지만 이번에는 역모에 관한 고변이라 이삼일 안에 도사가 들이닥 칠 것이니 이 길로 돌아가 대비하시라고 전하게."

"예? 금부에서 도사가 파견될 거라구요?"

"신 정승께서 조정에서 부지런히 신 목사를 구명하고 계시지만 주상

전하의 의심이 워낙 대단하시니 어쩌겠나?"

안용대의 얼굴빛이 창백해졌다. 신극성이 도사에게 끌려가 버린다면 자신의 출셋길도 막혀 버리는 것이니 이보다 다급한 일이 어디 있을까. 그때였다. 바깥에서 시끄러운 소리가 들려왔다.

"나리, 나리. 안에 계십니까요?"

홍길동이 방문을 열어 보니 패랭이를 쓴 늙수그레한 사내가 댓돌 앞에서 꾸벅 인사를 하였다. 이는 서소문패 우두머리 최판돌이었다.

"그래, 알아보았느냐?"

"금부도사가 단양을 지나 충주에 도착했답니다."

"허허. 이것 큰일이군. 늦어도 내일이면 상주에 도착하겠구먼."

듣고 있던 안용대가 안이 달았다.

"어사또, 방법이 없을까요?"

"어명이 지엄한데 내가 어떻게 해결할 수 있겠나?"

홍길동이 소매에서 합죽선을 꺼내어 펼쳤다. 안용대가 무릎걸음으로 다가와 말했다.

"어사또께서 신 사또의 혐의가 터무니없는 무죄라는 보고를 올려 주신다면 사또께서 구명하실 수 있지 않겠습니까?"

"내 보고가 올라가더라도 주상전하가 보시려면 보름은 걸릴 것이니 신 목사가 금부도사에게 끌려가는 것은 면치 못할 거야."

"어사또, 그럼 저와 함께 상주로 가시지요. 금부에서 도사가 파견이 되면 신 사또께서는 즉시 구금이 되실 것 아닙니까. 어사또께서 금부도사들에게 무죄임을 증명해 주신다면 금부에 끌려가는 것은 면할 수 있지 않겠습니까?"

"그럴 수도 있겠군."

"이럴 것이 아니라 저와 함께 가시지요."

안용대가 자리에서 벌떡 일어났다.

"진상 봉물은 어쩌려고?"

"다시 상주로 되돌아가야 하지 않겠습니까?"

길동이 머리를 설레설레 저으며 말했다.

"내 생각은 틀리네. 임금을 움직이는 것은 신하들이요, 신하를 움직이는 것은 뇌물이니, 신 사또를 구명할 수 있는 길은 오직 진상 봉물밖엔 없네. 자네가 나와 함께 상주관아로 들어가 도사를 맞이하고, 봉물짐은 내 부하들에게 맡겨 한양으로 보내면 구명의 길이 생길 듯도 한데 자네 생각은 어떤가?"

"역시 어사또의 생각이 지당하십니다. 그럼 부하들에게 이르고 저와 어사또 나리는 상주로 함께 가시지요."

"그러세."

주막을 나간 안용대는 마음이 급하여 사령들과 부하들에게 어사또 부하들을 따라 한양으로 진상 봉물을 운반하도록 명을 내리곤 자신은 군졸 10명을 데리고 길동과 늙다리 방자와 함께 상주로 향하였다.


# 넷


그날 저녁 무렵, 홍길동과 안용대가 상주관아로 들어왔다. 신극성이 안용대가 돌아온 이유를 듣고 크게 놀라면서도 의심하는 마음이 들었다. 가까운 선산과 의성에서 가짜어사가 나타났다는 이야기를 들었던 터이고, 도성에서 익명서 사건이 났기로서니 철철이 진상 봉물을 올려 보내 상감과 대신들의 기분을 흡족하게 하는 자신이 금부에 끌려 갈 일이 만무했기 때문이었다. 하여 은밀히 사람을 충주로 보내어 금부도사가 정말로 오고 있는지 알아보게 하는 한편 어사또를 시험해 보기로 마음먹었다.

신극성이 동헌을 나아가 홍길동을 내아로 맞아 들였다. 그는 가느다란 두 눈에 얼굴이 빼쪽하며 매부리코 아래에 콧수염과 턱수염이 뾰족한 턱에 매달려 영악하고 매서운 성정을 지닌 듯 보였다. 두 사람이 사랑에서 인사를 나누었다.

"이번에 오도순행어사로 임명이 된 홍영달올시다."

"원로에 고생이 많으십니다. 상주목사 신극성이외다."

맞절로 인사를 마친 후에 홍길동이 상석에 앉고 신극성이 그 앞에 앉았다. 신극성이 두 눈을 가늘게 뜨고 말했다.

"어사또, 안 비장에게 이야기는 들었습니다. 아닌 밤중에 홍두깨라더니 이게 무슨 일입니까?"

"그러게 말입니다. 익명서 사건이 어제오늘 일이 아니지만 왕비마마의 친척인 신 목사에게 화가 미칠 줄은 꿈에도 생각지 못했습니다. 그렇지 않아도 제가 환로에 나올 때에 신 정승의 도움을 많이 받았던 바라 은밀하게 청하는 말씀을 듣잡고 제일 먼저 달려왔지요."

"신 정승께서는 잘 지내십니까? 저번에 들으니 신 정승께서 집을 이사하신다더니 요즘에도 순청동에 사십니까?"

홍길동이 그렇다고 대답하려다가 신극성이 두 눈을 가늘게 뜨고 대답을 기다리는 모양이 심상찮게 보였다. 길동이 앉아서 천 리를 보는 사람이 아니니 가보지도 않은 한양의 지리를 어찌 알 것이며 더구나 신수근이 어디에 사는지 어떻게 알 것인가. 이는 신극성이 자신을 시

험하는 것이 틀림없었다. 대답 여하에 따라 일의 성패가 갈리는 것이
라 홍길동이 헛기침을 몇 번 하더니 바깥에 대고 소리쳤다.

"얘. 방자야. 신 정승께서 순청동에 사시냐?"

바깥에서 목소리가 들려왔다.

"나리두, 무슨 소리 하십니까? 신 정승 대감이 사시는 곳은 소의문
안인데 숭례문 밖 순청동이 무슨 말씀입니까? 순청동은 좌찬성을 지
냈던 강희맹 대감께서 사셨던 동네 아닙니까? 지금은 그 아드님이신
좌천성 강귀손 대감이 사시지요."

홍길동이 불쾌한 듯 자리에서 일어났다.

"신 목사께서 사람을 잘못 보셨습니다. 제가 신 목사에게 좋은 마음
이 없었다면 봉물짐을 찾아주지도 않을뿐더러, 눈앞의 위급을 도우러
찾아오지도 않았을 것이오. 보아하니 저를 시험하신 것 같은데 불쾌
하외다."

신극성이 껄껄 웃으며 홍길동의 손을 잡았다.

"이거 왜 이러십니까? 제가 다 말씀드리겠습니다. 그렇지 않아도 이
번에 가까운 선산현과 의성현에서 가짜어사가 출두했다는 소문이 있
어서 간단히 시험해 본 것이오. 돌다리도 두드리며 가라는 말이 있지
않습니까? 아니면 모르되 어사또가 맞다면 역정 낼 일이 아니니 너그
럽게 이해해 주시구려."

"사람이 싱거우시오. 내가 신 정승 대감을 봐서 한 번은 참겠소."

홍길동이 못 이기는 척 자리에 앉았다. 홍길동이 이런 일을 대비해
서 한양 도성 안팎을 제 손바닥 보듯 하는 최판돌을 데려왔던 것이다.

잠시 후 방문이 열리며 주안상이 들어왔다. 7첩 반상이 부러질 정도
의 성찬에 녹의홍상 입은 기녀 4명이 방글방글 웃으며 들어와 사뿐사

뿐 인사하곤 각각 두 사람의 옆에 앉았다.

"자, 자, 술이나 한잔 하며 이야기를 나눕시다."

신극성이 술잔을 나누며 이것저것을 물어보는데 한양의 대소사라 홍길동이 최판돌에게 들은 이야기를 자신이 직접 보고 들은 것처럼 말하였다.

"학문을 뉘에게 배우셨습니까?"

"정희량 선생께 배웠습니다."

"정희량이라면 갑자년 조강에 빠져 죽은 이 아닙니까?"

"그렇습니다."

"듣자니 정희량이 앞일을 잘 안다 하던데 정말입니까?"

"제가 선생에게 공부를 배울 때 앞으로 환로에 나가 현달하겠다 말씀은 들었습니다."

"항간에 듣자니 갑자년에 화가 일어날 줄 알고 일부러 죽었다는 말도 있던데 …."

"조정 대신 중에서 그런 말을 하는 이들이 적지 않습디다."

신극성이 그리하여도 의심을 풀지 못하여 은근하게 문자로 수작을 하였는데 사서자집뿐 아니라 잡학까지 능하게 공부한 홍길동이 시도 몇 수 짓고 문자도 막히는 것이 없어서 의심하는 마음이 점점 풀어지게 되었다.

술자리가 점점 무르익을 무렵이었다. 방문이 열리며 기녀 하나가 조심스레 방 안으로 들어와 신극성의 귓가에 무어라 소곤거렸다. 신극성의 얼굴빛이 일시 창백해졌다.

"너희들은 잠시 물러가거라."

관기들이 썰물 빠지듯 물러나니 신극성이 홍길동에게 다가앉으며 다급하게 말했다.

"어사또. 일을 어쩌면 좋소? 금부도사가 문경 객사에 묵고 있다지 뭐요?"

"아니? 벌써 문경까지 도착했단 말이오?"

길동이 놀란 척하였다. 길동은 이종덕을 금부도사 차림으로 꾸며서 저녁 무렵 새재를 내려와 객사에 머물도록 하였던 것이다. 뒤늦게 상주에서 출발한 파발꾼이 문경의 주막에 머무르고 있는 금부도사를 보고 되돌아왔으니 모든 정황이 들이맞는지라 남아있던 의심이 연기처럼 사라져 버렸다.

홍길동이 탄식하며 말했다.

"지금 조정이 익명서 때문에 난리가 아니라오. 신 정승을 모함하는 익명서 때문에 이세좌·윤필상·이극균·이파의 자손들이 연좌로 금부에 갇혀 있고, 진천현감 이세무, 한기, 박안성의 자손들이 국문을 받고 있지 무어요."

"신 정승을 모함한 익명서 때문에 도성이 떠들썩한 것은 저도 잘 알고 있습니다."

"요즘에는 임금님뿐 아니라 조정에 권세가 있는 대신들을 상대로 한 익명서가 도성에 끊이지 않아서 골머리를 앓고 있다오. 내가 생각건 대 이번에 신 목사가 거론된 익명서는 누군가 신 목사를 시기하는 무리들이 해코지하려고 붙인 것 같은데, 누군지 짐작이 가시는 이들이 있소?"

신극성이 따로 짐작이 가는 이들은 없지만 무엇 때문에 자신이 거론된 익명서가 붙었는지는 이해가 되었다.

"내가 지금 생각해 보니 나를 시기하고 미워하는 무리가 한둘이 아닙니다. 이는 필시 나를 이 자리에서 끌어내리려는 흉악한 백성들의 짓이 분명하오. 어사또. 나는 결백하니 나를 구원해 주시오."

"너무 걱정하지 마시오. 상감의 총애를 받으시는 왕비마마와 신 정승께서 뒤를 받치고 있고, 내가 힘써 구명한다면 도움이 되지 않겠소? 그렇지 않아도 내 동접 가운데 금부도사가 하나 있는데 운 좋게도 그가 내려온다면 일시의 화는 면할 수 있으리다."

"이 환난을 벗어나기만 한다면 내가 반드시 크게 후사하리다."

신극성이 홍길동의 손을 잡고 몇 번이나 간곡히 부탁을 하였다.

다음 날, 정오 무렵이었다. 금부도사가 상주관아에 도착하여 삼문 안으로 들어와 쩌렁쩌렁하게 소리쳤다.

"신극성은 어명을 받으라."

신극성이 어젯밤에 전전긍긍하느라 잠을 못 이루다가 이 소식을 듣고 곤두박질하듯 달려 나와 바닥에 무릎을 꿇었다.

주립 쓰고 홍철릭 입은 도사가 염라대왕처럼 서 있고, 그 뒤로 흑단령 입은 나장들이 야차처럼 서서 신극성을 노려보았다. 신극성이 평소 같으면 의금부 관인과 판의금부사의 인이 박힌 압송장을 확인할 것이었지만 상대가 죄인이 아니라 자신인 탓에 불문곡직하고 마당에 꿇어앉아 어명을 받았다.

"죄인 신극성을 포박하라."

금부도사의 불호령이 떨어지자 나장들이 우르르 달려들어 신극성의 융복을 벗기고 맨 저고리에 맨발을 만든 후에 붉은 포승줄로 신극성을 포박하는 한편 상투를 풀어 산발하여 놓았다. 일시에 위세 좋던 관장이 죄인으로 전락하였다. 금부관인들의 서슬이 시퍼렇게 날이 선 것을 보고 관아의 아전들과 사령들은 불벼락이 떨어질까 섣불리 나서

지 못하고 눈치를 살피기에 급급하였다.

"이거 왜 이러시오? 나는 죄가 없소."

신극성이 우는 소리로 금부도사에게 사정하였다.

"죄가 있고 없고는 금부에 가면 밝혀질 것이다. 나는 어명을 따를 뿐이니 잔말 말고 따라오너라."

나졸들이 신극성의 어깻죽지를 잡아 일으켜 삼문으로 끌고 가는데 아전들과 관졸들이 얼른 길을 비켜 주었다. 신극성이 끌려가면서 연신 주위를 살폈다. 자신을 구명해 준다는 어시또를 찾으려는 것이다. 구명해 준다는 어사가 나타나지 않으니 신극성은 입이 타는 듯 바짝바짝 말랐다.

"여보게. 이방. 그 사람은 어디 갔는가? 어찌 소식이 없는가."

금부도사가 호통을 쳤다.

"남의 잔칫집에서 곡소리 하는 것도 아니고 그 사람이라니? 허튼 소리말구 어서 가자."

"아니오. 아니오. 내 말을 들어보시오. 내 친한 동접친구 하나가 순행어사가 되었는데 이번에 잠시 나를 찾아왔었소. 그 사람이 내가 무죄라는 것을 알고 있으니 잠시만 기다려 주시오."

신극성이 사정하는 동안 이방과 안용대가 객사에 머물고 있는 길동을 찾아왔다.

"어사또. 큰일 났습니다. 금부도사가 찾아와서 관아가 한바탕 난리가 났습니다. 어서 가십시오. 지금 사또께서 끌려가실 판입니다."

아전이 발을 동동 굴리는 모양을 보니 어지간히 급한 모양이었다.

"그래? 가자."

길동이 기지개를 쭉 펴곤 방문을 나서 미투리를 신고 안용대를 따라가니 신극성이 벌써 삼문 밖의 함거에 실려 압송되려는 참이었다.

"어사또, 나 좀 구해 주시오."

신극성이 길동을 보곤 부르짖었다. 이제는 길동이 유일한 구명의 수단이니 반갑기가 과부 죽은 남편 만난 듯하였다.

주립 쓴 도사가 고개를 돌려 길동의 얼굴을 바라보다가 아는 체를 하였다.

"어? 이게 누군가? 홍영달 아닌가?"

"허허. 이렇게 공교로울 일이 있나. 자네를 여기서 만나게 되네그려."

금부도사와 길동이 두 손을 잡고 반갑게 인사하였다.

"자네가 과거 급제하여 환로에 올랐다는 말은 들었네만 한동안 소식도 없고 한양에서 얼굴 보기 어렵더니 설마 암행어사가 되었나?"

"그리 되었네."

두 사람이 반갑게 이야기를 나누는 것을 보고 함거에 갇힌 신극성은 이제 구명의 길이 열리나 싶어 안도의 숨을 내쉬곤 길동에게 사정하였다.

"어사또. 나 좀 구해 주시오."

길동이 신극성의 함거로 다가가 말했다.

"알겠소. 일이 잘 풀리려는지 마침 내 친구가 금부도사로 올 줄이야 어찌 알았겠소? 내 잠시 이 친구와 상의해 보도록 하겠소."

"그러시오. 제발 나 좀 구해 주시오."

길동이 금부도사를 데리고 관아담장의 모퉁이로 데려갔다. 금부도사 차림을 한 이종덕이 안도의 숨을 내쉬며 말했다.

"대장님, 남을 속여 먹는 일이 정말 보통 간장으로 어려운 일입니다. 산채에서 주립과 홍단령을 간신히 구하고 인장도 없이 금부도사

노릇 하느라 들킬까봐 지금도 간이 조마조마한데 이놈들이 생각보다 쉽게 속아 넘어가는군요."

"열 포졸이 한 도둑 못 막는다 하지 않던가. 외지에서 한양의 소식을 알 수 없는데다가 미리 간을 쳐 두었으니 믿을 수밖에 도리가 없지."

"그런데 상주목사가 대장님더러 동접 친구라 하던데 그게 무슨 말인가요?"

"상주목사가 어지간히 급했던 모양이네."

길동과 이종덕이 마주 보며 웃었다. 함거에 갇혀 있는 신극성은 일이 잘 되는가 싶어서 저도 따라 웃어 보였다.

"대장, 저자를 어떡할까요? 산중에서 목을 날려 버릴까요?"

"범의 코털을 건드릴 필요는 없네. 그동안 모은 재산을 모두 토해 내게 한 후에 지체하면서 데려가다가 사흘째 되는 날 문장대 고개 위에서 만나세."

"알겠습니다."

두 사람이 이야기를 마치고 함거로 다가갔다.

"어사또. 어찌 되었습니까?"

신극성이 함거의 나무창살을 잡고 희색이 되어 말했다. 길동이 침울한 얼굴로 고개를 저었다.

"어명이 떨어졌으니 금부에 압송되는 것은 면하기 어렵겠소."

"예?"

신극성의 얼굴에 실망한 기색이 역력하였다.

"하지만 너무 걱정 마시오. 구명할 한 가지 방법이 있으니 말이오."

"그게 어떤 방법입니까?"

"밀위청에 끌려가면 살아도 반병신이 되어 나올 것이니 되도록 압송

행차를 지체해야 할 것이오. 그것은 금부도사에게 말을 해놓았으니 문제될 것이 없으나 이것은 그대가 나를 믿고 도와줘야 가능할 거요."

"그게 무엇입니까?"

신극성이 감옥 문을 붙잡고 애원하듯이 물었다.

길동이 남이 들을세라 조용히 말했다.

"요즘 같은 세상에 구명길이 무엇이겠습니까? 유전무죄라 하지 않습디까. 조정 중신들의 공론을 이끌어 내는 데는 재물밖에는 없습니다. 앞서 봉물짐이 올라갔지만 그도 안심할 수 없으니 압송행사가 지체되는 동안 봉물짐을 보내어 조정의 대신들에게 두루 미치게 하면 금부에 도착하기 전에 수가 나지 않겠습니까?"

신극성이 그 말에 솔깃하였다. 세상에 재물 싫어하는 사람이 어디에 있을까. 뇌물과 아첨으로 출세한 신극성에게 재물은 곧 출세와 한가지였다. 압송이 늦추어지는 동안 조정대신들에게 뇌물을 뿌린다면 반드시 구명이 되리라 생각되었다.

신극성이 화색이 되어 말하였다.

"어사또, 내가 관아에 모아둔 재물이 조금 있는데 그대가 내 대신 조정 대신들에게 청탁을 넣어주실 수 있겠소? 목숨만 건질 수 있다면 그대에게도 섭섭지 않게 해 드리리다."

"내가 재물 때문에 이러는 것이 아니오."

"그럼 뭣 때문에?"

"일이 잘되면 신 판서께 좋은 자리나 하나 천거해 주시오."

신극성은 어사또가 자신에게 성의를 베푸는 것이 반드시 꿍꿍이가 있으리라 생각하던 참이라 그 말을 듣자 더욱 안심할 수 있었다. 초록은 동색이라, 청직인 어사도 벼슬에 눈이 멀어 부정을 저지르는 것을 마다 않으니 자신과 같은 부류인지라 그에게 믿고 맡길 수 있겠다는 생각이 들었다.

"여부가 있겠소? 일만 잘 성사되도록 해 주시오."

"사또가 그렇게 말하시니 저도 성심을 다해 보겠습니다. 우선 함거에서 꺼내 드릴 테니 어서 일을 추진해 보십시오. 내일 아침에 출발하면 되지 않겠습니까?"

"고맙소, 고마워. 이 은혜를 어떻게 갚아야 할지 모르겠구려."

"서로 좋자고 하는 일이니 고마워할 것은 없습니다."

신극성이 함거에서 풀려나와 나졸 두 사람의 부축을 받으며 동헌으로 들어가서 이방을 불러들인 후 조정 대신들에게 청탁을 넣을 뇌물을 준비하게 하였다.

이방이 바삐 움직이며 진상 봉물을 준비하는데, 신극성의 생사가 달린 일이라 있는 것 없는 것을 모조리 긁어모아서 금붙이·은붙이·옥붙이는 기본이요, 진주·산호 등 각종 보석이 이루 헤아릴 수가 없고, 중국에서 건너온 비단과 서화·수달피와 사향·안식향 등 들어 보지도 못한 물목이 가득하였다. 작은 옥잔 하나가 쌀 열 섬이나 된다 하니 하루 동안 관아에서 긁어모은 물목만 하여도 수만 석은 넘을 듯 보였다.

신극성은 제 구명에 정신이 팔려서 그동안 눈감고 있던 아전들이 빼돌린 재산까지 몰수하여 긁어모으느라 그날 밤 늦게까지 부산을 떨었다.

다음 날 아침, 신극성은 함거에 실려서 먼저 떠나고, 길동은 일곱 수레나 되는 봉물짐을 싣고 관아를 나섰다.

"어사또. 내 목숨은 오직 어사또에게 달려 있으니 부탁하오."

"걱정 마시오. 나도 조정의 실세가 누군지는 잘 아는 사람이오. 그럼 무탈하게 되어 다시 만납시다."

두 사람이 관아 앞 사거리에서 길이 갈리었으니 신극성은 시간을 지체하기 위해 금부도사와 함께 길이 험한 속리산 방면으로 하여 괴산으로 향하고, 길동은 새재를 넘어 곧장 한양으로 출발하였다.

신극성이 상주 백성들에게 침탈이 심했던 터라 함거에 이송되는 동안 그 봉욕을 이루 말할 수 없었다. 함거가 가는 길가에 사람들이 우뚝우뚝 서서 침을 뱉고 돌을 던지는데 육두문자까지 거침없이 지껄이는 자들이 부지기수였다.

수없는 욕을 당하였지만 신극성은 마음이 놓였다. 어사또의 부탁을 받은 때문인지 금부도사가 압송행차를 느리게 움직여서 이날 아침에 출발한 함거가 겨우 60리 길을 가서 칡재(葛峯) 아래에서 유숙하였고, 다음 날 아침에 출발하여 그날 저녁 무렵에는 40리를 못 미쳐서 문장대 아래에서 유숙했기 때문이었다. 사흘째 되는 날 압송행렬이 아침 일찍 출발하여 험준한 문장대 고개를 올랐으니 고생이 이만저만이 아니었지만 일부러 이런 첩첩산중으로 길을 잡아 시간을 끌어 주는 금부도사의 배려를 신극성은 되레 고맙게 생각하였다.

산중의 밤은 일찍 찾아오는 법이라 문장대 고개를 넘을 무렵 벌써 해가 서산에 기울어 붉은 노을이 하늘에 떠 있는 구름떼를 물들이고 있었다. 잠시 쉬어갈 모양이던 함거의 행차가 멈추어 갈 생각을 하지 않았다.

"이보시오. 금부도사. 날이 저물기 전에 머물 곳을 찾아야 하지 않겠소?"

"오늘은 여기서 쉴 것이오."

"인가도 없는 산속에서 밤을 지낸다니 그게 무슨 말이오? 근방에 쉴 데라도 있소?"

"천지사방이 쉴 곳인데 무슨 걱정이오."

금부도사가 껄껄 웃으니 나졸들이 신극성을 손가락질하며 웃었다. 신극성이 뭔가 이상하다 생각하고 있을 때에 산중에서 횃불이 일렁거리며 다가왔다.

이내 숲속에서 험상궂게 생긴 자들이 병기를 들고 나타났다.

"에구, 저게 화적들이 아닌가?"

"화적들이지."

금부도사가 대답을 하곤 빙그레 웃었다. 신극성의 얼굴이 새하얗게 굳어졌다.

"서, 설마 너희들이 화적?"

"눈치도 빠르구나. 이제 알았느냐?"

금부도사와 나졸들이 다가오는 화적들에게 고개를 숙여 인사하였다. 그가 인사하는 자는 다름 아닌 어사또라는 홍영달이었다.

신극성은 눈앞이 깜깜하였다. 팔다리가 포박된 데다가 함거에 갇힌 터라 꼼짝달싹하지 못하였으니 그대로 죽은 목숨이나 한가지였다. 사지에 힘이 빠져서 함거에 털썩 주저앉아 있으니 어사또가 다가와 말을 걸었다.

"원행에 수고가 많소이다."

"이놈. 네가 이제 보니 화적놈이로구나. 도대체 나를 어떻게 할 작정이냐?"

"내가 그대를 어떻게 할 것 같소?"

등 뒤에 서 있는 화적들의 병기를 보니 눈앞이 아찔하였다. 더구나

346

상주에서 백성들의 원성을 한몸에 받고 있음을 알고 있던 터라 화적들에게 죽음을 면치 못하리라 짐작하였다.

"이보시오. 나를 어쩔 작정이오?"

신극성이 힘없이 물었다.

"그대가 백성들을 침탈하는 것이 도에 지나쳐 백성들의 원성을 사고 있기에 잡아다가 죽일 작정이었는데 재물을 보고 나니 생각이 바뀌었소."

살 수 있다는 희망이 꼬리를 들자 신극성의 화색이 되살아났다.

"생각이 바뀌었다면 어떻게 바뀌었단 말이오?"

"진상 봉물과 그대의 목숨을 바꾸기로 하였소. 이미 진상 봉물은 모두 내 손아귀에 있지만 그대의 목숨 값으로 바꾸는 것이 모양새가 나을 듯하오. 어떻소? 목숨을 내놓고 진상 봉물을 포기하겠소? 아니면 진상 봉물을 그대의 목과 바꾸겠소?"

이미 넘어간 봉물을 목숨과 바꾸자 하는데 신극성이 반대할 까닭이 없었다. 재물이야 다시 모으면 되지만 목숨은 한번 끝이 나면 그만이라는 것을 잘 알기 때문이다. 생각하고 자시고 할 것이 없었다.

"좋소. 봉물과 맞바꿉시다."

"그럼, 이 사실을 증명할 수 있도록 문서 한 장을 써주셔야겠소."

졸개가 종이와 붓을 가지고 함거로 다가왔다. 횃불을 든 졸개가 함거의 문을 열고 수갑을 풀어 주었다.

"어떻게 쓰란 말이오?"

"내가 부르는 대로 쓰시오. 만약 나를 속일 속셈으로 조금이라도 다르게 쓴다면 그 자리에서 목을 베어 버릴 것이오."

뒤편에서 시퍼런 장검을 든 자가 누런 이를 드러내며 기분 나쁘게 웃었다. 소름이 등줄기를 훑고 지나갔다. 눈앞에 이승과 저승이 왔다 갔다 하는 것 같아서 떨리는 손으로 붓을 잡았다.

나 신극성은 평소에 대적 홍길동을 존경하던바,
활빈도의 도당이 될 것을 맹세하며 진상 봉물을 바치옵니다.
제 마음은 세세토록 변함없을 것임을 문서로도 다짐하는 바입니다.

신극성이 놀란 얼굴로 고개를 들어 물었다.
"호, 홍길동? 홍길동은 경신년에 죽지 않았나?"
"죽었지. 죽었지만 죽지 않았지."
"그게 무슨 말이냐? 죽었지만 죽지 않았다니?"
길동이 말없이 웃을 따름인데,
"잔말 말고 살고 싶으면 쓰거라."
하고 옆에 있던 졸개가 버럭 소리를 질렀다.

신극성이 물끄러미 종이를 내려다보았다. 개똥밭을 뒹굴어도 이승이 낫다고 이승의 부귀영화에 맛이 들린 자가 무슨 용기가 있어 죽음을 택하겠는가. 일개 관인으로서 치욕스러운 일이지만 죽을 용기가 없었기에 신극성은 길동이 부르는 대로 받아썼다. 어사의 옆에 있던 방자가 상주목사의 직인을 내밀었다. 치밀한 준비성에 신극성이 혀를 내둘렀다. 직인까지 찍는다면 꼼짝없이 당하게 되는 것이다.

"죽을 테냐? 찍을 테냐?"
신극성이 찍소리 없이 직인을 꾹 눌러 찍었다. 늙수그레한 방자놈이 말없이 다가와 신극성의 손바닥에 먹물을 묻히더니 직인 옆의 빈 여백에 손도장까지 찍어 놓았다.

348

"이제는 빠져나갈 곳이 없습니다."

어사또가 고개를 끄덕 끄덕거리다가 신극성에게 말했다.

"이제 계약이 체결되었으니 가도 좋다. 네가 만일 관아로 돌아가 봉물짐을 되찾겠다고 토포군사를 낸다거나, 백성들을 핍박한다는 말이 들린다면 나는 즉시 이 문서를 한양으로 보낼 것이다. 너는 결백하다 하지만 추국하는 과정에서 화적들에게 망신을 당한 것이 알려지면 무사하지 못할 것이니 무엇이 너에게 이익이 될 것인지 깊이 생각하고 행동하라."

홍길동이 준절하게 꾸짖고는 화적들과 함께 어두운 숲속으로 사라져 버렸다.

횃불들이 썰물처럼 사라지고 소를 몰던 화적이 소를 풀어 데려가 버리니 빈 함거만이 쓸쓸하게 남았다. 서산에 해가 사라지고 하늘에 별이 총총 떠 있는데 멀지 않은 산중에서 짐승이 우는 소리가 들렸다. 짙은 어둠 때문에 눈앞을 분간하기 어렵고 맹수라도 나타날까 싶어서 겁이 덜컥 나는데 그렇다고 어두운 고갯길을 홀로 내려갈 수도 없어서 주저하고 있으니 숲 속에서 번쩍이는 두 개의 눈이 나타났다.

신극성이 간이 철렁 내려앉아서 함거에 들어가 밧줄로 나무창살을 묶었다. 번쩍 번쩍거리는 인광이 숲속에서 번뜩거리더니 얼마 되지 않아 싯누런 짐승이 함거 주변을 서성거리는 것이었다. 검은 줄무늬가 나 있는 커다란 호랑이였다. 덩치가 황소만 한 호랑이가 불빛 같은 두 눈으로 함거 안을 기웃거리는데 신극성은 혼이 빠지고 간이 떨어지는 것 같아서 숨소리도 내지 못하고 함거 안에서 오들오들 떨면서 그날 밤을 지새웠다.

다음 날, 나뭇꾼이 함거에서 이슬을 맞으며 떨고 있는 신극성을 발견하여 가까스로 관아로 돌아올 수 있었다. 이때에 봉물짐을 싣고 갔던 사령과 군졸들이 돌아와서 충주 달천(達川)에서 포도군사인 줄 알았던 화적들에게 속아 봉물짐을 몽땅 털렸다는 사실을 보고하였다. 이미 이 사실을 알고 있던 신극성이 분하고 원통한 마음에 하릴없이 이를 갈았지만 관장이 화적의 두목에게 봉욕당한 사실이 알려져서 좋을 것이 없고, 더구나 경신년에 죽은 홍길동에게 당했다면 아무도 믿을 사람이 없어서 아무 일도 없는 사람처럼 행동하였다. 그러나 이 사실을 알고 있는 상주 백성들은 신극성이 침 뱉고 간 우물 다시 먹었다고 두고두고 비웃었다.

다섯

신극성의 진상 봉물을 보기 좋게 턴 길동은 재물을 분배하여 공평하게 나누어 주었다. 두령들이 이로 인하여 길동을 신뢰한 것은 말할 것도 없고 그 재물로 연풍 인근의 땅을 개간하여 유민들의 살아갈 터전을 마련하여 주었으니 유민들이 길동을 임금처럼 떠받들었다. 그해 가을에 길동이 지리산으로 돌아왔으니 을축년(乙丑年) 9월 무렵이었다.

이 무렵, 당래가 세 사람을 데리고 지리산으로 찾아왔으니 황해도의 미륵과 평안도의 김평득, 강원도 원주 치악산패의 두목인 백의산(白義山)이었다.

세 사람은 당래의 설득으로 길동의 수하가 되기 위해 찾아왔던 것이다.

"당래 성님을 통해 말씀은 많이 들었습니다. 충성을 다할 것이니 저도 수하로 받아주십시오.”

미륵은 당래처럼 건장하게 생긴 사내였는데 어릴 적에 마마를 앓았던지 불그스름한 얼굴의 곰보였는데 매부리코에 눈매가 날카로웠다.

“성님 말씀은 많이 들었습니다. 이제야 인사드립니다.”

치악산패 두목 백의산은 덩치가 크고 얼굴이 험상궂게 생긴 장사인데 수하가 50여 명쯤 되는 강원도에서 제법 큰 패를 거느린 두목이었다.

김평득은 50대 초반의 머리가 희끗한 사내로 작은 키에 작은 눈이 칼날처럼 날카로운데 코가 쑥 들어가고 광대뼈가 불거져 나와 한눈에 험하게 자란 자라는 것을 알 수 있었다.

도회청에서 술자리가 벌어져서 그동안 살아온 이야기들을 하였는데 미륵은 짝사랑 하던 여자가 혼인을 한 것에 앙심을 품고 혼삿날 밤에 신랑신부를 죽여 앙갚음을 하고 도망쳐서 구월산의 화적이 되었는데 도량이 좁고 덕이 없을 뿐 아니라 제 자랑 일색이라 들을 것이 없었으나 김평득의 이야기는 들을 만하였다.

“저는 신분이 천해서 무과를 치지 못하고 세상을 원망하며 술에 취해 살았습니다요. 그러던 중에 포도군사와 시비가 붙어서 그를 병신으로 만들고 도망하여 평안도 접경에서 화적질을 하게 되었습지요. 그곳에서 세상에서 도망온 자들을 거두어 작은 화적패의 두령이 되었는데 산간에서 하는 화적질이라 큰 벌이는 되지 않고 간신히 입에 풀칠을 할 정도였습니다. 그런데 저 작년에 양인 김감불(金甘佛) 이와 노비 김검동(金儉同)이 단천에서 연철을 은으로 만드는 법을 개발한 다음부터 저희들의 세가 늘어났지요. 광산에서 캔 재물이 임금이 노는 데에 들어간다고 인근의 사람들이 부역으로 동원되어 고생이 이루 말할 수가 없었는데, 부역 나간 일꾼 중에 하나가 은을 제련하는 법을 몰래 배워서 도망을 치다가 저희 산채로 흘러들어 왔지 뭡니까? 상인들의 짐이나 털던 저희들이 산채에 대장간을 짓고 몰래 잠채를 해서 은을 만들어 큰 재물을 모았습니다. 제가 평안도에서 세력을 키울 수 있었던 것이 바로 은 때문이지요. 은 한 냥에 면포 세 필이니 저희가 사상들에게 은 한 냥에 면포 두 필씩으로 거래하면, 사상들이 득이 된다 하여 저희들을 옹호해 주니 평안도 산골짜기에서 관군의 침탈을 받지 않고도 배를 두드리며 살 수 있었던 게지요. 저희가 그렇게 모은 돈으로 운봉산과 병풍산 일대에 논과 밭을 개간하고 집을 지어서 세상에서 도망치는 사람들을 살게 하였는데 그 수가 천여 가구가 넘습니다."

길동이 김평득의 이야기를 들으니 만감이 교차하였다. 자신과 비슷한 삶을 살아온 사람을 만났기 때문이었다.

홍길동이 흐뭇한 미소를 지으며 고개를 끄덕였다.

이번에는 백의산이 자신의 전력을 이야기하였다. 백의산은 원주 사람으로 나무를 해서 호구를 삼았는데, 불쌍한 젊은 청상과부와 눈이 맞아서 야반도주 하려다가 들통이 나서 저 혼자 구사일생으로 도망쳤다 하였다. 청상과부는 화냥질한 죄로 양반댁에서 쫓겨나서 조리돌림을 당하고 죽었는데 백의산이 청상과부의 복수를 하기 위해 화적이 되었으며 화적두목이 된 후에 청상과부의 시댁을 쳐들어가 불바다로 만들었다고 하였다. 청상과부 이야기를 할 적에 커다란 눈에 눈물을 글썽이는 것이 순박한 사내의 성정이 그대로 남아 있었다.

세 사람의 이야기가 끝나자 당래가 으스대며 말했다.

"대장, 오늘로써 팔도의 도적들이 모두 대장의 부하가 되었습니다. 그 공이 모두 저에게 있으니 잊으시면 아니 됩니다. 이럴 게 아니라 내년에는 팔도의 화적 두목들을 모두 불러 잔치를 하는 것이 어떻습니까?"

"그거 좋지."

서팔봉이 맞장구를 치자 미륵과 김평득, 백의산이 좋다고 찬성을 하였다. 이렇게 술자리에서 공론이 모아져서 그해 겨울이 지나고 다음 해 병인년(1506년) 설날에 팔도의 화적패 괴수들이 지리산 구름장골로 모여들었다.

넓은 구름장골의 도회청 앞마당에 화톳불을 군데군데 피우고 각지에서 온 작은 도적들이 모여서 수인사를 나누고, 큰 두목들은 도회청 안에 따로 모였다.

홍길동은 팔도 도적의 우두머리인 까닭에 상석에 앉고 그 앞에 좌우로 나누어서 오른편에 서팔봉, 강금산, 김평득, 장돌쇠, 강춘령, 임쇠동이 앉았고 왼편에는 당래, 최판돌과 미륵, 이종덕, 조갑이, 강대산이 앉았다.

길동이 무리들을 한차례 둘러보고는 입을 열었다.

"소문들 듣자하니 도적들 가운데 사사로이 죄 없는 자들의 재물을 갈취하는 이들이 많다 하는데 너희들은 어떻게 생각하는가?"

슬쩍 눈치를 보던 미륵이 대답하였다.

"부하들이 재물을 보면 눈이 뒤집혀서 도가 지나칠 때도 있습니다만 관리들만 하겠습니까?"

"우리는 의(義)를 행하기 위하여 도적이 된 것이다. 만약 우리가 재물을 탐하여 도적이 되었다면 백성들을 핍박하는 탐관오리와 무엇이 다르단 말이냐?"

죄 없는 등짐장수를 터는 일이 가장 빈번하게 일어나는 곳은 황해도였다. 길동이 애초에 미륵을 염두에 두고 한 말이었기에 그 어조가 준엄하였다.

길동의 말에 미륵이 찔끔하여 눈치를 살피다가 말하였다.

"배운 것 없는 무식한 놈들이 의리가 뭔지 어떻게 알겠습니까? 이번에 규약이라도 하나 만들어 주시면 그대로 행하겠습니다."

김평득이 말했다.

"그렇습니다. 대장께서 지침을 마련해 주시면 저희들이 그대로 행하겠습니다."

여러 두목들이 김평득의 말에 찬동하였다.

길동이 말했다.

"좋다. 그럼 내가 3가지 규약을 너희들에게 말하마. 잘 새겨듣도록 하여라. 첫째, 죄 없는 사람의 재물을 훔치지 않는다. 둘째, 죄 없는 사람을 죽이거나 다치게 한 자는 목숨으로 보상한다. 셋째, 훔친 물건은 반드시 가난한 자에게 나눠 준다. 이것이 활빈도의 규율이다. 앞으로 이를 어기는 자는 그에 상당하는 벌을 내릴 것이다."

당래가 물었다.

"대장, 무슨 규율이 그렇게 적습니까?"

"임금은 백성을 수탈하기 위하여 수없는 법을 만들지만 실상 근본이 되는 규율은 세 가지만 지켜도 충분하다. 너희는 이 세 가지 규율을 부하들에게 지키도록 가르쳐라."

한양의 서소문패 두목인 최판돌이 손을 들고 말하였다.

"그것이 옛날 한고조가 세 가지 법만으로 천하의 민심을 얻은 것과 비슷하군요."

최판돌이 힐끔 당래의 얼굴을 보곤 입을 열었다.

"이 참에 제가 할 말이 있습니다. 대장님과 여러 두목들 앞에서 해도 되겠습니까?"

"해 보게."

길동의 허락이 떨어지자 최판돌이 헛기침을 몇 번 하곤 입을 열었다.

"옛부터 천하가 어지러울 때 영웅이 나타난다 하였고, 천하가 어지러울 때 세상에 나가 백성을 구하는 것이 진정한 영웅의 도리라고 하였습니다. 제가 비록 세 치의 혀밖에 없지만 그동안 듣고 배운 것이 있어서 충의(忠義)가 무엇이고 대의가 무엇인지는 알고 있으며, 보는 눈이 있어서 우리 대장님과 같은 분이 천하를 구할 영웅임을 알겠습니다. 지금 천하는 암군 때문에 혼란하고 백성들은 썩어빠진 나라에 염증을 느껴서 모두가 새 세상이 열리기를 기다리는바, 소인의 생각으로는 대장님 같은 영웅이 이런 산골에서 웅크리고 있을 것이 아니라 떨치고 나아가서 천하를 한번 뒤집어 버리면 어떻습니까? 말이 나와서 하는 말이지만 저희들이 힘을 합하고 관리들의 압제와 핍박에 시달리던 백성들이 도와준다면 조선을 뒤집는 것이야 어려운 일도 아니지요. 아니 그렇습니까?"

그러고는 여러 두목들을 의견을 바라듯이 시선을 사방으로 돌리자 당래가 얼른 대답하였다.

"그렇소. 지당하신 말이오."

미륵도 말했다.

"그거 좋은 생각이오."

잇달아 다른 두목들이 찬성의 뜻을 비치었다.

최판돌이 다시 말을 받았다.

"여러분들도 잘 아시겠지만 임금이 임금다워야 임금 아니겠습니까?

무오년에 선비들을 몰살하고, 갑자년에는 폐비의 일을 들어 다시 선비들을 죽이더니 이젠 망령이 들었는지 먹고 마시고 놀자판이오. 임금의 잔악한 행위는 여러 두목들이 이미 들어서 알 것이거니와 임금이 기생들과 노느라고 아예 정사를 돌보지 않아서 재가받을 서류가 산더미처럼 쌓여 있고, 지방으로 임명된 관원들이 부임인사를 하기 위해 대궐 밖에서 기다리는 데만도 며칠씩이나 걸린다 하니 이게 어디 잘되어 가는 나라의 꼴이오? 임금이 그 모양이니 지방관아의 탐학이야 말할 것도 없소. 곤룡포(袞龍袍) 입은 대장 도적이 궁궐에서 갖은 착취를 하고 앉았으니 관모(官帽) 쓴 부하 도적들이 아전들과 한통속이 되어 제 세상을 만난 것처럼 별의별 명목의 세금을 거둬들여 조선 팔도 백성들의 허리가 꺾일 지경이 되었소이다. 철릭 입은 관리들은 고래등 같은 기와집을 몇 채나 가지고도 모자라 전국에 좋은 전지를 마련하여 이밥에 고기반찬으로 배를 불리는데, 재산 없고 힘없는 백성들은 풀뿌리죽을 먹다가 견디지 못해서 마침내 화적패가 되고 있으니 그게 모두 누구의 탓입니까?"

최판돌이 여러 두목들을 바라보았다.

"미친 임금 탓이지."

"나라가 이 모양이 된 것이 모두 망할 임금 탓이야."

"임금뿐 아니라 그 밑에 있는 망할 관리들이 문제여."

"모두 썩어빠졌지."

대웅전에 모인 두목들이 너도나도 맞장구를 쳤다.

최판돌은 생쥐처럼 도적들의 눈치를 요리조리 살피다가 주먹을 휘두르며 소리쳤다.

"여러분! 근자에 민간에서 유행하는 참언(讖言)을 기억하십니까?

'홍청망청(興淸亡淸) 놀자판 목자가세(木子家世) 망할판'이라는 노래 말입니다. 바야흐로 홍청 때문에 이씨 왕조가 망한다는 말이 아니겠습니까? 우리가 이때에 단결하여 썩은 임금을 몰아내고 새 나라를 세웁시다! 힘없는 백성들이 살기 좋은 새 세상을 만듭시다!"

"그럽시다. 우리가 힘을 모은다면 뭘 못하겠습니까? 그동안 백성들이 포악한 암군과 탐관오리의 서슬에서 얼마나 핍박받으며 살았습니까? 이제 우리가 호응하여 새 나라를 세웁시다."

좌중이 한목소리로 새 세상을 만들자고 호응하였다.

길동은 그때까지 말없이 이야기를 듣고 있다가 버럭 호통을 쳤다.

"쓸데없는 소리 마라!"

좌중이 쥐 죽은 듯 고요해지며 도적들이 모두 길동을 바라보았다. 길동이 각진 두 눈에 열기를 내며 당래에게 고개를 돌렸다.

"당래야. 모두 네가 시킨 짓이냐?"

"아, 아닙니다. 제가 왜 그런 일을 시킵니다. 천부당만부당합니다."

당래가 손사래를 쳤다.

길동이 최판돌을 노려보았다. 최판돌이 슬그머니 고개를 숙여 길동의 눈을 피하였다.

길동이 도회청에 모인 두목들을 바라보며 말했다.

"내 앞에서 다시 이런 이야기를 하면 가만두지 않으리라. 너희들은 밖으로 나가서 부하들에게 활빈도의 규율을 전하고 그대로 시행하게 하여라. 알겠느냐?"

길동이 화를 내면서 도회청을 나가 버리고 말았다.

"아! 대장님은 너무 마음이 약해서 문제란 말이야."

당래가 중얼거리며 두목들에게 말했다.

"여러 두목님들은 어떻게 생각하십니까? 저는 이 썩은 나라를 뒤집어야 한다고 봅니다. 우리가 도적질로 백성들을 돕는다고 하나 밑 빠진 독에 물 붓는 격이지, 뭐가 하나 달라질 것이 있겠습니까? 아니 그렇습니까?"

미륵이 우람한 팔뚝을 드러내며 맞장구를 쳤다.

"그렇지. 세상이 달라지려면 폭군이 없어져야 해. 이제 팔도의 도적들이 하나가 되었는데 우리가 힘을 합치면 이까짓 썩은 세상을 못 고치겠어?"

최판돌이 말했다.

"여러 두목님들 내 얘길 들어 보시오. 대장님께서 화를 내시지만 그게 진심은 아닐 것이오. 예부터 나라를 선양을 받을 때에도 세 번은 사양하는 법이니 이것이 옛 법도요. 우리가 뜻을 모아 간곡하게 말씀 드린다면 대장님께서도 흔쾌히 받아들일 것이오. 우리가 대장님을 보위해서 새 나라를 세우는 것을 생각해 보시오. 얼마나 뿌듯한 일이오? 아니 그렇소?"

조용히 듣기만 하던 강금산이 입을 열었다.

"최 두목의 생각이 옳지만 천하를 바꾸는 일이 손바닥 뒤집는 일도 아닌데 이렇게 급하게 결정해서 되겠소? 이 일은 정말로 돌다리를 두드리듯이 신중함을 기해야 할 것이오. 대장께서 평소에 생각이 깊으신 분이니 그 점에 대해 궁리를 아니 하셨을 리 없소. 이제 여러 두목들이 운을 띄웠으니 머지않은 장래에 반드시 결정을 내리실 것이오. 우리는 그때까지 말없이 기다렸다가 대장의 뜻이 결정되면 치밀하게 행하면 될 것이니 사기그릇처럼 소란스럽게 떠들지 맙시다."

김평득이 고개를 끄덕였다.

"내 생각에도 강 두목의 말이 옳은 것 같소. 우리가 팔도의 화적들을 대표하는 자들이지만 그 숫자로 말하자면 1만도 되지 않을 것이오. 백성들이 호응한다 할지라도 지금 우리의 군세로는 관군에 대적하기에는 무리이니, 대장님의 결정이 날 때까지 때를 기다리는 것이 좋겠소."

당래가 혀를 차며 말했다.

"대장님이 결정을 내린다면 팔도의 백성들이 호응을 할 거요. 한양과 근방에 쫓겨난 주민들만 모아도 수십만은 될 것이니 그까짓 오합지졸 같은 관군이 문제요? 임금을 몰아내는 것쯤은 식은 죽 먹기요. 요즘 같으면 세상 바꾸는 것이 어렵지 않을 텐데 대장께서 왜 이렇게 주저하시는지 모르겠구려."

강금산이 당래를 보며 말했다.

"이보게. 당래, 사실 그것이 말이 쉽지만 현실적으로는 쉬운 일이 아닐세. 우리가 대장을 중심으로 뭉쳐서 폭군을 몰아내었다 하자. 그럼 그다음에 누가 우리를 지지해 준단 말인가? 당래 두목은 백성들이 우릴 지지해 준다고 하지만 그건 아닐세. 팔도의 양반들과 벼슬아치들이 도적을 임금으로 추대할 리도 만무하고, 되려 근왕병을 조직해서 역적질한 우리를 토벌한답시고 치러 올 것이네. 그럼 우리가 견뎌 낼 수 있겠나?"

턱수염을 꼬던 최판돌이 고개를 끄덕이며 말했다.

"듣고 보니 강 두목의 말씀이 지당하군요. 이태조를 보더라도 나라를 찬탈하기 전에 우왕을 폐하고 창왕을 보위에 올려서 명분을 세워놓지 않았습니까? 이태조가 창왕을 보위에 올린 것은 근왕병을 뿌리부터 차단시킨 것이니 예부터 나라가 바뀔 때마다 정해진 수순이올시다."

당래가 눈을 크게 뜨고 화가 난 듯 최판돌에게 말했다.

"그럼 대장께서 거사를 하실 때 허수아비 왕을 세워놓으면 될 것 아닌가?"

"그렇지요. 왕실의 대군들 중에서 허수아비 왕이 될 만한 사람을 구하는 것이 첫 번째 수순이군요. 말하자면 꼭두각시 임금을 세운 후에 저희들이 요직에 들어가서 조정의 판도를 확 바꾸는 것이지요. 그래서 조정이 우리들의 세상이 되면 그 후에 대장께서 왕위를 선양받아 새 나라를 세우면 되는 것이구요."

미륵이 머리를 긁으며 소리쳤나.

"뭐가 그리 복잡해?"

"이것이 칼자루 휘둘러 산채 빼앗는 것과는 근본부터 다른 것이지요."

당래가 물었다.

"대장께서 결정을 내리신다면 가능하시겠지?"

"칼 한 자루 휘두르지 않고 상주목사 혼낸 것을 못 보셨습니까? 아무튼 지략으로 말하자면 한신 뺨치는 대장이시니 결정을 내리신다면 반드시 수가 날 것입니다. 아마 대장님도 이런 복잡한 것을 생각하시고 역정을 내신 것 같습니다."

"대장께서 결정하지 않으시면 어쩌지?"

"우리가 이미 말을 꺼내었고, 나라가 이 모양으로 흘러가니 조만간에 결정을 내리시겠지요. 서 두목은 대장님과 함께 있으니 틈을 봐서 우리의 결정을 말씀드리면서 하문을 받아보도록 하세요. 아무래도 서 두목이 대장님과 가까우니까 몇 번 말씀드리면 반드시 비답이 있을 겁니다."

"알겠수. 그리 하지요."

서팔봉이 가슴을 두드렸다.

최판돌이 여러 두목들을 둘러보며 말했다.

"그럼 대장님의 결정이 내리기 전까진 여기서 있었던 말을 밖으로 내지 말고 각자 자리로 돌아가 하명이 있을 때까지 기다려 보십시다."

여러 두목들이 다짐을 하고 다음 날 각자의 자리로 뿔뿔이 흩어졌다.

## 여섯

정월 보름이라 허공에 둥근 달이 걸렸는데, 도회청 앞에서는 산채의 사람들이 달집을 태운다고 야단이었다. 세상에서 쫓겨난 사람들이 도회청의 너른 마당에 모여서 달집을 태우면서 보름달에 소원을 빌었다.

달집에 붉은 불이 일렁이며 솟아오르자 아이들은 소리를 지르며 뛰어다니고, 아낙들은 고개를 굽실거리며 손을 모았다.

도회청 별실 안에서 이들의 모습을 바라보던 길동은 몸을 돌려 탁자 위에 놓인 책을 읽어나갔다.

제나라 선왕이 맹자에게 물었다.

"문왕의 동산은 사방이 70리라 하던데 그렇습니까?"

"그렇다 합니다."

"그렇게 큽니까?"

"백성들은 오히려 작다고 하였답니다."

"과인의 동산은 사방 40리이나 백성들이 오히려 크다고 하는데 도대체 무엇 때문입니까?"

"문왕의 동산은 사방이 70리이지만 풀 베고 나무하는 나무꾼이나

꿩과 토끼를 잡는 사냥꾼들이 함께 썼으니 백성들이 작다고 하는 것
은 당연하지 않습니까? 신이 듣기에 교외에서 관문까지 사이에 동산
이 있어 사방 40리인데 그 안에 있는 사슴을 죽이는 자는 사람을 죽
인 죄와 마찬가지로 다스린다 하니 이것은 곧 사방 40리나 되는 함정
을 나라 안에 파 놓은 셈입니다. 백성들이 크다고 생각하는 것이 또한
당연하지 않습니까? 문왕은 동산을 백성들과 함께 썼으니 백성들이
문왕과 함께 즐거움을 누릴 수가 있었으며, 문왕은 백성들이 즐거워
하는 것을 바라보며 또한 즐거움을 누릴 수가 있었으니 이른바 천하
의 모든 사람들과 즐긴다는 것이 바로 그러한 뜻입니다."

언젠가 혜손과 함께 지리산 천왕봉에 올랐을 때 스승인 혜손이 그에
게 물었던 말이었다. 길동이 길게 탄식하면서 책을 덮고 생각해 보니
지금의 현실이 책에 나와 있는 이야기와 다르지 않았다.
"임금이 임금답지 못하여 천하의 백성들과 즐거움을 누리지 못하고
있으니 안타까운 일이다."
길동은 천왕봉에서 혜손이 물었던 이유를 한동안 곰곰이 생각하다
가 새재에서 정희량의 말을 떠올렸다. 두 사람이 어째서 길동에게 그
러한 이야기를 한 것인지 궁금했다. 여민동락과 정나라 자산의 일화
는 백성들의 행복을 위해 위정자들이 가져야 할 마음가짐과 행동을 시
사하는 것 같았다.
제 선왕과 문왕의 비유는 임금답지 못한 연산주를 말하는 것이고,
정나라 자산의 행동은 홍길동 자신을 빗대어 말한 것 같았다.
얼마 전 팔도의 수하두목들이 이구동성으로 새 나라를 세우자고 하
지 않았던가. 길동은 그것이 말처럼 쉽지 않은 일임을 알기에 모른 척

362

하였으나, 이날 생각하니 두 사람의 말이 무언가 암시하는 것 같아서 마음이 흔들렸다.

'무엇을 말한 것일까? 장인과 정희량은 무엇을 바라고 나에게 그런 말을 한 것일까?'

길동이 이날 밤 잠을 이루지 못하고 곰곰이 생각하다가 다음 날 서팔봉을 데리고 천왕봉에 올라갔다.

설피 신고 지팡이 하나를 들고 발이 푹푹 빠지는 골짜기를 따라 산봉우리에 올라 등성을 타고 눈 덮인 천왕봉 정상에 오르니 구불구불한 산줄기는 사방으로 대지에 혈관이 퍼진 것처럼 뻗어 있고 옴폭 들어간 골짜기마다 하얗게 눈이 쌓여 별천지 같았다.

1년에 한두 번 맑은 날이 있을까 말까 한 터라 서팔봉은 좋아라 바위 정상에서 사방을 둘러보며 활개를 펴고 깊은 숨을 여러 번 들이마셨다.

길동은 천왕봉 바위 위에서 따뜻한 열기가 올라오는 듯한 까마득한 남쪽 땅을 말없이 바라보고 있었다. 서팔봉이 입김을 불어 손을 비비다가 입을 열었다.

"대장님, 무슨 생각을 하십니까?"

"그냥 세상을 바라보았다."

서팔봉이 길동의 시야를 따라 남쪽을 바라보다가 말을 이었다.

"대장, 지리산은 백두산과 한라산 다음으로 높은 산인데, 백두산은 멀리 북쪽 변방에 위치하고 한라산은 바다 건너 남쪽 섬에 깊숙하게 서 있으니 우리 서 있는 곳이 말하자면 조선 땅에서 가장 높은 곳이 아니겠습니까?"

"그래서?"

"조선 팔도의 화적 두목들이 대장님의 결단을 기다리고 있습니다요."

"내 결단이라고?"

"이까짓 썩은 나라를 뒤집어 버리고 새 나라를 세우려는 결단 말입니다요. 그날 자리가 파한 후로 각지의 두목들이 모두 대장님의 결단만 기다리고 있습니다."

길동이 서팔봉을 물끄러미 바라보다가 말없이 웃었다.

서팔봉이 말했다.

"대장. 온 나라 백성들이 임금을 싫어하고 관리들에게 등을 돌렸습니다. 이제 대장께서 결단을 내리신다면 팔도에서 화적들과 백성들이 벌떼처럼 일어나서 궁궐을 뒤엎어 버리고 대장님을 임금으로 추대할 것입니다. 그야말로 식은 죽 먹기인데 뭘 망설이시는 겁니까?"

"팔봉아. 너는 정말로 나라를 바꾸고 싶으냐?"

"예."

"네가 너와 같은 수많은 백성들의 피를 밟고 일어설 수 있겠느냐?"

"하면 하는 거지 못할 것이 뭐가 있습니까?"

"그것이 말처럼 간단한 것이 아니다. 옛말에 천자에게 간쟁하는 신하 일곱 사람이 있으면 천자가 무도하다 하여도 천하를 잃지 않고, 제후에게 간하는 신하가 다섯이 되면 제후가 무도하더라도 나라가 멸망치 않는다고 하였다. 우리 임금이 무도하여 세상이 혼란에 빠졌지만 김처선 같은 열사와 박은 같은 충신들이 조정에 있으니 어찌 조선이 쉽게 망할 수 있겠느냐? 또 너희는 새 왕조 세우기가 식은 죽 먹는 것처럼 쉽다고 하지만 세상일이란 생각처럼 되는 것이 아니다. 태조대왕이 조선을 세울 때에 얼마나 많은 사람들이 희생이 되었더냐?"

"무언가를 얻기 위해서는 그런 위험쯤 감수해야 하는 것 아닙니까?"

"너는 네 앞을 가로막는다 하여 무고한 자들까지 모두 죽여서 내 욕심을 채우는 것이 좋으냐?"

"그건 아니지만, 여러 두목들은 대장님의 결정을 기다리고 있습니다."

"여러 두목? 당래가 아니고?"

"그놈이 호승심이 많은 것은 대장님도 잘 아시지 않습니까? 말이 나와서 하는 말이지만 당래 그놈이 대장님께 불만이 있는 모양입니다. 설 때 다녀간 후론 요즘엔 지리산에 코빼기도 안 비치는 것도 그렇고, 듣기로 당래가 한양에 자주 간다던데 무슨 꿍꿍이속인지 모르겠습니다."

"당래."

길동이 조용히 중얼거렸다. 당래는 천하도적의 우두머리가 되고자 할 정도로 호승심이 있는 사내였다. 당래의 반골기질은 광덕사를 칠 때에 길동의 명령을 따르지 않고 허웅을 죽였을 때 이미 짐작했던 바였다. 그는 시기심과 호승심 때문에 도적이 된 자이고, 그와 친분이 깊은 미륵이나 최판돌은 대의보다는 사사로운 이익을 탐하는 부류였으니 처음부터 길동과는 거리가 있었다.

이제 당래가 길동을 팔도 도적의 괴수로 만들고 나라를 뒤엎자는 복안을 내놓았을 때에는 최판돌과 깊이 논의가 있었을 것이며 그 뜻을 관철시키려 어떤 일도 불사할 게 틀림없었다.

세상일이 내 마음대로 되지 않는 것은 이미 알았지만 특히 인간관계를 잘 풀어가기가 더욱 어렵다는 점을 길동은 실감하였다. 스스로를 절제하는 것이 어렵듯이 한 가정을 이끌어 가는 것이 어렵고, 각각의 생각을 가진 무리를 이끌어 가기가 어렵듯이 한 나라를 통치하는 것 또한 범인(凡人)이 감당하기엔 극히 어렵다는 사실을 길동은 알았다. 사람들은 의리를 명분에 세우지만 이익을 추구하기에 혼신을 다하므로, 이익에 반하는 자들은 세상에서 도태되고 마는 것이니 설잠 스님이 그러하였고, 정희량이 그러하였고, 혜손 선생이 그러하였다.

길동은 재주와 식견이 뛰어난 사람들이 세상을 바꾸지 못하는 이유를 알 것 같았다. 봉황이 여러 뭇새들 사이에서 놀지 못하는 것은 이를 탐하는 참새 같은 무리들에게 도태되기 때문이었다. 그러나 지각이 있는 이들이 그것을 두려워하여 알면서도 비로잡기를 포기한다면 또한 세상은 끝내 바뀌지지 않을 것이니, 어쩌면 이것이 길동이 화적의 길로 들어서면서 짊어진 숙명인지도 몰랐다.

"이제 내가 참으로 천하를 넘보는 대적이 되고 말았구나."

길동은 넓게 펼쳐진 산하를 내려다보며 길게 한숨을 내쉬었다.

# 하나

산천에 녹음이 들고 진달래가 지천에 흐드러지게 피는 춘삼월이었다. 길동은 사람을 보내어 계룡산의 당래를 불러들였다. 당래가 부랴부랴 지리산으로 올라와서 길동에게 읍을 하였다.

"무슨 일이십니까?"

"너, 나와 함께 한양으로 가야겠다."

"한양으로 가신다고요?"

"창고에 쌓아놓은 금은보화를 처분할 겸, 도성이 어떻게 돌아가는지 알아볼 요량이다."

"그, 그럼 결정하신 겁니까?"

당래가 상기된 얼굴로 물었다.

"보릿고개에 전라도 백성들이 굶어 죽어가고 있다. 이렇게 가다가는

367

팔도의 백성들이 씨가 마를 것이니 누군가는 나서야 하지 않겠느냐?"

당래가 싱글벙글 웃으며 말했다.

"알겠습니다. 이제 대장님께서 결정을 하셨으니 제가 내일이라도 당장 대장님을 모시고 한양으로 올라가야지요."

이틀 후, 홍길동과 당래, 서팔봉이 졸개들과 함께 한양으로 출발하였다. 홍길동은 도포를 훤하게 차려입고 말을 타고 당래는 키가 크고 늘씬한 덕분에 갓 쓰고 도포 입은 중인 복색을 차렸고, 서팔봉은 험상 궂은 생김 때문에 견마잡이를 하였으며, 뒤따르는 이들은 패랭이에 목화를 꽂고 등짐을 둘러서 보부상 차림을 하였다.

홍길동 일행은 졸개들과 함께 600리 길을 걸어 엿새 만에 한양 도성에 도착하였다.

일행이 노량진을 건너니 들판에 보이는 것이 까마귀 떼와 굶어 죽은 시체들이었다. 길옆에 움막을 지은 사람들이 너도 나도 손을 벌리며 구걸을 하였다. 한양 도성 바깥으로는 천민들이 수천 호씩 집단으로 거주하였는데 흉년이 들면 전국에서 몰려드는 빈민들이 사대문 밖에 움집을 짓고 살며 숭례문 밖 서활인서와 혜화문 안 동활인서에서 나눠 주는 풀뿌리 죽으로 연명하였다. 그러나 작년에 혜화문과 홍인문이 폐쇄되면서 동활인서도 없어지고, 숭례문 밖의 서활인서는 기능을 하지 못하여 도성 바깥이 굶어 죽어 뼈만 남은 시신으로 넘쳐났다.

춘궁기에 진휼죽은커녕 쌀가루 하나 섞이지 않은 풀뿌리 죽으로 연명하는 이들이라 뺨과 볼이 홀쭉하게 들어가고 손목의 뼈마디만 남았는데 떨어진 옷 하나 걸치지 못한 아이들이 부황이 들어서 올챙이처럼 나온 배를 드러내고 나무그늘 아래에서 멍하니 길동 일행을 바라보고 있었다.

힘이 없는 자들은 이렇게 굶어 죽어가고 힘 있는 자들은 노량진에서 부역을 하여 얻은 곡식으로 간신히 목숨을 부지하였는데, 밤이면 곡식 몇 톨을 훔치려고 도적으로 돌변하였다가 관군에게 맞아 죽는 일이 부지기수라 사람 사는 곳이 아니라 현실의 지옥과도 같았다.

길동이 백성들의 참상을 바라보노라니 가슴이 아련하여 눈시울이 뜨거워졌다.

한 사람을 잘 만나면 천하가 평안하며, 한 사람을 잘못 만나면 천하가 위태로우니, 한 사람으로 인해서 천하백성들의 운명이 달라지는 것이다. 옛 성인들이 수신(修身)의 중요함을 강조한 것은, 스스로를 다스리는 마음을 백성들에게 옮겨 그 밝고 바름을 차차 넓혀가도록 한 것이니 한 사람이 가지는 바른 마음이 세상을 바르고 환하게 바꿀 수 있기 때문이었다.

"이제는 정 자산처럼 살지 않을 것이다."

길동이 주먹을 불끈 쥐며 중얼거렸다. 활빈도를 데리고 관을 털고 수많은 토호들의 재산을 빼앗아 나눠 준다 하더라도 그것은 일시의 미봉책일 뿐 백성들의 지옥과 같은 생활은 바꿀 수 없을 것 같았다. 이제는 정나라 정승 자산처럼 일일이 강을 건네주는 은덕을 베풀지 아니하리라 다짐하였다. 폭군을 바꾸어 그 근원을 없애는 것만이 이 나라 사직과 백성들이 살아날 길이라고 길동은 굳게 믿었다. 뜻이 있고 행함이 없이는 세상은 바꾸어지지 않는 것이니 말이다. 이제는 그 뜻을 실행으로 옮길 때였다.

길동은 해가 중천에 뜰 무렵 숭례문으로 들어왔다. 숭례문을 들어가서 왼편 길로 돌아드니 곧 양생방이라 이곳에서 얼마 가지 않아 높다란 담장이 길게 두른 고래 등 같은 저택을 지났으니, 이곳이 나는 새도 떨어뜨린다는 신수근의 집이었다. 솟을대문 앞에는 나귀가 끄는 짐수레들이 들어가지 못하고 기다리는데 문 앞이 사람들로 시장통 같았다. 담장 너머에는 주연이 열리는지 풍악소리가 진동하였다.

"제기, 누가 보면 장사치가 객주를 열어 놓은 줄 알겠군."

"그러게 말이다. 이래서 사모 쓴 자들이 허가받은 도적이라고 하는 모양이다."

서팔봉과 당래가 툴툴거리면서 신수근의 집 앞을 지나 양생방으로 접어들었다.

따뜻한 봄볕을 쬐면서 육간대청에 누워 깜빡깜빡 졸고 있던 최판돌이 손님이 찾아왔다는 말을 듣고 일어나 보니 홍길동과 당래, 서팔봉이 하인을 따라오는 것이 아닌가. 최판돌이 놀라 버선도 신지 않은 맨발로 마당까지 달려 나와 세 사람을 맞이하였다.

"어이쿠, 이게 누구야?"

최판돌이 홍길동과 당래, 서팔봉을 안방으로 맞아들인 후에 큰절을 넙죽 하였다.

"어쩐 일로 이곳까지 오셨습니까?"

그리고 옆에 있는 당래를 바라보니 당래가 눈을 꾸벅이곤 고개를 끄덕였다. 최판돌이 여닫이 문밖으로 머리를 내밀어 사람이 있는지 없는지 확인하곤 문을 얼른 닫고 홍길동에게 다가와 두 눈을 반짝이며 조용히 물었다.

"대장님께서 결심하셨습니까?"

길동이 말없이 고개를 끄덕였다. 옆에 있던 당래가 히죽거리며 말했다.

"자네가 재물을 처분만 잘 하면 정국공신으로 호조판서 한자리는 떼

놓은 당상일세."

"그럼 자네는 병조판서 한자리 하겠구먼."

당래와 최판돌이 껄껄거리며 웃었다.

길동이 말했다.

"너무 앞서 나가지 말게. 내가 여기 온 것은 도성의 분위기를 알아보려 한 것이니 말이야."

최판돌이 말했다.

"도성의 분위기야 매일매일 어수선하지요. 하루가 멀다 하고 신하들이 도살장 끌려가듯 밀위청에 끌려가고, 대신들이야 임금 눈치 보느라 똥구녕이 빠질 지경이지요."

서팔봉과 당래가 낄낄거리며 웃었다.

홍길동이 정색하며 말했다.

"최 두목도 잘 알겠지만 우리가 거사를 성사시키려면 첫째로 대신들을 포섭해야 하네. 조정이 이 모양이니 불만을 품은 신하들이 많을 것인데 생각나는 사람이 있는가?"

"지금 조정의 중신들이라는 것들이 성종대왕의 은덕을 갚을 생각은 아니하고 제 목이 달아날까 두려워 임금의 눈치를 살피고 권력에 야합하여 부귀를 누리는 간신들뿐이어서 적당한 인물이 딱히 떠오르지 않습니다요."

"잘 생각해 보게. 지금 도성에 살고 있는 중신들 가운데 임금에게 원한이 있는 이가 반드시 있을 것이야."

최판돌이 제비꼬리 수염을 배배 꼬며 잠시 생각하다가 무릎을 치며 말했다.

"그러고 보니 두 사람이 있습니다. 한 사람은 전 이조참판 성희안

(成希顔) 이구, 또 다른 사람은 평성부원군 박원종입니다. 성희안은 일찍이 이조참판(吏曹參判) 으로 있다가 갑자년 망원정(望遠亭) 에서 시 한 구절을 잘못 지어서 벼슬이 떨어진 인물입지요. 꾀가 많다고 해서 꾀주머니라는 별명이 있는데 성희안 같으면 거사를 도모하는 모사로서 적격이라고 할 수 있지요. 박원종은 누이가 연산주에게 겁탈을 당해 자살한 까닭에 원한이 깊은데다가 활 쏘고 말달리기 좋아하는 무인이라 안성맞춤이라 할 수 있습니다. "

홍길동이 미소를 지으며 말했다.

"꾀주머니라. 아무래도 벼슬하는 사람보다 좌천된 사람을 만나기 쉽겠구나. 최 두목은 부하를 시켜 성희안이 어디에 자주 가고 무엇을 좋아하는지 상세히 알아보게 하거라. "

"예. 그거라면 문제없습지요. "

며칠 후, 서소문 패거리들이 성희안에 대한 정보를 가지고 돌아왔다. 성희안은 망원정 연회에서 '성인의 마음이 원래 청류를 사랑하지 않아서'(聖心元不愛淸流) 라는 글귀 하나로 연산의 미움을 받아 종 2품 이조참판에서 해임되어 종 9품 부사용(副司勇) 으로 일거에 좌천되었다.

부사용이란 5위중에서 최하위의 말단직으로 실무는 보지 않고 녹봉만 받는 허수아비 벼슬이었으니 말 그대로 벼슬길에서 쫓겨난 것이나 다름없었다. 그래서 성희안의 하는 일이란 것이 묵사동 집에서 칩거하듯 시간을 보내다가 가까운 칠송정(七松亭) 에서 나가 산수를 구경하며 시를 짓는 일이 전부였다.

칠송정은 남산 아래쪽에 멋들어진 일곱 소나무가 늘어서 있기 때문에 지어진 이름으로 일대의 경관이 아름다워 일찍이 수많은 풍류객들이 찾아와 산수를 즐기는 곳이었다.

　졸개들의 보고를 받고 최판돌이와 함께 성희안이 있다는 칠송정으로 올라가니 가까운 소나무 그늘에 하인 하나가 나귀의 고삐를 잡고 그늘에 앉아 있었고, 정자 안에 오십 줄 되어 보이는 선비 하나가 난간에 기대어 허공을 바라보며 서 있었다.

"저자가 성희안입니다."

　최판돌이 정자 위에 서 있는 선비를 가리켰다. 성희안이 길동 일행을 힐끔 보곤 고개를 돌려 먼 산을 바라보았다. 길동이 정자 위로 올라가 반대편 난간에 서서 말없이 먼 산을 바라보다가 시 한 수를 읊었다.


　城古閭巷荒　　　성은 낡았고 마을과 거리 황폐한데

　雲歸仁王亂　　　인왕산을 돌아드는 구름은 어지럽기도 하다.

　倚欄何限意　　　난간에 의지하여 한없이 생각하노니

　何人暗雲散　　　어느 누가 어두운 구름을 걷어낼 것인가.


　맞은편에 서 있던 성희안이 무심코 시를 들어 보니 보통 시가 아니다. 성이 오래되고 마을과 거리가 황폐하다는 것은 임금의 폭정으로 망해가는 나라를 말하는 것이요, 인왕산 아래에 궁궐이 있으니 산 구름이 어지럽다는 것은 임금의 황음무도를 빗댄 것이다. 마지막 구에 구름을 걷어낸다는 말은 사직을 바꿀 자가 누구인지 물어보는 것이니 이는 역심을 품은 시였다.

　성희안이 좌천된 후로 임금을 원망하여 마음 한편으로 거사를 벌일 것을 생각하고 있었는데 이 시를 듣고 나니 간담이 서늘하여 좌우를 둘러보다가 길동에게 다가와 말을 걸었다.

"선비는 뉘신데 백주대낮에 그런 망측한 시를 짓는 것인가?"

길동이 성희안에게 공손히 읍을 하곤 두 손을 모아 조용히 말했다.

"창산군(昌山君) 성 대감 아니십니까?"

"나를 아시오?"

"저는 홍길동이라 하온데 대감을 만나 뵈려고 이렇게 찾아왔습니다."

성희안이 놀란 얼굴로 물었다.

"호, 홍길동? 홍길동이라면 경신년에 죽은 대도(大盜) 아닌가?"

"경신년에 죽은 것은 나와는 아무 상관이 없는 자올시다. 토포사가 목숨을 부지하려고 생면부지의 사형수를 이용한 것이지요."

천하를 횡행하는 대도를 만나니 성희안은 말이 입안에서 맴돌아서 간신히 입을 열어 물었다.

"나, 나를 무엇 때문에 찾아왔는가?"

"왕은 배요, 백성은 물이라. 물은 배를 띄울 수도 있고, 반대로 배를 뒤집을 수도 있지요."•

"그, 그게 무슨 말인가?"

"혼군을 만나 정치는 어지럽고 백성들은 도탄에 빠져 있습니다. 관리들은 사리사욕을 채우느라 여념이 없어 창고에 배부른 들쥐들이 가득하고, 백성들은 쌀 한 톨을 구하지 못하여 굶어죽은 시신이 들판에 어지럽게 널려 있으며, 살기 위한 백성들은 집을 떠나 무리를 이루어 도적이 되었습니다. 어둡고 어지러운 것을 맑게 하여 마땅히 종사를 보존해야 하는 것이 신하된 도리일진대 누군가 선봉에 나서서 이 나라를 바꾸어야 하지 않겠습니까?"

---

• 王者舟也, 庶人者水也. 水則栽舟, 水則覆舟.

"배, 백주대낮에 입에 담지 못할 망발을? 네, 네놈이 삼족을 멸하고 싶은 것인가?"

성희안이 말을 낮추어 꾸짖으면서도 연신 정자의 좌우를 두리번거리면서 살폈다.

최판돌이 미소를 지으며 말했다.

"이 부근에 사람을 모두 쫓아버렸으니 걱정 마시고 마음껏 이야기 나누십시오."

성희안은 머리를 굴리며 상념에 잠기었다. 왕은 배요, 백성은 물이라는 것은 《정관정요》에 나오는 구절이었다. 나라는 백성들의 것이기에 백성들에 의해 임금을 바꿀 수도 있다는 의미를 내포하는 문장을 성희안이 모를 리가 없었다.

성희안이 홍길동과 최판돌을 뚫어지게 바라보다가 탄식하였다.

"어허, 어쩌다가 나라가 이 지경이 되었누. 화적들이 나라를 바꾸자고 찾아오다니 … ."

길동이 말했다.

"화적들도 원래는 착실한 이 나라의 백성들이었습니다. 임금과 관리들이 백성을 이 잡듯이 몰아내니 어쩔 수 없이 화적이 된 것이지요. 지금 천하의 백성들은 임금을 몰아내기만을 바라고 있습니다. 백성들의 뜻은 하늘의 뜻이라 하였습니다. 저 역시 이 땅의 백성이며, 화적들 역시 이 땅의 백성입니다. 저는 화적 이전에 이 땅의 백성으로, 팔도 백성들의 뜻을 전하기 위해 대감을 찾아왔습니다. 이렇게 불쑥 대감을 찾아온 것은 대감도 같은 마음을 가지고 계신지 궁금해서입니다."

성희안이 고개를 숙이며 길게 한숨을 내쉬었다.

"나도 사람인데 어찌 바른 것을 보는 눈이 없겠소. 나 역시 세상을 바꾸고 싶으나 나 혼자서 무슨 일을 할 수 있겠소?"

"제가 도와드리겠습니다."

"그대가 팔도 도적들의 괴수라 하나 도적들의 힘만으론 거사를 성공시킬 수 없소."

"잘 알고 있습니다. 때문에 대감을 찾아온 것이지요. 대감께서 거사를 함께 할 중신들을 규합해 주십시오. 그럼 저희들이 뒤를 받쳐 드리겠습니다."

성희안이 고개를 들어 길동의 얼굴을 저다보다기 물었다.

"혹시 나 말고도 생각한 사람이 있소?"

"평성부원군 박원종 대감이 있습니다."

성희안이 얼굴을 찌푸렸다.

"박 대감과는 같은 동네에 살고 있으나 친하게 지내는 편은 아니오. 더구나 그가 나와 같은 생각을 가졌는지 알 수 없지 않소? 이것은 쉽게 입 밖으로 낼 말이 아니오."

"걱정 마십시오. 아마 박 대감께서도 성 대감과 같은 생각이실 겁니다."

"어째서 그렇게 짐작하시오?"

"박 대감이 임금에게 원한이 깊다는 것은 성 대감께서 더 잘 아시리라 생각합니다. 반드시 거사에 동참하실 것이니 대감께서 은밀하게 의향을 물어봐 주십시오."

성희안이 홍길동의 말에 혀를 내둘렀다.

연산주는 행실이 추잡하여 선왕의 궁녀뿐 아니라 외명부까지 궁정에서 잔치를 베풀고 그 중에 얼굴이 예쁜 자는 끌어내어 간통하였다.

월산대군은 성종의 형으로 부인 박 씨는 박원종의 누이였는데 얼굴이 서시(西施) 뺨치도록 자색이 아름답다고 도성에 소문이 자자하였다. 연산주가 세자 적에 탐심을 품었다가 왕이 된 후에 백모인 박 씨를 대궐 안으로 끌어들여 강간하였으니, 박 씨는 사대부가의 여식으로 정절을 소중히 지키다가 뜻밖에 겁탈을 당하자 세상이 무너진 것 같아서 부끄러운 마음에 자살을 택했던 것이다.

박원종에게 있어서 연산주는 누이를 죽인 원수와도 같았으니 개인적으로도 거사에 동참할 명분을 갖추었다 할 수 있었다.

"조정 중신들을 규합하는 일은 성 대감께서 맡아 주십시오. 중신들이 모여지면 저희가 뒤를 받쳐 드릴 테니 제 도움이 필요하다면 언제라도 연락주십시오."

"어떻게 연락할 수 있겠소?"

"이 사람에게 연락 주시면 됩니다. 서소문패의 우두머리로 최판돌이라 하지요. 사람이 명민하니 가까이 쓰시면 크게 도움이 될 것입니다."

"최판돌이가 대감께 인사드립니다."

최판돌이 공손히 인사하자 길동이 성희안에게 말했다.

"사직의 앞날이 대감의 양어깨에 달려 있습니다. 저는 며칠간 한양에서 머물다가 전라도로 돌아갈 생각인데 그동안 대감의 연락을 기다리겠습니다."

"알겠소. 그럼 내가 한번 알아보리다."

# 둘

칠송정에서 집으로 돌아온 성희안은 사랑방에 홀로 앉아서 곰곰이 생각에 잠겼다. 홍길동이란 도적의 말대로 중신을 규합한다면 반정은 식은 죽 먹기나 다름없었다. 나라의 재정은 바닥을 치고 있으며, 임금의 횡포는 극에 달하여 나라가 풍랑에 휩쓸리는 쪽배와 같은 형국이었다. 성희안 자신이 아니라도 누군가 머지않은 장래에 나라를 도모하려는 자가 나타날 것이니 원군이 있을 때 선수를 치는 것이 앞으로 조정에 나아가 권세를 쥐고 부귀를 누리는 데에도 유리하다 판단되었다.

"위험이 큰 만큼 이득도 큰 법. 이것은 하늘이 나에게 준 기회다. 이 기회를 놓쳐서는 아니 된다."

성희안이 박원종을 어떻게 꼬일까 고민하다가 문득 한 가지 꾀가 떠올라서 그 길로 집을 나가 신윤무를 찾아갔다. 신윤무는 군기시부정으로 있었는데 집에서 멀지 않은 곳에 살아서 성희안과 친분이 있었다.

마침 신윤무가 퇴청하여 집에 막 돌아와 옷을 갈아입다가 성희안을 맞았다.

"대감, 한동안 뜸하시더니 어쩐 일이십니까?"

신윤무가 사랑방의 상석을 내주곤 자신은 그 앞에 앉았다.

"내가 오늘 낮에 낮잠을 달게 자다가 꿈을 꾸었는데 백발이 성성한 노인 하나가 나타나 말하기를 지금 타고 있는 배에 구멍이 뚫렸으니 어서 빨리 배를 갈아타야 살 수 있다 하는 것이 아닌가. 이게 무슨 소린가 하고 멍하니 바라보니 노인이 갑자기 사라지고 자네와 내가 망망대해에 구멍이 뚫린 쪽배 하나를 타고 있지 무언가. 구멍으로 물이 들

378

어와서 반이나 차 있는 것을 보고 깜짝 놀라 꿈을 깨었는데 마음이 심란해서 자네 집으로 찾아온 걸세. 이게 무슨 뜻인가? 자네가 보기엔 길몽인 것 같은가, 흉몽인 것 같은가?"

신윤무가 얼굴을 찌푸리며 말했다.

"그것이 길몽은 아닌 듯합니다."

성희안이 신윤무의 얼굴을 뚫어지게 바라보다가 땅이 꺼져라 한숨을 내쉬었다.

"옛말에 권세는 십년을 가지 않고 봄꽃도 열흘을 넘기지 못한다더니 우리 임금의 권세가 앞으로 얼마나 더 지속될까? 곰곰이 생각하니 자네와 내가 한배를 탄 것 같아서 나는 걱정일세."

신윤무가 미신을 좋아하던 터라 성희안의 이야기를 듣곤 마음이 흔들려서 길게 한숨을 내쉬었다.

"그 생각을 하면 저도 눈앞이 깜깜합니다."

성희안이 힐끔힐끔 신윤무의 기색을 살피며 물었다.

"신인의 말이 우리가 배를 갈아타면 살 수 있다 하지 않은가? 내가 곰곰이 생각해 보니 우리가 살 길이 있을 것도 같으이."

신윤무가 솔깃하여 얼굴을 가까이 가져가 조용히 말했다.

"대감. 제가 할 일이라도 있습니까?"

"자네가 무인이라 박원종 대감댁에 자주 드나든다던데?"

"예. 평성군 대감과 친분이 있지요."

"가서 평성군 대감께 내 말을 넌지시 여쭈어 보게. 하면 반드시 비답이 있을 것이네. 자네가 사는 길은 배를 갈아타는 것밖에는 없네. 명심하게."

"예."

신윤무가 그 길로 평성군 박원종 대감의 집으로 찾아가니 청지기가
두말 않고 큰사랑으로 안내하였다.

사랑채로 들어가니 널따란 방 안에서 정자관을 쓴 박원종이 비단 보
료에 앉아 번뜩이는 도검의 날을 이리저리 살펴보고 있었다.

"무슨 일이냐?"

"말씀드릴 것이 있어서 찾아왔습니다."

신윤무가 좌우를 두리번거리며 살피었다.

박원종이 칼을 서안에 길린 칼집에 꽂은 후에 말했다.

"똥마려운 강아지처럼 뒤를 살피긴? 무슨 말을 하려는데 내 집에서
그렇게 눈치를 살피고 야단이야?"

신윤무가 길게 숨을 내쉬곤 박원종에게 무릎걸음으로 다가가 조용
히 입을 열었다.

"대감, 좀 전에 저희 집에 창산군 성 대감이 찾아왔습니다."

"성 대감이라면 성희안 말이냐?"

"예."

신윤무가 말소리를 더욱 낮추어 말했다.

"성 대감이 저를 찾아와서 난데없이 꿈 이야기를 하지 않겠습니까?
쪽배 하나가 망망대해에 떠 있는데 배에 구멍이 나서 물이 자꾸 들어
오더랍니다. 그때 머리가 허옇게 센 노인이 갑자기 나타나서 새 배를
타라고 하더랍니다. 성 대감이 새 배를 타야 할지 말아야 할지 궁리하
다가 대감께 꿈해몽을 부탁하자고 저를 보내지 뭡니까?"

박원종의 눈빛이 반짝거렸다.

"성 대감이 지금 어디 있느냐?"

"저희 집 사랑에 계십니다."

"가서 얼른 데리고 오너라. 아니다. 그럴 것 없이 우리 집 하인을 시켜 데려오도록 하지. 애. 복동아."

"예."

바깥에서 사내의 음성이 들려왔다.

"너 지금 신윤무의 집에 가서 그 집 사랑에 있는 성 대감을 모시고 오너라."

"예."

발자국소리가 멀어져갔다.

잠시 후, 성희안이 박원종의 집 사랑으로 들어왔다. 박원종이 벌떡 일어나 반가운 친구를 만난 듯이 성희안의 손을 잡아끌었다.

"한동네에 살면서도 내왕이 없어서 모르고 지내었더니 등잔 밑이 어둡다고 이제야 내가 마음을 열 만한 지기를 만난 듯하구려."

성희안은 박원종이 뜻밖에도 너무나 반갑게 맞아주는 까닭에 격한 마음이 복받쳐 눈물을 글썽이며 말했다.

"우리 주상께서 혼암 가혹하여 백성이 도탄에 빠졌으니 종묘사직이 장차 전복될 것인데, 나라를 담당한 대신들이 한갓 잘못된 교령(敎令)을 따르기에 겨를이 없을 뿐, 한 사람도 안정시킬 계책을 도모하는 자가 없습니다. 우리들은 함께 성종대왕의 두터운 은혜를 입었는데, 어찌 차마 앉아서 보고만 있겠습니까? 이제 이렇게 대감을 만나게 되니 천군만마를 얻은 듯합니다."

"오! 밤낮으로 내 가슴속에 쌓아 두었던 바를 말하시는구려. 지금 종사의 위태로운 바가 어린 아이가 우물 위에 놀고 있는 것과 같으니 성 대감과 같은 지사들이 신하된 도리로 종사를 바로잡아야 할 것이오."

성희안이 눈물을 닦으며 말했다.

"하오나 지금으로서는 조정 대신으로 거사를 도모할 의지를 가진 이는 저희 세 사람밖에 없으니 앞으로 더욱 많은 중신들을 규합해야 할 줄로 압니다."

"조정 대신이 아닌 자로 거사를 도모할 의사를 가진 자가 있단 말이오?"

"사실은 오늘 낮 울울한 마음에 자주 가는 칠송정을 찾았기로 웬 젊은 선비 하나가 정자에 기대에 시 한 수를 읊는 것이 아니겠습니까? 그 시가 임금을 바꾸려는 거병의 의도가 있기로 의심스러운 마음에 다가갔더니 그자가 팔도 도적들의 우두머리인 홍길동이란 자로 임금을 바꿀 생각이 있어, 조정 중신 중에서 거사를 도모할 이를 규합하면 힘껏 돕겠다는 것이 아니겠습니까? 그자가 저와 박 대감을 거론하는데 세세한 사정까지 손바닥 보듯 알고 있어서 놀라운 마음이 들었습니다."

"홍길동이라면 경신년에 잡혀 죽은 도적 아닌가? 그때 엄귀손이 와주로 금부에서 맞아 죽지 않았는가?"

"홍길동의 말로는 당시 토포사가 임금에게 목이 달아나지 않으려고 거짓 홍길동을 잡아 올린 것이라 합디다."

"에잉."

박원종이 못마땅하다는 듯이 혀를 찼다가,

"흥청망청 망할 판이라 하더니 말세긴 말세구려. 도적놈이 감히 거사를 도모할 생각을 하다니 말이오."

"도적놈이라고 우습게보아서는 안 되겠습디다. 시를 유창하게 짓는 것을 보면 글줄깨나 읽은 듯하고, 행색도 유생처럼 말끔한 것이 산중에서 등짐이나 터는 도적과는 격이 달라 보입디다."

"산도적이나 들도적이나 도적은 매한가지인 게지. 나라를 바꾸는 일에 도적놈이 나서다니 그게 될 말인가?"

성희안이 두 눈을 반짝이며 말했다.

"그렇게만 보시지 마십시오. 지금은 우리가 이것저것 가릴 때가 아닙니다. 지금 당장은 한 사람의 원군이 급하니 그들과의 끈을 놓지 말고 이용할 것은 이용하며, 차후에 동지를 규합하여 세가 커지면 그때 도적놈들을 삶아도 늦지 않으니, 일단 그자를 한번 만나보시는 것이 어떻겠습니까?"

박원종이 생각해 보니 성희안의 말이 일리가 있었다.

"하긴 토끼를 잡으면 개는 삶기는 법이지."

"지당하신 말씀입니다. 그자가 은근히 대감을 뵙기를 바라는 것 같으니, 내일 제가 그자와의 만남을 주선해 드리겠습니다."

"그럭합시다."

박원종과 성희안, 신윤무 세 사람이 그날 늦게까지 사랑에서 머리를 맞대고 이야기를 나누다가 늦은 밤이 되어서야 돌아갔다.

다음 날, 저녁 무렵 박원종의 집에 홍길동이 찾아왔다. 박원종은 묵사동에서 가장 큰 저택을 가지고 있으니 도합 80간이나 되었다.

청지기를 따라 커다란 솟을대문을 들어서니 좌우로 하인청과 행랑방들이 첩첩이 있고, 대문과 마주 난 바깥문 안으로 들어서니 자빗간과 마구간, 광들이 늘어서 있었다.

마구간에는 여러 마리의 말이 늘어서서 여물을 먹고 있었는데 모두 기름이 자르르 흐르는 훌륭한 말들이었다. 마구 옆에는 벽이 없는 세 칸 창고가 있는데 사인교자, 이인교자, 가마가 줄지어 세워져 있어 박원종의 부와 위세를 말해 주었다.

안중문을 들어서니 너른 마당에 육간대청이 목멱산을 바라보며 남향으로 놓였는데 그 앞에서 청지기가 고개를 숙이며 소리쳤다.

"대감. 홍 선달께서 도착하셨습니다."

"오냐. 들어오라 이르라."

방 안에서 들려오는 목소리에 길동이 최판돌과 함께 대청 왼편 방으로 들어갔다.

큰사랑 안에는 이미 박원종과 성희안, 신윤무가 앉아서 기다리고 있었다. 홍길동과 최판돌이 박원종에게 큰절을 하곤 자리에 앉았다.

박원종은 눈썹이 짙고 두 눈이 부리부리하며 대롱 같은 코가 우뚝하게 솟았으며 입술이 두터운 것이 호남아다운 얼굴이었다. 신윤무는 덩치가 크고 볼 살이 많아서 힐끔힐끔 길동을 올려다보는 모습이 불만이 가득한 곰 상이었다.

박원종이 말했다.

"성 대감께 듣자 하니 네가 거사를 도와주겠다 하였다면서?"

"그러합니다."

"네가 우리 일을 도와준다면 응당 그에 대한 대가가 따라야 할 것인즉 네 요구가 무엇이냐?"

"팔도에 흩어져 있는 도적들은 본래 양민들이었으나 관리들의 수탈을 견디지 못하고 도망쳐서 도적이 되었으니 그들의 죄를 묻지 마시고 신원을 회복시켜 주시오면 감읍하옵니다."

박원종이 황당한 듯 성희안과 신윤무의 얼굴을 번갈아 바라보다가 홍길동에게 말했다.

"허! 네 요구가 고작 그것뿐이냐?"

"예. 그러하옵니다."

"네 부하가 몇이나 되느냐?"

"팔도에 흩어져 있는 두목들이 열 명이고, 그 아래로 부하들의 숫자가 대략 2만 명쯤 되옵니다."

"2만?"

박원종이 두 눈을 크게 떴다.

"허! 참으로 보통 도적이 아니로구나. 그런 병력이라면 너 혼자 거사를 도모할 수 있지 않겠느냐?"

"임금은 하늘이 내는 것인데, 저 같이 천한 자가 어찌 천명(天命)을 감당할 수 있겠습니까?"

"보아하니 귀한 대갓집의 자제 같은데 천한 자라니?"

"저는 본래 대갓집의 노비로 살다가 도적이 되었습니다."

길동이 아버지에게 누가 될까 걱정하여 일부러 자신을 노비출신이라고 말했다.

"성 대감의 말로는 글줄깨나 쓸 줄 알다 하던데?"

"주인댁의 자제분을 모시고 서당에 드나들다가 귀동냥으로 배운 것이니 대단치 않습니다."

"옆에 있는 자는 누구냐?"

최판돌이 눈치를 보다가 넙죽 엎드려 대답하였다.

"서소문에서 장사를 하는 최판돌이라 합니다."

박원종이 최판돌에게 물었다.

"네가 홍길동을 따라온 것을 보니 너도 화적이냐?"

"저는 서소문 패거리의 우두머리로 주로 장물을 처리하고 있습지요."

"그럼 네가 엄귀손이처럼 도적의 와주로구나."

"이를테면 그렇습지요."

최판돌이 진땀을 뻘뻘 흘리며 대답하였다.

박원종이 최판돌과 몇 마디를 나누다가 빙그레 웃으며 길동에게 말했다.

"알겠다. 내 너희 충정을 알았으니 돌아가서 연락을 기다리고 있거라."

"예. 그럼 이만 물러가 보겠습니다."

홍길동과 최판돌이 세 사람에게 인사를 하곤 방문을 나갔다. 홍길동이 집을 나간 후에 성희안이 조심스럽게 물었다.

"어떻습니까? 홍길동이란 자 말입니다."

박원종이 고개를 끄덕였다.

"종놈이라 보기엔 귀티가 역력하더군. 눈빛이 번쩍거리고 내 앞에서도 주눅이 들지 않고 당당한 것이 팔도 도적들의 괴수다운 자요. 그자의 도움을 얻는다면 거사를 성공하긴 쉽겠소."

"허지만 제가 보기에 훗날 화근이 될 기미가 큽니다."

신윤무가 물었다.

"화근의 기미가 크다니요? 성 대감께서는 그자가 방금 한 이야기를 못 들으셨습니까? 아무런 욕심이 없다지 않습니까?"

성희안이 혀를 차며 말했다.

"어리석은 사람 같으니. 호랑이는 사냥을 하지 않을 땐 발톱을 감추고 다니는 법일세. 그놈이 그리 말한 것이 무엇 때문이겠는가? 우리의 환심을 사려고 욕심을 감춘 것이 아니겠나? 팔도 화적의 괴수가 될 정도면 무예뿐 아니라 지략까지 두루 갖추었을 것이야. 그런 자가 쉽사리 마각을 드러내겠는가?"

"그, 그렇군요."

박원종이 팔짱을 끼며 말했다.

"내가 보기에도 큰 욕심은 없어 보이던데?"

"대감두, 열 길 물속은 알아도 한 길 사람 속은 모른다 합디다. 어찌 겉모습만 보고 그자의 속마음을 알 수 있겠습니까? 이익에 약한 것이 사람인데 도적이 남의 집의 재물을 털고 재물을 바라지 않겠다니 그게 터무니없는 말이지요. 서면 앉고 싶고 앉으면 눕고 싶고 누우면 자고 싶고 자면 계집을 품고 싶은 것이 사람 마음이올시다. 홍길동이 공(功)을 멀리하는 것을 보면 반드시 꿍꿍이속이 있을 것입니다."

"흠. 일리가 있군. 그럼 성 대감은 어찌 했으면 좋겠소?"

성희안이 무슨 생각을 하였는지 문 앞으로 다가가 여닫이문을 여니 툇마루 앞에 사내 하나가 우두커니 서 있었다.

슬그머니 문을 닫은 성희안이 박원종에게 들릴 듯 말 듯한 목소리로 물었다.

"말이 바깥으로 새 나가면 아니 될 터인데 밖에 있는 하인이 믿을 만한 자입니까?"

"걱정 마시오. 그자는 내 첩 홍비(洪非)의 동생이오. 이 집에서 오랫동안 살아서, 내 심복이나 마찬가지니 걱정할 것 없소."

성희안은 안심이 되었는지 다시 말했다.

"일단 시간을 느긋하게 잡고 조정의 대신들 가운데 거사에 동참할 사람들을 끌어들여야겠습니다. 일단 저희 편이 많아야 하니까요. 그리고 보아하니 최판돌이란 자가 장사꾼이라 하니 이(利)에 약할 듯싶습니다. 대장은 어떨 줄 몰라도 부하들은 이익에 약할 테지요. 살살 구슬려서 무엇이 이득이 되는지 설득하면 저희에게 넘어올 것 같으니 홍길동 모르게 도적들을 분열시켜서 우리 편으로 회유하는 것도 괜찮을 것 같습니다."

"과연 성 대감이 꾀주머니라 하더니 그 말이 옳구려.  그럼 성 대감의 말대로 일단은 시간을 두어가며 우리끼리 도모해 봅시다."

"예.  조정의 중신들을 회유하는 것은 평성군 대감께서 맡아 주시고, 신윤무는 친한 무인들 중에서 뜻을 같이 할 사람을 알아봐 주게.  나는 최판돌이를 회유해서 도적들을 우리 편으로 끌어들이겠네."

세 사람이 저녁을 먹은 후 한동안 이야기를 나누다가 각각 집으로 흩어져 버렸다.

# 배신 背信

## 하나

세 사람이 조정의 중신들을 규합하고자 한 것이 두 달이 지나도록 뚜렷한 성과가 없었다. 박원종은 이조판서 유순정(柳順汀)에게 뜻을 내비치었으나 소식이 없었고, 신윤무가 자신과 친한 사복시 첨정 홍경주(洪景舟)를 동참시켰을 뿐이었다.

그동안 성희안은 최판돌과 친분을 쌓았는데, 근래에는 하루에 한 번씩 최판돌이 성희안의 집으로 찾아와 문안을 드릴 정도로 친근하게 되었다. 이날도 최판돌이 성희안의 집에 찾아와서 이런저런 이야기로 시간을 보내다가 저녁상을 마주하여 밥을 먹게 되었는데, 국을 뜨던 성희안이 물끄러미 최판돌을 바라보았다.

"대감. 제 얼굴에 뭐가 묻었습니까?"

"판돌이. 나는 보면 볼수록 자네 재주가 탐이 나네."

"제가 무슨 재주가 있다구 … ."

"아닐세. 자네가 서소문패의 우두머리를 할 정도이고, 홍길동의 모사이니 보통 재주가 아닐세. 옛말에 천리마는 백락을 만나야 하고 선비는 그 사람을 알아봐 주는 사람에게 충성을 다한다 하는데 자네 같은 사람이 기댈 곳 없는 홍길동의 부하노릇을 하고 있으니 애석할 따름이네."

"그게 무슨 말씀이십니까?"

"자네도 들었나시피 홍길동이 아무 욕심 없이 거사를 돕겠다고 하지 않았는가? 그러나 자고로 논공행상이라는 것이 있어서 나라를 세운 자들에게는 반드시 상이 돌아갔네. 그런데 자네 대장은 상도 필요 없다 하니 거사에 성공한다 하더라도 자네가 받을 상은 없다는 말이 아닌가."

최판돌이 두 눈을 깜빡깜빡거리며 성희안을 쳐다보다가 싱긋 웃으며 말했다.

"대감께서 지금 저를 회유하시는 것입니까?"

"역시 자네 눈치가 빠르군. 내가 두어 달 자네를 만나면서 자네 재주를 아끼는 마음에서 하는 말이지만, 자네가 장사꾼이니 무엇이 이익인지 따져 보게. 이왕 공을 세울 것이면 공신 한자리 차지해서 후세에 이름을 날리고 세세손손 부귀를 누릴 것인지, 공과 이득을 모두 날리고 양민으로 돌아와 평생을 장사나 하며 살 것인지 말일세."

"저도 그런 마음이 없지는 않습니다만 홍길동 대장의 원모가 워낙 뛰어나서 후환이 있을까 염려되니 문제이지요."

"그까짓 도적놈이야 잡아 버리면 되지."

"그것이 말이 쉽지요. 당래에게 듣자니 무술실력이 귀신 빰칠 정도라서 날아오는 화살을 떨어트릴 정도라 합니다. 그뿐입니까? 남경, 이장길, 신극성 같은 경상도 3맹호를 손쉽게 봉변시킨 것도 그렇구, 문무겸전하여 실로 보기 드문 재주를 가진 사람입니다."

"홍길동이 그런 재주를 지녔으니 더욱 뜻을 함께 할 수 없는 것이네. 홍길동이 우리를 선택한 것은 우리들의 힘이 없으면 거사를 성공시킬 수 없음을 잘 알기 때문이네. 그러나 옛 고사를 보더라도 진승(陳勝)이 천하를 거머쥐었던가? 홍길동은 끝내 토벌을 당하고 말 것이네. 자네가 잘 생각해 보게, 무엇이 자네에게 이익이 되는지 … ."

최판돌이 곰곰이 생각하니 성희안의 말이 옳았다. 도둑은 도둑일 따름이니 명분이 없이 어찌 천하를 손아귀에 넣을 수 있을 것인가. 더구나 중신들의 마음이 이미 그에게 등을 돌렸으니, 반드시 진승처럼 토벌이 될 것이 뻔하였다. 반면 성희안의 편에 붙게 되면 공신녹권은 떼 놓은 당상이며 세세손손 부귀영화를 누리게 될 것이니 더 생각할 것도 없었다.

"대감. 제가 무엇을 해야 하겠습니까?"

성희안이 흡족한 웃음을 지으며 조용히 말했다.

"무리를 규합해야지. 평소에 홍길동에 대해 불만을 가진 두목이 누구인가?"

"홍길동에게 불만을 가진 두목이라기보다 저와 마음이 맞는 두목은 두 사람 있습니다."

"그게 누군가?"

"황해도 대적인 미륵과 충청도 대적인 당래입지요. 둘은 김포에서 이름을 날리던 백정들인데 의형제 사이입지요. 당래는 홍길동의 왼팔이지만 호승심이 강하여 매양 홍길동이 마음이 약해 계집 같다고 불평

하곤 하였습니다. 미륵은 탐욕스러워서 이익을 보면 물불을 가리지 않으니 홍길동이 자기 부류가 아니라고 가까이 하지 않아 불만이 있습니다. 두 사람 모두 홍길동에게 불만이 있으니 제가 설득하면 우리 편으로 돌아설 것입니다."

"좋네. 그럼 그 일은 자네에게 맡기겠네. 일만 성사되면 내가 책임지고 원종공신으로 책봉시켜 줄 것이니 나를 믿어 보게."

"예. 견마지로를 다하겠습니다."

최판돌이 서소문 서희 집으로 돌아와 생각하니 성희안의 편에 붙었으니 홍길동을 제거하는 것만이 후환을 없애는 길이었다.

최판돌이 부하를 시켜 당래와 미륵을 한양으로 불러들였다. 며칠 후 미륵과 당래가 부하 몇을 데리고 서소문 최판돌의 집을 찾았다.

최판돌이 상다리가 부러지도록 상을 차리고 술을 대접하는데 반반한 기생을 서너 명 데려다가 늦게까지 취하게 마시고 놀다가 돌연 기생들을 바깥으로 내보내었다.

"최 두목. 흥이 한참 도는데 왜 이러슈?"

"그러게."

최판돌이 속내를 털어놓으려고 슬그머니 운을 띄웠다.

"자네들 진승을 아는가?"

"진승이 누구요?"

하는 것은 당래요,

"그놈이 어떤 자식이오? 오라, 최 두목이 갑자기 우릴 불러들인 것을 보니 진승이라는 놈이 최 두목을 귀찮게 하는 모양이구려. 그런 거라면 진작 말할 것이지. 내가 내일이라도 단칼에 처리해 드리겠소."

하고 손으로 목을 그으며 껄껄 웃는 것은 미륵이다.

최판돌이 싱긋 웃으며 말했다.

"진승이 누군고 하면 옛날 중국 진나라 때 농민으로 왕후장상의 씨가 따로 있겠느냐? 하고 봉기하여 한때 장초(張楚)라는 나라를 세우고 왕 노릇하던 사람이오."

"홍길동 대장 같은 사람이구먼."

"왕후장상의 씨가 따로 없다는 말이 참 듣기 좋구려."

당래와 미륵이 한마디씩 하자 최판돌이 도리머리를 흔들며 말했다.

"진승이 스스로 장초의 왕이 되어서 여섯 달 만에 망하고 말았으니 좋을 것도 없소."

최판돌이 진승이 오광과 함께 봉기하여 장초의 왕이 되어 승승장구하다가 진나라 토벌군에게 쫓겨 도망하다가 그의 마부인 장고(庄賈)에게 살해되어 장초가 멸망한 이야기를 해주었다. 웃으며 이야기를 듣던 미륵과 당래의 얼굴에 웃음기가 사라졌다.

"최 두목. 갑자기 그 이야기를 우리에게 해주는 것이 무어요?"

당래의 물음에 최판돌이 말했다.

"내가 곰곰이 생각해 보니 우리의 운명이 진승과 다를 바가 무엇이오? 그리고 그렇게 거사가 성공한다 하더라도 우리에게 돌아오는 것이 무엇이겠소? 우리가 살아 부귀영화를 누리는 길은 조정대신들 편에 서는 것밖엔 없소."

"그게 최 두목 생각이오?"

"아니오. 성 대감께서 언질이 계셨소. 이미 조정 대신들은 홍길동을 눈엣가시처럼 생각하시오. 거사가 성공하면 조정의 창끝은 홍길동에게 겨누어질 것이니 우리가 살 수 있는 길은 하나밖에 없소."

미륵이 술잔을 들어 한입에 털어 마시곤 말했다.

"젠장. 난 처음부터 홍길동이 마음에 안 들었어. 내가 말만 하면 얼굴을 찌푸리더라구. 도적놈이 도적놈이지 활빈도는 또 무어야?"

당래가 팔짱을 끼며 잠시 생각하다가 말했다.

"나도 처음에는 홍길동의 무술실력과 의기를 높이 사서 그의 부하가 되었지만 마음이 너무 여려서 불만이었소. 내 부하를 죽음으로 몰아넣은 허웅이를 살려 주려던 것도 그렇구, 거사를 도와주는 조건으로 죄를 사하고 양민으로 돌려주는 것도 불만이었소. 말이 났으니 하는 말이지만 내가 아니있으면 홍길동이 팔도 도적의 우두머리가 되지 못했을 것이오. 아니 그렇소?"

"그렇지. 당래 두목이 아니고 어찌 지금의 홍길동이 있었겠나?"

최판돌이 맞장구를 쳤다.

당래가 술병을 들어 벌컥벌컥 마시더니 소매로 입가를 닦았다.

"한양 다녀온 다음부터는 강금산이하고, 김평득이랑 자주 어울린다고 하더군. 경상도에도 자주 오가고 말이야."

"하긴 내가 보기에도 요즘 홍길동이 당래 두목을 너무 푸대접하는 것 같더군."

미륵이 말했다.

"당래 성님. 이참에 우리도 살 길을 찾읍시다. 같은 도적이라면 사모 쓴 도적이 더 낫지 않습니까?"

최판돌이 얼른 끼어들었다.

"당래 두목. 성 대감께서 우릴 원종공신으로 참여시켜 주시길 약속하셨소. 일이 성공하면 우린 공신녹권을 받으면서 세세손손 떵떵거리며 살 수 있는 거요."

잠시 생각하던 당래가 결심한 듯 입을 열었다.

"좋아. 이판사판이다. 어차피 사나이 대장부 한 번 사는 목숨, 칼 물고 뜀뛰기지. 홍길동의 밑에서 허송세월 하느니 임금의 밑에서 부귀영화나 실컷 누리며 살아보지 뭐."

"결심 잘하셨소. 이제 우린 광명을 찾은 것이오."

"최 두목. 그럼 이제 우리는 어떻게 하면 되겠소?"

"일단 내일 나와 함께 성 대감을 찾아가십시다. 가면 좋아하실 거요."

"그럴까?"

"이왕 이렇게 되었으니 뇌물이나 잔뜩 가져다 드리고 안면을 틔웁시다."

당래와 미륵이 서로의 얼굴을 바라보며 고개를 끄덕였다.

다음 날, 정오에 세 사람이 부하들에게 봉물짐을 바리바리 짊어지게 하고 묵사동 성희안의 집을 찾아갔다.

일행이 양생방을 벗어나서 구리재(銅峴)를 넘고, 쭉 뻗은 길을 한동안 가다가 청교에서 갈라지는 오른편 길을 따라 묵사동을 바라보며 가노라니 기찰포교 하나가 관졸들과 함께 다가왔다.

"게 섰거라."

기세등등한 포교가 금강역사처럼 소리를 지르고, 그 뒤를 따르는 포졸들이 우뚝우뚝 늘어서자 당래와 미륵은 등짐 뒤짐을 당할까 조마조마한데 최판돌이 아무렇지 않게 소리쳤다.

"무슨 일이오?"

포교가 험악하게 생긴 당래와 미륵의 얼굴을 보곤 엄포를 놓았다.

"그 등짐에 든 게 뭐냐?"

최판돌이 포교에게 큰소리를 쳤다.

"어허, 이 등짐이 뉘댁에 가는 것인지 아시오? 평성군(박원종) 대감댁으로 가는 짐이외다.”

“평성군 대감댁에 가는 짐이라구?”

“그렇수. 포교 나리 이름자가 무엇이오? 등짐 뒤짐을 하시려면 하시우. 그 전에 성명부터 말하고 뒤지시오.”

포교가 최판돌의 멱살을 잡고 두 눈을 부라렸다.

“이놈 봐라. 네가 눈에 뵈는 게 없는 모양이로구나. 평성군 대감을 팔면 등짐 뒤짐 않을 줄 아느냐? 여봐라. 저자들의 등짐을 뒤져 보라.”

당래와 미륵이 움직이려 하나 벌써 포졸들이 창으로 두 사람을 둘러싸서 까닥하면 맞창이 뚫릴 판이라 어찌하지 못하고 서 있었다. 포졸들이 졸개들의 등짐을 내려서 보자기를 풀었다. 미륵과 당래가 여차하면 비수를 꺼내어 모조리 베어 버릴 생각을 하고 있는데 등 뒤에서 엄한 목소리가 들려 왔다.

“뭣들 하는 게냐?”

포교가 고개를 돌리니 청단령에 사모 쓰고 백호 흉배한 관원 하나가 서 있었다.

“나리. 수상한 자들이 있어서 등짐을 뒤지는 중입니다.”

포교가 꾸벅 인사를 하였다.

관원이 다가오다가 미륵과 당래를 보곤 말했다.

“너희들이 여긴 웬일이냐?”

미륵과 당래가 두 눈을 크게 뜨고 반가운 얼굴로 인사를 하였다.

“어이구, 나리.”

포교가 관원에게 물었다.

“나리. 아는 자입니까?”

“내가 잘 아는 자이다.”

"예?"

포교의 얼굴에 당황한 기색이 역력하였다.

"도성에 도적들이 들끓기에 포도대장께서 기찰을 엄히 하라는 명이 내리셨기로 험악하게 생긴 자들이 수상하여 부득이 기찰한 것입니다."

"알겠다. 내가 잘 말할 것이니 너희들은 물러가거라."

"예."

포교가 꾸벅 인사를 하곤 군졸들을 데리고 살 맞은 뱀처럼 달아나 버렸다. 포졸들이 허겁지겁 떠나는 모습을 보며 당래와 미륵이 안도의 숨을 내쉬며 관원에게 인사하였다.

"나리, 무고하셨습니까?"

"너희들이 도적이 되었다는 말은 들었다. 백주대낮에 도성에서 이렇게 나다니다니 간도 크구나."

"송구합니다."

"들자니 너희들이 평성군 대감댁으로 간다면서? 도적놈 주제에 발도 넓구나."

당래와 미륵이 머리를 긁적였다.

"평성군 대감댁에 갔다가 우리 집에도 잠시 들렀다 가거라."

"예."

관원이 몸을 돌려 성큼성큼 앞서 걸어가 버렸다.

최판돌이 멀어져 가는 관원을 바라보며 당래에게 말했다.

"당래 두목. 저게 뉘시오?"

"박영문(朴永文)이라 하는데 조정에서 형조정랑을 하시고 있소. 소싯적에 같은 스승 밑에서 배웠던 터라 친분이 각별하지요. 그 형님 되시는 분은 박영창(朴永昌)이라 하는데 김포원님이시오. 미륵이 그 때문에 김포에서는 도적질을 하지 않고 있지요."

최판돌은 박영문이 사라질 때까지 뒷모습을 바라보다가 성희안의 집으로 발길을 재촉하였다.

당래와 미륵이 성희안에게 큰절을 하고 마음을 돌린 것을 말하였다.

"너희들이 잘 생각하였다. 그렇지 않아도 거사에 동원될 장정들이 필요한 터였는데, 너희들이 힘써 우릴 돕는다면 원종공신으로 부귀영화를 누리도록 해 주마."

"대감. 소생이 신명을 다하겠습니다."

당래와 미륵이 이마를 땅바닥에 조아리며 충성을 다짐하였다.

최판돌이 말했다.

"대감. 오다가 박영문이라는 사람을 만났는데 당래와 미륵 두목과 친분이 깊은 것 같습디다."

"박영문?"

"예. 형조정랑으로 있다 하는데 그자를 가담시키는 것은 어떻겠습니까?"

"그것 좋은 생각이다."

성희안이 그 길로 박원종의 집으로 가서 미륵과 당래를 인사시켰다.

"나도 소싯적에 푸줏간에서 검술을 익혔으니 동문이나 마찬가지로구나."

박원종이 당래와 미륵이 사내답게 생긴 것을 기뻐하였다.

"대감. 듣자니 당래와 미륵이 형조정랑 박영문과 가까운 사이라 합니다. 이번 기회에 그자를 포섭하는 것은 어떻습니까?"

"그것 좋다. 내가 박영문과 가깝고, 또 가까운 곳에 사니 불러서 의향을 물어봐야겠다."

"그렇게 성급하게 일을 하셔도 되겠습니까?"

"무인들은 유순정이처럼 이리 재고 저리 재며 눈치나 보는 사람이 아니오. 그동안 너무 조심스럽게 행동하였더니 아무런 소득도 없었지 않소. 이젠 내 식대로 할 것이니 보고만 계시오."

박원종이 성희안에게 면박을 주곤 심부름하는 종을 불러 박영문을 불러오게 하였다.

박영문이 박원종의 부름을 받고 부랴부랴 집으로 달려왔다. 박영문은 박원종의 큰사랑에 미륵과 당래가 무릎을 꿇고 앉아 있는 것을 의아하게 여기면서 큰절을 하고 자리에 앉았다.

"무슨 일로 저를 부르셨습니까?"

"다른 일이 아니라 내가 종사를 보존하기 위해 거사를 벌일 생각인데 자네의 의향이 어떤가 싶어 불렀네."

엄청난 일을 아무렇지도 않게 이야기하니 듣는 박영문은 당장 말문이 막혀 멍하니 박원종을 바라보았다.

"지금 무슨 말씀을 하셨는지 소인은 잘 모르겠습니다."

"귀를 후비고 잘 듣게. 우리 임금이 무도하여 이대로 가다가는 나라가 저절로 망할 판이 되었네. 하여 뜻을 같이하는 중신들과 함께 거사를 벌이려 하는데 자네 의견은 어떤가 하여 이렇게 부른 것일세. 이왕이렇게 되었으니 자네가 살 길은 하나밖에 없네. 여기서 동참하던가, 아니면 이 자리에서 죽던가."

박원종의 거친 성격은 박영문도 익히 아는 바이니 살기 위해서는 따져 볼 것도 없었다.

"사실 저도 이 나라 사직을 걱정하고 있었습니다. 대감께서 결심하셨다니 마땅히 저도 동참해야 하겠지요."

"후후후. 그럴 줄 알았네."

박원종이 이것 보라는 듯 성희안을 바라보았다.

# 둘

옛날 장자방은 신기 묘묘한 계책을 가지고도 유방의 책사가 될 수밖에 없었고, 제갈공명은 천기를 헤아리는 시각을 가지고도 유비의 모사가 될 수밖에 없었다. 왕조를 개국한 이들의 공통점은 뛰어난 원모보다 과감한 결단력과 추진력을 가진 점이었다. 그런 점에 비추어 생각이 깊은 성희안보다 생각은 짧지만 과감하게 결단을 내릴 줄 아는 박원종이 우위에 있다고 할 수 있었다.

박영문을 끌어들인 박원종은 뒤를 돌아보지 않고 이조판서 유순정을 압박하여 포섭시키곤 잇달아 수원부사 장정(張珽)·최한홍(崔漢洪)·심형(沈亨)·변수(邊修)를 끌어들였다. 장정과 최한홍, 심정과 변수는 박원종과 같은 무인이었으므로 설득하기 어렵지 않았고, 유순정은 이미 말을 꺼냈던 터라 협박하듯이 위협한 까닭에 성사시킨 것이다.

병인년 8월 17일 저녁에 박원종은 이조판서 유순정과 성희안을 은밀하게 불러들였다. 이때 성희안은 최판돌과 당래, 미륵을 데려와서 방구석에 자리하였다.

"대감께서는 누구를 추대하실 생각이십니까?"

유순정의 물음에 박원종이 대답하였다.

"진성대군(晉城大君)을 추대할 것이오."

"오!"

진성대군은 성종대왕의 둘째 아들로 올해 나이가 열여덟 살밖에 되지 않았다. 바야흐로 연산주가 폐위되면 정국을 박원종의 손아귀에서 흔들 수 있게 되는 셈이다. 유순정이 잠시 생각하다가 무뚝뚝하게 말했다.

"그럼 신 정승의 의향은 물어보셨습니까?"

신수근은 연산군의 처남이며, 진성대군의 장인이기도 하였다. 따라서 진성대군이 왕좌에 등극하면 신수근은 왕의 장인이 된다. 처남을 폐하며 사위를 왕위에 올리는 기막힌 상황이지만 장차 왕의 장인이 될 사람이니 반드시 의향을 물어보아야 했던 것이다.

박원종이 말했다.

"물어봐야지요."

성희안이 눈살을 찌푸렸다.

"자칫 신수근이 눈치를 채서 임금에게 고변이라도 한다면 거사는 물거품이 될 수 있으니, 거사 당일 찾아가 물어보시는 것이 좋겠습니다."

"잘 알겠소."

"그건 그렇구, 홍길동을 어떻게 처리할지 대감들의 의견을 듣고 싶습니다."

성희안의 물음에 유순정이 말했다.

"우리가 도적의 도움을 받았다면 후세 사람들이 우릴 손가락질하지 않겠소? 반정의 명분도 서지 않으니 내 생각은 불가요."

유순정이 딱 잘라 말하니 박원종이 묵묵하게 고개를 끄덕였다.

성희안이 박원종의 눈치를 살피곤 말했다.

"제가 아무리 생각해 봐도 홍길동을 끼어 들이는 것은 화를 자초하는 것이라 생각됩니다. 도적놈을 어떻게 믿을 수 있겠습니까? 나라꼴이 개판이 되기 십상이지요. 되도록 홍길동을 배제하여 거사를 벌여야 할 것입니다."

박원종이 난처한 얼굴로 물었다.

"그럼 어떻게 했으면 좋겠소?"

잠자코 말석에 앉아 있던 최판돌이 말했다.

"대감, 제게 한 가지 좋은 생각이 있습니다."

박원종이 말했다.

"무어냐?"

"홍길동은 이름난 대적이니, 조정에서 공론을 일으켜 토벌군을 모아 전라도 땅으로 보낸다면 궁궐을 지키는 군사들의 숫자가 줄어들 것입니다. 홍길동이 혹여 토포된다면 저희의 심복지환이 해결되는 것이고, 그렇지 않다 하더라도 토벌군을 막느라 거사에 참여할 수 없을 것입니다. 저희는 군사가 빠져나간 틈을 타서 적은 숫자로도 거사를 치를 수 있으니 일석이조가 아니겠습니까?"

"좋은 생각이다. 그러나 어떻게 공론을 만든단 말이냐? 임금이 노는 데 정신이 팔려 도적 잡는 일은 들은 척도 아니 할 것이다."

"임금이 조정중신들의 말은 듣지 않아도 애첩의 말은 잘 들으니 그것을 이용하면 어렵지 않지요. 제가 책임지고 일을 성사시킬 것이니 저에게 맡겨 주십시오."

"좋다. 그럼 너에게 일을 맡기도록 하마. 거사 날짜를 잡는 것은 모두 너에게 달려 있으니 일을 성사시킨다면 큰 상을 내리리라."

"하명을 받자옵고 먼저 물러가겠습니다."

최판돌이 읍을 하곤 당래와 미륵과 함께 물러나갔다.

서소문 집으로 돌아간 최판돌은 부하들을 풀어서 장 숙용의 하인들이 자주 찾는 곳을 수소문하였다.

정승댁 하인 놈이 정승 노릇 한다고 임금의 총애를 등에 업은 장녹수의 집 종 만석(萬石)·귀동(貴同), 전전비(田田非)의 집 종 중산(仲山), 김귀비(金貴非)의 집 종 말응삭(末應朔) 등은 주인의 기세를 믿고 갖은 패악을 자행하였다. 사람을 때리는 것은 그 중 약한 것이로되, 길 가는 아녀자를 강간하고 반항하는 자는 때려서 반병신을 만들거나 남의 집을 빼앗는 악행을 저질러도 포도군관조차 어찌하지 못하였다.

최판돌이 부하들을 풀어 수소문하던 끝에 졸개 하나가 장녹수의 종 만석과 귀동이 저녁때부터 금향의 기생집을 차지하고 논다는 정보를 가지고 왔다.

최판돌이 일각을 지체하지 않고 당래와 미륵을 데리고 집을 나섰다.

여자 좋아하는 연산주 때문에 팔도의 이름 있고 재주 많은 기녀들이 벼슬 한자리 받으려고 궁궐로 몰려들어 세상에 예쁜 기녀 씨가 말랐는데 이는 한양부도 마찬가지라서 미색 좋고 재주 있는 기녀들은 궁궐로 들어가고 남아 있는 기생이라는 것이 쭉정이들뿐이었다. 그렇지만 개중에는 소문나지 않은 기녀들이 있는 기생방도 없지 않았으니 장통교 골목 안에 있는 금향(琴香)의 집 같은 곳이 그러하였다.

최판돌이 당래와 미륵과 함께 신창동 아랫길을 따라 양생방 삼거리에서 왼편을 돌아 무교를 지나고 조금 가다가 모교를 지나 사거리 오른쪽으로 난 큰 길을 따라가니 이곳이 종로라 너른 길가 좌우에 상가가 길게 늘어서 있었다. 저녁 무렵이라 인적이 뜸한 넓은 길을 한참을 가다가 철물교에서 오른쪽으로 돌아드니 멀지 않은 곳에 장통교 다리가 나타났다.

최판돌이 장통교를 건너 인가가 있는 두 번째 골목에서 동으로 꺾인 작은 골목을 들어가니 골목 끝에 붉은 등이 걸린 집이 하나 나타났다. 닫힌 문 너머로 노랫소리, 장구소리가 은은하게 들려오는 것이 막동이와 기동이 흥청거리며 노는 모양이었다.

허나 막동이와 기동이가 놀고 있는 것인지 확인할 수 없어서 당장 들이치지 못하고 최판돌이 평대문을 발로 차며 소리쳤다.

"이리 오너라."

문이 열리며 계집종 하나가 머리를 내밀었다.

"오늘은 손님을 받지 않습니다."

"귀한 손님이냐? 어찌 초저녁부터 문을 닫고 야단이냐?"

"말두 마십시오. 초저녁부터 장 숙용댁의 하인 두 사람이 와 있습니다요. 오늘은 판서영감이 오셔도 별 수 없습니다."

"하는 수 없지."

여종이 문을 닫으니 최판돌이 몸을 돌쳐 골목 입구로 돌아와 미륵과 당래에게 무어라고 소곤거렸다.

당래와 미륵이 한동안 이야기를 듣다가 마주 보며 웃었다. 두 사람이 성큼성큼 금향이의 대문 앞으로 걸어가더니 당래가 발로 대문을 걸어찼다.

"이리 오너라! 이리 오너라!"

대문이 열리며 계집종이 다시 머리를 내밀고 당래와 서팔봉을 보곤 말했다.

"뉘신가요?"

당래가 말했다.

"여기가 금향이 집이냐?"

"그러합니다."

"내가 오늘 금향이와 놀려고 왔다."

당래가 들어서려니 여종이 고개를 저으며 말했다.

"안됩니다. 오늘은 임자가 있습니다."

미륵이 손을 귀에 가져가며 능청스럽게 말했다.

"이게 무슨 말이야? 노류장화에 임자가 있다니? 어떤 썩을 놈이 임자타령이야? 그놈 얼굴 좀 보자."

미륵이 문을 밀치고 들어가자 당래가 눈을 부라리며 여종에게 소리쳤다.

"날벼락 맞기 전에 비켜라."

두 사람이 대문을 박차고 들어가니 불 켜진 방 안에서 기녀를 끼고 놀던 사내들이 문밖으로 고개를 내밀었다.

당래가 큰소리로 외쳤다.

"금향아, 선달님 오셨다. 술상 차리어라."

얼큰하게 취한 사내 하나가 휘적거리며 일어나서 손가락을 치어들고 소리쳤다.

"금향이는 오늘 우리 차지다. 썩 꺼져라."

미륵이 실실 웃으며 소리쳤다.

"네놈들이 누군데 그런 소릴 하는 게냐?"

"우리? 너희들이 우리가 누군지 알면 까무러칠걸."

젊은 사내 둘이 서로 마주 보며 히쭉거리다가 고개를 돌려 말하였다.

"내가 누구냐면 장 숙용댁 청지기 만석이다. 여기 있는 이분은 장 숙용댁 차지인 귀동이시다. 너희들이 도성에 산다면 우리 이름자는 들어 봤으렷다."

"에구. 우리가 사람을 잘못 보았습니다요. 죽을죄를 지었으니 한 번만 용서해 주십시오."

미륵이 호랑이를 본 것처럼 놀라 머리를 조아리며 호들갑을 부렸다.

"그놈. 이제 알았으면 잔말 말고 돌아가거라."

만석이란 자가 혀 꼬부라진 소리를 하며 옆에 앉은 기생을 껴안았다. 그 하는 짓이 점입가경이라 당래가 어이없는 얼굴로 미륵을 바라보니 머리를 굽히고 서 있던 미륵이 히쭉히쭉 웃으며 슬그머니 머리를 쳐들었다.

"이렇게 돌아갈 줄 알았느냐?"

만석과 귀동이 서로의 얼굴을 바라보았다.

미륵이 야차처럼 웃으며 소매를 차곡차곡 접었다.

"너희들은 우리가 누군지 아느냐?"

"너희들이 누구냐?"

"너희들을 잡으러 온 염라청의 포도군사님이시다."

말이 끝나기 무섭게 두 사람이 벼락처럼 방 안으로 뛰어 들어가서 만석과 귀동을 잡아다가 장사 공깃돌 놀리듯이 이리 치고 저리 치며 여름 장마에 먼지가 일어나도록 두들겨 주었다.

두 놈의 얼굴이 제대로 망가져서 먹으로 바른 듯 눈두덩에 멍이 들고 코가 부러져서 두 줄기 구멍에서 피가 흐르고 입술이 터져서 돼지주둥이처럼 되었다.

미륵은 그래도 화가 풀리지 않아서 두 놈을 들보에 거꾸로 묶어 놓았다. 방 안에는 기생들이 바들바들 떨고 있고, 문설주 옆에는 계집종이 숨어서 힐끔힐끔 훔쳐보았다.

박쥐처럼 거꾸로 매달린 두 놈은 묵사발이 되고도 기가 죽지 않아서 소리쳤다.

"네놈들의 이름이 무어냐? 가만두지 않을 테다."

당래가 몸을 숙여 얼굴을 들이대고 말하였다.

"나? 나는 홍길동이라는 사람이다. 너희들은 지리산 대적인 홍길동 이름도 못 들어 보았느냐?"

미륵이 허리춤에서 비수를 꺼내어 말했다.

"나는 홍길동님의 부하되는 서팔봉이라는 사람이다. 이 자리에서 너희 두 놈의 목을 따 줄까?"

두 놈의 얼굴이 설익은 살구처럼 시퍼렇게 변하여 살려 달라고 손이 발이 되도록 빌었다.

"이놈들 봐라. 죽는 것은 무섭나 보네."

미륵이 두 놈의 복장을 차니 들보에 매달린 두 놈이 그네 타듯 흔들거리면서 죽는소리를 하였다.

"아이구, 그저 목숨만 살려 주십시오. 죽을죄를 지었습니다."

당래와 미륵이 마주 보며 껄껄 웃다가,

"오늘은 기분이 좋아서 너희들을 가볍게 손봐주고 말지만 천지가 개벽하고 다시 만날 때에는 용서하지 않을 테다. 다음에 우리 눈에 띄면 목이 달아날 줄 알아라."

하고 한바탕 호통을 치곤 금향의 집을 나왔다.

만석과 귀동이 늘씬 얻어맞고 금향의 집을 나와서 포도청에 이 사실을 고변하였다.

두 사람이 그동안 장녹수의 세를 믿고 갖은 방자한 짓을 하여서 미운털이 박힌 터라 포도군관은 어떤 의기 있는 지사가 죽은 도적의 이름을 사칭하여 두 사람을 혼내 준 것이라 생각하였다. 하지만 그렇게 속으로는 시원하게 생각하면서도 장 숙용의 세가 무서워 포도군사를 풀어서 용의자를 찾아다녔는데 기실 찾는 시늉만 한 까닭에 범인을 찾을 수는 없었다.

만석과 귀동은 하늘 높은 줄 모르고 까불다가 큰코다치고도 분을 이기지 못하여 궁궐을 드나드는 계집종을 시켜 무고한 사정을 이야기해 달라고 청을 놓았다.


# 셋


이즈음에 장녹수는 품계가 올라가서 종 3품 숙용에 봉해져서 갖은 호사를 누리고 있었으니, 임금을 치마폭에 싸서 세상 무서운 것이 없었다.

장녹수가 심부름하는 계집아이로부터 만석과 귀동이 홍길동에게 봉욕을 당한 이야기를 들었다. 녹수가 가만히 방 안에 앉아 생각해 보니 허웅을 죽인 일로 참소하여 경신년에 이미 죽은 홍길동이 다시 살아날 리가 만무하였다.

만석과 귀동이 진짜 홍길동에게 봉욕을 당했다면 경신년에 죽은 홍길동이 가짜이거나, 홍길동의 이름을 사칭한 자들의 소행인지도 몰랐다.

어찌 되었건 집안의 종이 화를 입은 탓에 녹수가 사건의 진위를 알아보려는 마음을 품었다.

그날 밤, 연산주가 녹수의 침소를 찾았다. 방 안으로 들어오자마자 장녹수의 치마폭에 누워서 멀뚱멀뚱 그녀의 얼굴을 쳐다보던 연산주가 길게 한숨을 내쉬었다.

"갑자기 웬 한숨이십니까?"

"거제로 귀양 보낸 이장곤(李長坤)의 종적이 묘연하지 뭔가. 그자가 문무겸전한 자로 용맹이 뛰어나니 반드시 뒤탈이 있을 것 같아서 걱정이구나."

"그것 참 묘한 일이네요."

"묘한 일이라니?"

"며칠 전에 오라버니댁의 종들이 홍길동이라는 도적놈에게 봉변을 당했다고 하던데 이장곤이 도망을 갔다니 하는 말이지요?"

"홍길동? 홍길동이라면 경신년에 포도대장에게 목이 잘렸던 도적놈 아닌가?"

"네."

"목이 잘린 자가 어떻게 살아날 수 있단 말인가?"

"포도대장이 거짓말을 했거나 가짜 홍길동이겠지요. 어쨌거나 도성 안에서 버젓이 홍길동이라고 사칭하며 선량한 사람들을 겁박하는 도적이 횡행하고 있으니 걱정입니다. 막말로 홍길동이란 자가 이장곤을 빼돌려 딴 마음을 품기라도 하면 어쩝니까?"

연산주의 눈썹이 삐쭉 올라갔다. 조신들 사이에 자신에게 불만을 품은 자들이 한둘이 아니라는 것을 연산주는 누구보다 잘 알고 있었다. 이장곤은 문무겸전하여 바른말을 일삼기로 귀양을 보내었다가 도망을 가 버렸으니 후일에 큰일을 벌일 것이 분명하였다. 더구나 큰 도적이 이장곤의 뒤를 받쳐 준다면 머잖아 큰 화란이 일어날 것이 틀림없었다.

이는 가만히 넋 놓고 앉아 있을 상황이 아니었다.

"망할."

연산주가 벌떡 일어나더니 방문을 박차고 나갔다.

연산주는 그길로 정전으로 달려가서 승지를 불러들였다. 입직하고
있던 도승지 윤장이 총총걸음으로 달려와서 계하에 부복하였다.

"이장곤이는 어떻게 되었느냐? 잡았다는 소식이 있느냐?"

윤장이 바들바들 떨면서 고개를 조아렸다.

"아직 소식이 없사옵니다. 그자가 북도로 도망한 형적이 있는 것 같
아서 포교와 장교를 풀어 놓았으니 곧 소식이 들어올 것이옵니다."

"북도? 지리산으로 간 것은 아니고?"

"거제에서 지리산으로 가는 길은 그자가 배소를 도망친 후에 경상감
사가 재빨리 조처하였사오니 …."

"이장곤이 도적놈들과 공모하여 배소를 도망쳐서 지리산에 숨어들
었다면 어찌할 테냐? 네가 책임질 테냐?"

"망극하옵니다."

"도대체 제대로 하는 일이 없단 말이야."

"망극하옵니다."

"망극은 집어치우고, 좌우 포도대장을 불러들이라."

윤장은 사시나무처럼 바들바들 떨면서 정전을 나와 즉시 포도청에
입궐하라는 명을 전하였다.

늦은 밤이라 집으로 돌아가 잠을 자던 좌우 포도대장이 입궐하여 정
전에 들었다.

"부르셨습니까?"

"좌우 포도대장은 얼마 전에 홍길동이 장 숙용의 노복을 폭행한 사

실은 아는가?"

"그, 그럴 리가요?"

"내가 없는 소리를 하는 것이었는가?"

좌우 포도대장이 머리를 조아렸다. 이종례와 정유지는 옆눈으로 서로의 얼굴을 바라보았다. 만약 가짜 홍길동을 잡았다는 사실이 발각되면 죽음을 면치 못할 것임을 아는 까닭이다.

이종례가 말했다.

"홍길동은 경신년에 토포되어 죽은 자인데 어찌 다시 살아날 수 있겠습니까? 이는 홍길동을 사칭한 도적의 소행으로 생각되옵니다."

"어찌되었건 적당이 한양을 제멋대로 드나들어 마음대로 행동하고 있는데 도대체 포도대장의 소임이 무엇이냐?"

정유지가 말했다.

"망극하옵니다. 실은 장 숙용의 두 종들이 숙용 마마의 세를 믿어 방자하게 굴기로 지사들이 혼을 내주었다 추측하였습니다."

"그럼 조사해 보지도 않았다는 것이냐?"

"용의자를 찾아보기는 하였사오나 밤중이라 얼굴을 기억하는 자가 없기로 일이 호지부지하게 되었사옵니다. 죽을죄를 지었사옵니다."

"죽을죄를 지은 것은 아느냐?"

"망극하옵니다."

정유지와 이종례가 대전 바닥에 이마를 쿵쿵 찧었다.

다음 날 아침 조회 때에 연산주가 이장곤이 도망친 일과 도성에 홍길동을 사칭하는 적당이 나타난 일을 이야기하였다.

육조당상이 눈치를 살피고 입을 열지 못할 때에 이조판서 유순정이 한 걸음 걸어 나와 부복하여 말하였다.

"신이 소문을 듣기로 경신년 홍길동이 죽은 후에 홍길동을 사칭한 자가 다시 나타났는데 이전보다 세가 더 커져서 조선 팔도를 누빈다고 합니다. 그 괴수가 경신년 홍길동처럼 활빈도라 칭하여 조선 팔도를 제집처럼 나다니며 도적질을 일삼는데 그 소행이 담대하다고 들었습니다. 근래에 일어난 일은 아마도 그자의 소행이 틀림없어 보입니다."

"뭐? 그게 사실인가?"

"소신이 직접 들은 이야기입니다. 신이 보기에 이장곤을 탈옥시킨 일도 그자와 관련이 있을 것이 틀림없습니다."

유순정은 일이 계획한 대로 된 것을 보고 공론을 만들기로 작정하였다.

연산주가 화를 버럭 내며 말했다.

"당장 포도대장에게 홍길동을 잡아들이도록 이르라. 이번에는 살아 있는 홍길동을 잡아올 것이로되 만일 산 채로 잡아오지 못하면 그 죄를 물을 것이다."

엄한 날벼락이 좌우 포도대장에게 떨어져서 포도대장이 도성을 비우고 전라도로 내려가 홍길동을 잡게 되었다.

좌우 포도대장이 포도군사 100여 명과 함께 한양을 출발하여 전라 역로를 따라서 나흘 만에 전주 감영에 도착하였다. 전라도 관찰사 김영정이 이들을 맞이하여 소 잡고 돼지 잡아 호궤를 베풀고 홍길동을 잡을 계책을 논의하였다. 그러나 험지를 이점으로 수가 많은 도적을 잡기엔 아무리 해도 무리가 틀림없어서 세 사람이 하염없이 술만 마시었다.

바로 그때, 전임 포도대장 이양생의 집에서 하인 하나가 서찰을 보내왔다. 전라감사 김영정이 서찰을 읽곤 무릎을 치며 좌우 포도대장에게 서찰을 보여주었다. 좌우 포도대장이 감탄하며 이양생의 계교를 칭찬하였으니 그 계교란 것이 대략 이러한 것이었다.

홍길동이 전라도 출신일 것이니 각지의 관아에 연락하여 민적부를 살펴서 홍길동이란 자의 출신을 알아내는 것이었다. 그 부모형제가 있다면 그들을 잡아들여서라도 길동이를 바깥으로 끌어내면 된다는 것이었다.

전라감사 김영정이 즉시 각 현에 사람을 보내어 홍길동이란 이름을 수소문하게 하였다.

## 넷

장성 아차실 홍 대감댁에 한바탕 난리가 일어났다. 장성현감이 전라감사의 영을 받고 이방을 시켜 알아보니 홍 대감에게 서출로 난 아들 홍길동이 있는데 십수 년 전에 집을 나가 종적이 묘연하다는 것이다.

장성현감이 전라감사에게 즉시 이 사실을 알렸고, 소식을 들은 토포사가 사람을 보내어 홍길동의 가족 친지를 전라감영으로 압송케 한 것이다.

홍 대감은 조정에서 벼슬한 중신이고 나이가 많아서 끌려오지 않고, 홍귀동과 홍인형이 홍 대감 대신으로 전라감영으로 끌려와서 토포사 앞에서 문초를 받았다.

"네 이복동생이 홍길동이 맞느냐?"

"네."

홍귀동과 홍인형이 동헌 마당에 꿇어 엎드려 토포사의 질문에 대답하였다.

"홍길동이 지리산 대적의 괴수로 활빈당의 우두머리라는 사실을 아느냐?"

"소문은 들어 알고 있습니다."

홍귀동이 담담하게 대답을 하니 옆에 있던 홍인형이 끼어들었다.

"영감. 이미 들어 아시겠지만 그자가 집을 떠난 것이 10여 년이 넘어 소식이 이미 끊어졌고, 또 저희가 이미 그자를 식구로 여기지 않은 지 오래여서 애초에 우리와는 관계가 없는 인물입니다."

"이놈 닥쳐라. 네놈이 그리 발명을 하여도 홍길동이 너희들과 피를 나눈 사이이고, 혈육 간에 정이란 것이 있음에도 어찌 그런 말을 입에 담는단 말이냐?"

정유지가 역정을 내며 소리치자 홍인형이 찔끔하여 토포사의 눈치를 살폈다.

홍귀동이 정유지에게 말했다.

"길동이가 경신년에 죽었다는 소문을 듣고 마음을 놓았는데 이런 일이 일어나다니 참으로 운명이란 할 수 없는 일이오."

"운명이란 할 수 없는 일이라니, 그게 무슨 말이냐?"

"옛날 사주쟁이 최연이 장성에 놀러 왔을 때 홍길동의 사주를 우연하게 보았는데 장차 역적 짓을 할 것이라는 이야기를 들었소. 내가 후일이 걱정이 되어서 자객을 시켜 그놈을 죽이려 하였는데 일이 잘못되어 길동이 되레 자객을 죽이고 그 길로 집을 나간 후에 소식이 끊어진 지 오래요. 그놈이 자기를 죽이려 했던 우리 부자를 미워하여 설령 우리가 국문을 당하는 고초를 겪더라도 오히려 고소하게 여길 것이니 우리를 인질로 삼으려는 계책이 소용없게 되었다는 말이오."

정유지가 곰곰이 생각하다가,

"네 말이 공감은 간다만 팔도의 도적들이 우두머리로 삼을 만한 인물이라면 반드시 그럴 만한 이유가 있을 것이다. 그자가 너희들처럼 그러한 이유로 피로 나눈 형제를 미워하고 죽이려는 파렴치한이라면 또한 내가 병력을 동원하여 능히 그놈을 잡을 수 있을 것이나, 만에 하나 너희들이 위기에 처한 모습을 보고 기꺼이 사로잡힐 수 있는 위인이라면 내가 감당할 수 없는 자가 틀림없을 것이다. 내가 너희들을 이용하여 그자가 천하를 다툴 만한 영웅호걸인지 파렴치한 도적의 괴수인지 시험해 보리라."

하곤 두 사람을 옥에 가두었다.

전라감사가 포도대장의 뜻을 좇아 홍길동이 자수하지 않으면 두 사람을 처단하겠노라고 전라도 각 고을에 방을 붙여 놓았다.

조정에서 토포사가 내려와서 길동의 형과 조카를 가두어 놓고 자수하지 않으면 처벌하겠다는 방문이 지리산 구름장골에 있는 길동이에게 보고되었다.

도회청에서 강금산과 서팔봉이 똥마려운 강아지처럼 방 안을 왔다 갔다 하다가 길동의 맞은편 의자에 털썩 주저앉았다.

"대장님, 이젠 더 못 참겠습니다. 형제를 볼모로 삼아 대장님을 잡으려 하다니요? 이젠 군사들을 일으켜 거사를 벌이시지요. 팔도의 도적들은 이미 호응할 준비를 마쳤고, 전라도 각 현의 백성들도 우릴 따라 일어설 테니 썩은 나라를 뒤집는 일쯤이야 식은 죽 먹기가 아니겠습니까? 포도대장이 우릴 토벌한다고 데려온 병력이란 것이 산채 졸개들의 10분의 1도 아니 되는데 이게 장난도 아니고 뭡니까? 그냥 병력을 일으켜서 확 쓸어버리시고 아이들도 구해내죠."

길동이 처량한 미소를 지으면서 말하였다.

"언젠가 내가 이런 날이 찾아올 줄 짐작하고 있었다."

"그럼요, 저도 짐작하고 있었습니다."

서팔봉이 누런 이를 드러내고 웃으며 맞장구쳤다.

길동이 미소를 지으며 다시 말하였다.

"내가 전라감영으로 갈 것이다."

서팔봉의 눈이 휘둥그레졌다.

"네? 대, 대장님. 지, 지금 무슨 말씀을 하시는 겁니까? 제가 지금 이상한 말을 들었는데 귀가 살못된 모양입니다. 다시 말씀해 주십시오."

서팔봉이 엄한 귀를 후비며 길동의 얼굴을 빤히 바라보았다.

길동이 이번에는 정색하고 엄숙하게 말하였다.

"내가 전라감영으로 간다고 하였다."

멍하니 바라보던 서팔봉이 털썩 바닥에 무릎을 꿇었다.

"아니 될 말씀입니다. 다 된 밥에 재 빠트리는 것도 유분수지, 그게 무슨 말씀이십니까? 대장님, 그러지 마십시오. 대장님이 아니 계시면 우린 어쩌라고요. 그런 말씀일랑 거둬 주십시오."

"내가 이미 결심하였으니 다른 소리를 마라."

서팔봉이 길동의 다리를 부여잡으며 울부짖었다.

"아니 됩니다, 그럴 수는 없습니다. 대장님이 이렇게 허무하게 잡혀 가신다면 저희들은 누구를 의지한단 말입니까? 제발 그 말씀을 거두어 주십시오. 마음을 굳세게 잡수시고 다시 생각해 주십시오."

"내가 생각한 바가 있으니 너희는 눈물을 거두고 내가 시키는 대로만 하여라."

길동은 단호하게 말하고 도회청을 나가 버렸다.

길동은 심란한 마음으로 구름장골을 구석구석 돌아보다가 집으로

416

돌아왔다. 벌써 소식을 전해 들은 은옥이 마당에서 기다리고 있다가 집 안으로 들어오는 길동에게 달려왔다.

은옥이 눈물을 흘리며 말하였다.

"서방님, 그게 무슨 말씀이세요? 감영으로 자수하러 가신다니요? 아이들을 살리려 이대로 감영으로 간다면 다시 살아오지 못할 것입니다. 이제 서방님이 사지로 가신다면 전 누굴 믿고 의지하란 말입니까? 우리 아이들은 누굴 의지하며 삽니까?"

길동이 은옥의 뒤편에 서 있는 경동을 잠시 바라보다가 미소 지으며 말했다.

"너무 걱정하지 마시오. 세상을 바꾸기 위해서는 내가 잡혀가야만 하오."

"그게 무슨 말이세요? 당신이 잡혀가시면 폭군의 세상이 될 것인데 세상이 바뀐다니요? 나는 그 말을 못 믿겠어요."

"온전하게 돌아올 것이니 믿어 보시오. 나를 믿어 보시오."

"금부감옥에 들어가면 십중팔구는 송장이 되어 나온답디다. 제발 다시 생각해 주세요."

은옥은 속이 상하여 얼굴을 부여잡고 흐느껴 울었다. 그때였다. 마당 안으로 서팔봉이 부하들을 새까맣게 이끌고 들어와서 무릎을 꿇고 앉았다.

"대장님, 제발 감영으로 가신다는 결심을 거두어 주십시오."

서팔봉이 먼저 말하자 도적들이 따라서 울고불고 애원하는데 이때에 졸개들의 부녀와 자식들까지 몰려들어서 일시에 구름장골이 울음바다가 되었다.

"울음을 그치어라."

흐느끼는 울음소리가 잦아졌을 때 길동이 말하였다.

"너희는 네 부모 형제가, 네 아이들이 사로잡혀서 죽을 날을 기다린 다면 네 일신의 영달을 위하여 가족을 배신하겠느냐?"

서팔봉이 소리쳐 대답하였다.

"배신할 수 있습니다. 열 번도 백 번도 배신할 수 있습니다."

길동이 버럭 호통을 쳤다.

"이놈! 너 같은 놈은 내 부하 될 자격이 없다. 썩 물러가거라."

서팔봉은 아랑곳하지 않고 무릎걸음으로 기어와 길동의 다리를 부 둥켜안고 울부짖었다.

"대장님, 제가 대신 갈 터이니 그 말씀만은 거두어 주십시오. 이 서 팔봉이 대신하여 갈 터이니 대장님은 그냥 계십시오."

졸개들이 한목소리로 제가 대신하여 가겠다고 말하는데 길동은 길 게 한숨을 쉬며 고개를 들어 산중에 희미하게 매달린 그믐달을 바라보 며 아무 말이 없었다.

다음 날 아침에 길동이 혈혈단신으로 전라감영을 찾아갔다.

"내가 너희들이 찾던 홍길동이다. 나를 토포사에게 데려다오."

사령과 군속들이 길동을 겹겹이 포위하고 저항하지 않는 길동을 단 단히 포박하여 감영 안으로 끌고 들어왔다.

전라감사 김영정이 무릎을 꿇고 앉은 길동을 물끄러미 내려다보다 가 토포사에게 말했다.

"저렇게 젊은 자가 팔도 도적의 수괴라니 믿을 수가 없습니다."

이종례가 고개를 끄덕였다.

전라감사 김영정이 뺨을 꼬집어보곤,

"꿈이 아닙니다. 그렇지만 저자가 진짜 홍길동인지 알 수 없으니 귀동과 인형이를 불러 확인해 봐야겠소."

하곤 아전을 시켜 두 사람을 데려오게 하였다.

이종례가 씁쓸한 미소를 흘리었다. 활빈당의 괴수를 이렇게 간단하게 잡게 될 줄은 그 자신도 상상하지 못했다. 더구나 자신을 미워하여 죽이려 했던 이복형제를 위하여 죽음을 각오하고 찾아온 길동을 보니 존경하는 마음이 가슴 가득 끓어올랐다.

'과연 팔도의 도적들이 두목으로 삼을 만한 위인이구나. 이런 영웅호걸을 잡아야 하다니 참으로 부끄러운 일이다.'

이종례가 길동이를 잡으려 한 자신을 되레 자책하였다. 그때, 형리가 귀동이와 인형을 끌고 와서 길동의 옆에 무릎을 꿇렸다.

"저자가 홍길동이 맞는지 확인해 보거라."

감사의 물음에 귀동과 인형이 홍길동을 자세히 바라보았다.

길동이 귀동에게 머리를 숙여 가볍게 읍을 하곤,

"형님. 오랜만에 뵙습니다. 못난 아우 때문에 곡경을 치르셨으니 죄송할 따름입니다."

다시 인형에게 고개를 돌려,

"네가 몰라보게 많이 자랐구나. 삼촌이 되어서 널 고생시켰으니 내가 네 얼굴 보기 부끄럽구나."

하곤 처량하게 웃었다.

귀동이 길동이를 물끄러미 바라보다가 씁쓸하게 한숨을 내쉬고는,

"길동이가 맞소."

하고 말이 없는데 인형이는,

"네가 어째서 내 삼촌이냐? 천출 주제에 뉘더러 하대야?"

하고 삿대질을 하다가 감사에게 고개를 돌렸다.

"저, 저놈이 틀림없습니다. 저 죽일 놈이 대적 홍길동이가 맞습니다."

이종례가 인형의 모습을 보고는 화가 치밀어서 버럭 소리를 질렀다.

"닥치지 못하겠느냐? 길동이 너희들을 구하러 스스로 사지로 들어왔건만 네가 은혜도 모르는 짐승 같은 놈이로구나. 저 짐승 같은 놈을 형틀에 매어 매우 쳐라."

"예이."

나장이 홍인형의 상투를 잡아 형틀에 묶어 놓곤 바지를 벗겨 엉덩이를 드러나게 한 후에 누 손에 침을 뱉어 쓱쓱 문지르다가 노 젓는 삿대 같은 곤장을 들어 몇 걸음 물러나 거리를 재더니 껑충 뛰어들어 엉덩이를 때리니 벼락이 치는 소리가 났다.

홍인형이 머리를 번쩍 들고 죽는 소리를 지르다가 눈이 뒤집히며 그 자리에서 기절해 버렸다.

나장이 곤장을 어깨에 걸치고 토포사께 아뢰었다.

"이자가 겨우 곤장 한 대에 기절하였습니다. 어쩔깝쇼?"

"물을 퍼부어라. 그놈은 인두겁을 쓰고 짐승 같은 생각을 하는 자이니 이참에 정신이 번쩍 들게 하리라."

"예이."

나장이 바가지에 물을 뜨러 간 사이에 길동이 토포사에게 말했다.

"이보오. 내 낯을 봐서 한 번만 용서해 주시오. 잘못은 나에게 있으니 내 조카를 용서해 주시오."

이종례가 홍인형을 단단히 혼을 내 주려다가 길동의 말을 순순히 받아들여서 귀동과 인형을 방면해 주었다.

"고, 고맙구나. 길동아."

"형님. 이렇게 보는 것이 이승에서의 마지막이군요. 부디 평안하십시오."

길동이 쓸쓸히 미소를 짓는데 귀동은 다만 부끄러운 낯빛으로 길동을 물끄러미 바라볼 따름이었다.

다음 날, 길동은 감영을 나왔다. 목에 칼을 쓰고 팔다리에 무쇠로 된 족쇄를 찬 길동이 머리를 풀어 헤치고 소가 끄는 함거(艦車)에 실려서 한양으로 압송되었는데 팔도 도적들의 수괴라 그 행차가 요란하였다. 함거의 앞에 절따마 탄 포도대장 두 사람이 위풍당당하게 앞서 가고 정병 100명이 함거를 둘러싼 채 뒤따라가는데, 전라감사는 혹시나 적당들이 기습하여 길동을 데려갈까 염려하여 사령과 군속 50여 명을 붙여 주어 다시 그 뒤를 이었다.

백성들 가운데 길동에게 은혜 입은 자가 많아서 함거가 고을을 지나갈 때면 사람들이 나와 있다가 땅을 치며 통곡하였는데 그 수가 적지 않아서 임금의 국상을 당한 것 같았다. 이날이 병인년 8월 30일이었다.

# 반정 反正

## 하나

병인년 8월 30일 저녁에 박원종이 거사에 동참할 사람들을 은밀하게 집으로 불러들였다. 큰사랑 한 칸에 이조판서 유순정, 성희안, 박영문, 신윤무, 홍경주, 최한홍(崔漢洪), 심형, 장정, 변수가 앉았고, 두 번째 칸에 최판돌과 당래, 미륵, 신윤무가 데려온 이심(李甚)이란 장사가 눈을 부라리며 앉았다.

박원종이 방 안에 둘러앉은 사람들을 휘 둘러보다가 미소를 지으며 말했다.

"최판돌의 계책이 적중해서 궁궐을 수직하는 어영청과 금위영 군졸들의 숫자가 눈에 띄게 줄어들었소. 병사들이 돌아오기 전에 거사일을 잡지 않으면 공은 날아가는 것이오."

이조판서 유순정이 말했다.

"내일 모레가 어떻겠소? 내일 모레 임금이 장단(長湍)에서 논다고 호종하는 하인 하나만 데리고 오라 합디다. 내 짐작에는 임금이 장단으로 놀러 가면 궁궐이 빌 것이니 그때 군사들을 동원하여 진성대군을 추대하고 성문을 막아 버리면 간단하게 끝날 것이 아니겠습니까?"

성희안이 말했다.

"그것 좋은 생각이오."

공론이 쉽게 모아져서 9월 2일을 거사일로 잡아 임금이 성을 나간 후에 군사를 일으켜 반정을 도모하자고 하였다.

이날 모임을 마친 후, 성희안이 최판돌과 당래, 미륵을 데리고 우의정 김수동의 집을 찾았다. 마침, 이날 김수동은 판중추부사 겸 경상도 관찰사로 승진하여 부임하기 전에 김수동의 집을 찾아온 김감과 함께 있다가 성희안을 맞이하였다.

"이렇게 늦은 밤에 어쩐 일이오?"

성희안이 김수동과 김감이 함께 있는 것을 보곤 웃으며 말했다.

"마침 두 분이 함께 계셨군요. 잘 되었습니다. 제가 긴히 드릴 말씀이 있어서 찾아왔습니다."

성희안이 술상의 옆에 놓인 지필을 보곤 자리에 앉기 무섭게 붓을 들어 종이 위에 시 한 수를 써 보였다.


小任崇載大任洪　　작은 소인(小人) 숭재, 큰 소인 사홍이여!
千古姦兇是最雄　　천고에 으뜸가는 간흉이구나!
天道好還應有報　　천도(天道)는 돌고 돌아 보복이 있으리니,
從知汝骨亦飄風　　알리라, 네 뼈 또한 바람에 날려질 것을.

김수동이 물었다.

"이것이 무엇인가?"

"근래에 저자에 돌고 있는 시올시다."

"이 시를 보여주는 이유가 무엇인가?"

"제가 말하지 않아도 짐작하실 것입니다."

성희안이 김수동과 김감의 얼굴을 차례로 바라보니, 김감은 놀란 눈으로 성희안을 쳐다보는데 김수동은 묵묵히 눈을 감고 있다가 번쩍 눈을 떠 말했다.

"불량한 자들을 데려왔다 하더니 나를 죽이러 왔는가? 그렇다면 그대는 여기서 내 머리를 베어 가라."

김수동이 머리를 책상 위에 얹었다.

성희안이 방바닥에 엎드려 말하였다.

"대감. 오해십니다. 종묘와 사직이 위태로워 부득이 거사할 것이라 대감의 의향을 물어보러 찾아온 것입니다."

김수동이 고개를 들어 말했다.

"누굴 추대하기로 하였나?"

"진성대군을 추대하려 합니다."

"잘 알겠네."

김수동이 천천히 고개를 끄덕였다.

"그럼 동참하시는 것으로 알겠습니다."

성희안이 옆에 앉은 김감을 바라보며 그의 의향을 물었다.

"나 역시 동참할 것이니 걱정 마십시오."

"그럼 그렇게 알고 저는 물러가겠습니다."

성희안이 미소를 지으며 엎드려 읍하고 물러나왔다. 최판돌이 집

밖에서 기다리고 있다가 성희안을 따라가며 물었다.

"영의정댁은 아니 가십니까?"

"영의정 유순은 이빨 빠진 호랑이니 물어볼 것도 없다."

성희안이 집으로 돌아와 그날 밤을 뜬눈으로 새다시피 하였는데 하루가 1년같이 느껴졌다. 그런데 다음 날 정오 무렵에 최판돌이 허겁지겁 성희안의 집으로 찾아왔다.

"대감. 큰일 났습니다. 지금 홍길동이 사로잡혀서 도성으로 올라오고 있다 합니다. 임금이 홍길동을 친히 국문하기 위해 내일 장단에서 노는 것을 취소하였다 합니다."

"그거 잘되었군."

"잘된 것이 아닙니다. 국문에서 그자가 우리들과 함께 거사를 벌이기로 하였다는 것을 토설하기라도 한다면 우리의 목숨도 무사할 수 없습니다."

"뭐야?"

"홍길동이 오랫동안 버틸 줄 알았더니 제 짐작이 틀렸습니다. 그뿐이 아닙니다. 제 부하놈의 말에 따르면 귀양 가 있던 신하들 가운데 전라도에서 유빈(柳濱)이 격문을 돌렸으며, 경상도에서 조숙기(曹淑沂)가 병사와 수사·수령들을 규합하여 군마를 거느리고 올라온다 합니다. 홍길동을 잡으려 무고한 어린아이들을 희생하려 한 것이 도화선이 되어 민심이 폭발한 것입니다."

성희안이 사색이 되어 말했다.

"설상가상이라더니, 이젠 어떡하면 좋겠느냐?"

"저희가 외통수를 맞았습니다. 방법은 단 하나, 오늘이라도 거사를 일으키는 수밖에는 없습니다. 우리가 살기 위해서는 그 방법밖에는 없습니다."

성희안이 최판돌의 말을 듣고 그 길로 허둥지둥 묵사동 박원종의 집으로 찾아갔다. 박원종이 뜨락을 오락가락하다가 성희안을 맞았다.

"무슨 일로 나를 찾았소?"

"대감. 큰일 났습니다. 홍길동이 잡혀서 과천까지 올라왔다 합니다. 하여 임금이 내일 장단에서 노는 것을 취소하였다 합니다."

"뭐?"

성희안이 전라도에서 유빈과 이과(李顆)·김준손(金駿孫)이 격문을 띄웠으며, 경상도에서 조숙기 등이 거병한 일을 이야기하니 박원종도 놀라 두 눈을 크게 떴다.

"이게 무슨 마른하늘에 날벼락 같은 일이오. 홍길동을 잡으려다가 우리가 잡히게 되었구려."

"그렇습니다. 저희가 홍길동을 잡으려다가 되려 자충수(自充手)를 두었습니다. 대감. 이렇게 된 이상 지금이라도 몸을 일으켜 거병하셔야 합니다. 최판돌이 수하들을 시켜서 동참한 장사들에게 연통을 보내 훈련원으로 모이게 하였습니다. 대감께서는 지금 즉시 부하들을 이끌고 훈련원으로 가셔야 합니다."

"알겠소."

박원종이 그 길로 사랑으로 들어가 갑옷을 입고 백마를 타고 부하들을 이끌고 집을 나와 훈련원에 도착하니 미리 소식을 전해들은 군사 수백여 명이 박원종을 기다리고 있었다.

미륵과 당래, 최판돌의 부하들은 저고리에 바지 입은 양민차림을 하였는데 서소문 패거리들이 역부들을 데려와서 숫자가 300여 명이 넘었다. 유순정이 뒤늦게 소식을 받고 관복을 입은 채로 헐레벌떡 훈련원에 들어왔다.

"제가 늦었습니다."

"잘 오셨소. 기다리고 있던 참이오."

박원종이 짧게 대답하곤 성희안에게 말했다.

"이제 어떻게 하면 되겠소?"

"먼저 임금이 궁궐을 빠져나가지 못하게 포위하셔야 합니다."

박원종이 고개를 끄덕이다가 수하 제장들에게 말했다.

"변수와 최한홍은 부하를 이끌고 나가 임금이 도망가지 못하게 내성 동쪽을 지키고, 심형과 장정은 내성 서쪽을 지켜 쥐새끼 한 마리 도망가지 못하도록 하라."

"예."

네 명의 무관들이 읍을 하곤 부하들을 데리고 사라지니 일시에 병사들로 가득하던 훈련원 뜰이 한산하게 되었다.

"이거 큰일이군. 급하게 끌어 모았더니 병사들의 숫자가 턱없이 부족하오."

박원종이 혀를 차는데 훈련원으로 군관 하나와 한때의 군사들이 들어왔다. 군사들 가운데 갑옷 입은 자가 달려와서 박원종의 말 앞에 무릎을 꿇었다.

"저도 대감을 따를 것이오니 제 죄를 한 번만 용서해 주십시오."

한성판윤 구수영(具壽永)이었다. 구수영은 족질 가운데 구현손이란 자가 거사계획을 알고 득달같이 달려와 고하였는데, 이 기회를 놓치면 목숨을 보전하기 어렵다 생각하여 스스로 병사들을 데리고 훈련원에 찾아온 것이다.

박원종이 구수영을 쏘아보며 차갑게 물었다.

"그대의 죄를 아는가?"

구수영이 길게 한숨을 쉬며 말했다.

"일찍이 궁궐에 드나들면서 말 한마디 못하고 명대로 거행한 일이야 나 혼자 범한 죄라 할 수 있겠소? 죽지 못해 목숨을 연명하려고 임금의 뜻을 거스르지 않았던 것이니 용서하시든가 베시든가 이 자리에서 결정해 주시오."

박원종이 물끄러미 구수영을 바라보다가 옆에 있는 성희안의 귓가에 입을 가져가 조용히 물었다.

"구수영은 팔도에서 미녀를 구하여 임금께 음란한 짓을 가르친 자이니 대의를 따지자면 이 자리에서 베어야 하지 않을까?"

성희안이 얼굴을 찡그리며 귓속말을 하였다.

"대감. 거사에 필요한 병력이 턱없이 모자란 이때에 대의를 따져 찾아온 자들을 처단한다면 거사를 성공시킬 수 없을 것입니다. 대감이나 저뿐 아니라 지금 거사를 벌이는 이들 중에 대의를 따져서 온전하게 살아남을 수 있는 자들이 몇이나 되겠습니까? 이들을 살려 두신다면 후일 귀양 간 대신들이 돌아오더라도 뒤탈 없이 정국을 손아귀에 넣을 수 있으니 나중을 생각하여 용서하십시오. 나라를 움직이려면 공론을 움직일 배경이 있어야 하지 않습니까?"

"하긴 그도 그렇군."

충신들은 대부분 사화에 휩쓸려 귀양 가고 죽은 지 오래요, 남아 있는 대신들은 임금의 눈치를 살피며 임금의 뜻에 영합하던 자들이라 오십보백보요, 도토리 키 재기나 한가지였다. 박원종이 음흉한 미소를 지으며 고개를 끄덕이다가 무릎을 꿇고 하명을 기다리는 구수영에게 말했다.

"그대가 늦지 않게 병사들을 이끌고 나를 도우러 찾아왔으니 성심을 다하여 공을 세워 속죄하라."

"대감, 감사합니다."

잇달아 무령군 유자광·운산군 이계(李誡)·운수군 이효성(李孝誠)·덕진군 이예(李濊)도 또한 와서 회합하였다.

유자광은 무오사화를 일으킨 장본인이었으나 구수영과 같은 이유로 박원종이 이들을 모두 용서하고 받아들였다. 그 덕분에 훈련원에 모인 군사들의 숫자가 일시에 수백여 명으로 불어났다. 막사 안으로 박원종이 성희안과 유순정을 불러들여 은밀하게 논의하였다.

"이제 병사들의 숫자도 충분하게 불어났으니 어찌해야 하나?"

성희안이 대답했다.

"이젠 간신과 앞으로 우리들의 앞을 막아설 신하들을 죽여야지요."

"간신? 죽일 간신이 있는가?"

"임사홍이 있지 않습니까?"

임사홍은 성종조(成宗朝)에 죄를 얻어 등용되지 못하다가, 연산조(燕山朝)에 와서 그 아들 임숭재(任崇載)가 부마(駙馬)로 임금의 총애를 얻자, 채홍사를 자청하여 갑자기 높은 품계(品階)에 올랐다. 폐비 윤 씨의 일을 고하여 갑자사화를 일으킨 장본인이었으며, 신수근과 결탁하여 자기를 비난한 자에게 일일이 앙갚음하였고, 이미 죽은 사람까지도 모두 참시하여 온 조정이 그를 승냥이나 호랑이처럼 두려워하였다. 조정에 남은 신하 가운데 간신이 아닌 자들이 없으나 임사홍에는 미칠 바가 아니어서 성희안이 임사홍을 지적했다.

"참, 신수근은 만나 보셨습니까?"

"어제 만나 보았네. 직접 말하지 않고 장기를 두면서 속을 떠 보았네. 졸(卒)을 가지고 궁(宮)에 침입하는 수작을 걸어보다가 매부 편드는 것보다, 사위 편드는 것이 좋지 않은가 하고 속내를 떠보았더니 일언지하에 손을 젓더군. 그 사람이 말이 통하지 않은 사람이야."

"그럼 할 수 없지요. 일이 이렇게 되었으니 두 신 씨는 반드시 죽여야 합니다."

두 신 씨란 신수근과 신수영 형제를 말함이다. 신수근은 왕비 신 씨(愼氏)의 오라비이기 때문에 총애를 얻어 권세가 하늘을 찔렀다. 오랫동안 전조(銓曹)를 맡아 거리낌 없이 빙자하였으며, 뇌물이 폭주(輻湊)하여 문정(門庭)이 저자와 같았고, 조그만 원수도 남기지 않고 꼭 갚았다. 주인을 배반한 노비(奴婢)들이 다투어 와서 그에게 의탁하였으며, 호사(豪奢)를 한없이 부려 백성들의 원성을 샀던 터였다.

신수영은 수근의 아우이니, 또한 외척(外戚)이라는 연줄로 갑자기 요직에 올라, 총애를 믿고 제멋대로 하였다. 어떤 사람이 언문을 섞어 시사(時事)를 비방하는 내용으로 익명의 글을 지어 그의 집에 던졌는데, 신수영이 연산군에게 고발하여, 억울하게 죽은 사람을 이루 헤아릴 수 없었다.

옆에 있던 유순정이 얼굴을 찌푸리며 말했다.

"신 씨 형제가 평판이 좋지 않지만 임금의 외척이며, 또 신수근은 장차 임금이 되실 진성대군의 장인인데 죽이면 뒤탈이 없겠소?"

"수근이 국구(國舅)가 된다면 우리가 제어하기 어려울 것입니다. 그를 살려 놓으면 정국이 우리 손에 들어오지 않고 되려 우리가 화를 입을 수 있으니 신수근은 이번 기회에 반드시 제거해야 합니다."

"신수근을 죽이면 동생인 신수영이 가만있지 않을 텐데?"

"신수영이 개성유수이니 일이 성공하면 그때 죽여도 늦지 않습니다. 어명이 내렸다는데 제가 반항해야 역적밖에 더 되겠습니까?"

박원종이 성희안에게 조용히 물었다.

"신 씨 형제들을 죽이면 정국이 우리 손에 들어온단 말이지?"

"그렇습니다. 진성대군의 나이가 연소하시니 외척인 신 씨들을 제거하면 바야흐로 이 나라가 우리 세 사람의 손아귀에 들어오는 것이지요."

세 사람이 서로의 얼굴을 마주 보고 득의양양하게 웃었다. 박원종이 그 길로 막사를 나가서 시립하고 있는 신윤무에게 말했다.

"신윤무는 군사들을 데리고 가서 신수영, 신수근, 임사홍을 쳐 죽이고 돌아오라."

"예."

신윤무가 부하 장사들을 데리고 가려는데 막사 앞에 서 있던 유자광이 손을 들어 말렸다.

"이 밤에 무턱대고 그자들의 집에 뛰어든다면 도망을 치고 말걸세. 그들도 하인들의 숫자가 적지 않으니 꾀를 쓰라."

"어찌하면 되겠습니까?"

"별감 하나를 시켜 임금이 급히 부른다고 재촉하면 저희들이 어명을 받잡고 집을 나올 것이 아니냐? 너희들이 대궐 앞에 숨어 있다가 도모하면 간단할 것이다."

"허나 부신(符信)도 없이 신 대감이 믿겠습니까?"

"그럴 줄 알고 내가 가져왔지."

유자광이 두꺼운 유지 비옷을 오려서 부신을 만들어 신윤무에게 건네었다.

박원종이 고개를 끄덕이며 껄껄 웃었다.

"과연 유 대감의 지모가 출중하오. 이른 대로 하거라."

"예."

신윤무가 부하 10여 명을 데리고 훈련원을 빠져나갔다. 그들이 어둠 속으로 사라지는 것을 보고 박원종이 성희안에게 물었다.

"이제 어떡해야 하겠소?"

"이제는 궁궐로 가셔야지요."

뒤편에 있던 최판돌이 눈치를 살피다가 성희안에게 다가가 입을 열었다.

"그 전에 해결해야 할 일이 있습니다."

"무슨 일이냐?"

"대감. 홍길동을 어찌 할 생각이십니까? 정란을 도모하기로는 그가 처음으로 계획을 낸 것인데 이제 새 임금님이 들어서고, 그가 한양 도성으로 들어와 국청이 열리게 되면 그런 사실이 낱낱이 밝혀질 것이 아니겠습니까? 대간들이 들고 일어설 것이니 이는 다 된 밥에 모래를 뿌리는 일과 무슨 다름이 있겠습니까?"

"그렇지. 네 말이 맞구나."

"팔도에 홍길동의 추종세력이 많지만, 홍길동이만 제거되면 오합지졸이니, 이번 기회에 홍길동을 없애 버리는 것이 어떻습니까? 그놈이 토포되어 한양으로 올라오고 있다 하니 지금쯤 과천 어귀에 도착해 있을 것입니다. 이참에 어지를 위조하여 중로에서 홍길동을 제거해 버린다면 대감의 공이 완전해지지 않겠습니까?"

"네 말이 옳다."

성희안이 박원종에게 홍길동을 제거할 뜻을 이야기하였다.

"나도 홍길동이 께름칙하던 참이었소. 그놈은 한양에 와서는 아니

되니 중로에서 없애 버립시다."

박원종은 유자광을 불러 다시금 부신을 만들었다. 그리고 당래, 미륵을 보내어 홍길동을 중로에서 제거하도록 명령을 내렸다.

당래와 미륵이 군사들과 사라진 이후에 박원종이 유순정, 성희안과 함께 말을 타고 앞서 가고, 그 뒤로 유자광 등의 신하들이 말을 타고 따르고, 구수영이 군인들을 이끌고 대오를 이루어 훈련원을 나가니 길가에 사람들이 모여 서서 저희들끼리 수군거렸다.

군대 행렬이 마전교를 건너 어의동에서 방향을 바꾸었다. 행렬이 배고개를 넘으니 사람들이 소문을 듣고 군사들의 뒤를 따라 늘어서서 숫자가 어마어마하게 불어났다. 성난 사람들이 밀위청 감옥을 습격하고 옥문을 열어 그 숫자가 일시에 수천에 달하였다.

밤 3경에 박원종은 광화문 앞에 말을 세워 진을 이루었으니 군사들과 사람들이 손에 든 횃불의 숫자를 셀 수 없을 정도여서 궁궐 앞이 대낮처럼 환하고 임금을 욕하는 소리가 천둥소리 같았다.

성난 군중들이 전동(田同)·김효손(金孝孫)·강응(姜凝)·심금(沈今)·손사랑(孫思郞)·손금순(孫金順)·석장동(石張同) 및 김숙화(金淑華)의 가인(家人)들을 잡아 와서 군문 앞에서 참수하였으니 모두 나인(內人)의 족친들로서 세력을 믿고 방자하게 굴던 자들이었다.

반정이 일어났다고 도성이 떠들썩해지자 문무백관(文武百官)과 군민(軍民) 등이 소문을 듣고 분주히 나와 거리와 길을 메웠으며, 영의정 유순·우의정 김수동·찬성 신준과 정미수·예조판서 송일·병조판서 이손·호조판서 이계남·판중추 박건·좌승지 한순도 부름을 받고 와서 동참하였다.

이때, 영의정 유순은 도승지 강혼을 데리고 왔는데 성희안이 눈을 흘기며 빈정거렸다.

"묵은 정승이 강총(江摠)을 데려오셨구먼."

강총이란 진(陳)나라 사람으로 정무(政務)는 보지 않고 날마다 후주(後主)와 후원(後苑)에서 유연(遊宴)하며 색정시(色情詩)를 지어 총애받은 자였다. 강혼은 글짓기를 잘하여 연산주가 여색에 빠지면서는 모든 음탕한 글은 반드시 강혼에게 짓게 하였다. 강혼이 심력을 다해 글을 써서 왕의 비위를 맞춘 까닭에 사람들이 강총에 비유한 것이다.

박원종이 성희안의 의중을 짐작하고는 눈을 부라리며 말했다.

"강혼. 저자는 반드시 베어야 하겠소."

강혼은 사색이 되어 어찌할 바를 모르고 몸을 구부리니 앞에 있던 유순이 말했다.

"왕의 비위를 맞추어 글을 지은 사람이 어찌 강혼 한 사람뿐이겠소? 그리 말하자면 나도 우옹(愚翁-성희안의 자)도 또 조정대신들 가운데 한 사람도 죄 없는 사람이 없을 것이오. 내가 강혼을 데려온 것은 서기(書記)할 사람이 없기 때문이오. 지금은 급한 대로 강혼에게 서기를 맡겼다가 뒤에 죄의 경중을 따져서 죽여도 늦지 않을 것이오."

성희안이 대꾸를 못하고 몸을 슬그머니 돌리니 박원종이 이맛살을 찌푸렸지만 더 말을 하지 못하였다. 곁에 있던 우의정 김수동이 박원종에게 다가가 말했다.

"그보다 박공은 군대를 시켜 진성대군의 집을 호위케 하였소?"

박원종이 무릎을 치며 말했다.

"경황이 없어서 깜빡하였습니다."

김수동이 혀를 차며 말했다.

"어허, 모든 일에는 순서가 있는 법인데 이럴 수는 없지요. 강혼을 처리하는 문제는 다음으로 미루고 시급히 군사를 보내 진성대군을 호위하여 모셔 와야 할 것이며, 또 경복궁으로 사람을 보내어 대비께 전후사정을 말씀드려야 할 것이오."

"그리 하겠습니다."

박원종이 강혼은 서기를 맡기고 뒤늦게 구수영과 운산군·덕진군을 진성대군 집에 보내고, 윤형로(尹衡老)를 경복궁에 보내어 대비(大妃)께도 거사한 사유를 아뢰게 하였다.


# 둘


이때, 연산주는 궁중에서 이 소리를 듣고 놀라서 입직승지를 불러들였다. 입직승지 이우가 부랴부랴 달려가니 연산주가 차비문(差備門) 앞에서 똥마려운 강아지처럼 서성거리고 있었다.

"전하. 부르셨습니까?"

연산주가 당황한 얼굴로 말했다.

"지금 광화문 밖에 무리가 모여 나를 욕하고 있으니 이는 필시 홍청의 남편 되었던 자들이 도적이 되어 찾아온 것이 틀림없다. 급히 정승과 금부당상을 불러 도적들을 처치하도록 하라."

이우가 명을 받고 광화문 성루 위로 가서 형세를 살펴보니 판중추부사 박원종과 이조판서 유순정이 무리를 이끌고 있었다. 입직하던 도총관 민효증과 병조참판 유근선이 궁 밖으로 빠져나갔다는 말을 듣고 이우가 일의 앞뒤를 헤아려 짐작하곤 수챗구멍으로 빠져나가 박원종에게 귀순해 버렸다.

연산주는 이우가 궁 밖을 빠져나가 도적들에게 귀순했다는 보고를 듣고 도승지 윤장과 조계형의 소매를 잡으며 울먹였다.

"모두가 나를 배신하는구나. 내가 너희들은 예뻐하였으니 나를 배신하지 말라."

"걱정 마십시오. 저희들이 궁 안에 수직하는 군사들을 모아 반적들을 소탕하겠습니다."

윤장과 조계형이 물러나와 서로를 바라보니 나오는 것이 한숨이었다. 윤장이 결연한 얼굴로 밀했다.

"우리가 사는 길은 귀순하는 것밖엔 없소."

"우리가 살아날 길이 있겠소?"

"명은 하늘에 달린 것이니 어쩌겠소. 모든 일은 시기가 있는 것이니 때를 놓치면 살아날 방도가 없소."

"우리만 나간다면 불안하니 몇을 더 데리고 나갑시다."

두 사람이 이희옹(李希雍)과 김흠조(金欽祖)를 데리고 수챗구멍으로 빠져나가 박원종에게 귀순하였다.

박원종은 귀순하는 자들은 모두 용서하였는데 그 소문을 들은 내시들과 궁녀, 각 관의 하급관리들까지 모두 나와서 박원종의 편으로 돌아서서 삽시간에 궁궐 안이 텅 비게 되었다.

연산주가 텅 빈 궁궐을 이리저리 배회하다가 왕비 신 씨의 침전으로 뛰어 들어갔다. 왕비 신 씨는 세자와 어린 대군을 안고 있다가 연산주의 얼굴을 물끄러미 바라보았다.

"이, 이제 어쩌면 좋지? 모두 나를 떠나가 버렸소. 지금이라도 내가 잘못했다고 빈다면 나를 용서해 줄까? 아니, 나를 죽여 버릴지도 몰라. 그렇지만 그들도 나와 같이 노는 것을 즐겨 하였는데? 같이 놀던 신하들이니 내 목숨을 살려 주겠지?"

연산주의 중얼거리는 모습이 흡사 정신 나간 사람 같았다. 신 씨가 흐느껴 울다가 연산주를 올려다보며 말했다.

"일이 벌써 이 지경이 되었는데 빌어본들 도움이 될까요? 순하게 벌을 받는 것만 못할 것입니다. 전일에 제가 여러 차례 간해도 고치지 않더니 이제 이 지경에 이르렀으니, 당신은 죄인이라 죽어도 마땅하겠지만 이 불쌍한 두 아이는 어찌하면 좋아요."

왕비 신 씨가 가슴을 치며 통곡하였다. 연산주가 어린 두 왕자를 물끄러미 바라보다가 목을 젖혀 크게 웃었다.

"그게 다 내 잘못인가? 모두 아바마마 탓이지. 아바마마가 어머니를 내치지 않았다면 이렇게 되지 않았을 거야. 내 잘못이 아니라 모두 아바마마 탓이야."

흔히 실패한 사람들은 자신을 돌아보지 않기 때문에 언제나 잘못을 다른 사람에게 전가하며 남을 탓하기 마련이었다.

연산주가 낭패하여서도 제 탓을 아니 하고 남의 탓을 하다가 몸을 돌려 침전을 뛰어나갔다. 왕비의 침전을 나가 연산주가 달려간 곳이 후궁의 침전이었으니 때아닌 정난의 소식에 울음바다를 이루고 있었다.

"녹수. 녹수야. 백견아. 전비야. 너희들 어디 있느냐?"

미친 사람처럼 후궁의 침전을 돌아다니던 연산주는 서총대(瑞葱臺) 앞에서 걸음을 멈추었다.


人生如草露　　인생은 초로와 같아서
會合不多時.　　만날 때가 많지 않은 것.

장녹수와 전비, 백견의 노랫소리였다. 서총대 아래에 파고 있는 연못은 아직 공사를 끝내지 못해 파헤쳐진 돌과 흙이 차가운 서리를 맞은 채 어지러이 널려 있는데 어둑어둑한 서총대 위에서 슬피 흐느끼는 여인의 울음과 노랫소리가 연산주의 애간장을 끊는 것 같았다. 생각하니 이 노래가 며칠 전 자신이 지어 부른 노래였으니, 성쇠와 희락이 이렇듯 한순간에 교차하리라는 것을 어찌 알았겠는가? 인생이란 실로 아침 이슬처럼 허망한 것이며, 남가일몽(南柯一夢)과도 같았다.

"인생사 하룻밤의 꿈과 같은데 다시 얼굴을 보아 무엇하리 … ."

연산주가 후궁들을 만날 생각을 버리고 처연히 몸을 돌려 비틀거리며 후원을 걸어 나갔다. 가까운 곳에 연방원(聯芳院)이 보였다. 어둠 속에 웅크린 듯 누워 있는 연방원에도 여인들의 우는 소리가 슬프게 들려왔다.

연산주가 구름에 가린 달빛을 멍하니 바라보다가 손등으로 흐르는 눈물을 닦았다.

# 셋

박원종이 궁에서 들리는 후궁들과 기생들의 울음소리를 들으며 의기양양하게 말했다.

"이제 임금은 독 안에 든 쥐나 마찬가지요. 무령군 대감과 호판대감은 궐문을 지켜 폐주가 도망하는 것을 막아 주시오."

"알겠습니다."

유자광과 이계남이 군사들을 이끌고 궐문을 막으러 군막을 나간 지

438

얼마 되지 않아 구수영이 헐레벌떡 뛰어 들어왔다.

"대감. 큰일 났습니다. 진성대군댁으로 찾아갔더니 어디로 가셨는지 보이지 않습니다."

"뭣? 이게 무슨 말이야?"

"저희들을 도적으로 오인하시고 어디론가 피신하신 것 같습니다. 부하들을 시켜 찾도록 하였으니 곧 소식이 올 것입니다."

추대할 임금이 사라졌으니 박원종은 물론이거니와 여러 신하들이 애가 타서 어쩔 줄을 몰랐다. 우의정 김수동이 혀를 차며 말했다.

"아무래도 이판께서 직접 가서 찾아보는 것이 낫겠소."

이조판서 유순정이 나섰다.

"제가 사람들을 데리고 진성대군을 찾아보겠습니다."

최판돌이 다가가 시립하였다.

"대감. 미흡하지만 제가 도와드리겠습니다."

유순정이 군사들을 거느리고 진성대군을 찾아 나섰다. 그러나 깜깜한 밤중에 넓은 도성 안에 숨어 있는 사람을 찾기가 어려워서 동이 틀 무렵까지 동리 구석구석을 돌아다니며 진성대군을 부르는 수밖에 없었다.

붉은 동이 흥인문 위에 걸릴 무렵, 진성대군을 찾았다는 소식이 들렸다. 유순정이 최판돌과 함께 찾아가니 평시서(平市署) 옆 길가에 있는 작은 토담집 바깥에 칼과 창을 든 군사들이 서 있다가 허리를 굽혔다.

"집 안에 대군께서 계십니다."

"오! 수고하였다."

유순정이 대문 안으로 들어가니 마당이 널찍하고 깨끗한 다섯 칸 와가였다. 마당 좌우에는 군사들이 창을 들고 지키고 있고 대청 위에 진성대군이 단정하게 앉아 있었다. 유순정이 큰절을 하고 엎드려 거사를 벌이게 된 사유를 말하였다.

"지금 위에서 임금의 도리를 잃어 정령(政令)이 혼란하고, 민생은 도탄에서 고생하며, 종사(宗社)는 위태롭기가 풍전등화와 같사옵니다. 여러 대신들이 자나 깨나 근심을 하던바, 대군께서는 대소 신민의 촉망을 받은 지 이미 오래이므로, 이제 여러 대신들이 추대하여 종사의 계책을 삼고자 하니 저희와 함께 궁으로 드시지요."

진성대군이 고개를 서으며 말했다.

"내 자질이 부덕하니 어떻게 이를 감당할 수 있겠소. 난 임금의 자질이 없는 사람이니, 다른 사람을 추대하시오."

"모든 신하들과 백성들이 전하를 기다리고 계십니다. 부디 이 나라 종묘사직을 구하여 주십시오."

유순정이 부복하여 재차 권하니 진성대군이 길게 한숨을 내쉬다가 마침내 허락하였다. 진성대군이 융복을 입고 집 밖에 기다리는 어연(御輦)을 타고 나와 궁궐을 향하니 마을의 노인 몇몇이 손을 들어 만세를 부르며 눈물을 흘리었다.

진성대군의 행차가 정오 무렵에 경복궁으로 들어갔다.

궁 앞에 선혈이 낭자하고 옷에 피를 뒤집어쓴 것 같은 이심이라는 자가 피묻은 철퇴를 들고 히쭉거리며 웃고 있었다. 그동안 신윤무는 유자광의 계책을 따라 별감 하나를 시켜 신수근·신수영·임사홍을 임금이 부른다 핑계하고 끌어내어 궁궐 앞에서 쳐 죽였으니, 이심의 옷을 물들인 것은 나라를 위태롭게 만든 세 간신들의 피였다.

진성대군이 궁 안으로 들어가 사정전(思政殿)에 든 후에 박원종이 여러 대신들 앞에서 말했다.

440

"이제 대군께서 사정전에 드셨으니 폐립과 즉위에 관한 일을 빠르게 진행해야 할 것이오."

영의정 유순이 말했다.

"예로부터 폐립(廢立)할 때 죄를 추궁한 일이 없었던 경우는 오직 창읍왕(昌邑王)뿐이었소. 훗날 말이 나올 수 있으니 지금 우리가 잘 처리하여야 할 것이오. 폐주에게는 마땅히 사람을 보내어 가서 고하기를, 인심이 모두 진성에게 돌아갔으며 사세가 이와 같으니, 정전(正殿)을 피하여 주고 옥새를 내놓으라 하면, 반드시 이를 좇을 것이오. 그런데 누가 폐주에게 갈 것이오?"

여러 중신들이 나서지 못하여 눈치를 볼 때에 우의정 김수동이 말했다.

"제가 다녀오겠습니다."

김수동이 승지 한순·내관 서경생과 함께 폐주가 유폐된 창덕궁으로 들어가니 연산주가 어두컴컴한 용상 위에 앉아 힘없이 고개를 떨구고 있었다.

주지육림(酒池肉林)을 일삼던 은(殷)나라 폭군 주왕(紂王)의 마지막 모습이 저러하였을까. 일국의 신하로서 국왕을 폐위시켜야 하는 자신의 처지를 생각하니 김수동은 눈가가 뜨거워졌다.

폐주가 궁으로 들어오는 김수동에게 고개를 돌려 침울하게 말했다.

"너희가 모두 나를 버렸구나. 나와 함께 천년만년 즐겁게 놀자던 경들이 이렇게 배신할 수 있는가? 내가 경들에게 못해 준 것이 없는데 무엇 때문에 나를 배신했는가?"

김수동이 눈물을 흘리며 허리를 굽혔다.

"노신이 죽지 못하고 이런 일을 당하오니 딱하옵니다. 그러하오나,

전하께서 신민들에게 몹시도 인심을 잃었으니 어찌하겠습니까?"

연산주가 체념하듯 고개를 끄덕이며 허탈하게 웃었다.

"허허허. 모두 내 잘못이란 말이지. 좋아. 내가 이제 와서 어찌하겠는가? 경들 좋을 대로 하라. 아! 나를 쫓아내려면 옥새가 필요하겠지?"

연산주가 시녀(侍女)를 시켜 옥새를 내어다 김수동에게 주었다.

"경들은 내 탓이라고만 하는데 나라를 이 지경으로 만든 것이 반드시 내 책임만은 아닐세. 그것은 경이 더 잘 알고 있겠지?"

" … 옥체를 잘 보중하시어 가시옵소서."

김수동이 읍하고는 몸을 돌려 궁을 나왔다.

미시(未時)에 백관이 궐정(闕庭)에 들어와 반열(班列)을 지어선 다음, 먼저 대비의 교지를 반포하고, 이에 진성대군이 익선관(翼善冠)과 곤룡포(袞龍袍)로 경복궁 근정전(勤政殿)에서 즉위하여 백관의 하례를 받았으니 이날이 병인년 9월 2일이었다.

## 넷

"대적 홍길동은 어명을 받아라."

횃불을 든 한 떼의 무리들이 과천 관아로 밀물처럼 쏟아져 들어왔다.

"대적 홍길동의 수급을 당장 가져오라는 어명이오."

무리의 우두머리가 앞으로 나아가 포도대장 정유지에게 부신을 내밀었다. 부신을 물끄러미 바라보던 정유지가 고개를 끄덕이다가 길을 비켜 주었다.

관아 마당 가운데 함거 하나가 있고 함거 안에 수갑과 족쇄를 찬 사내 하나가 물끄러미 무리의 우두머리를 바라보다가 입을 열었다.

"당래야. 네가 나를 배신하였느냐?"

당래라는 사내는 미간을 찡그렸다.

"배신이라니? 어둠을 버리고 빛을 따르는 것이 인지상정 아닌가."

"어둠을 버리고 빛을 따르는 일? 무엇이 어둠이고 무엇이 빛인가?"

"나에게 득이 되는 것은 빛이고 나에게 손해가 되는 것은 어둠이다."

길동이 서글픈 웃음을 지었다.

당래가 옆에 따라온 관원에게 고개를 끄덕였다. 관원이 손에 든 족자를 펼쳐 크게 소리쳤다.

"대적 홍길동은 들어라. 너는 팔도 도적의 수괴로 무고한 백성들의 재산을 갈취하고 살인을 서슴지 않았으며 불손한 무리를 선동하여 나라를 혼란케 한 죄가 크므로 사형에 처한다."

읽기를 마친 관원이 한발 물러섰다.

당래가 의심의 눈초리로 길동을 바라보다가 함께 온 무리들에게 소리쳤다.

"사수들은 나서라."

활을 든 사수 다섯 명이 함거 주변에 둥글게 돌아서서 화살을 시위에 메겼다.

"이보게. 당래. 나는 준비가 되었으니 곱게 내 목을 베어 가라."

"시끄럽다. 나는 네놈을 믿지 못하겠어."

물러나 있던 토포사 정유지가 미간을 찡그리며 말했다.

"지금 뭣 하는 것인가? 함거에 갇혀 수갑에 족쇄까지 찬 죄인에게 이게 무슨 짓인가?"

당래가 정유지에게 말했다.

"나리. 나리가 몰라서 하는 말씀입니다. 홍길동은 머리가 좋고 무술 실력이 뛰어나 함거를 벗어나면 날개 달린 호랑이가 될지도 모릅니다. 혹시나 하는 일을 미연에 방지하기 위해 부득이 활을 사용하는 것이니 이해해 주십시오."

당래가 고개를 돌려 사수들에게 소리쳤다.

"쏴라."

사수들이 시위를 놓았다.

피피퍽

다섯 개의 화살이 길동의 가슴과 등, 배에 꽂혔다. 길동이 신음하며 고꾸라졌다. 당래의 입가에 뱀꼬리 같은 미소가 일어났다.

"함거를 열고 죄인을 끌고 와라."

군졸 하나가 함거를 열고 들어가 고슴도치가 된 길동을 끌고 바깥으로 나왔다. 고슴도치가 된 길동이 미간을 찡그리며 당래를 올려다보았다.

"흐흐흐. 네놈의 운명이 여기까지로구나."

"구름이 모였다가 흩어지고 흩어졌다 모이는 것처럼, 사람의 운명이란 알 수 없는 법이지."

"곧 죽을 놈이 입만 살았구나."

당래가 허리에 찬 칼을 뽑았다. 시퍼런 당래의 칼이 천천히 허공으로 올라갔다. 횃불을 반사한 칼날이 붉은 빛을 토했다.

"고통 없이 한칼에 보내주마. 잘 가거라."

시퍼런 칼날이 허공을 갈랐다.

길동의 머리가 맥없이 땅으로 떨어졌다. 길동의 머리를 잡으려던 당래가 놀라서 주춤거렸다.

"이, 이게 뭐야?"

미륵의 두 눈이 휘둥그레졌다.

방금 전까지 멀쩡하던 길동의 몸이 간데없고 짚으로 만든 허수아비 하나가 덩그러니 바닥에 떨어져 있었다.

"홍길동이 도술까지 부리는 모양이구나."

미륵과 당래는 말할 것도 없고 포도대장 정유지도 길동의 재주를 놀랍게 생각하였다.


다음 날, 폐주(廢主)는 연산군(燕山君)으로 강봉(降封)되어 교동 (喬桐)으로 내쫓겼는데 백성들이 왕을 원망하여 어가를 뒤쫓으며 조롱하는 노래를 불렀다.


충성이란 사모요 거동은 곧 교동일세
일만 흥청 어디 두고 석양 하늘에 뉘를 쫓아가는고
두어라 예 또한 가시의 집이니
날 새우기엔 무방하고 조용하지요.


이것은 왕이 백관에게 충(忠)자·성(誠)자를 새겨 사모(紗帽)의 앞뒤에 붙이게 하고 일체의 출입을 거동이라 한 것을 조롱한 것으로, 사모와 사모(詐謀), 거동(擧動)과 교동은 음이 서로 가깝고, 방언에 각시(婦)와 가시(荊棘)는 말이 서로 유사하기 때문에 뜻을 빌려 노래한 것이다.

연산군은 교동에 안치되었다가 그해 12월에 세상을 떠났으니 그때 나이 31세요, 임금의 보위에 오른 지 햇수로 12년째 되던 해였다.

왕비 신 씨는 폐하여 사저로 내쳤으며, 세자 이황과 왕자들을 각 고을에 안치시키고 장녹수·전전비·백견과 같이 왕의 총애를 받은 후궁들을 조리돌린 후에 군기시 앞에서 베었으니 성안의 사람들이 앞다투어 돌과 기왓장을 그들의 국부에 던지면서 일국의 고혈이 여기에서 탕진됐다고 원망하였다.

박원종과 성희안은 한양 도성 앞에서 마지막 후환거리인 홍길동의 목을 기다렸다. 점심때가 되어서 미륵과 당래가 군사들과 함께 빈손으로 돌아왔다.

"홍길동의 목은 어찌된 거냐?"

성희안이 안달이 나서 물었다.

"이걸 어떻게 설명을 해야 할지… . 참말로 귀신이 곡할 노릇입니다요."

당래가 고개를 갸웃거리며 성희안과 박원종의 눈치를 살폈다.

"귀신이 곡할 노릇이라니? 홍길동의 목은 어디 가고 빈손으로 돌아와?"

박원종이 소리를 질렀다.

미륵이 말했다.

"대감. 제 말씀을 들어 보십시오. 저희가 대감의 명을 받고 밤을 낮처럼 달려 과천으로 가 보았습지요. 마침 과천 관아에 토포사가 있기로 저희가 대감에게 받은 부신을 보여주고 길동의 목을 가지러 왔다고 하였습지요. 토포사가 순순히 저희를 인도하기에 가 보니 함거 안에 길동이 목에 칼을 차고 사지결박을 당해 있지 뭡니까? 저희가 길동의 능력을 알기에 한편으로 두려운 마음이 들어서 함거를 바로 열지 못하고 길동의 가슴과 등짝에 화살 몇 개를 박아 넣었습지요."

446

"옳거니."

성희안이 소리쳤다.

"길동이 맥없이 쓰러지는 것을 보고 저희가 마침내 함거를 열어 그놈의 목을 베었는데⋯."

당래가 얼굴을 들지 못하고 말끝을 흐렸다.

"목을 베었는데?"

성희안이 재촉하여 물었다.

"그, 그게 사람이 아니라 허수아비지 뭡니까? 짚으로 만든 허수아비였습니다."

힘없는 당래의 말끝에 뒤따라온 수하가 짚으로 된 허수아비 머리를 들어 보였다. 듣고 있던 성희안과 박원종이 하도 어이가 없어서 입을 쩍 벌리며 한동안 서로의 얼굴을 바라보다가 고개를 돌려 당래에게,

"지금 그 말을 나더러 믿으라는 게냐? 네놈들이 작당을 해서 우릴 속이려는 게 아니냐?"

하니 당래가 억울하다는 듯 가슴을 치며 말했다.

"정말입니다요. 그 자리에 있던 사람들이 모두 똑똑히 보았습니다요. 길동의 머리가 땅바닥에 떨어졌는데 갑자기 멀쩡하던 사람이 허수아비로 변해 버렸습니다요. 제 말을 못 믿으시겠다면 토포사에게 확인해 보셔도 좋습니다."

같이 온 무리들이 사실이라고 한목소리를 내었다.

"허, 홍길동이 도술도 부리는가?"

하며 말하는 것은 성희안이요,

"아! 그놈이 보통이 아니라 하더니 과연 그렇구나."

하고 감탄하는 것은 박원종이요,

"이거 정말 후환이 두렵습니다요. 홍길동이가 도술까지 부리니 어쩌면 좋습니까?"

하고 겁에 질린 얼굴로 사방을 둘러보는 것은 최판돌이었다.

"뭘 어떡해? 다시 토포사를 내면 될 터. 걱정하지 마라."

하고 박원종이 큰소리를 쳤다.

## 다섯

다음 날, 공신들은 그 공에 따라 3등으로 나누어 공신녹권과 포상을 받았다.

박원종·성희안·유순정 등이 의로운 일을 일으킨 공이 있다 하여 품계가 3등급으로 올라가고, 유자광·신윤무·박영문·장정·홍경주는 1등 공신으로 책봉되었으며, 거사 당일 참여한 유순·김수동·김감·구수영 등은 2등 공신으로, 거사 당일 폐주를 버리고 궁을 도망쳐 나온 승지 민효증·윤장·조계형·이우와 서기를 한 강혼도 3등 공신 책정되었으며, 최판돌과 미륵·당래도 원종공신(原從功臣)으로 포상을 받았다.

박원종·성희안·유순정은 거사에 참여하지 않은 자제들까지 모두 공신등록에 참여케 하였는데 성희안의 매부인 신수린은 나이가 어린데도 참여시켜 노와공신(怒臥功臣)이라 하였고, 박원종은 뇌물의 경중에 따라 공로의 상하를 매겨서 공신들을 정하였으므로, 저마다 뇌물을 바리바리 실어 박원종의 집이 뇌물로 성시를 이루었는데, 공신의 숫자가 117명이나 되었다.

큰 도적 하나가 사라지자 작은 도적 수백여 명이 생겨난 꼴이라서 나라의 창고는 여전히 텅텅 비었으며 백성들의 생활도 별반 달라진 것이 없었다.

정란 이후에 당래와 미륵은 박영문의 휘하로 들어가 세도를 부렸고, 최판돌은 지모와 수완을 인정받아 장의동(藏義洞)에 박원종의 저택 짓는 일을 총괄하였다. 삼각산 밑 장의동은 연산주가 탕춘정(蕩春亭)과 이궁(離宮)을 지었던 곳인데 굽이치는 시냇물 위에 위치하여 단청이 수면에 현란하며, 시내를 가로질러 낭원을 벌여 지어 규모가 웅장하였다.

박원종이 위세를 믿고 그곳을 점거하여 자신의 집을 만들었는데 몇 칸이나 되는지 일일이 헤아릴 수 없을 지경이었고, 궁중에서 나온 이름난 창기들을 많이 차지하여 비(婢)를 삼고 별실을 지어 살게 했으며, 거처와 음식이 참람하기가 한도가 없었다.

최판돌과 당래·미륵은 공신의 개가 되어 일시에 권세가 하늘을 찌르게 되었다. 서소문에서 장사를 하던 최판돌은 종로 육의전을 휘어잡는 상인이 되었다. 왈짜패의 우두머리로 장물을 취급하던 최판돌이 권력을 등에 업으니 종로 육의전이 제 것이나 마찬가지였다.

최판돌은 서소문의 집을 정리하고 종로에서 가까운 대사동에 큰 저택을 장만하였다. 이날, 당래와 미륵이 찾아와 한바탕 흥겨운 주연이 벌어졌다.

세 사람이 후원 정자에 기생들을 불러 놓고 질펀하게 놀고 있을 때였다. 쪽문에서 중갓을 쓴 수청지기가 총총걸음으로 다가와 정자 아래에 시립하였다.

"무슨 일이냐?"

최판돌이 물어보니 수청지기가 손에 든 족자를 들어 보이며 말했다.

"홍모라는 사내가 나리께 이걸 갖다 드리라고 하기에."

기생 하나가 사뿐 걸음으로 내려가서 족자를 받아 가지고 왔다. 수청지기가 꾸벅 인사를 하고는 물러갔다.

"홍모? 홍모라면 홍길동이 아닙니까?"

당래가 두 눈을 크게 뜨고 물었다.

"보면 알겠지."

최판돌이 기생에게 족자를 받아 바닥에 내려놓고 펼쳤다. 족자 안에는 그림이 그려져 있었는데 망망한 바다 위에 작은 배 한 척이 떠 있는 그림이었다.

"최 행수, 바다 위에 배 한 척이 그려진 그림인데 이게 무슨 뜻이 있는가요?"

"그러게 말이다."

최판돌과 미륵, 당래, 기생들이 둥글게 둘러서서 족자의 그림을 바라보았다. 바로 그 순간이었다. 최판돌은 몸이 두둥실 떠 있는 것 같은 기분이 들었다.

"어라. 이게 어떻게 된 거야?"

당래가 소리를 쳤다.

"어맛. 이게 웬일이야?"

기생들이 비명을 질러댔다.

"무슨 일이냐?"

최판돌이 고개를 들어 보니 이게 어떻게 된 일인가.

정자 안에 있던 자신들이 작은 쪽배를 타고 있었고, 좌우로 넘실거리는 파도가 일렁이는 바다가 펼쳐져 있었다.

기생들이 갑판 위에 몸을 옹송그리며 쪼그리고 있었고, 미륵과 당래는 놀란 사람마냥 망망대해를 바라보고 있었다.

"성님. 이게 어떻게 된 일입니까?"

미륵이 두려움에 가득한 얼굴로 판돌에게 물었다. 최판돌이 얼른 갑판을 내려다보니 방금 전까지 있던 족자가 보이지 않았다.

"길동에게 당했구나."

최판돌은 그림 속의 쪽배에 자신들이 갇혀버렸다는 것을 깨달았다.

작은 쪽배는 파도가 일렁일 때마다 아래위로 크게 움직였다. 일렁이는 배 위에서 좌우를 둘러보니 어디에도 뭍이 보이지 않았다.

그리 멀지 않은 곳에서 검은 구름이 몰려오고 있었다. 물결이 더욱 거세어지고 있었다.

"성님. 폭풍우가 몰려옵니다. 홍길동, 그놈이 우리를 물고기밥을 만들려고 이런 계교를 부린 모양입니다요."

당래가 울상이 되어 소리쳤다.

쪼그려 앉아 있던 기생들이 사색이 되어 훌쩍거리며 울었다.

"이년들아. 시끄럽다. 울음을 그치지 않으면 물속에 던져버릴 테다."

미륵이 소리를 지르자 기생들이 울음을 그치며 눈치를 살폈다.

검은 구름이 서서히 다가왔다. 뇌성벽력이 일어나며 삼 줄기 같은 장대비가 쏟아졌다. 집채 같은 파도가 가랑잎 같은 쪽배를 삼킬 듯이 일렁거렸다. 배가 높은 물결을 타고 솟구쳤다가 내려오자 기생들이 멀미를 하였다.

파도는 쉴 새 없이 쪽배를 흔들었다.

고래 등 같은 파도가 갑판 위로 떨어졌다. 사람들은 살기 위해 난간과 갑판을 부여잡았다. 하얀 물보라가 일어나며 배가 불쑥 솟았다가

꺼졌다.

난간을 부여잡고 있던 최판돌과 당래, 미륵도 멀미를 하였다. 낮에 먹은 것들이 모두 쏟아져 나왔다.

높은 파도가 쉬지 않고 몰아쳤다.

난간을 부여잡은 세 사람은 누가 먼저랄 것도 없이 소리를 질렀다. 폭우는 그칠 기미도 없이 쏟아졌고, 바다는 굉음을 일으키며 산 같은 파도를 일렁거렸다. 머지않은 곳에 큰 소용돌이가 일었다. 바다의 한가운데 구멍이 났는지 엄청난 기세의 소용돌이가 치고 있었다. 가랑잎 같은 쪽배는 큰 파도에 일렁이며 소용돌이 속으로 들어갔다.

"대장. 살려 주시오. 내가 죽을죄를 졌으니 살려 주시오."

"대장. 살려 주십쇼. 이 당래가 죽을죄를 졌습니다요."

"대장 성님. 미륵이 죽을죄를 졌습니다요. 한 번만 살려 주십쇼."

쪽배에 갇힌 사람들은 폭풍우 속에서 먹은 것을 모두 게워내며 소리쳤다. 기생들의 비명소리, 울음소리가 어지럽게 들려왔다. 바로 그때였다.

"나리! 나으리!"

최판돌이 눈을 뜨니 수청지기가 놀란 얼굴로 바라보고 있었다.

"나리. 왜 그러시는 겁니까?"

좌우를 둘러보니 자신의 집 후원 정자 안이었다. 기생들과 미륵, 당래는 정자의 난간을 부여잡고 비명을 지르고 있었다. 마치 무엇에 홀린 사람들 같았다.

"환술에 속았구나."

최판돌이 미륵과 당래, 기생들을 흔들어 깨웠다. 모두 먹은 것을 토해내고 한바탕 기운을 써서 얼굴이 퀭하였다.

잔치의 흥이 다해서 최판돌은 기생들을 돌려보내고 미륵과 당래를 데리고 사랑채로 들어갔다. 세 사람이 사랑채에서 머리를 맞대고 앉았다. 한동안 말이 없이 눈치를 살피던 미륵이 입을 열었다.

"아무래도 우리가 호랑이 코털을 건드린 것 같습니다. 그놈이 도술까지 부리니 그놈이 마음만 먹으면 우리 목숨은 파리 목숨이나 마찬가지 아니겠습니까?"

"맞습니다. 홍길동이 살아 있는 한, 우리가 살아도 산 것이 아니오. 판돌이 성님. 무슨 조치를 해야 하는 것 아닙니까?"

판돌이는 한마디 대답을 하지 못하고 땅이 꺼져라 한숨을 내쉬었다.

판돌은 만약 홍길동이 마음만 먹었다면 자신들은 벌써 죽고 말았을 것이라 생각했다. 이렇게 무서운 도술을 가진 길동을 어떻게 상대할 수 있을까. 당래의 말마따나 길동이 살아 있는 한 자신들은 살아도 산 것이 아니었다. 어떻게든 후환을 제거해야 할 것 같았다.

그날 저녁에 최판돌이 성희안의 집을 찾아가 청을 놓았다.

"대감. 홍길동을 어찌 할 생각이십니까?"

"왜 후환이 두렵느냐?"

"두렵다기보다도 만사는 돌다리도 두드리라 하지 않습니까? 듣자하니 거사 날 참여했던 자들 가운데 홍길동의 부하들이 많았다 합니다."

판돌은 낮에 길동의 환술에 당했다는 말을 하지 않고 은근히 말을 돌렸다.

성희안의 두 눈이 커졌다.

"뭐야? 그게 정말이냐?"

"어느 안전이라고 거짓을 말하겠습니까?"

"그럼 우리가 그놈의 손아귀에서 놀아났단 말이냐?"

"말하자면 … ."

말끝을 흐려 대답하지 않고 성희안의 얼굴을 살피던 최판돌이,

"한양뿐 아니라 조선 팔도에 홍길동의 추종세력이 남아 있으니 이번 기회에 그놈들까지 소탕하면 백성들도 좋아할 것이고, 나라에 우환거리도 없어질 것이 아니겠습니까?"

하고 자신의 뜻을 말했다.

한동안 말없이 침묵하던 성희안이 결심한 듯 대답했다.

"알겠다. 내가 오늘 선하를 뵙고 홍길동뿐 아니라 팔도의 도적들을 토벌할 뜻을 말하겠다. 그럼 전하께서 틀림없이 토포군사를 낼 것이니 너희들은 걱정하지 말고 기다리고 있으라. 내가 박 대감께 가서 이야기해 보마."


다음 날 박원종이 입궐하여 새 임금에게 홍길동을 토포할 뜻을 말하였다.

"홍길동이란 자는 팔도 도적들의 우두머리로 이자를 잡지 않고서는 사직이 안정되지 못하옵니다. 제게 좋은 계책이 있으니 전하께서 하명을 내려주시면 홍길동을 잡아 도적의 뿌리를 뽑아 오겠습니다."

임금이 용상 위에서 물끄러미 박원종을 내려다보다가 입을 열었다.

"홍길동은 이 땅에 없으니 경은 걱정할 것 없소."

박원종이 놀란 얼굴로 용안을 올려다보았다.

"그게 무슨 말씀이십니까? 그리고 … 전하가 홍길동을 어떻게 아십니까?"

"경이 거사하던 그날 저녁, 홍길동이 그의 부하들과 함께 우리 집을 찾아와서 나를 보호해 주었소."

박원종은 머리에 망치를 맞은 것 같았다.

"그, 그럴 리가?"

"그날 저녁 홍길동이라는 자가 관복을 입고 찾아와 나를 숨겨 주고, 자신의 정체를 말합디다. 그리고 내게 말하기를 저희 부하들과 함께 이 나라를 떠날 것이라 합디다. 내가 임금으로 추대될 것을 알고 백성들을 친자식처럼 아껴 달라는 부탁을 하고는 떠나가 버렸소. 그러니, 경은 염려할 것이 없소."

"그, 그럴 리가 …."

그때, 병조판서 이손이 황급하게 정전으로 들어와 임금 앞에 머리를 조아렸다.

"전하, 아뢰옵기 황송하오나 오늘 제주목사의 장계를 받았사온데 열흘 전쯤에 정체를 알 수 없는 배들이 제주를 지나 남쪽 바다로 내려갔다 하옵니다. 배의 숫자는 1백이 약간 되지 않고, 뱃사람들이 보기에 입은 옷과 머리모양이 왜구와는 다르다 하였습니다."

임금이 고개를 몇 번 끄덕이다가 박원종에게 말했다.

"아마도 홍길동이 부하들을 데리고 바다 건너 남쪽으로 내려간 듯하구려."

"그, 그럴 수가 …."

믿을 수 없는 이야기라 멍하니 서 있으니 임금이 미소를 지으며 박원종에게 말했다.

"그러고 보니 그자가 내게 재미있는 이야기를 합디다. 여민동락을 아느냐 묻더니 임금은 백성 위에 군림하는 자가 아니라 백성과 더불어 고락과 성쇠를 함께 하는 자라 합디다. 관리들도 그와 마찬가지여서 백성을 바라보지 않고 임금만 바라보며, 임금의 위세를 받들며 백성

위에 군림하려 하니 백성들이 흩어지고 국력이 쇠잔해질 수밖에 없지 않느냐 합디다. 내가 한동안 이야기를 듣다가 보니 구구절절이 옳은 말이라 그자의 정체를 물어보니 도적이며 이름이 홍길동이라 합디다. 내가 그자에게 '네가 정말 간이 큰 대적(大賊)이로구나' 하니 홍길동이란 자가 말하기를, '대적이 어떤 사람인지 아느냐?' 하고 물어봅디다. 내가 '잘 모르니 가르쳐 다오' 하였더니 그자가 장자(莊子)의 구절을 빗대어 이렇게 말합디다. '큰 덕은 부족한 것 같으며, 강건한 덕은 나태한 것 같으며, 질박한 덕은 텅 빈 것 같으며, 크게 네모진 것은 모서리가 없으며, 큰 그릇은 늦게 이뤄지며, 큰 소리는 소리가 나지 않으며, 큰 형상은 형체가 없으니, 큰 도적은 욕심이 없어서 재물이 없으되 천하를 가진 임금이 부럽지 않습니다'고 합디다. 듣자하니 나라를 바꿀 생각도 했었다 하니 그자가 참으로 보통 도적이 아닙니다."

"나, 나라를? 참으로 망극한 도적이로군요."

"그런데 그자가 경에게도 한마디 합디다."

"그놈이 제게 무슨 말을 하였습니까?"

"경에게 부승(負乘)의 화(禍)를 살펴서 스스로 몸을 경계하라 합디다. 나는 학문이 짧아서 도대체 그게 무슨 말인지 모르겠군요. 경은 아십니까?"

박원종의 얼굴빛이 백지장처럼 하얗게 변하였다.

중국 한무제가 죽자 8세로 즉위한 소제(昭帝)를 보필하던 곽광은 정적(政敵)을 타도하고 실권을 장악하였는데 소제가 죽은 후에는 그를 계승한 창읍왕(昌邑王)의 제위를 박탈하고, 죽은 여태자(戾太子)의 손자를 옹립하여 선제(宣帝)로 즉위하게 하였다. 이때 선제는 곽광을 두려워하여 밖에 거동할 때에 곽광이 옆에 말을 타고 따르면 마치 등에 가시가 진 것 같다고 하였는데, 곽광이 죽은 후에 전 가족을 역적으로 몰아 죽여 버렸다. 부승의 화를 살피라는 뜻은 박원종의 집안이 멸문당하지 않으려면 분수를 지키라는 말이었다.

"시, 신은 진정 다른 마음이 없사옵니다."

박원종이 등골에 찬물을 부은 듯하여 떨리는 마음을 간신히 진정시키며 새 임금 앞에서 고개를 깊이 숙였다.

최판돌이 궁궐에서 돌아온 박원종의 이야기를 전해 듣고 부하들을 시켜 지리산을 염탐하게 하였더니 도적은커녕 도적 할아비 하나 찾을 수 없었다.

화엄사의 젊은 중이 말하기를 토포사가 오기 전에 도적들이 산채를 불사르고 떼를 지어 어디론가 떠났다고 하였는데 어디로 갔는지는 알 수 없으며, 그들이 있던 곳에 청학상인(靑鶴上人)이라는 법력 높은 도사 하나가 찾아와 자리를 잡고 있다 하였다.

한양 서소문 최판돌의 집 사랑에 미륵과 당래가 모여 지리산에 다녀온 졸개의 이야기를 들었다.

"홍길동과 여러 일당들이 우리만 빼놓고 사라져 버린 거냐? 이거 되려 배신당한 기분인걸."

미륵의 말에 당래가 인상을 찌푸렸다.

"그보다 홍길동이 우리가 배신한다는 것을 어떻게 알았을까?"

"이거, 부처님 손바닥에서 논 기분이군. 어쨌든 홍길동이 저희 도당들과 먼 곳으로 떠난 것이 확실하니 앓던 이가 빠진 것 같구먼."

최판돌이 말은 그렇게 하면서도 개운치 않고 무언가 마음에 걸려서 입맛을 쩝쩝 다셨다.

# 새로운
# 세상을
# 향하여



길동은 활빈도를 이끌고 거친 물살을 헤치며 망망한 바다를 나아가고 있었다.

"고래다! 고래다!"

갑판 위에서 서 있던 길동은 사람들이 외치는 소리를 듣고 푸른 바다를 바라보았다. 푸른 바다 위로 검은 고래 한 마리가 은빛 거품을 일으키며 떠올랐다가 사라지고 사라졌다가 뛰어오르고 있었다.

길동은 옛날 생각이 나서 한동안 고래를 물끄러미 바라보았다. 까마득한 지평선 너머 끝을 알 수 없는 이 바다는 미래를 알 수 없는 막연한 우리네 인생과 흡사하게 닮았다. 그 인생의 거친 바다를 고래는 자신처럼 두려움 없이 헤엄쳐 가고 있는 것이다.

길동의 옆에서 힐끔힐끔 눈치를 살피던 서팔봉이 입을 열었다.

"대장. 궁금한 것이 있습니다. 어떻게 최판돌과 당래, 미륵이 배신할 것을 아셨습니까?"

길동이 미소를 지으며 말했다.

"최판돌은 이익을 따지는 장사꾼이며, 당래가 호승심이 강해 제멋대로 하려는 것이 마음에 걸렸지만, 설마 그들이 배신하리라곤 나도 처음엔 생각지 못했지."

"그런데 어떻게 아셨습니까?"

"최판돌은 눈빛이 쥐 눈이라 배신할 상이고, 당래와 미륵은 광대뼈가 툭 튀어나온 반골이어서 짐작은 하고 있었지. 그래서 미리 한양에 사람을 심어 두었던 게지."

"박원종의 첩인 홍비(洪非)의 동생 홍복동 말이죠?"

길동이 고개를 끄덕거렸다.

강금산이 탄복하며 엄지손가락을 치켜들었다.

"걸음 잘 걷는 육갑이를 시켜 평시서 근처에 집 한 채를 얻으시게 하시더니 한양의 동정을 은밀하게 살피게 하려고 하신 것이군요."

"그렇지. 육갑이는 복동이에게 박원종의 집에서 모의되고 있는 일들을 전해 듣고 수시로 나에게 보고를 하였다. 최판돌과 미륵, 당래가 배신한 것도 복동이를 통해 알고 있었다."

서팔봉이 두 눈을 크게 뜨고 물었다.

"그런데 대장. 언제 도술을 배우셨습니까? 저는 짚으로 만든 허수아비가 대장과 똑같은 사람이 될 줄은 정말 몰랐습니다."

"문경새재에서 위한조가 나에게 준 책이 도술책이다. 돌이켜 생각해 보니 사부님께서 운명하시기 전에 자신이 가르치지 못한 도술을 훗날 자연히 얻게 될 것이라고 하셨지. 사부님께서는 내가 위한조에게 도술책을 받으리라는 것을 알고 계셨던 것이지."

"아! 정말 대장의 사부님은 보통 분이 아니시죠."

서팔봉은 제가 잘 아는 것처럼 고개를 끄덕끄덕거렸다.

강금산이 말했다.

"그보다도 저는 최판돌이나 당래·미륵 그놈들을 떠올리면 화가 납니다요. 그런 배신자들이 부귀영화를 누리며 살 것을 생각하면….."

길동이 고개를 저었다.

"그들이 누리는 부귀영화는 오래가지 못할 것이다."

"그게 무슨 말입니까? 부귀가 오래가지 못한다니요?"

"토끼를 집고 나면 개는 삶기는 법. 그것이 정치와 권력의 속성이니, 내가 거사에 제외된 것이 또한 그 때문이 아닌가. 아마 미륵과 당래도 그 범주에서 벗어날 수는 없을 것이다. 열흘 붉은 꽃이 없는 것처럼 지금은 공신으로 부귀영화를 누릴지 몰라도 그 영화가 얼마나 오래 갈까?"

길동이 침울한 얼굴로 하늘을 바라보았다. 훗날 이야기이지만 중종 4년(1509년), 당래와 미륵은 포도대장 전림에게 잡혀 원종공신을 삭탈당하고 참수되었으니 그들이 누린 영화는 4년이 고작이었다.

강금산이 물었다.

"참, 진성대군께는 무슨 말씀을 하셨습니까?"

"여민동락을 아시는지 물어보았지. 또 정나라 재상 자산에 대해서도 이야기하였지. 폐주처럼 독단으로 나라를 망치지 말고, 현명한 대신들과 힘없는 백성들의 말에 귀를 기울여 부강한 나라를 만들어 달라고 부탁하였지. 백성은 곧 하늘이니, 하늘을 공경하듯 백성들을 다스려, 우리처럼 억울한 도적이 생기지 않도록 어진 정사를 돌보아 달라고 하였지. 백성들을 위한 성군이 되어 달라고 부탁하였지."

김평득이 쓴 입맛을 다시며 말했다.

"대장의 말씀을 들으니 참으로 안타깝습니다. 대장께서 간신들을 모조리 쓸어버리고 새 나라를 세웠으면 더 좋았을 텐데 하는 마음이 들어서 말입니다."

"새로운 나라?"

잠시 말이 없던 길동이 무겁게 입을 열었다.

"먼 옛날 천제(天帝)가 세상을 굽어보다가 뇌사(雷師)에게 명을 내려 천하사람 중에서 악인 한 명을 골라 벼락을 쳐 죽이라고 하였네. 그런데 뇌사가 살펴보니 천하의 모든 사람이 다 탐욕스러웠지. 그렇다고 그들을 다 죽일 수가 없어서 하는 수 없이 청렴한 사람을 악인이라 하여 벼락을 쳐 죽였지. 미친 사람이 사는 나라에서는 미치지 않은 사람을 미친 사람으로 여긴다는 옛 이야기가 있네. 천하의 악인들을 모두 죽일 수 있을까?"

길동은 새재에서 정희량이 했던 이야기가 새삼 가슴에 와 닿았다. 풍우를 마음대로 부리고 앞일을 환히 들여다보는 혜손 선생과 정희량 같은 이인이 세상을 바꾸지 못하고 초로에 묻혀 이슬처럼 사라진 이유를 알 수 있을 것 같았다.

세상의 악인을 징죄하기에는 너무도 깨끗한 품성을 가진 이들이었다. 미친 세상을 바로잡기에는 너무도 미친 사람들이 많기에 그들은 산림에 은거하여 살아왔던 것이다.

"새로운 세상이 올 수만 있다면 세상의 악인들을 모두 죽일 수도 있지요."

서팔봉이 큰소리를 쳤다.

"세상의 악인들을 모두 죽이고 나면 우리같이 힘없는 백성들이 나라의 주인이 되는 세상이 올까? 임금도 없고, 양반도 없고, 상놈도, 노비도, 서얼도 없는 모두가 평등한 세상을 만들 수 있을까?"

"예?"

서팔봉이 두 눈을 동그랗게 떴다.

"배, 백성들이 나라의 주인이 되는 나라? 지금 백성들이 주인이 되는 나라라고 하셨습니까?"

강금산이 중얼거리며 길동을 바라보았다.

길동이 말없이 고개를 끄덕였다. 강금산은 가슴이 두근거렸다. 백성이 나라의 주인이 된다는 말은, 모두가 평등한 세상은 그가 나면서 처음 들어본 말이었다. 나라의 주인은 왕이었고, 대신들은 왕을 도우며, 양반이 있고, 양인이 있고, 상놈이 있어 그렇게 제 신분대로 살아가는 것이 강금산이 알고 있던 전부였다. 그런데 나라의 주인이 백성이며, 모두가 평등하게 살 수 있다니 …. 강금산은 너무 놀라 마른 침을 꿀꺽 삼켰다.

길동 주위에 모여 있던 두령들과 사람들이 모두가 입을 다물고 길동을 바라보았다.

길동이 푸른 바다를 바라보며 입을 열었다.

"백성이 없고서는 나라란 존재하지 않는 것이지만 힘없는 백성들의 존재란 위정자에게 과연 무엇이었을까? 광포한 폭군을 바꾼 것은 백성들이었지만 그 달콤한 열매는 조정의 대신들에게 돌아가고 말았다. 이것이 무엇을 의미하는가? 수천 년 신분의 벽을 쌓아 온 조선이라는 철옹성에 우리 같은 백성들이 신분의 벽을 뛰어 넘어 백성들이 주인이 되는 나라를 만들 수 있을까? 그렇게 하기 위해 우리는 또 얼마나 많은 피를 흘려야 할까? 그것은 또 얼마나 오랜 시간이 걸릴 것인가?"

길동이 말없이 고개를 들어 푸른 하늘을 바라보았다.

462

하얀 뭉게구름이 파란 하늘에 두둥실 떠 있었다. 구름 너머로 혜손의 웃는 모습이 보이는 것 같았다.

아마도 혜손의 가르침이었을 것이었다. 백성이 주인이 되는, 모든 백성들이 평등하게 살 수 있으며, 서로가 서로를 보듬으며 자신의 의견을 이야기하고, 자신의 길을 갈 수 있는 나라를 길동에게 만들어 보라고 가르침을 준 것이었다. 멀고도 험한 우공의 발걸음을 길동은 따라가고 있었다.

길동은 고개를 돌려 광활하게 펼쳐진 푸른 바다를 가리키며 말했다.

"저기 보거라. 끝없이 넓고 넓은 바다, 거대한 고래가 춤추는 바다 말이다. 넓고 넓은 바다 저편에는 우리가 알지 못하는 미지의 세상이 존재하고 있을 것이다. 그곳에서 우리들이 바라는 행복한 세상을, 차별 없고 평등한 세상, 백성들이 주인이 되어 더불어 살아갈 수 있는 사람 사는 나라를 우리 손으로 만들어 보는 것은 어떠냐?"

둘러선 사람들이 희망찬 얼굴로 광활하게 펼쳐진 푸른 바다를 바라보았다.

"사람 사는 세상? 그거 좋은 말씀이네요. 좋습니다. 우리들이 바라는 사람 사는 세상을 우리 손을 만들어 봅시다."

"그래요. 양반도 없고, 천민도 없는 모두가 평등한 세상을 만들어 봐요."

"백성들이 나라의 주인이 되는 세상을 만드는 일, 저희들이 도와드리겠습니다."

길동을 둘러선 여러 두목들이 주먹을 불끈 쥐며 소리쳤다.

길동이 주위를 둘러보며 빙그레 웃었다.

"그래. 우리 함께 만들어 보자. 내가 노력하고 너희들이 도와준다면 저 바다 너머에 우리들의 행복한 나라를 세울 수 있을 게다. 나 혼자 잘해서도 안 되고, 너희들이 한마음으로 도와줘야 가능한 일이다. 우리가 함께 노력하면 우리가 꿈꾸는 세상을 반드시 만들어 내리라 나는 믿는다. "

둘러선 두목들이 희망에 가득한 얼굴로 고개를 끄덕였다.

"아버지!"

갑판 위로 아들 경동이 달려와서 길동의 품에 안기었다. 그 뒤로 은옥과 어머니 춘섬이 미소 지으며 디가와 길동의 옆에 섰다. 서팔봉이 바다 가운데서 펄떡거리며 뛰는 고래를 가리키며 물었다.

"대장님, 저놈을 잡을까요? 고래 고기가 맛이 기가 막힌다던데 말입니다. 제가 가서 잡아 오겠습니다. "

당장이라도 바다로 뛰어들 것처럼 허리춤에 있는 도끼를 빼들었다. 길동이 미소를 지으며 고개를 저었다.

"놔두어라. 넓은 바다를 제집처럼 뛰어노는 고래를 잡아 무엇하게? 저 멋진 놈이 바다에서 뛰어노는 자태를 구경이나 하자꾸나. "

홍길동은 사람들과 더불어 푸른 바다에서 뛰노는 고래를 바라보았다. 눈앞에 펼쳐진 끝없이 넓은 바다를 바라보는 사람들의 마음에 새로운 희망이 고래처럼 높이 솟아오르는 것 같았다.

終

464